# 红樱桃

陈友胜 著

远方出版社

图书在版编目(CIP)数据

红樱桃／陈友胜著. －－呼和浩特：远方出版社，
2023.10

ISBN 978－7－5555－1910－2

Ⅰ.①红… Ⅱ.①陈… Ⅲ.①长篇小说－中国－当代 Ⅳ.①I247.5

中国国家版本馆 CIP 数据核字(2023)第 128507 号

# 红樱桃
**HONG YINGTAO**

| | | |
|---|---|---|
| 著　　者 | 陈友胜 | |
| 责任编辑 | 蔺　洁 | |
| 封面设计 | 星翰书装 | |
| 出版发行 | 远方出版社 | |
| 社　　址 | 呼和浩特市乌兰察布东路 666 号　邮编 010010 | |
| 电　　话 | (0471)2236473 总编室　2236460 发行部 | |
| 经　　销 | 新华书店 | |
| 印　　刷 | 内蒙古爱信达教育印务有限责任公司 | |
| 开　　本 | 880 毫米×1230 毫米　1/32 | |
| 字　　数 | 335 千 | |
| 印　　张 | 11.75 | |
| 版　　次 | 2023 年 10 月第 1 版 | |
| 印　　次 | 2023 年 10 月第 1 次印刷 | |
| 标准书号 | ISBN 978－7－5555－1910－2 | |
| 定　　价 | 38.00 元 | |

# 第一章

1962 年初夏的一天，夜幕早已垂落，一弯素洁的新月从东边的天际冉冉升起，将一片淡淡的银辉洒在四川成都近郊的两河县城里，与昏黄的街灯交相辉映。

从遥远的新疆帕米尔高原东北麓来到这里的崔副县长觉得脑袋一阵阵发热，浑身也像爬满了蚊虫，奇痒难耐，便从床上撑起身，掀开蚊帐，穿着衬衣衬裤下了地。他侧耳听了听，另一张床上同来的县农技站技术员葛培荣正在蚊帐内打着呼噜。崔副县长知道他已入睡，便轻手轻脚地拉开房门，来到外面踱步纳凉。

这里是县政府招待所，院子不大，中间有一棵老树可能是槐杨之类，枝干交错。周围是顶上铺瓦的客房，不见灯光，也无声息，不知是人已熟睡，还是根本就没有住人。当时的人们一般是很少出远门的，所以客房空闲也就成了常事。

"这地方真的和咱们那儿不同，咱那儿白天虽然热得火烧皮肉，可晚上总有丝丝缕缕的凉风，能把身上的汗气一股脑儿吹尽，可这儿白天晚上一个样，连风也像是从蒸锅里吹出来的，湿中带着热，贴到脸上黏糊糊的。"

崔副县长缓缓迈着步，在心里自言自语。他名叫崔安成，今年三十六岁，中等个头，身体偏胖。他随手解开衬衫的扣子，任潮湿的夜风徐徐入怀，给他带来些许凉意。

"还有这里的酒，叫什么'老薯干'的，就喝了那么几盅盅，又过了好几个小时了，怎么还在脑袋里头胡跑乱蹿呢？"他的思绪就这么飘着，突然又飘到了刚才看过的演出舞台上的那些节目和那位报幕兼舞蹈演员的姑娘。"她的维吾尔族舞蹈跳得真好！"他想。

"还有这里的余副县长，他刚才说那位姑娘和我们有'缘分'，他到底想说啥呢？该不会是她想到我们那儿去吧？要真是那样，也不是什么坏事呢！"崔副县长这样想，其实是有原因的。

他所在的那个县1956年曾经成立过歌舞团，但三年前因为管理不善等原因停办了。这两年他们一直酝酿着要恢复歌舞团，以活跃群众文化生活，但苦于一些相关的问题，如编制、经费、演员等没有落实，所以一直未能实现。

"假如这位姑娘愿意去，我看倒是个很不错的机会，也可以促一促这项工作。"

这个心思，其实刚才看完她表演的舞蹈后崔副县长就动过。因为长期以来他们那里就有一个不成文的规矩，凡领导到外地出差，都会想办法给本县物色一些人才。

"扑棱棱"，随着崔副县长脚步的临近，招待所院内的那棵老树上有什么大鸟突然受惊起飞。啊，原来是一只老鹰！这本属于山野的精灵，也许是到这里来打牙祭。崔副县长的思绪也就此被打断。

"我这是往哪儿想呢？人家余副县长不是说了吗，到时候会给咱往清楚里说哩嘛。"这样想着，他便缓步回到了客房，上床休息。不一会儿，他便和葛培荣两个人唱起了"呼噜二重奏"。

现在，趁着崔副县长他们睡觉的时间，让我来介绍一下他们此行的目的以及一些与此有关的事情吧。

近两年，冬天少雪，春夏秋少雨，河里的水也越来越少，崔副县长所在的昆仑山下喀什地区旧城县的粮食也因干旱而歉收，一些地方受灾比较严重。今年由于气候和水情，根据对各公社调研的结果，小麦减产已成定局……

正是在这种情况下，这位分工负责农业生产和其他一些工作的常务副县长崔安成，便开动脑筋想起了办法。本来他们那儿粮食一年只种一季，主要是小麦和玉米，他想在麦收后种一些以菜代粮的作物，以解决人们口粮不足的问题。恰好这时县人委秘书李文祥向他介绍了家乡四川成都近郊两河县出产的番薯，说那东西耐旱、耐碱、生长期短、产量高，对季节的选择性又不强，春夏皆宜，既可当菜，又可当粮，是粮菜皆宜的作物，而且根据他们这里盐碱沙土地多的特点，也许是适宜种植的。另外，听说种这种作物可以改良土壤，秧蔓还可沤制绿肥……他听到后，觉得有门儿，是瞌睡了有人给递来枕头，便立即找县长做汇报。

　　他给县长讲了自己的想法，说打算去一趟李秘书的家乡实地考察，学习人家的种植经验，回来后选个地方做实验，在麦收后种一些，如成功，则在全县推广。同时，他也打算学习人家其他方面的经验，以促进自己的工作。

　　买买提·吾守尔县长是维吾尔族人，曾经在乌鲁木齐上过大学，懂汉语，有丰富的基层工作经验，也是位忠于职守、善于思谋的人，再加上他生性豁达，语言幽默，所以深受大家欢迎。他本也为全县二十万人口吃饭的事儿费神，现在听了崔副县长的想法，无异于走渴的人遇到瓜田，便连连点头。

　　等崔副县长讲完，买买提县长便说："夏天想着冬天的事，早饭备好晚饭的粮。崔副县长，你想的问题嘛，也早在我的脑子里放着呢！但我是看见毛驴想上路，还没想好往哪里去呢。你现在一说，可说到我的心坎上啦！群众的日子过不好，我们的脸上也羞得很嘛。有句话是这个样子说的：'当官不为民作主，不如回家卖红薯。'我们维吾尔族人也有句话：'肚子里头盛满饭，没有地方装怨言。'现在我们的情况嘛，是老百姓碗里的饭没有盛满，而我和你要是去卖红薯，这个地方连红薯也没有！崔副县长，不知道我说的意思对不对？"

　　"对，咱们把那句话变一下，'当官要为民作主，发动大家种红薯',倒是挺合适的。"

听着买买提县长的话,崔副县长不由得为他语言的幽默生动而深感敬佩。其实也巧,买买提县长所说的红薯和他们这次要去学习种植的番薯,其实就是一种东西。他笑着回答道:"对,对,买买提县长说得对!正如你刚才说的,我这次去还真是要办'红薯'的事情哩。当然我们回来不是给老百姓卖,而是让他们自己种,把没有装满的碗装满。这样,他们的意见也就不会有了嘛!"

"对,就是这个意思!"买买提县长十分真诚而又恳切地说,"所以我支持你!你回去好好准备一下,我嘛,马上给县委张书记打招呼。今天正好要开常委会,也顺便听听其他人的意见。我知道张书记也在为这些事情操心呢,他一定也会同意的。另外,你看还需要带什么人,我给你配。在家千般好,出门万事难。这个地方你分管的工作嘛,我先给你兼着。我的眼睛嘛,睁着呢,耳朵嘛,也开着呢,我等着你把好消息带回来!"

于是经过了简单的准备,在得到县委的肯定答复后,崔副县长便悄无声息地带上县农技站的技术员葛培荣一起动身了。

他们一路汽车、火车,马不停蹄地走了近半个月,终于到了县人委李秘书的家乡——四川成都近郊的两河县。

前天下午出了火车站,崔副县长和葛技术员坐了一辆三轮摩的到了这里的县人委,向有关人员交了介绍信,并很快见到了管农业的余中魁副县长,并向他说明了来意。余副县长热情地对他们表示了欢迎后,便让秘书带他们去了招待所,给他们安排了食宿。

晚上,余副县长来到了招待所,告诉他们明天到县城附近的城关公社一个生产队实地参观番薯的种植情况,然后又和他们聊起了社员的生活状况。

"现有条件有限,我们这里种大米,但好多人想畅快地吃顿米饭也不易。招待所里给你们做米饭的大米是粮食局局长特批的,是专门的招待米,反正现在来的人也少,用量不会太大。请你们见谅。"余副县长略带歉意地说。

以己度人，崔副县长十分理解余副县长他们的处境，一再说："哪里话，白米饭、泡菜，还有腊肉，和我们那儿比已经是天上地下了！"

一阵寒暄后，余副县长说明天会陪他们去参观。临出门时余副县长又折回来说，明天下午郝县长要亲自过来陪他们吃顿饭。晚上剧院里有个演出，是县上高中毕业生搞的，自己会和他们一起去看演出。

第二天，在余副县长的陪同下，他们同乘一辆吉普车去城关公社的一个生产队，看了那里种的番薯，听了技术员的讲解。特别是关于番薯的种植和管理要领，葛技术员都做了详细记录。他的老家在苏北，那里也种番薯，他小的时候就知道一些，后来上农校，也学了一些理论知识。这次又在种植现场眼观、耳闻，自然是深得要领。中午，他们便在这个生产队的食堂里享用了一顿刚刚收获又被蒸熟的番薯。

崔副县长一边品尝这白里透红、软沙甘甜的蒸番薯，一边不住地称赞："好东西，好东西！味道不错，既可当菜又可饱肚，'又菜又粮'——可算是一箭双雕啊！"

余副县长也听得高兴了，便说："这只是在一些田头地埂上见缝插针点种的，所以收得早，真正种在地块里的还得两个月才能成熟。"他又和旁边的生产队队长商量后说："这里的深窖里还剩下一些去年留的种子，你们走时可以带一袋回去切块试种，等大田里的成熟了，我们再给你们邮寄一些过去。"崔副县长由衷地表示了谢意。

下午，余副县长又过来说，郝县长已经在招待所食堂等着了，让他们过去一起吃饭。

晚餐也不复杂，和昨日比，多了一道菜，主食除米饭，又加了烤番薯，还有一瓶用番薯酿的酒。也许这是为了与崔副县长他们的任务相配合吧，故而番薯才会频频出现！用过饭后，郝县长先是对"招待不周"自谦了一番，又说他晚上还有个会，让余副县长陪他们去看演出，自己便先走了。

又是那辆旧吉普车载着他们出了县招待所的大门，在略显昏暗的街灯下走了约十几分钟，在一个剧院门口停下来。余副县长先下来拉开车门，请崔副县长和葛技术员下了车，又在一位似乎是剧院负责人的引领下进了剧院。大部分位子上已坐了人，他们在那位剧院负责人的指引下，在前排留下的空位置上落了座。

大幕拉开，一位年轻漂亮的姑娘在轻柔的音乐声中出来。她中等个头，穿着在那个时代几乎很难见到的花裙衫，身材妖娆，相貌秀丽。她用甜柔而热烈的声音说明这场演出是本县几个学校的高中毕业生联合排演的，是为了感谢党和政府以及父老乡亲的养育与栽培之恩，精心准备的。结尾在向当地党和政府表示深深的谢意后，她还特别讲到了对新疆来客的热烈欢迎……

她的开幕词赢得了全场热烈的掌声，也使崔副县长和葛技术员在感动中多少有了一些惊异：怎么还专门说到了我们？人家的接待真是周到啊！他们不由得侧头看看旁边的余副县长，只见他微笑着点了点头。

接下来报幕的是那位姑娘和一位男生，上演的节目是具有当地风味的歌舞和小剧、曲艺等。但到了最后，上来报幕的只剩下了男生，他用洪亮的声音说："下面让我们欢迎我们的歌唱舞蹈明星洪英涛，为大家献上她新学的新疆维吾尔族舞蹈——《摘葡萄》！"

不知为什么，听到洪英涛的名字，台下竟响起了近似狂热的掌声，以至于连报幕者最后的话语都被淹没在了声浪之中。

掌声中大幕拉开，出场的洪英涛正是前面报幕的那个女生。她身着鲜艳的维吾尔族石榴花裙，外套金光闪闪的黑线绒马甲，梳着十来根细长的小辫，头戴花帽，脚穿皮靴，随着轻快活泼的音乐旋律翩翩舞了起来。从她娴熟到位的动作中可以看到：正是金秋季节，维吾尔族姑娘怀着喜悦的心情来到葡萄架下，先摘了一粒葡萄放在口中尝了尝，透熟的葡萄汁液沁人心脾，然后她将葡萄一串串摘下放入篮子中，等篮子盛满了，又将它托起顶在头顶，并招呼同伴们且歌且舞，表达丰收的欢乐……她舞姿轻盈，动作灵巧活泼，旋转跳跃，俯仰翻腾，简直就是一个舞蹈的精灵！

台下又是一阵掌声，洪英涛谢幕后退了下去。

崔副县长、葛技术员和大家一起鼓着掌，并在心里连连称奇：我们生活在"歌舞之乡"，这样的舞蹈表演不知已看过多少次了，真没想到在这里，又是一个汉族姑娘，竟能将维吾尔族传统舞蹈跳得如此出神入化。若不是有报幕者事先介绍，他们肯定会将她当成一个维吾尔族专业的舞蹈演员哩！

"了不起，真了不起！难怪报幕的人说到她的名字和她所演的节目，便受到那么热烈的欢迎。看来是山外有山，天外有天——她可真是这方面出类拔萃的人才哩！"崔副县长在心里这样想着。

晚会结束，观众离席，缓缓向场外退去。余副县长陪着崔副县长和葛技术员出了剧院，上了已在门口等候的车，向招待所驶去。

在车上，余副县长向崔副县长说明天准备去另一个生产队看青贮肥与灌溉井的情况，到时候他会来接他们。"庄稼一朵花，全靠肥当家；要想农业美，先要弄好水。庄稼人的常识嘛，也是你们提出要看的，地方我已联系好了。"听着余副县长的话，崔副县长连连称是。

招待所很快就到了，余副县长先下了车，拉开后面的车门，一边请崔副县长和葛技术员下车，一边说："刚才跳民族舞的那个姑娘，就是那个叫洪英涛的丫头，她的舞是向一位艺校的舞蹈老师学的。嗯，千里有缘一线牵，说不定她还真和你们有些缘分哩。时间不早了，过后再给你们慢慢说吧。"

红樱桃

# 第二章

接下来的两天时间里，崔副县长和葛技术员在余副县长的陪同下，又到这个县的另一个公社的生产队看了那里利用作物秸秆和秧蔓沤制绿肥和打井抗旱、解决水源不足等问题的做法。这些都给他们留下了十分深刻的印象。特别是崔副县长，一边看人家的，一边根据自家的情况，在心里有取舍地勾画开了，比如在哪儿可以打井，在哪儿可以搞间作或轮作。至于青贮肥，是所有的地方都可以搞的。

而更让崔副县长和葛技术员感到高兴的是昨天晚上，当余副县长向他们介绍今天要去的一个公社生产队时，这个公社的名字无意间触动了崔副县长——那正是他们县人委秘书李文祥的家乡，而且他们要看的一个项目正是在那个生产队。有句谚语是"亲不亲，故乡人；美不美，故乡水"。新疆还流传着一句话："别说你来自天南地北，在新疆咱都是兄弟姊妹！"先说北疆，历朝历代，特别是清代以来，那儿屯垦的汉族先民留下的后代子女较多，占到了人口的一大半。而南疆的汉族人，除较少部分是原有的，其他多数都是新中国成立后支援边疆从各省来这里的。由于他们都远离故土，来自十省八地，所以便形成了一种互相关怀、互相体贴的好习惯。因此，当崔副县长听到李文祥的家就在他们参观学习的日程中时，便很自然地产生了要去看一看的念头。这一点他们离开时，李文祥本也对他们叮嘱过，说如果顺路可去他老家看看。

崔副县长对余副县长讲了这个情况，余副县长非常惊喜地说："啊，原来你们那儿还有咱们的老乡哩！好，明天参观的时候，我们一定得去看一下他家里的人哟！"

第二天早饭后，崔副县长、葛培荣又和余副县长一起乘车出发了。当车来到一个食品商店门前时，崔副县长向余副县长打招呼让司机停了车，便和葛培荣一起下车了。余副县长知道他们去干什么，也下车一起进了店门。

这个商店比较大，前后两间店堂，周围都是玻璃柜台，中间还有一排。但这些柜台里面大部分都是空的，只中间的一排中有几个柜子中有些货，是饼干、糖果之类。店中的营业员只有两位，她们见有人来，便上前来招呼。其中的一位好像认识余副县长，便特意跟他搭了腔。

余副县长指了指崔副县长和葛技术员说："陈大姐，这是咱们新疆来的崔副县长和葛技术员。他们要去看望咱们县的一个朋友，想买点儿东西。你看……啊，崔副县长，你们想买点儿啥子呀？"

崔副县长立刻明白了余副县长的用意，便赶快指了指面前柜台里的糖果说："就来上一斤糖果吧，我看这还是北京来的货哩。"

其实营业员刚才已经从余副县长的话中听出了意思，便说："现在各种货都紧缺，本来这糖一斤要四十元，既然你们是远道而来的客人，就按节日促销价给吧，二十元。"说着，她就用秤盘盛了糖，又用红纸包装好，放在柜台上。

崔副县长付了款，将礼包递给了葛培荣，然后他们出店上车，继续赶路。

"余副县长，今天还是托你的福啊，我们算是少花了点儿钱。唉，这两年的东西一个是少，再一个是贵。说起来你们这儿比我们那儿还要好一些，像这种北京产的糖果，在我们那儿可是任你出多少钱也见不到啊！"

车早已出了县城，又在乡间的土路上颠簸了一阵，便来到了他们今天的目的地。在余副县长的陪同下，他们参观了一个生产队的青贮肥，又参观了另一个生产队打井及水利设施情况。中午，他们就在后一个生产队用了简单的午餐。下午便在这个生产队队长的陪同下，来到了李文祥母亲居住的地方。这里是个居民点，有一些房屋建在一片土坡上，周围稀稀拉拉地长着一些树，高大粗壮，看来已是有些年头了。

余副县长说，这是个有历史的老村子，以前树木茂密，青草铺地，周围有溪水环绕，所以还是颇有几分景致的。传说当年杜甫来川，居于西郭草堂时在这里写下了名曰《卜居》的诗：

> 浣花溪水水西头，主人为卜林塘幽。
> 已知出郭少尘事，更有澄江销客忧。
> 无数蜻蜓齐上下，一双鸂鶒对沉浮。
> 东行万里堪乘兴，须向山阴上小舟。

"传说毕竟是传说，咱们也没去考证过，总的一个意思是说这一带以前还是很美的。因为缺少煤，不少老树被砍掉，所以树少了，再加上近年干旱，坡下的溪水也干涸了。"

说着话，生产队队长已将他们引到一家庄户的小院门前。他上前敲了几下门，有位头发花白的大娘来给他们开了门。队长讲有新疆的同志，是和她儿子一个县的，来看望她。余副县长介绍了崔副县长和葛技术员，老人家喜得颤巍巍地合不拢嘴，一边开门让他们进屋里，一边说："哦，是我小孩儿工作的地方来的人哦，贵客，贵客，难怪昨晚我梦见喜鹊在门后树上叫哩撒，原来是他们那儿来人哩！"

大家进了屋，老人忙着倒水泡茶。余副县长环顾了一下，见房内还有个门，门上挂着竹帘子，可能里边还有套间。生产队队长介绍说，老人家还有个大儿子和媳妇，已经下地干活去了，有一个孙儿一个孙女，也都去上学了，老人这两年身体不好，就在家里操持家务……

崔副县长向老人简单介绍了李文祥的情况，说他一切都好，这次他们来这里出差，是遵从他的嘱咐特意来看望她老人家的。

老人听了很高兴，说既然是国家的干部就应该听国家安排，他在哪儿工作，她都放心。

"只是我那孩儿小时候就害羞，所以现在二十好儿的人了，恐怕还没处下对象吧？我让大儿写信问他，他说莫急莫急，水到了渠也就成了。唉，咱做娘的为他操心的事也就只剩这一件了。崔县长，你们可得帮着点儿忙，让他早点儿把自己婚姻的事给办妥了，我也就放心了撒。"

老人说到这儿，崔副县长便连连点头。李文祥是中专毕业生，是响应政府号召去支援边疆的。他工作积极，有能力，也肯干，所以被选中当了县人委秘书。在旧城县时，也有人给他介绍过对象，但不知为什么没有谈成，所以至今还是光棍一个。现在听了老人的话，崔副县长便在心里思忖回去后问问情况，一定要想办法给李文祥帮这个忙。

聊了一会儿，崔副县长看看时间不早了，便将买的礼物送给老人，然后就要起身。但老人说什么也不让他们走，说家里还有存米，本来是留着给自己过六十大寿用的，今天就用它招待远方的贵客，也算是替儿子表达心意。

这时，余副县长出来说话了。他知道现在大家的日子过得都比较紧巴，就靠那么点儿定量的口粮过日子，而且多数是杂粮。他说崔副县长他们还有工作，重任在身，就不麻烦老人家了，她的心意大家都领了。老人总算被说服，但她让他们稍等等。她进了里屋，从那儿拿出一个不大的布袋，说这是自家存的一点儿花生米，让他们带过去自己留一半，给小儿子分一半。

崔副县长笑着说，他们自己是不会留的，一定全部给李文祥带到。然后他们一行人出门，在院外和老人告辞后便上了车。生产队队长说他在这里还有点儿事，便留下了。到此为止，崔副县长他们预定的参观学习日程就算是全部结束了。

在车上，余副县长说根据他们事先的计划，他已派人提前给他们订好了火车票，是后天从成都直达新疆大河沿车站的。他说自己并不知道，可能是人少的缘故，成都直达大河沿的车每周只有一趟。

"这大河沿是个什么地方？"余副县长不解地问。

"大河沿可是个大戈壁滩哩，离乌鲁木齐也就百十公里。对我们去南疆的人来说，大河沿是中转站，到那儿往南就得改乘汽车了。"

余副县长点着头，说："我知道了。你看车票虽然订晚了一点儿，但这样你们明天一天和后天上午还有些休息时间，可以到县城去走走。虽说现在东西不多，但一些本地的特产还是有的嘛，你们若需要可以买一些。至于我们的省会成都，那毕竟是大城市，又离得很近，本来我想建议你们去看一看。但你们一心想着工作，说不去了，那就算了吧。"

余副县长又说："今天晚上还在招待所吃饭，由我来做东。"

"你们放心喽，是我自己掏腰包。你们来几天了，我也借机表达点儿心意撒。请你们不要拒绝。"

崔副县长忙说："不，怎么能让你破费哩！我们来这几天你跟着东奔西走，本来我和葛技术员说好了的，走之前要请你吃顿饭，再叙谈叙谈。"

"崔副县长，你不要客气撒，还记得我跟你说过的话吗？就那天晚会上报幕、跳舞的那个丫头。她叫洪英涛，她母亲和我妻子是姊妹，所以我们还是亲戚关系哩嘛。嗨，这不重要，我要说的是这个丫头本来是块好材料，多才多艺、能歌善舞，学习成绩在班里也是在前面的，考大学是没问题的。但因为她家里经济条件差，所以她不准备参加高考了。这孩子从小就有主见，想好的事几头老牛也拉不转。她立志要到艰苦的地方去接受锻炼，再加上她又喜欢唱歌、跳舞，也有这方面的才能，而你们那儿又是'歌舞之乡'，这正合她的心意。"

余副县长又简单介绍说："她的祖父，识文断字。清朝末年受一个在喀什任职的同乡之邀去那里当过官立学堂的教习。据说那边的汉族老辈人都知道他。还有一点，就是我听说不久前，有个我们的远房亲戚看她家生活过得苦，便受人委托来给一个生活条件好些的人家说亲……"余副县长顿了顿，又说："也许正是这些原因吧，促成了她去那边的想法。其实她的父母原本是不大同意她这么做的，但刚才我说了，这孩子有主见，也倔强。"

听到这里，崔副县长似乎明白了，看来那天晚上自己的猜想并非多余——这姑娘是真的想到他们那里去哩！但人家本人还没有说话，他也不好表什么态。所以他只是一般性地发表了自己的见解："原来她家的祖上和咱们那儿还有点儿渊源哩！其实她不考大学也没啥，凭自己的才能在哪儿都可以为人民做贡献嘛。况且她还是个有想法的人哩！"

这时车已进了招待所的大门，停下了。余副县长先下车，拉开了后边的门，让他们下了车，说现在还有时间，他们可以冲冲凉。自己去单位，八点接了洪英涛一起过来用餐，然后就走了。

八点钟刚到，余副县长就来到崔副县长他们的房间。他说英涛已经到餐厅了，饭菜也已准备好，就等他们过去一起用餐了。

在余副县长的引领下，他们进了大餐厅里面的一个小房间——那天和郝县长一起吃饭就在这里。此处的陈设比外面的大餐厅稍微讲究一些，向阳的窗台上摆了几盆花，桌面上有台布，座椅是皮面的。

余副县长拉开门，让他们先进。这时他们看到里面的座位上有位姑娘站了起来，移到旁边，一边对他们说着欢迎的话，一边请他们入座。不用说，这就是那位叫洪英涛的姑娘了。

按照余副县长的安排，崔副县长坐了上座，葛培荣和其他人依次坐下。接着，菜也上来了。肯定是余副县长的事先关照，今天的菜比平常多了些花样，一共有六七道，并且还有一瓶泸州老窖。余副县长说："这还是今年春节期间买的，今天就将它报销啰！"

在余副县长的殷勤劝让下，大家吃着、喝着。洪英涛也显得很大方，不但和大家一起吃，连酒也不推拒，一连喝了几盅。等吃喝得差不多了，余副县长便招呼洪英涛说："英涛，有话你现在就说吧，我们三头对面，你就给崔副县长说说清楚嘛。你的情况我已经给崔副县长简单介绍过了，剩下的就你自己说吧。我们这里有句老话说是真唱是假唱，要用耳朵听哩嘛，是真身是假身，要用眼睛看哩嘛！"

洪英涛开口就说："崔副县长，你们来，我是早就听说哩撒。党中央号召我们知识青年到艰苦的地方去，我有个愿望，就是跟你们一起去新疆，去那儿干什么都可以。听人说那儿蛮艰苦的，但我不怕。我们毕业时老师也说了，让我们到艰苦的地方去，还介绍了一些先进榜样让我们学习，如邢燕子等都响应党的号召，做出了成绩，还上过《人民日报》和《中国青年报》哩！我就想着要到新疆去，一方面锻炼自己，另一方面那儿是'歌舞之乡'，我听艺校的舞蹈老师讲过，维吾尔族人的歌舞可是顶呱呱的哩！我去了干工作，业余时间学唱歌、跳舞，给大家表演解闷，我就心里挺高兴哩撒！不知道你们看不看得上我，想不想带我去你们那里？"

洪英涛不愧是唱歌的，说话的声音柔美清亮，虽带着几分四川腔，显得有些委婉，但表达的意思明白。此外，她性格爽朗，有股吸引人的力量。那天晚上看到的她是在舞台上，那些美中的一部分也许是化妆渲染出来的，可今天的她既没有化妆也没穿彩裙，完全是净面素装。但她的美非但没有减少，反而有了一种清水出芙蓉的味道。一米六几的个头，不胖不瘦，腰肢纤细，脸庞圆润，一双水汪汪的大眼睛扑闪扑闪的。这使人不由得想起一首歌中唱的："身段不肥也不瘦。她的眉毛像弯月，她的腰身像绵柳……"

崔副县长听着她的话，微微地点着头。等她说完了，便略带严肃而又认真地说："洪姑娘的意思，我已经听明白了。你响应党的号召到边疆去，是值得称赞的！但为了对你负责，对余副县长和你的家人负责，我必须告诉你，那儿可不比你们这儿——山清水秀、空气湿润。那儿干燥少雨不说，每年春天都有风，那风有时会将戈壁上的沙尘卷起来，漫天灰蒙蒙的，人出去走一趟，回来就会变成土猴哩。还有那六月天的大太阳，在外面待一天脸上就会脱一层皮。这些你可得考虑好。"

崔副县长停顿了一下，继续说："当然了，我说的只是艰苦的方面，有利的方面也不是没有，比如那儿的瓜果、歌舞，还有各民族间的相互体贴与关照，以及对像你这样的人才的需要。"

洪英涛静静地听着，直到崔副县长说完了，才很冷静地说："这些我多少也知道一些。我听人说过，特别是听艺校的柳老师说过，那儿的气候、生活习惯有许多与我们这儿不同的地方。但我已经想过了，我不怕哩！越是艰苦的地方越是能够锻炼人。在临毕业前，我可是打心底里向老师和同学们这么表过决心哩！"

"那么，你的父母亲戚都同意吗？你跟我们走，他们放心吗？"崔副县长问。

"家里嘛，自然是有些阻碍哩！但我已多次给他们做工作了，特别是母亲撒，一听说我要走，就眼泪汪汪的。可我也不能一辈子守在她身边嘛，天再远，总有个头，再说，我还是有机会回来看他们的嘛。"

"这么说，你的决心已经下定了？"

"是的！"

"那好吧，听说你的祖父就曾在那儿做过事……"崔副县长想起了今天在车上余副县长讲过的话，继续说，"虽然时代不同，但他也为祖国边疆的巩固和发展出过力，而你是咱们新时代的青年，相信你一定会创造出自己的业绩。"

"啊，你已经知道了！"洪英涛猜想关于自己祖父的事一定是余副县长告诉他的，又说，"听父亲说，爷爷为那儿的人做过事，还受过嘉奖哩！当然，我们新时代的青年，更不能比他差哩撒！"

"那么，她这就是要和我们一起走吗？"崔副县长又转向旁边的余副县长问道。

"英涛的意思已经说得十分清楚了。崔副县长，我看这事就这样定了吧。她父母那边我再给说说，英涛也可以做做准备。后天下午，还是我们的车，送你们一起到成都火车站，你看这样行吗？"余副县长说。

"行，就这样吧！"崔副县长说。关于自己县上准备成立歌舞团、打算将来让洪英涛参加的事，他没有说，因为这事毕竟还没有最后定下来，万一有什么变化，自己也有回旋的余地。如果回去后马上能定，那么洪英涛自然是会感到高兴的。这便是天遂人愿，各得其所了。由此可以看出，崔副县长办事还是有城府的。

洪英涛很高兴，起身庄重而又深情地向崔副县长行了维吾尔族躬身礼，然后笑着说："谢谢你们，我一定不辜负大家的期望，好好干，干出成绩，为乡亲争光哩撒！"

"好，真不愧是新时代的青年人！但愿你像你的名字一样——英姿飒爽，如浪涛奔涌哩嘛！"崔副县长称赞说。

"是的，我们这里离岷江近，小时候父亲给我起这个名字就是希望我长大后像江中的浪涛一样汹涌澎湃！"洪英涛说。

这时，余副县长已经去结了账，崔副县长也就不好再说什么了。

第二天上午，崔副县长和葛培荣一起到街上逛了逛。在一处日杂商店，他们每人买了一把蒲扇，又买了竹子做的笔筒等。快到中午时，他们走到一家饭馆门前，本来想进去吃碗这里有名的担担面，但一看牌上的价格——交粮票每碗 5 元，便止住了脚步。要知道那时候一个大学生转正后，工资才六七十元，崔副县长参加工作早，每月工资也不到九十元，这钱他们怎么能舍得花呢？还是回招待所吧，那儿的饭菜虽然品种少，却比街上的便宜多了。

第三天早晨用过午饭，崔副县长和葛培荣一起到招待所财务室结账。直到这时他们才知道，不但前天晚上他们用餐的钱，余副县长已经结了，就连那天下午郝县长和他们一起用餐的钱也已经结了。剩下他们两个人的食宿钱比街面上便宜许多，他们自己结了。崔副县长和葛培荣没有多言语，但他们心里还是对余副县长表示感谢哩。

下午三时许，余副县长坐着小汽车来了，洪英涛也在上面。看来他是先接了她，然后才到这里的。他们一起下了车，余副县长将两张火车票递给崔副县长。一张硬卧票，是崔副县长的（按当时规定县级干部可乘硬卧），一张硬座票是给葛培荣的。他说洪英涛的也是硬座票，已给她了。

崔副县长看了看车票上的时间，便将其中的硬座票递给葛培荣，让他按车票上的金额给余副县长付了两张车票的钱（此次他们外出，一应费用及票据均是由葛培荣负责管理），并对他的关心道了谢。

接着他们一起上车。崔副县长和葛培荣的行李很简单，每人一个手提包，再就是一小袋番薯种子，由葛培荣提着。车出了招待所向成都火车站驶去。

在车站门口的空地上，他们下了车。司机打开后备厢，从里边提出一个打得方方正正的行李包。洪英涛赶忙上前接了过来，看来这就是她此次出门的全部行装了。

"小洪就这么一点点东西呀！姑娘家，穿的、戴的，我还以为你得提上不少哩。"崔副县长笑着说，"来，小葛，帮洪姑娘提提吧。"说着，他将葛培荣手里提的番薯种子提在自己手上。

"不用了，我自己能行哩！"洪英涛一边推拒着，一边说，"这两年学校搞勤工俭学，几十里的路，行李比这还重哩撒，这点儿算啥哩！再说，除了简单的被褥，我也没多带什么，有些需要的东西到那边后再慢慢置办也不迟撒！"

听着洪英涛的话，特别是后面的话，崔副县长只明白表面的意思，更深的情由并不清楚。可余副县长却是了然的，新中国刚成立时，她父亲是政府工作人员，有文化，写写算算都是一把好手，每月有工资，但后来卧病在床，打针吃药，还有洪英涛上学及家庭日常开销，都靠哥哥在一家工厂做工的工资和她父亲微薄的退休金维持，生活便有些捉襟见肘了。另外，她这次去新疆，母亲本来就不同意，她也是多少有些赌气出门的，所以有些东西就没带（她的路费及日常费用除一部分是自己平常省吃俭用存下的，另一部分还是向余副县长借的）。当然，这次洪英涛不再做求学打算，立志自立，远走他乡，除前面讲过的原因，还有一点就是她想通过自己的努力养活自己，同时也想及早贴补家用。

看看已到车站门口的检票处，崔副县长让余副县长就此止步，并对他和这里的工作人员在这次学习参观过程中提供的各项便利又一次表示了感谢，同时还真诚地邀请他有时间去新疆走走，在指导工作的同时，领略一下那儿的风土人情。

"当然了，那边的自然风光不如这边，但有不少与这里不同的地域特点与民族特色哩，比如雪山草原、绿洲瓜果，还有当地少数民族的节日。另外，那儿还有一些古迹……"崔副县长说。

"要得，要得，得空时我一定会过去看看哩。这不，英涛去了，还有小李，听你说那儿还有我们不少老乡哩嘛。"

最后崔副县长还请求余副县长回单位后给自己所在的县人委办公室挂个电话，告诉他们此次列车到达大河沿站的时间，以便人委派车来接。余副县长自然是一口答应了。

崔副县长他们在余副县长"一路平安"的祝福声中检票、进站，然后到了候车室，准备登上返程的列车。

五时整，火车准时进站，崔副县长一行三人上了车，找到各自的座位。葛培荣和洪英涛的座位在一起，崔副县长的硬卧是中铺，车厢和他们紧挨着。

崔副县长说："就这一张卧铺，到时候咱们换着歇，几天的路，老那么坐着肯定是会难受的。"其实来时，他就是让葛培荣和他轮换着在卧铺上睡觉的。

说起这来，葛培荣可是十分佩服崔副县长哩。他今年也不过三十多岁，就已经是副县级干部了，所以在大家眼里算得上年轻有为。另外，他为人谦虚、没架子，尤其在生活方面还能体贴下属，乐于助人，是深受大家欢迎而又有威信的人。

"呜——"汽笛一声长鸣，列车开动了。

# 第三章

    列车在原野上驰骋，这趟列车上旅客并不多，有许多座位都是空的。葛培荣和洪英涛的座位旁都没有人，所以他们便面对面坐着，晚上还可以在座位上面睡觉休息。本来崔副县长叫洪英涛晚上去他的卧铺上休息，他过来睡硬座椅，但洪英涛推拒了。她说在这儿很好，卧铺还是留给崔副县长，因为他在三个人中年龄最大，而且操劳费神多，应该休息好。崔副县长也没多说什么，只是白天有时过来和他们在一起聊聊天解解闷。

    这天中午，崔副县长又过来了，他们用过了列车上的盒饭便餐，正在一起闲聊，突然感觉列车明显放慢了速度。这时，车厢里的广播开始介绍说："前面将要经过的是秦岭古道，也就是过去所说的'蜀道'。这儿地处四川与陕西交界处，全是崇山峻岭，大沟深壑，是出了名的天堑。为此唐代大诗人李白曾赋诗曰：'噫吁嚱，危乎高哉！蜀道之难难于上青天……'"

    崔副县长与葛培荣来的时候坐火车经过这里时，正是夜间，所以没有欣赏到这里的奇险景象，这时便十分认真地一边听李白的诗，一边欣赏车窗外远远近近的风光。而洪英涛虽然在高中的课本上学过李白的《蜀道难》，并且能熟练背诵，但现在身临其境才体会到古人的描述真正不谬，便不由得跟着广播轻声地诵读起来：

"……蜀道之难难于上青天，使人听此凋朱颜……"崔副县长也是个古典文学的爱好者，这首诗他也读过，虽没有背会，但大部分仍在记忆中，也不由得跟着轻声诵读起来："……锦城虽云乐，不如早还家……"

等到诵读完了，崔副县长便称赞起洪英涛来："嘿，真没有想到呢，我们的小洪对古诗词还这么熟悉！我是个古诗词爱好者，看来以后还得多向你请教哩！"

"崔副县长是在笑话咱哩嘛！我是在课本里学过，老师要求背诵就背下了嘛。那时没见过蜀道，只是觉得李白写得好。崇山峻岭、绝壁飞瀑，是用来象征人生旅途的艰难。"顿了一下，她继续说，"我看崔副县长对古诗词倒是有研究哩嘛！"

"你说哪里话，人家是读书破万卷，下笔如有神。我是读书不像书生，作文不像文人，就会瞎说哩！哪里像你，不仅背得滚瓜烂熟，还剥皮抽筋，连主题思想也说得明明白白哩！嗯，好，看来我们不但找了个会唱歌跳舞的姑娘，而且还是个肚里有才学的女娃。"崔副县长说着，对洪英涛又增加了一分好感，认为这次带她回去可是出门有喜——遇见个宝贝哩！

洪英涛笑笑。他们又聊了一会儿，看天色已晚，崔副县长便回他的卧铺去了。

葛培荣听他们聊了半天，觉得怪有意思的。他是个学农业的，对文学少有研究，刚才听得既新鲜又有趣，现在觉得有些累，便倒头在长椅上睡了。

洪英涛却没有睡，她胳膊肘撑在面前的小桌上，不由得又想起了李白《蜀道难》中的句子，并由此而产生了一些想法："锦城虽云乐，不如早还家。事情说巧也巧，这'锦城'不就是咱们的成都吗？可'还家'呢？噢，崔副县长他们可真是从成都'还家'了。那我呢？我的家在哪儿啊？我明明是在'离家'啊。离开我的老家，去一个遥远的我从未去过的地方。"她这么想着，忽然觉得有一丝悲凉掠过心头。但是她猛然又醒悟了，自言自语道："看看，真成了人家说的嘛，在家天天好，出门一时悲。我这是怎么了？三分钟的热度过去了撒。"

洪英涛用手拍了拍额头，并笑着责备自己说："嗯，看你还自称是个有志气的人哩！我看你是刚出土的苗儿，经不了风霜哩嘛！"洪英涛想着，却不由得将最后一句话说出了声音。

在座椅上睡得迷迷瞪瞪的葛培荣似乎听到了洪英涛喃喃的话语声，以为是崔副县长过来了，便睁开了眼，只见洪英涛正用一只手托着腮，在那儿出神。她粉红的面庞，在车厢微弱灯光的照耀下闪着光芒，显得那么美。

"我这是怎么了？没缘由地看人家姑娘的脸干啥呢?!"他这样想着，为了掩饰，略微有点儿不好意思地说："洪英涛，你还没睡啊？你在跟谁说话呢？"

这时，洪英涛才意识到自己刚才不小心将话说出了声，吵醒了葛培荣，便赶忙笑着道歉说："对不起，葛技术员，你继续睡觉吧，我保证不会再打搅你了。"

葛培荣笑了笑，转过身去又睡了，洪英涛也躺在椅子上睡了。

这一天车过了宝鸡，又过了天水，一路上各站都有人上车。特别是到了定西一带，上车的人就多起来了，车上的座位已经坐满，有些人便只好蹲挤在地板上或车厢连接处的狭小空间里。这些后上车的人，有的拖儿带女，有的背着行李，大部分都穿得比较破旧，看上去灰头土脸、神色委顿。听他们中有人说，由于天旱，今年这一带闹了灾荒，粮食少收或绝收，据说新疆地广人稀，日子还相对好过些。

由于空着的座位已经坐满，葛培荣与洪英涛也就没了可以睡觉的地方。崔副县长他们三个人就此开始实施原先由崔副县长提出的轮流去卧铺休息的计划。

这时天色已暗了下来，就要入夜了。在崔副县长的吩咐下，洪英涛先到卧铺那边去了。这次她没有说什么，因为一来硬座这儿确实睡不成觉了，二来崔副县长还说了："小洪先去卧铺休息吧，我在这儿还有点儿事要和葛技术员商量哩!"

其实这也是崔副县长怕洪英涛推拒才如此说的。等洪英涛走后，他便起身到车厢连接处的厕所小解。小解完后出了厕所，崔副县长看到在车厢接头处昏暗的灯光下，有一个留山羊胡子、戴一顶软塌塌灰布帽的老人背靠着一个箱子坐在地板上，正偷眼看他。他便走了过去，蹲下来，问老人是哪里人，准备到哪里去。

"俄（我）几辈辈了，就在定西住着呢么。"老人目光似乎在躲闪着什么，怯怯地回答，"今年个收成哈（瞎）掉了，听说新疆那边土地广得很，就想去奔个生机哩么。"

"原来是这么个事，那边有熟悉的乡党呢吧?"崔副县长一听口音是甘肃老乡，觉得亲切，话音也带了甘肃味。

"唉，那咱就没有的么，但我们一起走的人里头有哩。没出过门的人上路——走一步说一步呢么。"

崔副县长一听就明白了，老人这是到新疆去找生活的。他正准备继续接老人的话茬，却隐隐听到老人背靠的箱子里有响动，好像是里面有人，在叽里咕噜说着什么，紧接着又看到箱子底上似乎有水渗了出来，同时一股尿臊味升起。他突然间明白了什么，便说："哎哟，箱子里好像有人哩，快让他出来吧! 这么捂着把人捂死可就没治了。"他看着老人惊恐的神情，更加断定了自己的猜测。为了给老人宽心，他接着说: "老人家放心吧，我也是甘肃人，又都在路上，我不会坑害你的。"

老人听了崔副县长最后的话，似乎多少有些放心了，便一边从衣袋里摸出钥匙开箱上的锁一边说："唉，也都是我们害穷没办法么，孙娃子今年五岁，身高可能也不到三尺，我为了省钱不买票才将娃窝折到箱子里的……唉，你看娃尿憋了没办法，才让你给看见了……"老人一边轻轻打开箱盖让孙子出来去厕所，一边又用乞求的语气对崔副县长说："我看你是一脸的福相，咱又是老乡，乡里乡亲……"

崔副县长明白了他的意思，便摆手制止了他说："你啥都别说了，你不说我也知道。"崔副县长顿了一下，从衣袋里掏出五元钱，递给老者，又说，"开门迎客，坐车赶路，各有各的礼数。我看这娃不买票，迟早是个麻烦。这五元钱你拿着，快去给他补张票，估计他一米不到，买个半票也就行了。"

老人千恩万谢地接过钱，突然跪了下去。崔副县长吃了一惊，一把将老人扶起来，说："乡里乡亲的，你这是做啥呢吗？"顿了一下，又继续说，"现在的困难是暂时的，相信过不了多久，一切都会好起来的！您这样，我哪能受得起呀。快去给孙子补票吧！"崔副县长说完就转身离开了。

老人在他的身后喃喃地念叨着："好人啊！好人啊！这世道还是好人多哩么！"

崔副县长回到自己的座位上，刚才的事他并没对葛培荣说。

新疆地域广阔，人力资源不足，所以中央多次决定从内地动员一部分青壮年到新疆参加开发建设。前几年，已经有数十万江苏、湖北、湖南、安徽、上海等省、市的支边青壮年来新疆安家落户。

近两年，严重的自然灾害给一些地方的人民生活造成困难，所以又有一些人来疆。他们或由各地政府联系组织，或投亲靠友，或自己出行，加入新疆的建设大军中。

大约夜半时分，洪英涛过来了，推了推正勾着脖子打盹的葛培荣。葛培荣立即醒了，便又去推将头放在面前的案几上似乎也已入睡的崔副县长。崔副县长抬头看了一下，仿佛早就知道他们要干什么，便立即声音很小却带有命令口吻地对葛培荣说："现在该你了，麻利一点儿去，天亮后再叫我！"葛培荣没有说什么起身走了。洪英涛则坐在他腾开的位子上。

"咋样哩，睡得还可以吗？"崔副县长小声问。

"睡得真是太好了！可让你受苦了。"洪英涛小声回答。

"你这丫头，走上一条路，就是一家人，你还总这么客气干啥哩！"

列车依然不紧不慢地行驶着。天刚蒙蒙亮时，葛培荣回来了，让崔副县长过去。这次崔副县长没有多说话，起身走了，大约他知道前面就是自己的故乡——武威站了，便想好好地看一看——他们来时路过武威正是晚上，车厢的广播里没有播报站名。车在那里停了一会儿，他才知道那是自己故乡的车站。但因为是夜晚，他看不到什么，所以心里总觉得很遗憾。而这时已是清晨，他便想静心地好好看一看，看看车站，看看周边的村庄、原野，以释他多年思乡之情。

果然，没过一会儿，车厢里的广播又开始响了，列车播音员说，现在已进入武威境内，前方到达站是武威车站，并简要介绍了武威的历史与现状、风土人情与物产……

崔副县长趴在卧铺上一边听，一边看着车窗外掠过的田野、树木以及远处青灰色的山脉……

其实很多年了，他虽然没有回过故乡，但通过父母的讲述及与亲戚的通信，对于家乡的大致情形还是多少了解一些。这里的水土和新疆差不多，农业也比较发达，是河西走廊重要的粮、油、麻产区，过去就有"金张掖、银武威"之称。这里也是地区首府，有便捷的交通和比较发达的工业产业，特别是甜菜制糖比较出名。当然近两年由于自然灾害，这里也出现了困难情况，但和甘肃其他一些地方比，还不算特别严重……

崔副县长就这么看着，想着，车厢里的广播不知啥时已停了，可他的思绪仍然飞着。

"呜——"随着一声汽笛的长鸣，列车已驶进哈密站。在列车播音员对哈密的介绍声中，崔副县长也从回忆中被唤回到现实。他揉揉眼睛，从卧铺上起身，看到正有一束晨光从车窗外照进来，哈密站已在前方。

广播里说："哈密是西出阳关进新疆后的第一座城，明末清初的哈密王府所在地……"

崔副县长的童年就是在这里度过的。他七岁上小学，毕业后恰逢省会初级师范班在这里招生，一心要改变家庭命运的父亲便给他报了名。结果他被录取，上了三年初师，毕业后因学习成绩优异，被留在省会当了小学教师。

　　1950 年新疆人民政府向南疆选派干部，崔安成被选中，参加了在省会举办的训练班，毕业后到了喀什的旧城县，先在民政科任科员、副科长，后来又到乡上担任乡党委书记，1959 年被提拔当了副县长。

　　崔副县长的父亲崔天顺 1954 年从哈密工商联退休后，在儿子崔安成的多次催促下，带着妻子薛桂香来到旧城县定居。崔副县长的叔叔崔天富早已成了家，也跟着哥哥过来旧城县继续搞他的运输。

# 第四章

这天早晨，崔副县长他们乘坐的火车终于到了终点——大河沿车站。此处距离乌鲁木齐尚有不到二百公里，距离他们要去的旧城县则有一千三百余公里。

崔副县长一行三人下了火车，提着各自的东西，出了被木栅栏简单围在戈壁旷野中的车站，便看见有一辆吉普车停在不远处。崔副县长一眼便认出了那正是来接他们的车，便招呼其他两个人向那边走。

这时，从那辆车上下来一个四十多岁、留着络腮胡子的人。他一边走，一边向崔副县长和葛培荣打招呼，接过他们手中提的东西，并好奇地望了洪英涛一眼，那眼神似乎在问："走时是两个人，现在怎么又多出了一个？"

"这是洪英涛同志，是我们从四川接来去咱们那儿工作的。"崔副县长指着洪英涛对司机说，又指了指司机对洪英涛说："这是咱们县人委的小车司机朱师傅。"

洪英涛和朱师傅互相问了好。大家一起向小车走去。

朱师傅对崔副县长说大约六天前他们接到四川那边来的电话，说他们已上了火车，今天到大河沿。和走时送他们一样，他是三天前从旧城县出发，今天早晨到达这里的。

到了小车跟前，朱师傅打开后备厢，将崔副县长他们带的东西装了进去，又让大家上车坐好，然后开车沿着一条向南的道路驶去。

前方是一片青灰色的开阔的大戈壁，如同一块铺开的巨大绸缎。笔直的石子路则仿佛绸缎上一条黄白纹饰，一直延伸向遥远的天边。

朱师傅一边熟练地操纵方向盘，一边对坐在副驾驶位置上的崔副县长说："崔副县长，现在正是大热天，我想咱们跟来时一样，早晨走早点儿，晚上停晚点儿，中午找凉快的食宿点吃饭歇息。我知道你们坐了那么多天的火车，够累的，可在家千日好，出门万般难，等咱们赶到家，你们再好好休息吧。只不过这位姑娘……"

崔副县长知道朱师傅后面说的姑娘是指洪英涛，是担心她受不了这旅途的劳顿，便转头对车后座上的洪英涛说："洪姑娘，我们朱师傅是为你担忧哩……要不咱就让他走慢点儿，反正早一天晚一天总归会走到的……"

洪英涛听着崔副县长的话，有点儿着急了，赶忙说："不，不，就按朱师傅说的走，我也想快点儿到旧城县哩嘛！路行千里总有头。到了那里，你们放心，我也安心哩撒。"

听着洪英涛的话，崔副县长在心里连连称赞这姑娘吃苦耐劳、有恒心。当然还有一点是因为这两天他正没完没了地回忆过去，所以没有觉察洪英涛的细微变化。其实在火车出了嘉峪关后，看着车窗外连绵的戈壁荒漠与滚滚的沙浪砾石，洪英涛的思想上也曾出现过畏缩与迟疑。她反复在心里问自己：这次的选择正确吗？自己能够坚持下去，在这条路上走到底吗？正是在那时候，她想起了自己不久前在笔记本中抄下的一首诗：

……

虽然戈壁宽阔，
我们何曾惧怕；

尽管风沙猛烈，

意志难以摧垮。

来吧，来吧，远行的青年朋友！

在未来新疆的美丽花园里，

你我都是艳丽的奇葩！

……

　　就这样默诵着，她的心情慢慢平静下来，并又一次责怪自己思想不坚定。

　　"洪姑娘说得对，'路行千里总有头'。我再给你补充一句，叫'黄沙过后是绿洲'。说起来这真是咱新疆的一个特色哩，叫'荒的地方荒，石上草不长；绿的地方绿，葡萄像碧玉'。别的地方先不说，你就说咱们早晨经过的吐鲁番吧，那儿的葡萄可是名气大着哩！"崔副县长停顿了一下，忽然指着远处说："看看，我正说着呢，前面就已经出来绿色了，那恐怕就是托克逊县了吧？"

　　此时已近正午，太阳正照在当头，戈壁上的石头闪着幽幽的光，车内的温度在不断升高。

　　"那就是托克逊县。现在也快到中午了，咱们是不是就在那儿吃点儿什么，吃过后歇一歇，然后再往前赶。你们早晨下火车，肚里可能也空得难受了。"朱师傅说。

　　"好，就这么办。"崔副县长点头道。

　　不大一会儿，托克逊县就到了，朱师傅将车开上进县城的一条土路，在一个饭馆门前的老榆树旁停了下来。饭馆里有拉面，不算太贵，他们每人来了一碗。饭馆门前的树下有人卖馕和杏子，他们也买了一些。这两次花钱，洪英涛要付款，但都被崔副县长拦住了。和在火车上买饭一样，崔副县长对她说："洪姑娘，在这条回家的路上，你是我们的客人，所以你的吃住由我们包了，你就不用多操心了。"洪英涛感激地点了点头。

　　在树荫下摆有桌凳，是专供客人用餐休息的。现在没有别的客人，崔副县长他们在这里喝面汤、吃杏子。洪英涛初次尝到新疆的水果，不由得连连称赞其味甘美。

约莫过了一个小时的光景，太阳已过了头顶的天空，朱师傅又招呼大家上车。

俗话说得好，人是铁，饭是钢，肚子饱了精神旺。休息后，大家又来了精神，便一起上车出发。

一路上大家聊着天，甘沟早已过去。这天傍晚，他们到了轮台县。崔副县长对新疆的历史颇有兴趣，读过这方面的不少书。他说轮台自古以来就是西域重镇，地处古丝路北道要冲，汉武帝时曾在这里设校尉，管理屯田等事宜，后来又设西域都护府，统辖天山南北，是重要的交通门户。

车停了，他们的聊天也就此打住。在朱师傅的引导下，他们住进了城边一家旅舍。第二天天不亮他们又动身了，此去的道路大多较平坦，大家很少说话，而洪英涛也有了空暇，来想自己的一些有趣的往事。

事情发生在洪英涛十岁时，那时她已上小学四年级了。一个星期天早上，她起床发现家里人都不在，便一个人进了院内一间放破旧东西的房间。她今天是想做一件"蓄谋已久"的事，今年以来在学校音乐课堂上，老师给他们讲乐理知识时搬来了一架脚踏风琴，边讲解边示范，并用它演奏了一些乐曲。那优美的琴声使她感到激动，为此在课余的兴趣活动中她报名参加了器乐组，并有机会接触到风琴，学会了一些曲子。那时她曾为这神秘的乐器能发出的美好声音而痴迷，并幻想着有一天自己也能拥有这样一件宝贝。

说起来也巧，就在那之后的某天放学后，她无意间走进了家里那间始终关着门放旧东西的房子，发现在墙角处放一架与学校那架式样差不多的琴。她真是别提有多高兴了！她朝思暮想的一件宝贝，竟闲置在自家的破房子里无人问津！从那天起，她便打定了主意：哪天家里无人时，她一定要进去看看，如果琴还能用，便一定要请求父母准许让她使用。

而今天正是个好机会，她一溜小跑来到那间房子门前，拿掉了挂在门上已经锈坏的铁锁，开门进去，借着窗户透进来的亮光，搬开了风琴前面堆着的杂物，走过去试着用手按琴键。随即，她便听到了一声声悦耳的琴音。等到将高中低音琴键全部按完了，她便知道除了有几个高音琴键音不准，需要校调，这架风琴的基本功能仍然完好。

　　她心中别提有多高兴了，从旁边搬来一把破凳子，坐下忘乎所以地弹起来。先是《卖报歌》《让我们荡起双桨》，然后是《众手浇开幸福花》《歌唱二小放牛郎》……那些音乐课上学过的歌曲，她一首首都弹得那么熟练，甚至还有一些学校没有学过只是听别人唱过的歌，她也能凭着印象准确地弹奏出来。

　　就这样不知过了多久，突然，她感到房门被打开了，破房子里顿时变得亮堂起来。

　　"哎呀，我的精灵鬼，你啥时候又把你爷爷的宝贝翻腾出来哩撒？我在门口听了一会儿，你弹得还真像那么回事哩嘛！但这琴……"开门进来的是母亲。从她说出的话语中我们可以听出，她对女儿能用这架风琴弹出那么动听的音乐，心里还是高兴的。但她未说出的话里又似乎有什么隐忧……

　　母亲让女儿停止弹奏，带她出来，又随手挂上门锁，然后一起回到了居住的房间。她让女儿坐下，又对她说："这架琴是清朝末年你爷爷在喀什公干结束回来时，一位曾经带他去那儿的官员送给他的。那位官员说，现在朝廷里流行这些外国的洋玩意，包括钟表、乐器什么的，这架琴是一位外国朋友送的。他说自己的任期没满，还得两年才能回去，所以借花献佛就转送给你爷爷了，也算是对你爷爷这几年操劳的褒奖。"

　　"你爷爷回来不久就去世了。你奶奶说这是前辈的圣物，将它封存了起来，任谁也不能动。"母亲望着女儿说，"现在你奶奶也去世了，不知道这'圣物'还能不能动撒。我看这样吧，等你父亲回来了我问问他，我想走的人已经走了，这东西又能发出那么好听的声音，为啥非要让它待在黑屋子里当哑巴哩嘛！"

后来母亲跟父亲说了，并让父亲听了女儿的演奏，父亲犹豫着总算答应此后将琴交由女儿使用。于是他们便将那间旧房子收拾了出来，将琴摆在那儿。英涛的年纪渐渐大了，便让她也住进了那间房子。英涛又请人调试了琴音，节假日便会弹起来。经过长时间的练习，她的琴艺也大大提高，凡是听过的歌曲，没有弹不出来的。再后来，她又试着自弹自唱，也达到了相当的水平。有一年学校进行器乐演唱比赛，她还拿过一等奖哩。

　　"崔副县长，前面快到库车了。今天走得早，没顾上吃东西，这会儿天也开始热了，咱们就在这儿吃饭，并歇息歇息吧。"朱师傅的话打断了洪英涛的思绪。

　　"好吧，朱师傅，坐车走路你是领导，我们听你的。"崔副县长说。

　　从回忆中脱身出来的洪英涛，看到路两边都是人家和农田。其实今天早晨动身后，他们见到的戈壁滩已经越来越少，周围的绿色逐渐增多。

　　崔副县长说："库车是粮棉大县，土地广，人口多，而且历史悠久，古时的龟兹国就在这里。现在还有唐王城、库木吐喇千佛洞、皮朗古城等遗迹。我们有事在身，要不然可以去看看。"

　　说着话，库车县城已经到了，朱师傅将车开到了一家门前有树有草的饭馆前停下。大家下车，仍然吃了拉面，饭后又在门前树荫下喝面汤休息。

　　这时，有几个戴花帽穿裙衫的维吾尔族姑娘说笑着从饭馆门前的路上走过。

　　"啊，她们真漂亮，像鲜花一样！"洪英涛被她们深深地吸引了，不由得小声夸赞道。

　　"这你可说对了！咱们新疆有句话：'和田的丝绸哈密的瓜，库车的姑娘一朵花。'这后半句可就是说她们哩！"朱师傅也称赞道。

　　对于朱师傅的这个说法，崔副县长和葛培荣都表示同意。

　　歇了一会儿后他们又出发了。此去又多是戈壁滩，路却很平，朱师傅的车也开得稳。崔副县长的精神很好，他和坐在后排的小葛说起了回去后试种番薯的事。洪英涛又陷入了回忆之中。

那天，也就是余副县长请崔副县长他们用餐并说定洪英涛随他们去新疆的第二天早上，她便搭乘摩的到了设在成都的四川农林学院，找到了正在林业系上学的自己的恋人张北川。

张北川和洪英涛曾在同一所中学上学，早她两年毕业，考上了大学。他们在中学时，都是学习上的拔尖学生，又同是文艺爱好者和文艺骨干，所以多有接触。不久前，洪英涛毕业考试完了，他们曾有过一次约会，互相表达了爱慕之情，确定了恋爱关系。

洪英涛此次找张北川，是来与他告别的。本来，她想去新疆的事张北川此前就知道了，并说如果她真的去了新疆，自己毕业后也会要求到那边去，为新疆的林业发展出力。但是他没有想到她这么快就做出了决定，并且即将动身，所以两个人的这次见面就显得弥足珍贵了。

本来张北川正在紧张地准备学期考试，为此，他向老师请了假，便带着自己的心上人来到成都人民公园。他们在这里照了一张快照，然后他们就边走边聊，直到天近傍晚，才在园内的小吃部吃了点儿东西，又在一片树丛中的长椅上拥坐下来。虽然洪英涛第二天下午就要动身，但他们并不着急，因为成都离她住的县城不远，明早完全可以从容到达。

两个热恋中的年轻人互诉衷肠，因为即将别离，所以情感的浪潮来得格外凶猛。后来，他们终于紧紧地搂抱在一起，炽热的嘴唇相互亲吻着。张北川的手鬼使神差地伸进了她的内衣，像游蛇一般伸向了她的胸。洪英涛有一种从来没有过的异样感觉，渐渐弥漫开来，遍及全身。她有些惊诧。这时，她猛地想起了母亲曾对自己说过的话："女人的禁区不能轻易开，开了就没有发言权了。""北川，你……你听我说……好了……万一……以后咋办哩……"而就在此时，她听到身后不远处有脚踩树叶的声音传来，便赶快推开了恋人。

张北川也突然清醒过来，收回自己的手，坐直了身子。此时，在朦胧的月光下，他们看到不远处正有一对恋人从身旁的小路上走过。

"北川，不用着急……迟早会有这一天，我等你。"

"洪姑娘，你是在做梦吧？你推我干啥，你嘟囔啥呢？"坐在洪英涛旁边的葛培荣突然说，"快醒醒吧，你看路两边的林带，还有稻田，我觉得可能快到阿克苏了。"

听到葛培荣的话，洪英涛赶忙睁开眼睛，才发现自己不知什么时候斜着身子躺在了车后座上，一只手正放在葛培荣身旁。她立刻明白是刚才回忆的最后自己打了个盹，将身旁的人当成了北川，便立即红着脸向葛培荣道歉。葛培荣是个直爽的人，也没太在意。

不一会儿，他们就进了阿克苏城，马路边电线杆上的广播喇叭里正播放一首名叫《新疆是个好地方》的歌曲："……伊犁河的苹果甜又大，吐鲁番的葡萄把名扬。阿克苏的大米白油油，做成了抓饭香又香……"

他们看到有不少汉族青年或骑自行车，或步行，正从街上走过。朱师傅说这都是上海支边青年，附近农场的。今天是星期天，他们可能正往回走。

当天晚上，他们住在了一个叫作沙井子的地方，那儿离阿克苏不算太远。

第二天，他们又起了个大早，傍晚时便赶到了喀什。

街灯亮时，他们的小车在一段水泥路面上行驶，崔副县长侧过头对身后的洪英涛说："我们要去的旧城县原本在喀什，1955年才迁到现在我们要去的地方。按说它应该是地地道道的新城，可人们却将它叫作旧城。另一个离喀什更近的县，有近两千年的历史，人们却叫它新城。历史嘛总是有许多曲曲折折的故事藏在里边。"他又说，"喀什是一座历史古城，文化古迹也不少，如香娘娘墓、艾提尕尔清真寺、三仙洞……都是很值得去看的。"他停了一下又说，"但这些都是自家院里的树——跑不掉，等你在旧城县拾掇停当了，随时都可以过来看。不说了，这些你以后都会知道的。"崔副县长停止了介绍。

原来他们的目的地——旧城县已经到了。

# 第五章

　　转眼间，洪英涛到旧城县已经三天了。按照崔副县长的安排，刚到这里的那天晚上她就住进了县人委招待所。崔副县长给招待所所长简单介绍了洪英涛的情况，让好好照顾她。之后他又对洪英涛说，这几天他要向县长汇报一些事情，让她好好休息，得空了去街上看看，熟悉一下环境。然后他就走了。

　　招待所所长姓侯，四十余岁，天津人，是1950年随部队进疆的复员军人。他听崔副县长介绍后，知道洪英涛是自愿从四川来这里参加边疆建设的，所以对她十分关照。他为洪英涛安排了食宿，又说这里现在条件还比较艰苦，吃的是涝坝水，点的是煤油灯，但这种情况不会持久，他们正在努力改变。

　　按侯所长的安排，洪英涛住进了一间离大门不远，后面靠路的双人间。这间房今年以来没人住过，一直空着，房里有床和刚换洗过的床单被褥，还有张桌子，上面摆了油灯、暖瓶等。

　　洪英涛利用一天时间搞了一下个人卫生，换洗了衣服。她第一次见识了涝坝，原来那就是一个人工挖的池塘，周围栽种了树，里面灌满了水，供人们食用。从表面看，那水是清的，但仔细看，里边有小的漂浮物。那盛着煤油、带玻璃罩的灯，点亮后只有昏黄的一圈光，这自然也无法和一拉开关就照得满屋通亮的电灯比。但她想到自己本来就是做了准备到这边来吃苦的，不能讲什么条件，况且侯所长也说了，这种情况不会持久。

这天早饭后，侯所长来到她的房间，问她房里还缺什么，过后他让人给配备齐全，然后就带她上街了。路上侯所长说旧城县在喀什地区算中等大小的县，人口二十万左右，城镇人口四千多。县城主干道为过境公路段，由东北向西南穿城而过，稍微大点儿的商店有几家。

"现在商店的东西不算很多，而且有些还得凭票购买。"侯所长说。

"知道，我们那儿也是一样哩嘛。"洪英涛说。

他们进了百货商店。侯所长跟其中一位女售货员相识，便向她介绍了洪英涛，并经她"特许"给洪英涛卖了一块香皂和一袋牙膏……

第二天早饭时，侯所长对洪英涛说，崔副县长刚才打来电话，要她早饭后去他的办公室，然后一起去见买买提县长。洪英涛估计可能是要说自己的工作，心里十分高兴。

县人委离招待所不远。早饭后，侯所长陪洪英涛到了人委院中，给她指了崔副县长的办公室，自己就去办其他事情了。洪英涛敲开了崔副县长办公室的门，见他正和一个小伙子在那儿说着什么，便向崔副县长问了好，然后在他指的椅子上坐下。崔副县长问了她这几日的休息情况，然后便将小伙子介绍给她："这是咱们人委的秘书李文祥，就是你的那位老乡。我们在你们县上学习考察时曾经去过他家，见过他的母亲。你可能也听余副县长说过了。"

"是，余副县长是给我说过哩嘛！哎呀，没想到走这么远，还能遇见一个县上的老乡哩！"洪英涛高兴地说着，主动上前和李文祥握手。

李文祥是个腼腆的人，尤其是见了陌生的女性。他红着脸，一边伸出手，一边说："欢迎你，欢迎你到旧城县工作。"

"好啦，你们两个小老乡过后慢慢再聊吧。现在我和小洪去买买买提县长的办公室，我跟他说好了的，今天早晨他要见见小洪。"崔副县长边开门边说，"有些事情，到那儿再说吧。"

买买提县长的办公室就在隔壁，他们转身就到了。

买买提县长个子较高，额头突起，脸上略显瘦削，一双眼睛在眼眶深处闪动。他从办公桌旁站起身，笑着望了望洪英涛说："欢迎，你就是崔副县长说的那位姓洪的姑娘吧？来，请坐。"他指了指墙边的椅子让洪英涛坐下，说："有用的人一百个嫌少，无用的人一个也嫌多。知道你来我们旧城县工作，大家都很高兴。我们这里是边疆地区，又是民族地区，各方面人才嘛都缺少，特别是有文化的年轻人，只要愿意来，我们的门什么时候都开着呢！"他接着说，"你的情况嘛崔副县长已经对我说过了，高中毕业，有知识，歌嘛也唱得好，舞嘛也跳得好。"他顿了一下继续说，"听说你的维吾尔族舞蹈跳得比咱们这边很多人还要好呢，等以后有了机会你给咱们展示一下，我们会好好地欣赏呢。"

洪英涛没有想到买买提县长的汉语讲得这样好，而且对自己也了解不少，便笑着直点头。

买买提县长继续说："我们县上原来有个歌舞团，但几年前由于一些原因停办了。这两年我们就商量着要恢复——听听歌，看看舞，干起活来劲头足。但是因为专业人才不好找，所以这件事情就放下了。这次我们崔副县长带你来，本来也有这个想法，让你参加建立歌舞团的工作。但这两天我们又请示了上面，他们说现在情况特殊，不宜建立新的机构。"他顿了一下继续说，"但你已经来了，我们维吾尔族有句话是，要好好对待上门的客人，特别是那些对我们有帮助的人。所以我和崔副县长商量了一下，打算让你到县上的图书室工作。现在我们县的汉族同志越来越多了，他们也要看书学知识。但我们的图书室只有一个维吾尔族的老同志，是县文化馆副馆长兼图书室负责人，也是图书室唯一的工作人员。汉文的书他管不了，几次向我们提出希望能调个合适的汉族同志过去。现在我们想到了你。我嘛已经问过民政科的秦科长了，他说还有空的事业编制。现在他正在下面开会。我的意思嘛，你可以先到图书室上班，等他回来了就给你办相关手续。"说到这里，买买提县长又问，"洪英涛同志，这样安排不知你是否满意？"他又补充说，"过段时间条件成熟了，县上也准备正式成立图书馆。现在县文化馆已经搬到了其他地方，就是在为此做准备。"

"行哩嘛。谢谢领导对我的关心，我一定会好好为旧城县的人民服务，争取在工作上做出成绩！"洪英涛高兴地说。

"崔副县长，你看这样行吗？"买买提县长又问。

"行哩，就按买买提县长说的办！"一直没有说话的崔副县长说。

这时，洪英涛猛地想起前几天他们坐车路过甘沟时，崔副县长也说过"听听歌，看看舞，干起活来劲头足"，并且还说了让自己"做业余演员"。自己当时还有点儿摸不着头脑，刚才听了买买提县长的话，就明白了：原来他早已在为自己的工作考虑了，但还要和买买提县长商量。她觉得他们都是办事稳妥、可信赖的人。

"那么，我看现在是不是就让咱们的李秘书带洪英涛同志去图书室，给卡得尔馆长介绍一下。买买提县长，你看这样行不行？"崔副县长问。

"行，就这样办吧！"买买提县长笑着说。

洪英涛与买买提县长、崔副县长道别后便出了门，跟着已在那儿等候的李文祥向大院门口走去。

"欢迎你，洪英涛同志，真没想到咱们还是一个县上的老乡哩嘛！"李文祥边走边说，因为今天遇到了洪英涛这个老乡，所以他的话末尾也不由得带上了差不多已经忘记的家乡话的尾音。

"是呀，我也早就听他们说了你的家在溪水公社，那儿我知道，但没有去过哩嘛。"洪英涛说。

"那儿离县上十里地。要说起来也巧，在老家我们不认识，却在几千里之外相识了。"

"是呀，也许这就是缘分哩嘛。"

"人说亲不亲，故乡人。以后你有什么难处就吭一声，我会尽全力帮助哩嘛！"

"好的，那就谢谢你了。"

接着李文祥又给洪英涛简单介绍了一下即将见到的图书室负责人——卡得尔·衣沙木丁。他说卡得尔是个有文化、有知识的人，当了大半辈子县城维吾尔族中学的教师，会说一些汉语，也认识一些汉字。前几年他本来打算退休，但建立图书室时因找不到合适的人来管，上面便挽留了他，让他当了图书室的负责人，并兼任文化馆的副馆长。他对维吾尔文书籍自然是熟悉的，来这里工作以前又专门到地区图书馆学习过一段时间，所以总算是将图书借阅工作开展起来了。但他一个人，管维吾尔文图书的借阅就已经很忙了，这两年随着县上汉族人口的增多，图书室又陆续购进了一些汉文图书，他就更是忙不过来了。今年以来，北京、上海等城市的一些大型图书馆又给这里赠送了不少汉文书籍，他就更是无法应对了。所以他多次向上面反映，要求给图书室配个汉族工作人员。

"这两天，他听说上面要给图书室配人，十分高兴，正殷切地盼望着你的到来哩嘛！"李文祥说。

"噢，是这样的嘛，那我一定要好好配合他的工作哩嘛！"洪英涛高兴地说。

图书室离人委不远，他们说着话就已经到了。进了门，前厅的借阅台后没有人。李文祥常来这里，知道卡得尔正在里边忙活，便带着洪英涛进了书库。听到有人正在咳嗽，李文祥便边走边喊道："卡得尔馆长，看我给你带人来了！你这个光杆司令，以后手下可有兵啦！"

"给图书室分配的人来了吗？"卡得尔高兴地放下手中的活走过来说。这两天他已从人委那边听说了要给他派人，所以想先把那些堆在地上的汉文书简单整理一下，等人来了一同登记造册。没想到他今天正忙活着，人就到了。

"卡得尔馆长，这就是给图书室新配的人。"李文祥指着旁边的洪英涛说，"她叫洪英涛，高中毕业生，是刚从四川来的，县上领导已决定让她在这儿工作。对于图书工作，她以前可能没做过，现在先给你帮忙，请你多教教她。县上领导说了，有机会要让她去地区图书馆参加培训，回来后可能就是你的得力帮手了。"

卡得尔听李文祥说完，便在工作罩衫上擦了擦手，上前来跟洪英涛握手，并连声地说："太好了，太好了！真是肚子饿了嘛遇上肉锅，我嘛从心坎里欢迎你到这里来工作！你的名字嘛叫什么——红……"

洪英涛赶忙回答："我叫洪英涛。希望馆长以后多指教。"

卡得尔笑着说："红樱桃，你的名字嘛跟你一个样子，漂亮得很嘛！"

因为"红樱桃"与"洪英涛"同音，所以洪英涛与李文祥并没听出卡得尔说得不对。

李文祥对洪英涛说，自己经常来这里借书看，过些日子还会来还书、借书。又说，这里的具体情况卡得尔会向她介绍，自己办公室还有事，就先走了。说完就向她和卡得尔告辞了。

卡得尔馆长带着洪英涛将图书室里里外外看了一遍，说："现在的书库在新中国成立前是个粮食库房，所以比较宽大，门厅里靠右边有个借阅台，对面一间小屋是办公室，左边一间长方形大屋空着，后面还有个小院……"

看过图书室的整体环境后他们回到书库，卡得尔环视了一下周围说："你看哈，粮食嘛可以武装肚子，知识嘛可以武装头脑。我们现在的工作嘛就是要让知识装进大家的脑子里去，这个样子对他们的好处嘛多得很呢！"

"是的，卡得尔馆长。书籍是人类进步的阶梯，是这个意思不？"洪英涛说。

"是这个意思嘛，但是你说得比我说得好！"卡得尔笑着说。

"不，卡得尔馆长，这句话不是我说的，是苏联的一位大作家说的。"洪英涛也笑着说。

"苏联的大作家？那一定是高尔基！我看过他的小说《母亲》，他的写作水平嘛高得很！"

"是，我也读过他的小说。"

"啊，好，看来你嘛到这里工作是完全正确的！"卡得尔不无赞赏地说。

洪英涛开始动手帮卡得尔馆长整理汉文书。她看到这里有不少中国名著和世界名著，心里很高兴。她本来就是个书迷，在学校时就经常在图书馆借阅，现在它们就在眼前，想读哪本就读哪本，心里的高兴劲就别提了。

这天午休时，洪英涛回招待所吃饭。侯所长来跟她说，现在县上干部住房暂时没有空闲的，而来招待所住宿的人又不多，所以让她先住现在的房间，在这里的餐厅吃饭。房费不高，按一般干部住公房的标准，吃饭凭饭票，吃多少买多少。他还说如果她需要，可以从招待所借点儿锅碗瓢盆之类，派人在房门口给她砌个灶，并发点儿煤炭，她休息日可以生火做点儿自己爱吃的东西。

洪英涛没想到侯所长为自己考虑得这么周到，心里十分舒畅，便连连称谢。

又过了几天，民政科秦科长开完会回来了。他让洪英涛填了几张表后说："你的工作就这样定了。欢迎你正式成为我们旧城县建设者中的一员！按照有关规定，你的工作试用期为一年，试用期月工资三十八元。图书室现在没有财会人员，你先到县文教科财务室领工资。"停了一下，他接着说，"还有你的户口及粮食关系，我们给你开证明，你到城镇派出所去让他们跟你老家联系转过来。其他的你还有什么问题需要我们出面的你只管说，我们一定尽力为你办。祝你工作顺利，生活愉快！"

秦科长不到三十岁，说话办事干脆利落。洪英涛向他致谢后，回来便按他说的去办了相关事宜。她抽空给父母和张北川分别写了信，简单讲了自己来这边的情况，让他们放心。在给张北川的信中，她还特别讲了一些这边需要各方面人才的话，也表达了自己对他的思念之情。

过了大约一个星期，这天正是星期六，卡得尔馆长告诉洪英涛，地区图书馆下个星期一开始举办为期十天的图书管理培训班，让她明天下午就去地区图书馆报到，参加培训。

"肚里的知识不是官，却能带兵千千万。你嘛去好好地学一下，将来咱们的这个图书室可能主要靠你了，我嘛已经老了，干不了几天了。"卡得尔笑着说。

"卡得尔馆长，你咋说'干不了几天'哩撒，我还准备好好向你学习哩嘛！"洪英涛也笑着说。

第二天下午，按照卡得尔馆长昨天说的路线，洪英涛坐公交车到了喀什，找到了地区图书馆所在的一幢二层小楼，在那里报了到，并被安排了食宿。

这次举办的图书管理培训班，由科班出身又有实践经验的专门人员讲课，地区各县和一些直属单位都派人参加了。他们中一部分人是已在图书阅览室工作过一段时间，有实践经验，原来已参加过培训这次又来的，还有一部分和洪英涛一样，是初入这个行当的。

第二天正式开始授课。在数天的时间里，授课人员讲了图书的分类、登记、上架及借阅等有关知识，还利用地区图书馆的现有条件进行了操作实践。

和洪英涛坐一张桌子的是新城县来的一位女同志，名叫牛玲，比洪英涛大几岁，汉族，也是高中毕业生，以前曾参加过培训，已在图书馆工作数年。她的父母都是军队干部，河北人，1949年来到新疆，在南疆军区工作。通过几天的学习及交谈，她和洪英涛相互有了不少了解。洪英涛有不明白的地方会向她请教，她都耐心解答。她们处得挺不错，成了一见如故的朋友。

这天是星期六，因为学员大部分是各县来的，所以学习班决定第二天放一天假，让大家去逛逛喀什城。那天路过喀什时，崔副县长讲了一些喀什的名胜古迹，所以洪英涛想利用这个机会去看看。这些，牛玲以前虽然都看过，但知道洪英涛想去看又人生地不熟，便主动提出第二天陪她去，并说自己在喀什有熟人，可以想办法找辆车，因为阿帕霍加墓（香妃墓）离喀什有四五公里的路程。

第二天早饭后，便有一辆吉普车停在地区图书馆楼前，并鸣了几声喇叭。牛玲一边招呼洪英涛下楼，一边说这是自己丈夫单位的车，今天正好有一位巴基斯坦外宾要去看阿帕霍加墓，可以顺便带她们一起去。

她们下楼便看见一位三十岁左右的高个男人正拉开车后门，笑着请她们上车。这正是牛玲的丈夫江步远，他是地区外贸局的翻译，今天特意来做导游。据说他会讲英语，维吾尔语也讲得相当好。她们上了车，见前排座位上有一位卷发的外国男人。江步远说这是巴基斯坦客商，今天要去看阿帕霍加墓，正好可以将她们带上。牛玲给丈夫介绍了洪英涛，他们相互打了招呼。车向东北方向行驶了不长时间，阿帕霍加墓就到了。

大家下车，便见前面绿树环绕中有一座圆顶的高大建筑，上面的翡翠琉璃砖在阳光下熠熠闪亮。周围还有一些高高低低的建筑，上面的装饰也都透着奇异的光彩。

他们在一位维吾尔族守墓老人的陪同下进了拱形大厅的门。这就是主墓室，大约有五六层楼房高，里面四周墙上全贴着绿色的琉璃瓦，顶部为穹窿形，下面有大大小小的陵墓或高或低排列在大厅之中。

江步远用外语给巴基斯坦客商做介绍，牛玲则尽自己所知道的给洪英涛做说明。

三百多年前有一个叫玉素甫霍加的人从中亚传教来到喀什，后来去世。其子阿帕霍加遵从父愿将他安葬于此，修建了陵墓最初的规模。后来阿帕霍加子承父业，在喀什一带名气越来越大，并成了这一带的掌权者。他去世后，他的后人又将他葬于此，并对陵墓周围的建筑进行了修缮。

以后又经多次修葺，逐渐有了现在的规模。人们一直称它为阿帕霍加墓。

清朝晚期，又有人称其为香妃墓，是说乾隆宫中的容妃原生于喀什，其去世后遗体被运回，也安葬在这里。这个说法专家认为不正确，但人们已经习惯了这样的叫法。

清代学者萧雄就有一首诗，名曰《香妃娘娘庙》。

庙貌巍峨水绕廊，纷纷女伴谒香娘。

抒诚泣捧金蟾锁，密祷心中愿未偿。

牛玲和洪英涛又看了一会儿，江步远已陪客商转回来。大家告别了守墓人，上车回城。

车回到城里时，时已近午，江步远要陪客商回外宾馆用餐，便礼节性地邀请牛玲和洪英涛同去。牛玲知道外宾馆接待外宾有讲究，所以微笑着推拒了，说自己和洪英涛还准备在街上转转。

江步远他们坐车走了，牛玲则拉着洪英涛拐进了旁边的一条巷子，这是喀什城内一条颇有名气的街巷，里面除有饭馆，还有许多手工作坊，盛产各种手工艺品，是这里最具民族特色的一条街巷。

牛玲带洪英涛来到一家烤肉包子铺门前，在有树荫的桌子旁坐下，要了烤肉和薄皮包子。牛玲说："这里的烤肉与其他地方的不同，是由碎肉和洋葱捏制而成的肉团，吃起来别有风味。而薄皮包子更是这里的特色，用洋葱和肉做馅，水嫩香软。

不一会儿，她们要的东西就上来了。洪英涛吃着，果真如牛玲说的异常香美。牛玲则边吃边说，本来这里是异常热闹和繁华的地方，特别是节假日人多得都快要把巷子挤破了，但这两年人少多了。洪英涛点头表示明白。

用过餐，牛玲抢先付了钱和粮票，说是尽地主之谊。这使洪英涛多少有些不好意思，但也没有办法，只好说"有情后补"。

接着她们向巷里走去。两边有了越来越多的店铺，其中有卖乐器的，有卖纺织品的，还有式样古朴的陶器、明光闪亮的刀具、玉的佩饰、铜的炊具、铁皮箱子、木头摇床以及用水晶、玛瑙、牛角兽骨、鹰翎、雀毛等加工而成的装饰品等。有的店铺与手工作坊连在一起，一边有工匠在加工制作，另一边则有成品摆出，供人们选购。

天很热，她们在一个卖装饰品的店铺旁停下来，坐在木凳上休息。牛玲从挎包内拿出一张本地的报纸，递给洪英涛。

"关于这里的景象，"牛玲说，"有位诗人曾经写过。我知道今天我们要来这里，所以昨天从图书馆借了这份报纸，现在给你看。"

洪英涛接过来看，原来那是一首诗，《喀什一条巷》：

> 哦，不要以为我写的是边城最美的地方，
> 这里仅仅是大街旁边的一条小巷；
> 哦，不要以为我说的是二十世纪的景况，
> 这里不过是与工厂并存的手工作坊。
>
> 乐器匠拿着钻、锉，在精心制作，
> 阿娜低着头绣织，花帽放在膝上；
> 木器工操着锯、刨，在不停忙碌，
> 阿达勾着腰剪裁，靴皮摞在身旁。
>
> 弹棉的，弓、捶，轻快地移动，
> 泥捏的容器，一排排，式样古朴；
> 编制的，手、脚，紧张地配合，
> 玉琢的佩饰，一件件，精巧闪亮。
>
> 老羊皮风箱鼓着胸，在角落里，
> 一起一伏，发出沉重的喘息；
> 笨重的砂轮旋转着，在支架上，
> 时快时慢，拉开沙哑的喉嗓。
>
> 铜的家什，铁的用具，银的佩饰，

红樱桃

044

闪亮的茶炊、腰刀，别致的酒觞；
炉中的火，弥漫的烟，飞落的灰，
挥动的臂膀，汗水，嘈杂的音响……

"啊，他写的就是我们看到的景象哩嘛！"洪英涛看着，不由得露出了惊喜的神色，"但是这位作者究竟是什么人？不久前我刚到这里时，有位同事也给我背过他的一首诗——《喀什城》。"洪英涛将报纸还给了牛玲说。

"噢，这你可把我问住了。咱们不在报社，就不会知道这位作者是谁。而即便是到报社去问，人家也不一定会告诉你的。我看嘛，他也许是一个人，也许是几个人合用的笔名。因为以这个名字发表的关于写这里风情的诗还有不少哩。咱们干脆就叫他'土著诗人'吧！"

"对，也许是这样！"洪英涛表示赞同。

她们起身准备进旁边的店铺逛逛。店主是一位留漂亮小胡子的维吾尔族中年人，他看到她们在自己店前留步，便笑着招呼她们。

牛玲一看便知这是一位和汉族顾客打过交道的店主，也笑着点了点头。这时，那位店主看到洪英涛正盯着货架上一个半大的玉石花瓶，便赶忙上前取过来递向洪英涛，并说："这个嘛，和田的玉石，漂亮得很嘛，里边嘛水放上，花放上，会更漂亮，跟你一个样子漂亮呢嘛！"

洪英涛将花瓶接过来，仔细看着，她的手中有一种滋润的感觉；而花瓶的瓶肚上那两朵利用天然皮色雕出的红色花朵，更是艳丽可爱。

洪英涛爱不释手，便让牛玲问价格。牛玲看她真想买，便用维吾尔语跟店主谈起了价。店主没想到这位汉族女主顾懂维吾尔语，非常高兴，最后只要了比成本略微高点儿的价——八元。

洪英涛付了款，将花瓶小心地放进了挎包中。之后她们便在店主客气的送行言辞中离开了店铺。这里离地区图书馆不太远，她们一边欣赏街景，一边步行着往回走。洪英涛对牛玲刚才用熟练的维吾尔语跟店主进行对话表示钦佩。

牛玲说："语言是沟通的桥梁，咱们在这儿工作，学会这里少数民族使用的语言，许多事可能会办得更好一些。"洪英涛深深地点头称是。

又是三天的学习，最后一天进行了考试。牛玲以满分一百分、洪英涛以九十六分的成绩，分别取得了参加培训的人中的第一、二名，受到教师和学员们的称赞。

第二天早上，牛玲与洪英涛分别坐公交车回自己县上。临行前两个人握手惜别，并相互邀请对方得空时来自己的县上玩儿。

# 第六章

　　洪英涛上午回到县里，下午就去图书室上班了。她见了卡得尔馆长，给他简单汇报了学习情况，并按学习班要求将成绩单和评语递给卡得尔馆长。

　　卡得尔看着成绩单，笑着连声称赞道："好马不用鞭子打。从你学习以前的工作中，我嘛就看出来了，你嘛是个好样的！现在看一哈，九十六分，比我那次参加学习的成绩嘛高二十分，我只考了七十六分，还比有的人高呢！嘿嘿。"

　　"是这样吗？谢谢卡得尔馆长夸奖。"洪英涛被卡得尔有些滑稽的神态逗乐了，也笑着说。

　　"红姑娘，你知道我们的书架子上嘛，现在都已经摆满了，地下还有那么多书。我们以后还要买书嘛，买来后放到地上也不行嘛！"他停了一下，又说，"去年底嘛我给上面领导说过了，让他们给拨一点点款，我们再做些书架子。他们说研究研究，但不知为什么，到现在还没有研究完！所以嘛我想让你写一份报告交上去要钱。"

　　洪英涛答应着，问报告给哪儿写，要求拨多少款合适。

　　"我们嘛，虽然现在名义上和文化馆在一起，但实际上已经不归他们管了，经费嘛也是单独给的呢。所以嘛报告就直接给文教科写，钱嘛……"卡得尔眨了眨眼睛说，"我嘛已经算过了，现在情况特殊，文教科的钱嘛也少得很，就写上三千元吧。"他笑了笑，又说："其实嘛有两千多元也就可以了。但我们嘛写多一点儿，他们嘛肯定会少给一点儿，这样嘛就差不多了嘛！"

洪英涛在学校时语文就学得好，作文也写得不错，写这样一个简单的报告，自然不在话下。她接过了卡得尔递来的公笺纸，很快就写好了，并读给卡得尔听。卡得尔听后很满意，说明天早晨一上班，他就给文教科送过去。

这时，卡得尔突然想起了一件事，对洪英涛说："哎呀！我差一点儿忘了嘛，上个星期六嘛，我们县上农技站的葛技术员给你嘛挂了电话，说你回来以后嘛一定要给他打个电话，他有事情要给你说呢！"说完，他从桌上的书下拿出一张纸，上面用汉字写着"吾其沙克公社五大队"，字虽然写得有些不太顺畅，但清楚明白。

"我嘛汉语水平不高，这个字嘛也写得不好，但我正在学习。俗话说，油灯点着才有亮光，坚持学习就会进步。"卡得尔有点儿不好意思地笑着说。

"没想到卡得尔馆长的汉字写得这么好，不错，不错！语言是沟通的桥梁。以后我也要好好学习维吾尔语，请卡得尔馆长多指教哩嘛。"洪英涛说。

"好得很嘛！你嘛帮我学汉语，我嘛帮你学维吾尔语，这就叫……"卡得尔想起了一个汉语的词，犹豫了一下才接着说，"互相学习，共同进步。"

"是的。我们应该互相学习，共同提高。"洪英涛笑着说。

"对，互相学习，共同提高！"卡得尔加重语气说。

快到下班时间了，洪英涛拿起了电话，按卡得尔写的地址给葛培荣挂电话。这部电话是以前文化馆装的，文化馆搬走后将电话留给了图书室。

电话很快接通了，葛培荣正好在大队部。他们相互问了好，葛培荣说上星期六他给图书室挂电话，本来要约洪英涛星期天去自己家吃顿饭，但听卡得尔说她去地区图书馆学习了，要十天才能回来，就给她留了自己所在公社的地址，让她回来给自己挂电话。现在接到她的电话就告诉她，这个星期天中午来农业局家属院自己的家中吃顿饭，一起聊聊。他还说这段时间自己跟着崔副县长在吾其沙克公社蹲点，试着种番薯。洪英涛自然是答应了。

打完电话，洪英涛和卡得尔一起关了门各自回了住处。洪英涛在招待所食堂吃过晚饭，便回到自己住的房间。上午回来吃过午饭又休息了一会儿就去上班了，她还没顾得上摆放在喀什买的玉石花瓶。此时，她将它从挎包内取出，用一块干净的手帕擦拭着，边擦边细细观赏。这件玉瓶高度适中，粗细得当，那光亮柔滑的瓶颈，那缓缓凸起的瓶肩，那饱满微鼓的瓶胸，那曲韵流淌的瓶腹和渐渐收拢的瓶足……啊，这简直就是一个按比例缩小的美人身型！瓶胸上那两朵根据天然皮色雕出的浅红色花朵，正发出幽幽的光，既神秘又充满诱惑，简直就像是女性的乳房！这时，她不由得想起了那天买花瓶时店主对自己说的话："这个嘛，和田的玉石，漂亮得很嘛……跟你一个样子漂亮呢嘛！"想到这儿，她不由得脸红了，她不知这是雕者的匠心所具，还是自己一时的神思附会，竟然将一个花瓶与自己联系了起来。

她紧紧盯着那两朵花，那两朵浅红色含苞待放的花正是樱桃花！啊，樱桃——英涛，这花名不正与自己的名字同音吗？怎么会这样呢？她不知这是一种巧合，还是一种什么征兆，但她觉得很神奇，她的内心里充满了幸福的感觉。后来，她竟怀抱着花瓶倒在床上睡着了。

转眼便到了星期天，快到中午时，她如约来到农业局家属院，并找到葛培荣家的房子。这地方是她问过侯所长后知道的。

她敲了门，葛培荣来开门，并热情地请她进屋。进得门来，她看到这是一大间两套间的房子。进门的一间略大，向阳，是客厅；后面小点儿的可能是伙房；旁边的一大间肯定是卧室了。这时，从后面的伙房里走出一个人来，原来是县人委的秘书李文祥。他向她问了好，便请她在桌旁的椅子上坐下，说自己和葛培荣是老朋友了，今天特地受邀来陪她。葛培荣给她端来茶水。

洪英涛和李文祥、葛培荣正说着话，从后边伙房里又出来一个年轻女人。她年纪和葛培荣相仿，中等身材，面容俊美，小褂的袖子高挽着，看来正在忙活。葛培荣忙向她介绍洪英涛，说她是不久前和自己一道从四川来的，现在在县图书室工作。他又向洪英涛介绍说："这是我的妻子，名叫于莉，是县城小学的音乐教师。"

于莉热忱地对洪英涛表示欢迎，并说已听葛培荣讲过了她能歌善舞，开朗大方，又是主动要求从内地来边疆参加建设的，所以自己由衷地对她表示钦佩。

洪英涛有点儿不好意思地笑着说，自己初来乍到，要向这里的同志好好学习。

于莉又进伙房忙活去了，葛培荣则坐下来和洪英涛、李文祥说话。他说："崔副县长本来也说好了今天要到这里来的，但昨天晚上有个公社的干部请他今天参加婚礼，所以不能来了。但他让我告诉你，说过段时间有空闲了也会请你到家里吃饭，聊聊到这里之后的工作、生活情况。"

他们说着话，于莉已经将饭菜做好端上了桌。饭菜的样式不多，其中有辣子炒鸡和清炖鸡各一个，这在当时已经算是比较奢侈的了，还有白米饭，这在当时也算是稀罕的。

在葛培荣夫妻的热情劝让下，大家一起品尝这桌美味。葛培荣说这鸡是两个星期前从自己蹲点的生产队所在公社的集市上买来、今天早上才杀了收拾的。他说这里的维吾尔族社员有斗鸡的习惯，每逢年节和星期天集市，一些人经常会凑在一起，围成一圈，观赏斗鸡。两只公鸡经过一阵厮杀后，胜鸡的主人能得到预先设好的奖品，而败鸡的主人则会以很便宜价格将鸡卖掉。他说这样的鸡一只也就块儿八毛的，相当于一公斤羊肉的价钱，而这些鸡都是专门饲养的，肉劲道有味，非常好吃。

葛培荣又劝大家多吃点儿肉。在那个年代里，能吃这么一顿鸡宴实属不易，大家都吃得很高兴。

而当大家吃白生生的米饭时，葛培荣又说："这里普遍缺水，几乎不种水稻，只有一个公社有泉水，种一些，数量也不多。但买县长考虑到一些内地来的同志喜欢吃米，所以每年都尽量给大家调配一些。"

在当时那个特殊的年代，大家能吃上白米饭，本来就觉得很香，现在经葛培荣一说，就更觉得香了，所以吃得有滋有味的。洪英涛说："这里的米粒虽然比我们那儿的小点儿，但味道更香，嚼起来也更劲道。"

接下来，葛培荣简单说了崔副县长和自己正在开展的工作的情况。他说他们从洪英涛的家乡参观学习回来后，便由崔副县长主持向县上主要领导汇报了情况，并提出选一个生产小队试种番薯、沤绿肥和打井的想法。县上主要领导当即拍了板，并选定他们现在所在的吾其沙克公社五大队一生产队做试点。葛培荣说现在种的番薯已经扯秧了，生长状况良好。井也由地区水利科打井队试打了一口，已快完工。

于莉是去年和葛培荣结婚的，现在还没有孩子。洪英涛知道来到这里的人，虽然出身来历各不相同，但绝大部分都是从口内各省为建设边疆而来的。想到这些先行者，她心中偶尔升起的那些陌生和孤独感也会很快消除。

吃饭已经结束，他们几个人一起闲谈着。直到这时，洪英涛才发现李文祥是个不爱多说话的人，他只是在大家说得热烈时偶尔插上一两句，其他大多数时间都是在听，甚至有时在自己不经意间看他时，他还会脸红。她想父母生儿女，脾气各不同，大概他生性就害羞、不爱多讲话，或者是当秘书的，多听少说养成了习惯，所以也没有多在意。

她不知道，在他们刚从她的四川老家来这里后，崔副县长就见了李文祥，给了他母亲托他们带来的礼物，说老人身体还好，就是操心他的终身大事，并简单介绍了洪英涛的情况，说这是个好姑娘，人品、相貌都不错，要他找机会多接触、了解。如果满意可以考虑发展恋爱关系。这样一方面解决自己的终身大事，另一方面也了却老人的心愿。

李文祥低头红脸地埋怨了母亲几句，但还是感谢了崔副县长的关心。他是个喜欢读书的人，以前就经常去图书室借书看。那时因为县上的汉族同志少，汉文书籍也少，又加上图书管理人员只有卡得尔一人，所以一些汉文图书放在库房角落里没有登记上架。他每次去，卡得尔就让他自己去翻找，选上哪本写个借条就拿去看，看完了还回来再借别的书。现在好了，今年几个大城市图书馆给这里捐赠了不少图书，而且图书室又有了洪英涛，所以他正准备哪天过去再借些书看。另外，正如崔副县长所说，他还可以利用借书的机会和洪英涛多交谈交谈。

时间已到下午，洪英涛和李文祥向葛培荣夫妻道了谢，又和他们告别后出来往回走。

路上，李文祥问洪英涛图书室的情况，说想去借几本小说看。洪英涛说汉文书籍已初步整理完了，外地赠书中有一些世界名著，如托尔斯泰的《战争与和平》《复活》，高尔基的《我的童年》《在人间》，巴尔扎克的《欧也妮·葛朗台》，司汤达的《红与黑》和大小仲马的作品；还有中国四大名著《三国演义》《红楼梦》《水浒传》《西游记》，巴金的作品及正在流行的《林海雪原》《青春之歌》《苦菜花》等。她告诉他可以随时过来借书。

两个人一路走一路聊着，后来各自回了住处。李文祥是单身，住在人委大院自己的办公室内。

又是一个星期六下午，上班后，卡得尔接了一个文教科的电话，给洪英涛打了声招呼后出去了。

过了一会儿他回来了，喜滋滋地对洪英涛说："红姑娘，告诉你个好消息，我们的报告嘛已经批了，两千五百元。嘿嘿，我嘛早就说过嘛——我们写三千元哈，他们给两千五百元哈，事情嘛就可以办好了嘛。"

卡得尔又说："我的家就在西边离县城五公里的灿明公社五大队一生产队，那里去年搞条田伐了一些银白杨树，是做书架的合适木料。我准备今天晚上回去就找生产队长，让他卖给咱们一些。"

"这个队长嘛叫托乎提，他的儿子嘛我当教师时教过，我和他是朋友，他一定会支持我们，便宜一些卖给我们的。"

他又说等木头买好了，直接拉去县手工业联社木材厂锯成板子，然后再拉回来请木工在这里做书架。卡提尔仔细地谋划着做书架的事，洪英涛听得直点头。

快下班时，李文祥过来了，找洪英涛借了高尔基的《母亲》。他似乎想和洪英涛说点儿什么，但犹豫了一阵，最后竟只说了"再见"后就离开了。

几天后的一个早晨，刚上班，洪英涛来到图书室，开了门，正在擦借阅台，就听后院传来卡得尔的声音。她赶忙过去从后窗玻璃上看，只见卡得尔正和一个人从马车上往下卸木板。昨天晚上下班时，卡得尔就对她说过，今天早晨要去木材厂拉锯好的板材，让她招呼来借书的人，所以她没有出去帮忙。

马车走了，紧接着又来了两个用自行车驮着工具的木匠，他们将驮工具的自行车靠在墙边后，便跟着卡得尔进了书库。

卡得尔叫着"红姑娘"，他一直这样称呼洪英涛。他说他在街上找了两个木匠，他们讲的话他听起来费劲，他讲的话他们好像也听不大懂，所以让她来给当"翻译"。他的意思是让他们利用锯好的板材，照原有的书架的样子再做几个书架。然后又带他们进了办公室，让他们照自己的办公桌的样子再做一张办公桌，不用说，这是给洪英涛做的。卡得尔之前并没说过此事，但洪英涛来这里工作，他心里高兴，所以在现有条件下，想尽量为她创造好点儿的环境。洪英涛明白卡得尔的用意，十分感动。

洪英涛经过简单询问，知道这两个木匠一个是师傅姓范，另一个是他的外甥，均为浙江人。这两年他们那儿也闹旱灾，活儿少，所以才远走他乡到这里来谋生。

然后他们又开始谈价格。别看卡得尔一天在图书室忙活，其实对于市面上木工活的价格早已摸得十分清楚。在洪英涛的"翻译"与沟通下，双方终于谈妥了。于是木匠们在图书室小小的后院里支起木凳，拿过材料，在上面量量画画、锯砍刨凿地忙开了。

根据木工的估计，全部活连做带上油漆大约需要十天才能完工。

卡得尔对洪英涛说："我们的图书室嘛跟我们住的房子一个样子，我们现在嘛给它把新家具做下呢，但是嘛我们房子的墙还是黑的，这个样子嘛难看得很！所以嘛我想我们把图书室的门嘛关上十天，找人把墙嘛也用石灰好好地刷一下。"他停了一下，有点儿神秘地继续说，"这个账嘛我已经算过了，我们的钱嘛做书架、办公桌、刷房子全部都算上还用不完。所以嘛剩下的钱我们让木匠再做一个嘛长长的大桌子。做好了我们嘛就在旁边的大房子里开一个阅览室，大家星期天可以来这里看报纸杂志。红姑娘，你觉得这样做行吗？"

听了卡得尔的话，洪英涛打心眼里佩服他对工作的上心和雷厉风行。更改工作时间和开办阅览室的事，是前几天她向卡得尔建议的，没想到他现在就考虑付诸实施了。

洪英涛高兴地说："行，就按馆长说的办，我没意见！"

过后，卡得尔和洪英涛分别用汉文和维吾尔文写了告示贴在图书室的前门上，内容大致是由于增添设备等原因，图书借阅暂停，十天后图书室重新开放。然后他们两个人就开始动手做粉刷墙壁前的准备工作。

约莫一个星期后，图书室内外墙壁都已粉刷一新，木工、油漆活也已完工。卡得尔在给木工付钱之前，先要求他们将新做的书架、桌椅等帮忙搬进室内，然后他和洪英涛一起做了图书上架及室内布置等工作。还做了几条名人名言的条幅，如：书籍是人类进步的阶梯，书山有路勤为径、学海无涯苦作舟等，张贴起来。他们还买了一个壁钟挂在正门对面的墙壁上，便于前来借阅的读者和他自己看时间。

一切收拾停当，这天是星期六，在卡得尔的事先邀请下，县文教科科长铁木尔带着几个人来这里视察，李文祥也来了。本来卡得尔也邀请了买买提县长，买买提县长也答应了，但今天他临时有更重要的事要忙，所以就让李文祥过来了。

铁木尔三十多岁，据说原在喀什某中学当校长，两年前被调来这里任文教科科长。他讲话有时用维吾尔语，有时用汉语。他听了卡得尔的汇报，又看了粉刷一新的图书室，满意地点着头，并用维吾尔语说了一些话。李文祥也懂维吾尔语，便给洪英涛翻译着大概的意思：你们的工作做得很好，让我们的干部和群众在工作以外有书读，这对提高他们的知识文化水平有帮助。特别是县上的汉族干部，他们大多数有文化，工作以外的时间要看书学习，所以现在加强汉文图书的借阅工作是非常有必要的……

在卡得尔馆长的引领下，铁木尔科长他们进了阅览室。只见一张新做的大桌前面靠墙摆着几个报架子，上面只放了两份本地区的汉文和维吾尔文报纸，还有一个放杂志的书架则完全是空的。卡得尔不失时机地对铁木尔科长说："这阅览室是新设置的，现在只有两份报纸。"他又说，"报纸很重要，可以传达各级领导机关的指示精神，推广各地的经验，反映人民群众的生产生活……"

李文祥继续给洪英涛翻译卡得尔的话："所以，我们还想订一些新疆其他地区和全国其他省份的报刊，但是经费……"

铁木尔科长明白了卡得尔的意思，今天看了图书室的新气象，他心里高兴，所以便给一同来视察的财务股长发话说让他考虑一下，看能否再给图书室挤拨点儿款，让他们能订一些报纸杂志。财务股长考虑了一下，答应了。

卡得尔十分高兴，连声向科长表示了感谢，同时也表示了要干好工作的决心。这时他又给科长介绍站在后面的洪英涛。经过卡得尔的介绍，铁木尔科长知道了洪英涛从四川来这里不久，便十分热情地用汉语向她问好。

"你能来我们旧城县我们高兴得很，这里的建设嘛需要各种各样的人才。我们维吾尔族有句话是树美的是绿叶，人美的是知识。你们图书室就是为大家提供知识的地方，是非常重要的。希望你嘛能在这里扎下根来，安心工作，我们文教科嘛也会尽我们的力量支持你们。"

洪英涛笑着频频点头。

铁木尔一行又待了一会儿便走了。李文祥还留在这里。因为又能得到经费充实阅览室了，所以卡得尔显得十分兴奋。他对李文祥说："李秘书，今天我们的事情嘛办得好得很！你回去见了买买提县长嘛给他说一下，我和红姑娘嘛一定会好好地为大家服务，为旧城县的发展贡献力量！"停了一下，也许是为了表达自己高兴的心情，他又说，"我自己家的果园子嘛前几年集体收上去了，去年嘛落实政策又给我退回来了。那里面的桃子嘛现在已经开始熟了，哎，有这么大的好桃子呢！"他用手夸张地比画了一下，继续说，"国庆节嘛也快到了，到时候我请你和红姑娘一起嘛去尝一尝！"

李文祥知道卡得尔是个老知识分子了，对工作一贯认真负责，所以才被返聘来搞图书室的工作。另外，他对人非常友好，所以很受大家欢迎。现在听了他的话，便连连点头。因为听他说到国庆节，自己也突然想起了一件事，对洪英涛说："今年十一是新中国成立十三周年，县委和县政府准备组织一次庆祝晚会，买买提县长说了让通知你到时候当主持人，并准备一个节目参加演出。"

洪英涛感到这是义不容辞的事，爽快地答应了。

时间已近中午，卡得尔对洪英涛说："以后我们每个星期天都开门，星期一休息。"顿了一下，他又说，"咱们嘛已经两个星期天没有休息了。所以今天下午嘛咱们放假，就是汉语说的——养精蓄锐。对，还有一个词叫劳逸结合。"

"嗨，真了不起，卡得尔馆长把成语也用上了！"李文祥笑着称赞。

"学习嘛，现在我们的老师嘛也有呢！"卡得尔用下巴指着洪英涛说。

"要说老师首先应该是您，我的维吾尔语就是您教的哩嘛。"洪英涛诚恳地说。

"其实学习语言是相互的。"李文祥说。

洪英涛和卡得尔都点头表示同意。

于是他们动起手来，分别用汉文和维吾尔文写了放假通知，并由李文祥帮洪英涛贴在门外。

他们三个人一起出了门。卡得尔上好门锁，便骑着自行车回家去了。

洪英涛和李文祥一起往回走，她知道李文祥也是一个人，便邀请他去招待所食堂同吃午饭。李文祥正是求之不得，便立即答应了。

李文祥以前也曾在政府招待所食堂搭伙吃饭，但因为他后来下乡的时间比较多，大部分时间都在下乡的地方吃工作餐，逢年过节和休息日便自己烧火做饭吃，所以已经好长时间没有来过招待所食堂了。

在招待所餐厅里用过餐，李文祥说他下午还要参加一个会，便告辞走了。洪英涛这段时间和卡得尔一起跟着木工、粉刷工人忙活，早出晚归，感到很累，吃过饭便回自己的房间打算好好睡个午觉。

红樱桃

# 第七章

第二天还不到平日上班时间，卡得尔和洪英涛就已来到了图书室。他们抹抹擦擦地又忙活了一阵，上班的时间刚到，便有三三两两的人进了图书室。来的人大部分都是卡得尔认识的，卡得尔向他们问好。还有一些人以前似乎没有来过，卡得尔也热情地和他们打招呼。

一些人翻看图书目录，并填写了要借的书，维吾尔文的书由卡得尔去取，汉文的书由洪英涛去取。还有一些人不准备借书，只是因为图书室重新布置了，所以过来看看情况。他们有的在翻看报纸，也有的人只是东张西望地看新鲜。洪英涛知道他们是来看新装修的图书室的，所以也向他们点头。

但是当她刚刚给一个人找到要借的书并填完借书卡抬起头来时，却发现前面有许多目光正向自己投来，而且这些目光中似乎充满了好奇。这时她才突然想起，在她来旧城县的这段时间里，特别是当她在户外出现时，比如那次她上街逛商店、去葛培荣家，还有上下班的路上，都曾遇到过这样的目光。一个人到了新地方，或者是走入了一群人家本来已相熟的人中间，会引起陌生感，这本是十分正常的。至于新奇，那也是人之常情。你是谁？你为什么来这里？你和我们是什么关系？这些不经意间或者是潜意识中的内心发问，也是再自然不过的了。为此，她非但不介意，而且还报以友好的笑容。

　　整个上午，来的人不算少。午休下班时，卡得尔高兴地对洪英涛说："看来嘛我们的事情嘛办好了，你看今天上午来的人嘛比以前十天来的人还多呢！我看嘛有的人还不知道，他们回去嘛一传十、十传百，来的人还会更多呢！"他顿了一下，颇有些得意地继续说，"我们维吾尔族嘛有句话是没有知识的人，像不结果子的树。看来现在大家嘛都知道这个道理，那就让他们多多地来吧，我心里嘛高兴得很呢！是这样吗，红姑娘？"

　　听了卡得尔馆长这质朴而又诚恳的话，洪英涛心里很快乐，便用维吾尔语回答："逊达克（是这样），逊达克！"

　　果如卡得尔所料，下午来的人更多。而让洪英涛没想到的是葛培荣的爱人于莉也来了。她高兴地与洪英涛相互问了好，然后说："听家属院的人讲，图书室经过装修今天重新开门了，还说来了个漂亮的女图书管理员。我一听就知道是你。"她接着又说，"快到十一国庆节了，县上准备举行庆祝晚会，给学校分配了节目，学校又给我分配了任务。我准备用学校的脚踏风琴演奏《新疆之春》。这个曲子我在师范时是弹得很熟的，但差不多两年没动了，现在想重新温习一下，所以来这里找找看有没有曲谱。"

　　洪英涛听了高兴地说："哎呀，真是想上路就遇到了车。他们也让我出节目，我打算唱首歌，正想着有个伴奏就好哩嘛，我怎么没想起你就是音乐教师哩撒！"洪英涛还说了买买提县长让她当主持人的事。又说前段时间，她在书库里面整理图书时，看到好像有本新疆的歌曲集。说完便翻了翻图书登记册，之后又带于莉去后面的书库里找。

　　进了书库，看到那一排排的书架和上面摆放整齐的书，于莉不禁啧啧赞叹说，洪英涛来了后真给图书室带来了新气象，大家以后借汉文书就方便了。又说，葛培荣也喜欢读书，以前来过这里，说很多书都堆在地上，找起来可费劲哩！

洪英涛笑着，在书架间找了一会儿，便将一本书抽出，递到于莉手中。于莉一看，正是自己要找的，便随洪英涛出了书库，来到借阅台旁，办了登记手续。然后又对洪英涛说："你要唱哪首歌？选好了可以告诉我。哪天放学后你来学校，咱们一块儿练练。"最后于莉又叮嘱她，去学校前给她挂电话。

这时图书室里人已不多了，有一个男子在那儿翻着报纸。于莉略显惊奇地望了他一眼，脸上现出不屑的神情，然后就跟洪英涛道别走了。

第二天是星期一，也是洪英涛他们的休息日。上午，洪英涛在招待所收拾房间，洗了衣服，然后又想自己在十一庆祝晚会上要唱的歌，最后她选中了《走西口》。这一方面是在老家时她就听崔副县长说过"走西口"的事儿，另一方面来这里已经几个月时间了，她知道这里的汉族人绝大部分都是数年来从全国各省来的，虽然他们来这里的具体情况各有不同，但都可以说是"走西口"来的。另外她想唱这首歌，还由于自身的原因，特别是她想到了离家前一天与张北川告别的情景，尽管这歌中所唱的主人公身份与境况不同，但表达的心情是一样的。这时，她又想起来这里时间不久，在她的工作正式安排好了后，就分别给家里和张北川去了信。家里的回信上月初就来了，是哥哥写的，说各方面情况尚好，母亲操持家务，父亲的病情也比较稳定，自己和嫂子还在厂里上班……

"北川为什么还没有回信哩撒？他的情况好吗？学业进展如何……嗨，看看，为了唱一首歌，我又想到哪里去了嘛。说不定他的信嘛……正在路上走着哩撒……"洪英涛在心里想着，并安慰自己。

下午刚到学校的上班时间，洪英涛就去传达室给学校挂了电话，并和于莉说了自己选定的歌，表示想过去和她练习一下。于莉说："我下午有两节课，你七点钟到学校找我吧。"

下午七点刚过，洪英涛已来到学校，并在办公室找到正在等她的于莉。此时学生已经放学回家了，于莉带她来到办公室后边的一间房子，那好像是器材室，打开门后，她看到有一架脚踏风琴摆在那儿。

不知为什么，当洪英涛看到那架琴时，脸上便露出了吃惊的表情。似乎是身不由己，她走上前去，用手抚了抚轻纱覆盖下的琴。

于莉似乎没多在意，一边取下琴上的轻纱，一边说："学校成立时间不算长，各方面条件都比较有限。你看这架琴，老式的，就这还是地区一个单位在学校成立时赠送的。据说是沙俄时期制造的，虽说是旧了一些，但音色还不错。"说着她在琴前的椅子上坐了下来，用手指在琴键上弹出了一组音符。

"是，除了音域略显窄，其他的都很不错哩！"洪英涛附和了一句。

"你说得对，这琴……"于莉话说了一半，突然停住了，回头望着洪英涛，吃惊地说，"看样子你对这琴很了解，是不是以前也弹过？嘿，看来你是个行家哩！"

洪英涛不好意思地笑了笑说："我们家也有一架哩，是我爷爷当年……"她简单讲了曾在自家旧房子里发现琴、学弹琴的情况以及爷爷当年从喀什带回琴的情况。

"噢，关于你爷爷，我听葛培荣说过几句，他曾在喀什供过事。至于琴，我却不知道。看来你和咱们这里还真是有些缘分哩！好了，不说了。哎，你来电话说，你选唱的歌是《走西口》对吧？"于莉说。

"对，我是想唱那首歌哩嘛，但不知道在这种场合唱合不合适。"洪英涛说。

"这个嘛……《走西口》好像是汉族的民歌，本来嘛也是可以的，但我觉得……"于莉思考着说。

"怎么了，是不是不合适？要是不合适，咱们就另选一首也行哩嘛。"洪英涛说。

"好，我想观众绝大多数是维吾尔族人，咱们最好能唱他们熟悉的。那么唱什么呢？噢，他们有一首歌，好像是唱爱情的，从小处讲是唱两个人之间的爱情，从大处讲也可以说是唱不同民族之间的情谊……"于莉说。

"行哩嘛，是哪首歌？你快说嘛！"洪英涛着急地问。

"这首歌的名字叫《送我一枝玫瑰花》，是新疆民歌，不知你听过没有？旋律还是挺美的。"

"我好像听过，是首很深情又很活泼的歌。"

"是的。如果你觉得可以，那是不是就唱这首呢？你看，我昨天从你那里借的书中就有这首歌。"于莉说着就从谱架上拿下书翻找着，找到了递给洪英涛，"我的《新疆之春》以前在学校时就弹得很熟，过后我练练就可以了。现在你唱你的歌，我试着给你配曲。"说完她开始弹奏过门。

洪英涛照着书上的乐谱和歌词唱起来：

你送我一枝玫瑰花，
我要诚恳地谢谢你，
哪怕你自己看得像个傻子，
我还是能够看得上你。
…………

歌曲一共是四段，每段开始都有相同的过门。洪英涛虽然是第一次唱，但唱得很投入，因为房间小，她没有敢放开音量，她唱完，于莉便大声地叫起好来："不错！没想到你有这么好的嗓子！你回去再练练，将歌词记熟了，另外，再唱得调皮一点儿，你一定可以在晚会上大受欢迎的！"

"真的吗？我一定下功夫练练。"洪英涛高兴地说。

"那就这样吧，书你带回去，我昨天晚上看了一遍我演奏的曲子，现在不需要书了。你把书带回去好好练练，有时间咱们再配合一次。"于莉说。

这时，于莉仿佛突然想起什么似的看着洪英涛，将她从上到下打量了一遍。这使洪英涛多少有些不好意思地问："你这是怎么了嘛，于姐？好像我身上长花哩嘛，让你看的人怪不好意思的嘛！"

"像你这么标致的身材，是应该让它长上几朵花才对呀！"于莉一边笑着，一边提到洪英涛要做主持人的事，"到了那天你报幕，有衣服穿吗？"

"我还没想过这事哩。到时穿什么呢？"洪英涛经于莉一问才想起还有报幕的事，但她一下子还真说不出想穿什么衣服和到何处去找要穿的衣服。

"看看，还是姐替你想得周到吧？"于莉是个实在人，刚才听洪英涛叫自己一声"于姐"，也就以姐姐自居了，她说："学校有一些演出服装，其中有一件我以前穿过，确实是上面带花的。我觉得你穿可能也合身，所以便想到给你早点儿借上，以免到时被别人借走。"

"那可太好哩嘛！你想的比我想的还周到哩嘛！"洪英涛怀着感激的心情说。

于莉没有说什么，只是咯咯地笑着起身打开旁边一个大立柜的门，只见里边长长短短挂满了各种花色的衣服。她一边在里边翻找，一边说这些演出服是县上歌舞团解散后留下的，学校成立时给学校分来了一部分。因为她在学校负责节目排演，所以这些衣服便交由她保管。

这时，于莉从衣柜里挑出一件淡青色带碎花的连衣裙，递给洪英涛说："你看看，我说的就是这件，你穿上试试。我觉得差不多合身。"

洪英涛高兴地接过来，脱了自己的外衣将它穿在身上，正合身。那花色与洪英涛的肤色也很相配，就像是给洪英涛定做的一样。在它的映衬下，洪英涛的美貌就更加凸显出来了！

洪英涛的欢喜自不待言，连声对于莉表示谢意。于莉也为自己的眼力而自豪，说这件衣服被洪英涛穿上才算是物尽其美，才算是真正找到了主人。

红樱桃

洪英涛脱下裙子，放进了自己的提兜里，并说要写借条。于莉笑着说不用了，演出完她自己可以带回来。其实这时，她心里已想到洪英涛到县上时间不长，工资也不高，自己哪天要扯点儿布，做一件衣服送给她，以尽地主之谊。

　　两个人说着话，这时，于莉又突然想起来什么似的说："有件事，是我昨天在你们图书室偶然发现的。有个人，就是下巴上有块疤，在阅览室一边翻报纸，一边偷看你的那个人。"

　　于莉接着说："那人名叫纪培，今年可能快三十岁了，因为不学好，特别在男女作风上是个'花色鬼'，所以大家都称他为'鸡皮'。这名字听起来与他的名字音差不多，但实际的意思是别人，特别是年轻姑娘，见了他身上就会起鸡皮疙瘩。他现在是在县城某单位当看门人，本来有老婆，是他父亲从老家给说来的。他自己就只上了小学二年级，还嫌老婆没文化，所以虽然已有孩子，但还在外面胡搞，结果老婆和他离婚，带着孩子走了。"

　　于莉接着说："他父亲是个老干部，在本县一个公社当书记，被儿子搞得挺伤脑筋，便在老家给他找了份差事，将他送了回去。没想到回去后不久，他又跑来了。据说是他给父亲做了保证，以后要好好做人，所以又去干了原来的工作。但听人说他现在没有了自己的家，反而变本加厉，胡搞得更凶了。"

　　听着于莉的话，特别是她讲到那人下巴上有块疤，洪英涛很容易就想起了他。昨天上午、下午他都来过图书室，在那儿看报纸，有时还去翻翻图书目录，并且还问过她怎么办借书证等。她当时还想过这人没有借书证翻图书目录干啥？但是又一想，人家也许正准备办借书证，所以先看看有哪些自己喜欢的书，以便办好证后就来借，所以也没有在意。现在听于莉一说才明白了。

　　于莉说："现在他没有招你惹你，所以你也不好说什么，但你要提高警惕，以免上他的当。"

　　洪英涛非常感谢于莉的关照，连连点头。

　　时间已快到八点了，洪英涛便邀于莉一起去人委招待所食堂吃饭。于莉说葛培荣不在家，干脆一起去自己家做饭吃。两个人谦让了一会儿，最后还是于莉听了洪英涛的，两个人一起去了人委招待所食堂。

到了招待所，洪英涛先领于莉进了自己住的房间，说让她坐会儿，自己去食堂打饭菜，说完她就拿了碗碟出去了。

不一会儿洪英涛就回来了，端着一盘素炒土豆丝，两个玉米面和小麦面掺和做的花卷，将它们放在床边的条桌上，然后说了一句"稍等等"，就又出去了。很快她又回来了，两只手端着两碗大米稀饭，将它们也放在了桌上。"今天真不错，有炒菜，还有大米稀饭，平常大都是水煮菜与茶水。可能是知道你要来，所以特意改善了伙食。"洪英涛笑着跟于莉开玩笑说。

"我哪有那么大的面子呀！"于莉也笑着说，"肯定是国庆节快到了，粮食局为了照顾大家过好节才这么做的。城镇居民最近每人都供应了五斤大米，我家已经买了，国庆节请你来我家吃大米饭。"

"不了，上次已经够麻烦了，怎么还好意思去打搅哩。"于是洪英涛又讲了卡得尔馆长可能国庆节要请客的事。

洪英涛让于莉坐在桌旁自己的床边上，自己则坐在桌子另一边的方凳上，两个人开始用餐。吃过饭，洪英涛收拾碗筷，于莉则指着窗台上的玉石花瓶说："好漂亮的花瓶，你看这玉质多细腻，跟你的皮肤一个样！在哪儿买的？是和田玉的吗？"

"是的，是在喀什买的。那个店铺老板说是和田玉哩。玉质真是好得很，可我咋能跟人家比哩嘛。"因为于莉讲到洪英涛的皮肤如玉，加上洪英涛那天也从玉瓶想到了自己，多少有点儿不好意思，情急中将玉当成了人，因此说出了"人家"。说过后她觉得不对，又赶忙说："以前就听人说过和田玉是玉中之王，但听归听嘛，这次亲眼见了，才知是人言不虚哩嘛。"

"我怎么看那上面的花像是樱桃花。"于莉指着花瓶说。

"我也觉得是樱桃花。我们老家那儿也有这种花，但好像没有这么红哩撒。"洪英涛说着，将花瓶拿过来，递给于莉看。

"嗯，是樱桃花！"于莉用手抚摸着玉瓶上的淡红色花朵，用肯定的语气说。然后，她将玉瓶放在桌上，又用手指了指屋外继续说："咱们县上一些单位有果园，里边就有樱桃树，每年四月中旬开花，有粉红的，也有紫红的。六月中旬果子成熟，有的十分甜，有的微甜中透着酸。"她略微皱皱眉，仿佛正将一颗酸樱桃咬在口中似的，又说，"你别说，这甜中透出的酸，可能才真有味道哩！听说有了身孕的女人，如果遇到它，说什么也要尝上几口的！"

虽说于莉已婚，但毕竟还没有怀过孕，所以才用了"可能""听说"这样的词。而洪英涛则连婚姻的大门也尚未迈入，所以也只将此当作一种说法，并没在意。

两个人聊着，于莉好像突然间明白了什么似的说："樱桃——英涛，这不是你的名字吗？嘿，巧了，巧了！"她拍了一下自己的手，又开玩笑地对洪英涛说："那好，希望你做个甜甜的樱桃吧。但是你可得小心，不要让人一口吃掉！"

洪英涛没想到自己的一点儿小小的心思被于莉猜着了，便也用开玩笑的语气多少有点儿不好意思地说："行哩嘛，只要大家吃得高兴，就算粉身碎骨，我也心甘情愿哩嘛！"

两个人又聊了一会儿，于莉看看天色已晚，说明天还要上班，就起身与洪英涛道别。

国庆节快要到了，上面发来通知，因为国庆节这天是星期一，所以今年国庆节从星期天开始一共放假三天。卡得尔与洪英涛商量后，决定图书室星期天、星期一、星期二照常开门，从星期三开始补休三天。

县上的国庆晚会定在星期一晚上八点开始。前一天下午下班后，洪英涛又去了于莉所在的学校，在脚踏风琴的伴奏下，练习了自己要唱的歌。

国庆节早晨刚上班，李文祥和一个维吾尔族男子来图书室找洪英涛。李文祥先向洪英涛介绍同来的男子，说他的名字叫阿布都热克木·巴图尔，在县上广播站任维吾尔语播音员，是前些年的中央民族学院毕业生，懂汉语。国庆晚会上有他的节目，同时他还要和洪英涛一起主持晚会。李文祥又简单介绍了洪英涛，有些情况，之前他已对阿布都热克木说过。

阿布都热克木和洪英涛相互握手、问了好。阿布都热克木说他在北京上学时，趁暑假去过成都，那儿很繁华，商店里的东西很多，人也热情。之后他又对洪英涛从那么远的地方来旧城县表示了钦佩和欢迎。

这时，李文祥将一张写着节目名称、演出单位或演员姓名的纸交到洪英涛手中，说这是晚会的节目单，让她在空着的地方填写上自己要唱的歌名，并说晚会晚八点在县露天电影院举行，还说他刚才已经去看过了，舞台布置工作正在进行，最好他们三个人现在能一块儿过去看看，以便她和阿布都热克木能提前熟悉一下舞台。县上领导都忙，晚会是交由李文祥和阿布都热克木负责协调操办的。这几天，他们已去了几个单位，看了排演的节目，洪英涛要唱的歌他们也听说了。因为这首歌他们都熟悉，再加上时间紧，他们也不打算再"审查"了。

卡得尔本来就在旁边，还不等洪英涛开口，他就笑着说："对祖国的爱最崇高。今天是祖国的生日，我们嘛要好好地庆祝一下。你快去吧，下午嘛就不用来上班了，好好地准备一下嘛！晚上嘛我也去看节目，要听你唱歌呢嘛。"

洪英涛、李文祥、阿布都热克木一起出了图书室，向街北头走去。当时的旧城县还没有室内演出场所，只有一个露天电影院，是利用一块凹地改造而成的，人们平常开群众大会、演出节目或晚上看电影都在这里。

他们在碎石路上走了不大一会儿，露天电影院就到了。进得大门来，一片向前面倾斜的凹地里摆满了一排排固定的长条木凳，这些木凳的前方正中是一个砖砌的舞台。舞台正面上方的红布横幅上写有维吾尔文和汉文两行大字："旧城县庆祝中华人民共和国成立十三周年文艺晚会"。

红樱桃

三个人上了舞台，洪英涛和阿布都热克木商量了报幕的方式。节目的顺序李文祥事先已排好了，洪英涛刚才将自己要唱的歌写在了节目单的最后。本来，她这样做并没有什么特殊的意思，李文祥却说，他已听崔副县长讲过了她的表演才能，就是要让她的节目在最后来压台的。她不好意思地笑了笑，没有说什么。

为了方便，阿布都热克木又抄了一份节目单。然后，他们就一同走出露天电影院。阿布都热克木回了离这边不远的广播站，李文祥则和洪英涛继续往前走。

这时，洪英涛想到已好长时间没有见到崔副县长了，便向李文祥问起了崔副县长的情况。李文祥说，试点生产队打了一口井，已经出水了。种的番薯也已收获在望。县上准备节后在那儿召开现场会，所以崔副县长、县委王副书记等领导都在那儿做调查研究。买买提县长本来也在那儿，是下午才特意赶回来准备在晚会上做国庆讲话的。李文祥又特别说到崔副县长有一天回来办事，还特意嘱咐自己向洪英涛代问好。

洪英涛说崔副县长对自己的事这么尽心，自己竟没有向他表示过谢意，并说等有了空闲，要请李文祥陪自己去崔副县长家看望他。

李文祥自然是满口答应了，同时又说了一些对崔副县长很钦佩的话。

晚上八点钟不到，露天电影院里的长凳上已坐满了人，还有一些人在后面站着。县上平常少有演出，电影也只有星期六日放映，所以一旦有了这样的机会，大家兴致都很高。

八点整，已经化过妆、身穿西服、头戴花帽的阿布都热克木和穿花裙衫、扎小辫的洪英涛一起上台，全场立即安静下来。阿布都热克木是大家都比较熟悉的，特别是在场的维吾尔族观众，基本上每天都能从广播里听到他的声音。洪英涛则是大家都不太熟悉的，有一些人虽在图书室见过她，知道她长得漂亮，也听说了她能歌善舞，但毕竟没有见过她在舞台上如此美丽的形象，便对她投去了更多关注的目光。

阿布都热克木和洪英涛分别用维吾尔语和汉语向大家问了好，宣布旧城县庆祝中华人民共和国成立十三周年晚会开始，并首先请县长买买提·吾守尔讲话。

买买提县长讲到旧城县各族人民和全国人民一道满怀豪情、热烈欢庆中华人民共和国成立十三周年，全县人民在县委、县人委的领导下团结一心，奋发图强，创造条件发展生产、渡过难关，取得了一定成绩。他特别讲到崔副县长从四川取经回来，通过试点学习别人的先进经验，解决水、肥等农业要害问题，使所在生产队秋粮丰收在望，并通过"以菜代粮"的方式，解决社员吃粮难问题，也即将见成效。最后他号召全县人民继续努力，为进一步取得各项工作的全面胜利而奋斗！

买买提县长的讲话在群众的掌声中结束，演出正式开始。首先是县城机关单位排演的歌颂劳动致富的小合唱、集体舞等，受到大家欢迎。中间由阿布都热克木演唱了他的保留曲目《解放的时代》。他浑厚的男中音获得了台下的热烈掌声。接下来是于莉用脚踩风琴演奏的《新疆之春》。她灵巧的手指下流出轻快跳跃的音节，亦得到了观众，特别是学校师生的青睐。此后还有附近公社排演的说唱小剧等，也以紧密联系实际的内容和诙谐风趣的表演而引人入胜。

晚会的最后一个节目是洪英涛的独唱《送我一枝玫瑰花》。当阿布都热克木报完节目和演唱伴奏者的名字后，幕布拉开，洪英涛从后台往出走时，台下的掌声已如雷鸣般响起。那是一种对新鲜的渴望，抑或是一种对传闻的求证，人们都不由得睁大眼睛，竖起耳朵等待着。

洪英涛大大方方地走到早已放好的台式麦克风前，示意旁边的于莉可以开始了，然后便在伴奏下开始演唱：

你送我一枝玫瑰花，
我要诚恳地谢谢你；

哪怕你自己看得像个傻子，
我还是能够看得上你。
…… ……

百灵鸟儿从手中飞去，
落到美丽的花园里；
花儿一样可爱的百灵鸟儿，
梳着你的美发。
…… ……

我们像黄莺和百灵鸟，
我们相爱如鸳鸯；
我们的爱情像那燃烧的火焰，
大风也不能把它吹熄。
我们的爱情像那燃烧的火焰，
大风也不能把它吹熄。
…… ……

　　洪英涛轻快跳跃的歌声在空中飘荡着，也在人们的心里流淌着。当她最后一句歌词唱完，余音还在缭绕时，台下的掌声已伴着一些人的口哨与呼喊声爆响起来……

　　有人说在某种情况下，歌声是一种安慰和激励；在另一种情况下，歌声是一种愿望的表达；而还有一种情况，歌声则是一种融合与交流的形式。不知当时洪英涛的歌声到底起到了哪种作用，抑或是几种情况兼而有之，反正人们情绪的火似乎被她的歌声点燃了，并猛烈燃烧着……

　　其实这首新疆民歌此前已被不少人演唱过，这里有许多人都会唱，并喜欢在无事时哼上几句。但今天不知是因为洪英涛声音独特，还是因为她情绪饱满，产生了更多的情趣和不同凡响的效应。

她虽是用汉语演唱的，但受到了维吾尔族听众的热烈欢迎，引起了强烈的共鸣。这正如一位诗人在一首诗中所说的："百灵鸟的鸣啭还需要翻译吗？任何一个民族都能听懂！"

洪英涛反复几次鞠躬谢幕后，终于使人们从激奋中平息下来。于是，她和阿布都热克木宣布晚会结束，并向大家道了晚安。

在人们缓缓退场时，一直在后台为演出忙碌的李文祥怀着仰慕的心情来到洪英涛面前，对她的演出成功，表示了衷心的祝贺，并说等她换好衣服后送她和于莉一起回去。

场内的人已退得差不多了，演员们也先后走了。除附近公社的人有一辆拖拉机相送，其他的人都各自步行回家。李文祥先带着于莉给影院负责舞台工作的人打招呼，让他们明天上午将脚踏风琴送到学校，然后便陪着于莉和洪英涛出了影院的门，沿大路往南走去。

不知为什么，平常少言寡语的李文祥此时话也多了起来。他说《送我一枝玫瑰花》这首歌，他已听人唱过几回了，但都没有像今天听洪英涛唱得这么抓人心。他还发挥他经常搞文字工作的特长，说这首歌的演唱给今天的晚会画上了圆满的"句号"，也给人们留下了不断回味的"省略号"。

于莉不由得拍手笑了起来，说："看李文祥夸英涛，将他肚里的墨水都用上了！"

洪英涛也笑着说自己只是尽力唱好，并没有他说得那么神。

三个人边说边走，转眼已快到十字路口了。这时在半明半暗的月光下，他们突然看到在路旁的树林里有几个蹲着的人影，鬼头鬼脑地站了起来，并叽叽咕咕地说着什么。见他们快走近了，其中一个人便阴阳怪气地唱了起来："云缝缝里的太阳哈，门缝缝里的那个风，肉缝缝里的那个香气哈熏呀么熏死个人。尕妹妹呀，我的那个尕妹妹，是你的尕手手抓走了咱的个魂……"这是一首低俗的歌，再加上唱者淫邪的嗓音，更增加了它的龌龊。

他的歌声很快便止住了，而且和那几个人又一起蹲了下去，装着若无其事的样子继续在那儿叽叽咕咕地说开了话。

　　李文祥他们觉得有些奇怪，但都没有说什么。待走出一段距离后，于莉才小声说："你们没看见吗？刚才唱歌的就是那个'鸡皮'。他脸上的疤痕我可是看得清楚哩！那个没正行的，不知他又在打什么鬼主意！"停了一下，她又说，"看来文祥送咱们是送对了，要不这坏种不知想要干什么哩！"

　　李文祥受到了表扬，自然心里是愉快的。但他并没有表露出来，只是说："清平世界，朗朗乾坤。没那么严重，咱们走吧。"

　　到了农业局家属院门口，于莉跟李文祥和洪英涛道了别，又叮嘱李文祥一定要将洪英涛安全送到招待所，然后才进门。洪英涛忙喊住她，将自己刚才穿过现已用纸包好的裙子递过去，并说了道谢的话。于莉接过后，进了院门。

　　李文祥将洪英涛送到招待所她的房间门口，自己才回去。

# 第八章

　　十月二日，早晨洪英涛照常来到图书室。卡得尔一见到她就说开了："马好不好，一跑就知道。昨天晚上嘛，我也把节目看哈呢，你嘛节目主持得好，歌唱得更好——那个歌我们嘛一百次听哈呢，但是听了你唱的觉得更好！哎呀，听着你的歌声，大家嘛都说你和真正的布勒布勒是一个样子的嘛！"

　　"布勒布勒是啥意思嘛？"洪英涛好奇地问。

　　"布勒布勒，就是百灵鸟。我们这里嘛对会唱歌的女同志就这样称呼。关于百灵鸟的故事嘛还有呢，等有时间嘛我给你讲讲。"

　　"能得到卡得尔馆长的夸奖，我心里高兴得很哩撒！"洪英涛不好意思地笑着说。

　　这时，卡得尔仿佛想起了什么，他从办公室拿了一封信出来，递给洪英涛说："这是昨天下午你们走了后，邮递员送来的，可能嘛是你老家寄来的。洪英涛——这是你的名字吗？"卡得尔一直叫洪英涛为"红姑娘"，还以为她姓"红"，现在才算是弄清楚了，原来她姓"洪"，名叫洪英涛。这几个汉字他是认识的。

　　洪英涛高兴地接过了信，一看信封上的字便知道是张北川寄来的，心中便激动不已，脸也不由得热了起来。她赶忙说："是，是我老家寄来的！"

"老家的信，你嘛好好地看一哈！现在还没有人来，我嘛去书库整理一下书。"卡得尔说完就进书库去了。

洪英涛走进了借阅台，迫不及待地拆开了信，要知道，她盼这封信可盼得有些时日了！

亲爱的涛：

信早收到，迟复为歉。你的信来时，我正好放暑假回了家，信在学校传达室放了有一个多月，直到九月下旬我返校后才拿到手。知道你工作有了着落，我甚感欣慰。

我这里一切均好。上学期期末考试我各门功课均取得了较好成绩，被评为全系优等。现我的学业已经过半，正是"攀顶"的阶段，所以我还得狠下功夫。据说明年学校要选一部分学生去林区考察实践，以便为毕业考试及论文做准备，我争取能够入选。

回想起与你在一起的时光，特别是离别前在公园度过的时光，便难免心潮起伏……啊，那是一个怎样激动人心，又令人回味无穷的夜晚啊！记得你走后不久，我们几个同学曾应邀去为公园绿化做参谋，我还专门抽空去看了我们坐过的长椅……

洪英涛看着信，目光停留在"长椅"上，脑海中不由得闪过当时的情景，春情的浪涛立即涌满了内心，脸颊也仿佛被火炙烤着一般变得赤红。

"喂，女娃，请把这本书给俄（我）拿一哈。"

仿佛这话语声是从很远的地方传来的。洪英涛被惊醒了，看到借阅台前有一位头发花白的老者，正微笑着将一张写好书名的纸条递过来。

"啊，好，对不起，我刚才想事走神了。"洪英涛赶忙收起信，接过纸条，准备到书库去给他拿书。

"说起来你可真够辛苦的，昨天晚会上又是主持又是唱歌，今天这么早又来这里忙活，真像水车的轮子不停地转哩！"老者不无怜惜地说。原来昨晚他也去看了演出。

"没什么的。"洪英涛说着，惊奇地抬头望了望，"啊，是赵书记啊，您稍等，我这就去给您把书拿过来哩嘛。"洪英涛听卡得尔说过，这位老者姓赵，以前在一个公社当书记，前几年退休了，是个爱读书的人。

"不急，不急，看你这女娃也是个手脚麻利的勤快人哩！"老者称赞说。

洪英涛很快从书库找来书，登记了交给老者，又笑着说了欢迎他再来的话。老者满意地点着头走了。

这时，来图书室的人已经多了起来，其中有几个人是看过晚会的，便悄声议论着，并对洪英涛露出赞赏的神情。他们还是头一次听汉族人唱维吾尔族歌曲唱得那么好！洪英涛正在忙碌着，并没有注意到这些。一直到快中午人都走了，她才消闲下来。

卡得尔现在也空闲了，便过来对洪英涛说："洪姑娘，你听到了吗？刚才嘛有人在说你呢！"

"是吗？他们在说我什么呢？"洪英涛以为是有人给她的工作提意见，有些吃惊地问。

"那几个维吾尔族读者，那天嘛，他们听了你唱的歌，说你嘛就是歌中唱的'百灵鸟'呢！"卡得尔笑着又说，"这可是我们维吾尔族嘛对唱歌的人的最高……赞……誉呢！"也许是后边"赞誉"两个字发音较难，卡得尔有点儿断续地说。

"原来是这样！"洪英涛松了一口气说，"我还以为他们对我的工作不满意哩。"

"好了，有些事嘛以后有时间了我嘛再给你说。现在嘛我给你说明天到我家里去的事。我们维吾尔族嘛有句话是这样说的，有好饭嘛留给朋友吃。明天嘛你们去我的家里，我们嘛抓饭做哈呢！还有李秘书，他嘛以前到我家里去过，明天嘛他也一起去。还有嘛，还有两个是他的朋友，也一起去。我的家嘛不远，就在城跟前。"他一边说着，一边卷着一根莫合烟说，"抽一根莫合烟的工夫嘛就到了。"

"好的，卡得尔馆长，我一定去。"洪英涛答应着。

下午下班后，卡得尔和洪英涛关了门。卡得尔说他回家还有事，就骑上自行车走了。

洪英涛回房里拿了餐具去食堂打饭。中午和下午的菜里都有羊肉，油花也飘得多了，中午还有拉面，下午的馕是现做的，正反两面还沾有芝麻。

洪英涛买了馕、菜，便回到自己房内。她掰了一块馕放在嘴里嚼着，又从衣袋里掏出张北川的信，接着早晨看过的地方继续看。

她打开信，张北川的字迹又映入眼帘：

……啊，那令人难忘的销魂时刻，那深入骨髓的永久记忆，那飘飘欲仙的梦幻感觉……要知道这是我平生第一次的体验——我们的身体紧紧地贴着，我能感觉到你剧烈跳动的心脏以及我由于紧张而突然冒出的浑身热汗。

看到这里，洪英涛不禁放下了手中的馕，一边说了句"北川呵，你干吗写得这么细致哩嘛"一边不由得觉得有一团火在自己身体中烧起来，烧上了脸、胳膊……她仿佛猛然间置身于火炉中。

稍稍平息后，她终于看完了信的末尾：

期待着我毕业的日子，期待着与你重逢的时刻！

再谈。祝你一切顺利！

你的北川

1962 年 9 月 20 日

放下信，她的心仍然澎湃着，"与你重逢"，这是她多么期盼的日子呵！"到了那时，我会毫无保留地表达我的爱！而你，北川，不用说，你也会和我一样！"想到这一天终会成为现实，她的心反而稍稍平静了一些。

她将信折好，装进信封内，小心地压在了枕下。那里面有一颗滚烫的心，她要时时感受它的跳动。

这时，突然有人来敲门，并喊着洪英涛的名字。她听出了是招待所侯所长的声音，便急忙去开了门。

"有你的电话，是人委李秘书打来的，在我的办公室，你快去接。"侯所长说。

洪英涛关了房门，便跟侯所长来到他的办公室，拿起放在桌上的话筒。卡得尔已通知了李文祥明天去自己家的事，并嘱咐他想办法解决洪英涛的"交通"问题。所以现在李文祥打电话告诉她，让她明天上午在招待所等着，他给她借了一辆自行车，并问她是否会骑自行车。

"会。但是为什么还要骑自行车呢？卡得尔不是说他家只要抽一根烟的工夫就到了吗？"洪英涛问。

"这你可能还不知道，"李文祥在电话那头笑着说，"维吾尔族人有个习惯，你要问他的家在哪里，他会用手一指说'那里，就在那里'，仿佛很近，但有时候你走半天才能走到。其实这只是他们为了表示自己和你亲近，希望你到他家哩嘛。不过卡得尔的家离县城也不算太远，大概四五公里，骑自行车半个多小时就到了。"

"啊，原来是这样，还真有点儿意思哩嘛！"洪英涛说。

"另外，卡得尔还让我叫上葛培荣和于莉，我准备现在就骑车去他们家，好让他们有个准备。"李文祥说。

"噢，难怪今天上午卡得尔对我说还有两位朋友，我当时想可能就是他们两个人，太好了！"

"好了，明天见！"

"明天见！"

洪英涛放下电话，出来向侯所长道了谢后，就回了自己的房间。

第二天早饭后，洪英涛打扫了房间，洗了两件衣服在绳上晾了，又简单地打扮了一下自己。这时她听到有人敲门，便去开了。

来人是李文祥，她请他在桌旁的椅子上坐下，并为他倒了杯开水。

李文祥说，昨晚他去了葛培荣和于莉家。葛培荣蹲点的队上今天开现场会，不能回来了，于莉今天还有一天假，已经答应了一起去。

"今天去卡得尔馆长家，我们是不是该带点儿啥子？总不能空着两手去吃人家的饭哩嘛。"洪英涛说。

"是，但这事就不用你操心了，昨天下午我去食品公司找了郭主任，向他讲明了情况，买了一包方块糖和一斤饼干——都是清真的。我已经带来了，在门外自行车上的挎包里。另外，给你借的自行车我也推来了。"李文祥说。

"太好了，那我就谢谢你了嘛。但你买的东西也算我一份，不能让你一个人付钱。"说着，洪英涛就掏自己的衣袋。

"看你这是做什么哩嘛！都是老乡，这礼物不用说也有你的一份，就这么点儿小事，你可不能门缝里看人，把人看扁了撒！"李文祥似有不悦地说。

"那……那……让你一个人出钱，多不好意思哩嘛！"

"这有什么不好意思的！你刚来这里不久，生活上的困难肯定比我多，再说咱们也不是就打这一次交道哩嘛！"

"那……好吧，咱有情后补。"

两个人说着话，就听于莉在门外喊洪英涛的名字。洪英涛赶忙开门迎了出去，只见于莉穿着淡青色短袖小褂，灰长裤，黑凉鞋，将苗条的身材衬托得分外妖娆。

洪英涛不由得说："哎呀，于姐，今天是刮什么风哩？给我们送来了这么一位大美女！"

"美什么呢！这都是我结婚时置的，这里风沙多，平常不怎么穿。今天去做客才穿上了。这也是对主人的尊重嘛！"于莉说着支起了自行车支架，车把上挂着一个布袋，不知里边装着什么。

"要说真正的美女是你哩！你看你素衣素装的，把个身材和脸庞衬托得多美啊！"于莉望了望洪英涛，她穿的衣服虽不是很新，但洗得干净。于莉说："不过你这身段，如果再配上一条蓝裤子那可真叫好哩！只是不知道你有做好的没有？"

"没得，啥时候你陪我去扯些布，咱就做一件嘛。"

"行，其实我早就有这个想法了！就今天下午吧，从卡得尔家回来我就陪你去。街上有个裁缝我认识。哎，李文祥来了吧？"于莉看了看手表说，"我们动身吧！"

李文祥在房内听到了，答应着出来了："现在差不多是一点钟，咱们在路上走半个小时，到卡得尔家时间刚好。"

"真不愧是当秘书的，连时间也计算得这么精确！"于莉开玩笑说。

他们一行三人推着自行车出了招待所的院门，李文祥在前面带路，到了第二个十字路口，又沿着一条向西的乡村大道前行。这条路虽宽，但中间刚铺了石子，他们的自行车骑得不快，只能在靠边人踩出的小道上骑行。

路两边是高高低低的农田，收割过的麦茬地里光秃秃的，但仍有人猫着腰在那儿刨麦子的根，据说那是拿回家当柴烧的。晚熟的玉米地里，青青黄黄的玉米棒子正等待着收割。远远近近的有几处农家，那些用泥团垒成的院墙显出土白的颜色。路上不时有社员赶着驴车或骑着毛驴走过。

这时，前边的路上突然起了一片尘土，接着便见有一群毛驴奔跑而来。有几个维吾尔族巴郎骑在驴背上，在驴群后面奔驰。他们有的穿着汗渍斑斑的背心，有的则干脆赤着上身，但都充满意趣地前后晃动并吆喝着。

李文祥下了自行车，洪英涛和于莉也下来，退到路旁给这个"大部队"让路。

"他们是收工的，也可能是转移'战场'。"李文祥说，"你们看这些小巴郎，骑着毛驴就像开汽车、坐飞机一样，那个高兴劲儿呀！"过了一会儿，李文祥又若有所思地说："本来他们都到读书的年龄了，但一些家长观念守旧，认为当农民有没有文化无所谓，所以早早地就让他们从事生产劳动了。"

三个人又一起骑上车赶路。也许是触景生情，李文祥又说起了驴的话题："别看这里的毛驴体型瘦小，却是人们的得力帮手。驮人载物、打场碾麦，甚至还有'二驴抬杠'耕地。另外，它食量小，耐艰苦，很好养。古人就说过：其形偎寨，其长懯懯；……粗粉不厌，高栖不攀，坎坷其途，任重道远……"

"听听，文祥说驴把古人对驴的评价也搬出来了。难怪别人说你是'书袋子'。"于莉开玩笑说。

"他说的真好哩嘛！"洪英涛也称赞道。

这时他们又听到远处传来"澎卡……澎卡……"有规律的声音，仿佛有人正在演奏打击乐器。

"这是什么声响啊，真好听，好像有人在打节拍。"洪英涛好奇地问。

"噢，这音乐和节拍可不是人奏出来的，那是河水推着水磨在奏乐唱歌哩！"李文祥说，"这是当地维吾尔族人的一个发明，他们很早就知道利用水力，在河上架起水磨，一盘水磨每小时可磨面、碾米一百斤左右。旧城县境内有两条主要的河流——克孜勒河与盖孜河。在这两条河上从事水磨行当的就有几十户、上百户人家。"

大约走了半个小时，李文祥指着路南边不远的树荫浓密处说："那棵大树后面就是卡得尔的家。"

李文祥的话还没说完，就见卡得尔在路边站着。他们赶快下车，李文祥欠了欠身，上前跟卡得尔握手，并互相说着问候的话。

洪英涛和于莉也和卡得尔互问了好。然后他们三个人推着自行车跟卡得尔进了院子。

院内门旁站着一老一少两个女人。她们都穿裙衫，年长的裙衫素雅，披着头巾；年少的裙衫艳丽，戴着花帽。卡得尔向客人们介绍说，年长的是自己的妻子，名叫枣儿汗；年少的是自己的孙女，名叫曲曼古丽。

枣儿汗和曲曼古丽向洪英涛他们说了问候的话后就去忙活了。

李文祥向洪英涛简单介绍说："卡得尔共有五个孩子，老大是儿子，在地区行署工作；下面三个是姑娘，都已成家；老五也是儿子，在喀什当教师。曲曼古丽是老大的女儿，正在喀什上初中。枣儿汗原是县歌舞团的演员，前几年歌舞团停办，她便回家来操持家务，照顾卡得尔和孙辈。"

"我的孩子嘛多得很，所以嘛事情也多得很。"卡得尔笑着说，让大家放好自行车。

这时李文祥从挂在车把上的布袋里取出方糖和饼干递给卡得尔说，这是他和洪英涛的一点儿心意。于莉也递上了带来的礼物——一小块的砖茶，那是她从父母家拿来的。

"我们是一家人嘛，你们为什么这个样子客气嘛！"

卡得尔有些不好意思地接过了，又喊曲曼古丽让她将东西送去房内，然后引大家往前走。

卡得尔家的院子不算大，坐北朝南是一排三间房屋，建在半米高的台基上。房前有一架葡萄，是去年才栽的，藤蔓缠绕着刚刚爬上搭在房檐边的木椽。葡萄架下有条长椅，是供人乘凉的。院内有一块长条形镶了砖沿的花圃，里面黄色的菊花正在盛开。院内打扫得干干净净，又洒了水，显得清凉而整洁。

卡得尔没有让大家进屋，而是指了指南边的一个小门，带着大家向那儿走去。进了门，大家才看清原来这里是一个小果园，里面主要是桃树，上面还挂着星星点点的果实。

"这就是我家的果园。"卡得尔说着，指了指前边。在一棵桃树下的青草地上铺着一块黑毡子，毡子上又铺了布单，中间放了几个大盘子，里面分别盛有桃、馕等食品。

卡得尔做了个请的手势，李文祥知道那意思是让他们坐上座。他说："卡得尔馆长，您看我们这里您年纪最大，您若不坐上座，那我们就只好站在旁边用餐了！"

"啊，李秘书，你嘛知道我们的规矩……唉，好了，今天咱们人嘛不多，那就随便坐吧。"

卡得尔又做着请的姿势。李文祥便招呼洪英涛和于莉一起在食单边坐了，也招呼卡得尔坐下。这时曲曼古丽提来一把净壶放在食单旁边的地上，又将毛巾递给卡得尔后便走了。卡得尔示意李文祥先洗手，接着于莉和洪英涛也洗了，最后他才洗。净过手，大家又坐下，卡得尔在每个人面前的茶杯里倒了茶，便邀请大家先吃点儿水果和馕。

不一会儿，枣儿汗和曲曼古丽每人手中端着一盘抓饭过来了，将它们放在黑毡子上。同时还有两个空碗和两把小勺。然后，她们也在大家的邀请下于黑毡边落座。

这时，卡得尔说话了："今天嘛请大家到我家有几个意思哈，一个是我们的祖国十三岁生日呢，县上已经开了庆祝晚会，我们嘛心里高兴，今天又在这里庆祝。再一个是我们的小洪嘛从那么远的地方来这里工作，对我的帮助大得很，我打心眼里嘛欢迎她呢。还有李秘书和于老师，还有……"卡得尔望了望枣儿汗，迟疑了一下，似乎寻找到了一个恰当的汉语词汇，又继续说，"还有我的老伴枣儿汗和孙女曲曼古丽，我们大家嘛今天在一起吃一顿饭哈，这个饭嘛我想把它叫作'民族团结饭'。"卡得尔笑了，又有点儿不好意思地用眼睛瞄了瞄李文祥，继续说："我的汉语水平嘛不高，我说的意思嘛不知道大家听懂了没有？"

"哎呀，卡得尔馆长说得真是太好了！意思表达得全面、准确，既有对祖国的热爱之情，又有对新来的人的欢迎和赞扬，还强调了民族团结一家亲。我们这里有句话说：'小溪流进海洋不会枯竭，背靠祖国的人不会孤单。'还有句话是'民族团结一条心，沙土里边出黄金'。卡得尔馆长真是了不起！"李文祥给卡得尔竖起了大拇指说。

"是呀，卡得尔馆长的水平可真是高哩！"于莉说。

"谢谢卡得尔馆长，我又一次看到了您金子般的心，也更加坚定了和您一起搞好工作的信心！"洪英涛由衷地说。

"啊，大家都高兴嘛就好得很！那么现在就请开吃。"卡得尔眉开眼笑地说完，又和枣儿汗一起做着手势，请大家开始用餐。

那白生生、闪着油光的米粒，还有黄澄澄切成条的胡萝卜，以及核桃大小的羊肉块混杂在一起，组成了一道奇特的美食，大家不由得称赞枣儿汗的烹调手艺。

洪英涛是初次到维吾尔族人家做客，见识了他们的热情，品尝了他们做的美味，心里充满了新奇与感动。她眨着水灵灵的眼睛，在枣儿汗和卡得尔的热情劝让下，津津有味地吃着，还不时说着："真是太好吃了！"

饭罢，大家喝茶、吃水果。卡得尔用手指了指旁边的桃树说："这棵树上的桃子嘛是这里的一个优良品种，名字嘛叫阿克托合其，味道嘛甜得很！本来嘛它九月份就开始熟了，但为了让大家今天嘛能够吃到，我们嘛想了个办法哩，它跟人一个样子嘛，让它少晒一点儿太阳它就熟得慢一点儿嘛！"

听了卡得尔的话，大家才注意到桃树上有一个个草编的小"灯笼"挂在那里。原来那是为了遮挡一部分阳光，减缓桃子的成熟速度而特意制作的。大家不由得佩服卡得尔真诚待人的心。同时也为他的发明称奇，也更体味到了桃子的甜蜜。

时间尚早，卡得尔意兴正浓，便让曲曼古丽去房内取来了都塔尔琴。这种琴，洪英涛在喀什的乐器店见过。它有琵琶一样的音箱，但琴杆较长，上面有骨嵌的音区，有两根丝弦。卡得尔将琴放在腿上，调试了一下弦，又给妻子枣儿汗使了个眼色，便弹奏起来。他的左手握托着琴杆上下滑动，右手的五指在弦上有节奏地弹拨，于是便有幽美低回的乐声像溪流一样从音箱内流出。

这是一首维吾尔族民歌，在过门奏过之后，卡得尔便边弹边唱了起来。使大家没有想到的是枣儿汗也轻声跟着他唱。他们是用维吾尔语演唱的，于莉也熟悉这首歌，给洪英涛讲歌曲的名字和内容："这首歌的名字叫《牡丹汗》……"

高高的山峰投下身影，
哎，争着把河滩来遮掩，

能够和心上人交上个朋友，

哎，那是最大的幸福，

亲爱的牡丹汗。


情人你站在大门前，

哎，真像朵盛开的牡丹，

我和你永远永远在一起，

哎，什么时候都不分离，

亲爱的牡丹汗……


　　歌声随着优美的旋律结束了，余音仿佛还在缭绕。李文祥、于莉、洪英涛不由得拍起了手，并连声叫好。李文祥和于莉以前熟悉这首歌，他们都曾被它优美的旋律和深情的内容所打动。但今天由卡得尔和枣儿汗这对老夫老妻唱出来，似乎又多了几分真切。洪英涛虽然是初次听到这首歌，但也被它所折服，并由此体会到"歌舞之乡"的神韵，还对维吾尔族人欢乐的天性有了初步了解……

　　不知不觉太阳已西斜。李文祥和于莉交换了一下眼色后，便起身向卡得尔说："卡得尔馆长，时间已经不早了，于老师和洪英涛回去还有事，我们就先告辞了。"

　　"是的，回去后我还要陪洪英涛买布做件衣服，所以就不打扰了。"说着于莉和洪英涛也起身走到旁边的草地上。

　　"你们有事要走嘛我也不留你们了。今天有照顾不到的地方嘛请大家多多包涵。"

　　卡得尔说着和大家一起走出了果园，但他又举手示意大家停一停，自己则去花坛边的树荫下，提过一个用青草覆盖着的小筐，一边放到李文祥的自行车后座上用绳子绑着，一边有点儿不好意思地笑着说："接受了朋友的金子，要给朋友还银子。但是嘛我们的东西不多，所以嘛这些桃子你们三个人嘛吃一哈。"

　　李文祥、于莉和洪英涛向卡得尔道了谢，推车出门，又和卡得尔、枣儿汗、曲曼古丽说了再见后骑车走了。

路上，洪英涛说卡得尔一家人真热情，请朋友吃饭，走时还给带桃。

"是这样的！时间长了你就知道了。"于莉说。

到了街上，三个人就要分手时，李文祥从自行车上下来，让于莉和洪英涛也停车下来，对她们说："我前不久下乡去色目公社，在那儿吃了不少桃子，所以这筐桃子你们拿去分了吧。"说着他已解开后车架上的绳子。

"这怎么行哩，人家卡得尔馆长可是说了三个人分的。"洪英涛急忙说。

"好了，文祥这人我知道，他想好的事十头老牛也拉不回。英涛，那咱们就只好向他说声谢谢了！"于莉对洪英涛说着，就从李文祥手中接过筐，放在自己的车后座上，用手扶着。

李文祥走了，她们回到洪英涛住处。于莉撑好自行车，将筐提进洪英涛住的房间，放下后说："现在离商店关门还有一个小时，咱们得快点儿去买做裤子的布。洪英涛答应着，两个人又将毛巾浸湿擦了把脸，便出门去了。

洪英涛说："街上不远，咱们将自行车放在屋里吧。回来后咱们一起在招待所食堂吃晚饭，省得你回家再忙活了嘛。"

于莉说："中午吃的东西还在肚里放着哩！你的事办完了，我就回去了，明天上课，今天晚上还有点儿事需要准备哩！"

"这么说，你是不打算再回来了？那这些桃子你就分一半带上吧！"

"嗨，你看你，刚才你还没看出来吗？文祥的意思你刚来这里不久，认识的人不多，下面的公社也没有去过，所以桃子留给你，让你多吃点儿。至于我嘛，葛培荣在下面，回来时常带。"

"原来你们是这个意思！那不行，我现在就去给你拿哩嘛！"

"你看你，这么认真干啥！好了，你要不见外，就按我说的办。快去放车子吧，咱们得快点儿走！"

洪英涛不好再说什么，放下车，锁了门，和推着自行车的于莉一起上街来。

　　她们进了百货商店。在于莉的参谋下，洪英涛选中了蓝色厚实的咔叽布准备做裤子。但就在她交了布票准备付款时，于莉却拦住了她，抢先付了款，并说："英涛，本来我想扯块花布给你做裙子的，但现在天凉了，没有穿的机会，所以就做条裤子吧！我没有别的意思，你来这么久了，姐还没送过你什么哩，希望你不要跟我见外。"

　　"哎呀，于姐，这怎么好意思哩！"洪英涛说着，不由得想起了于莉早晨说过的话，原来她是提前已经打算好了的。

　　洪英涛拿着扯好的布，又买了一个桌上放的钟表，跟于莉来到不远处的一家缝纫铺。这家缝纫铺的女师傅是汉族，跟于莉很熟悉。她听了于莉对洪英涛的介绍，连声说着"欢迎"。拿了尺子给洪英涛量尺寸，并说最近的活不多，她后天中午就可以来取。手工费不贵，洪英涛怕于莉又要掏钱，便赶忙付了。

　　过后，于莉就和洪英涛道别，骑车走了。

　　晚上，洪英涛从枕头下取出张北川的信又读了一遍之后，便在油灯下的桌上给他写回信。


亲爱的北川：

　　你好！

　　前几天收到你的来信，知悉了你的近况，我焦盼的心终于得到了慰藉。

　　我的情况很好，如用一个词来形容就叫"顺风顺意"。首先是工作，在老馆长的主导下，我们重新装修了图书室，更改了作息时间，使借阅工作蓬蓬勃勃地开展起来，受到了读者的欢迎。其次，有关方面领导和同志对我的工作和生活很关心，使我到这里后很快就消除了陌生感，变成他们中的一员。

　　这里我还要说一件事，即这次国庆晚会。领导让我当了主持人，我还演唱了当地人熟悉的歌曲《送我一枝玫瑰花》。没想到我的歌受到了那么热烈地欢迎！给你说句悄悄话，这首歌是唱爱情的。歌词的原意是维吾尔族姑娘得到爱情后喜不自胜的欢乐心情，但你知道我练这首歌时想到了谁吗？好了，北川，隐约记得原来在学校时，我们好像听过这首歌，特别是它的最后一段歌词：我们像黄莺和百灵鸟，我们相爱如鸳鸯；我们的爱情像那燃烧的火焰，大风也不能把它吹熄。

北川，一想到你，我就觉得心如潮涌……好了，就此打住吧！

最后，请让我借用你信中的话，因为那也是我此时的心情：期待着你毕业的日子，期待着与你重逢的时刻！

再谈。祝顺利！

你的英涛

1962 年 10 月 3 日

红
樱
桃

# 第九章

这里的秋天来得晚，去得也晚。已经是十一月了，高大的杨树上的叶子虽显得有些抖抖瑟瑟，但仍绿绿地在枝条上挂着，直到某一天一场微带寒意的风从西边刮来，它们才三三两两不情愿地从略显青白的枝头飘落，渐渐在地上铺了一层。有几个附近生产队穿素色连衣裙的维吾尔族大娘，每人手里拿一根一端被折弯的粗铁丝，一下一下戳着马路边落下的阔大树叶，然后又将它们收集到袋子里，准备拿回家去当柴烧。这地方少煤，普通人家大多烧柴草做饭、打馕，甚至取暖，以此来渡过并不十分寒冷的冬天。

此时公社的农事基本上结束了，已经是地光场尽，该是分配和享用劳动成果的时候了。下乡支农的干部先后撤回县城，准备总结一年来的支农成果，同时也开始冬闲的集中学习。

崔副县长也回到县城。这半年来，他和葛培荣在蹲点的生产队试种番薯，取得了成果。他们动员一部分社员整了两亩闲置的沙土地，按照余副县长说的将从四川带来的一袋番薯育了芽，然后采用块根种植法种了下去，又适时施肥、浇水、进行管理，结果长得茎粗叶旺。不久前，他们进行了采挖，发现薯块长得大，也结得多，亩产超过了四千斤。

崔副县长和队领导商量后，给参加种植的社员进行分配，并告诉他们怎样食用。分到番薯的社员蒸着吃了后，都说："这真是又沙又甜的好东西，明年一定好好地种！"这样，那些参加种植的社员除额定的口粮，又有番薯做补充，日子明显比其他人好过多了。崔副县长把这叫作"粮不足，瓜菜补"，并进行了广泛的宣传。为了明年能扩大种植面积，崔副县长又和余副县长通了电话，准备从他们那里再购买一些种子，来年春天用。

为了解决土地肥力不足的问题，崔副县长在指导种番薯的同时，发动生产队社员在一部分地上种了草木樨，又开展了沤绿肥、施化肥活动，改变土地肥力。不久前，县上还在他们那儿举办了"绿肥现场会"，推广他们的经验。

崔副县长还和地区有关领导联系，请他们帮忙解决水源不足的问题。正好地区水利科成立了打井队，准备开发、利用地下水资源。在地区有关领导的协调下，地区水利科打井队决定把崔副县长蹲点的生产队作为试点，无偿给他们打一口井，以做示范。

不久，一眼自流井打成了。看着碗口大的一股清水日夜不停地从钢管口冒出来，流进渠道，生产队的社员们又唱又跳，把这水叫作幸福水。崔副县长也顺从民意，干脆给这口井起了个名字叫"幸福井"。

崔副县长及旧城县在发展生产、解决吃粮难问题方面所做的努力，受到了自治区领导、地区领导的重视。领导来这里视察后都给予了很高评价，并准备在冬季有关会上对他们进行表彰，并推广他们的做法。

崔副县长回县城已经几天了。这天是星期天，他打算中午请洪英涛几个人来家里吃顿饭，顺便也为一直想着的某件事操操心。近半年来，他几乎将全部精力都用在了蹲点的工作中，吃住都在那里，忙得不亦乐乎，家也很少回，现在终于可以稍微松一口气了。他原想星期六晚上请他们过来，但星期六妻子还要上班，再说，晚上油灯、蜡烛的也不方便，所以就想放在星期天中午。他知道星期天图书室还要上班，洪英涛中午的时间也不多，但想着提前做一些准备，再抓紧点儿时间就行了，所以就这样决定了。

这天早饭后，崔副县长叫来李文祥让他去通知人，又对妻子叮嘱了几句，就到县上新设的自由贸易市场去了。

洪英涛来上班时，图书室还没有读者，她在阅览室擦桌子。上次文教科增拨了款，他们又订了一些报纸、杂志和画报之类，阅览室也开起来了，每天有不少人来看书看报。这时，卡得尔从办公室出来，边向这边走，边喊着洪英涛说："洪姑娘，李秘书来电话找你，你去接一哈，这里嘛我来收拾。"

洪英涛放下手中的活计，笑了笑，去了办公室。

话筒放在桌子上，她拿起来听。电话那头传来李文祥的声音："喂，英涛吗？我是李文祥。告诉你件事，崔副县长回来了，今天中午要请你去他家吃顿便饭。中午下班你在单位不要走，我去那里接你。"

洪英涛听说要见崔副县长，心里自然是高兴的，但第一次去他家，况且他为自己的事费了那么多心，怎么能空手去呢？就在她犹豫的时候，电话那头的李文祥似乎已猜出了她的心思，不等她言语，便说："其他的事你就不要费心了，我这里有瓶春节买的好酒，是咱们四川的五粮液，还有买的水果糖，等会儿我给你拿上。"

"要不得，要不得，这怎么行呢！我还是上街买点啥子吧！"

"看你咋又这样哩撒！中午时间紧，再说商店里也没有啥东西，你就不要说那么多了！好了，中午下班我就去你那儿。"

洪英涛还想说什么，电话那头已经挂了。

中午下班后，卡得尔和洪英涛关了门，卡得尔骑车刚走，李文祥就来了。已经是冬天了，洪英涛上身穿一件半新的暗红色薄棉袄，下身穿上次和于莉一起做的蓝色裤子，人似乎也显得胖了些。

"你穿上这身衣服就显得更美哩嘛！"李文祥看了一眼洪英涛，似乎有点儿不好意思地说。

"是吗？刚来这里时，还多少有些不习惯。现在好了，吃得香，睡得美，也许是有点儿发福了嘛！"洪英涛笑着说。

路上，洪英涛怀着歉疚地埋怨自己说："早就想着要见崔副县长，为啥就没提前做点儿准备。"

李文祥知道她的意思，便抖了抖自己肩上的挎包说："你的意思我明白，可这些东西放着也是放着，再说了……"李文祥还要说什么，却止住了。他知道，今天崔副县长请洪英涛，一方面是她来这么久了，还没跟她好好聊过，另一方面也想给自己和她的关系发展铺铺路。

"还说什么哩！上次去卡得尔家，我就欠了你的人情，我还说过'有情后补'。说到这我倒想起来了，啥时候我请你和于莉他们到我房里吃顿饭，也算是补补情哩嘛！"

"要得！"李文祥高兴地说，"其实我知道崔副县长平时一个人是不喝酒的，今天我们去，他说不定高兴了就和咱们喝上几杯哩。"

他们一边走着，李文祥一边说："今天崔副县长还请了葛培荣两口子。一来，大半年了葛培荣跟他一起搞试点，很是辛苦，技术员的作用发挥得很好，借这个机会向他表示谢意；二来，你独自一人，也让于莉过来陪陪你。"

"难得崔副县长想得这么周到，我可得谢谢他哩嘛！"

一路走着，李文祥又给洪英涛简单介绍崔副县长家的情况："他的妻子王素琴是山西人，高中毕业生，在县财政科工作。父亲崔天顺原是骆驼客，后来在哈密开杂货铺，晚年过来和他住在一起，前几年已经过世。母亲年迈了，健在。叔叔崔天富原是运输工人，早几年退休了。崔副县长有个儿子叫崔世中，大学毕业后在阿克苏地区邮电局工作。崔副县长的女儿正在上初中。"

"你可能不知道，崔副县长是县上出了名的孝子，对他的父母可好了。宁可自己受苦，从来不亏待父母，吃的、穿的先敬着他们，让他们宽心哩嘛。"李文祥说，"也许是受了父母的影响，他的子女从小就非常懂礼貌。"

李文祥说着，两个人已到了县委、人委家属院。他们进了一个朝南的大门，便看到一个大院，四面是砖混结构的平房，每家门前都有式样相同的小院。李文祥说这是前几年盖的。

李文祥引着洪英涛来到一家向东开的小院门口，推开门，见有一个十五六岁扎小辫的姑娘迎上来，她一边向屋里喊着"爸，客人来了"，一边叫着"李叔叔，洪阿姨"，并说着问候和欢迎的话。李文祥给洪英涛介绍说："这就是崔副县长的女儿小翠，正在喀什上初二。"

洪英涛向小翠回问着好，和李文祥向房里走去。这时他们看到院内右手靠门有间小屋，里面正传出"噼噼啪啪"的声响，这是伙房，似乎里面有人正在炒菜。

"欢迎，欢迎，烟熏火燎，客人来到！"崔副县长从住房内走出来，请洪英涛进屋。

"快进，快进，看把个大忙人终于请来了！"有人从屋内揭起门帘说。这人正是于莉，她和葛培荣已经先来了。

于莉请洪英涛在摆在屋中央的枣木圆桌旁的椅子上坐下，她们已个把月没见面了，见了面便有说不完的话。李文祥和葛培荣打着招呼，将带来的挎包放在后边的五斗柜上，也来桌旁的椅子上坐下和葛培荣说话。

崔副县长从外面进来，后面跟着一位中年女性——他的妻子王素琴。他给妻子介绍了洪英涛，又给洪英涛介绍了妻子后，说："今天好不容易有机会请她露两手，做的都是她的拿手菜。可话说回来了，巧妇难为无米之炊，现在的这个条件她也算尽了最大的努力了。"

王素琴个子不高，不胖不瘦，衣服的袖子高挽着，显得干净利落。她笑了笑，转身又到外面的伙房里忙活去了。紧接着她又回来，和女儿小翠各端着一盘菜放在桌上，来来回回，六七个菜摆上了桌面。王素琴又出去为每人端来一盘面，然后在大家的礼让下坐在了桌旁。

崔副县长笑着对洪英涛说："咱们从你老家来也有半年了，我这一直忙着蹲点的事，跟头绊子的没顾上招呼你。现在终于是冬天的庄稼地——闲下了，所以请你过来，还有小葛和他爱人、李秘书，咱们一起吃顿便饭，乐呵乐呵。"顿了一下，他又说，"也是秋鸡娃子叫鸣哩——唱不出什么高调，就让你婶费心把力地弄了几个菜，没什么大场面。大家动筷子尝尝吧。"

洪英涛不好意思地笑着说："崔副县长和婶子费心了，真不好意思哩嘛。"

这时，靠南的一间房里传来一阵老人的咳嗽声。崔副县长向那边望了望说："那房里是我母亲，有把年岁的人了，不愿上场面，由我女儿陪她在里边吃。"

难怪没见小翠上桌子，原来她陪奶奶在另一间房里吃饭呢。这时洪英涛才注意到崔副县长住的是一明两暗三间房。他们吃饭在中间房，靠南的墙上有火墙，安着炉子，里边住着老人；靠北还有一间房，可能是崔副县长和妻子的卧室。中间的房里布置很简单，靠后的墙上贴了一张山水画，下面的五斗柜上摆着一张装了框的照片，可能是崔副县长父亲的遗像，照片两旁各摆了一个漂亮的青花瓷梅瓶。

饭吃得差不多了，李文祥从自己带来的挎包内取出了酒和糖果说："英涛说今天是初次来崔副县长家，顺便带了瓶酒——她们家乡的，让您尝尝，这糖是给老人和孩子的。"

崔副县长望了望李文祥，似乎明白了什么，便笑着说："现在咱都是旧城县的人了，这么客气做啥哩！好了，你们已经拿来了，那咱们就一块儿品尝吧！"停顿了一下，他又说，"说起这五粮液酒，我和葛培荣在你们家乡时就品尝过，真是好劲道哩！"

崔副县长让妻子拿来酒盅，给每人倒了一盅酒，又喊小翠出来端了一盅去奶奶房里。他知道老人有时饭后也会喝上一盅。

这时，王素琴又去伙房端来一盘切开蒸熟的番薯，让大家品尝，说这是队上给崔副县长分的。

崔副县长举起酒盅，和大家碰杯后干了，又用筷子指着番薯对洪英涛和李文祥说："这就是从你们家乡带来的种子种的，社员们给我和小葛各分了一份。说起来它可真是个蜜心心——甜得很哩！这东西就是好，大老远的路上带过来却没有认生，水土服得很哩！快尝尝！"

大家吃着、喝着，气氛很好。洪英涛本来有一些酒量，但下午还要上班，所以没有喝。

这时崔副县长问洪英涛："来这里大半年了，生活习惯吗？工作顺心吗？还有什么困难？"

洪英涛一一作答，总的意思是生活、工作都很顺畅，还特别表达了对崔副县长的感激之情。

崔副县长谦虚地推辞着说："你应该感谢组织，主要还是你为旧城县的建设出了一份力。正如俗话说的，砖不在大小，砌到墙上就有用。我听别人说过了，你们图书室办得红红火火的，我也想过几天去借几本书看看哩。"

"好哩，好哩，崔副县长要看什么书，你说上一声，我给你送过来。"洪英涛忙不迭地说。

"英涛，你可能还不知道，咱们崔副县长看过的书还真不少哩。专业方面的书不说，《三国演义》《水浒传》《西游记》《红楼梦》，我们都读得有一段没一段的，他可是从头到尾地读过了。"李文祥说，"特别是《三国演义》，他有空时就会给我们讲上一段，真叫有声有色哩！"

"噢，当地的维吾尔族有句谚语说书是历史的窗子。"崔副县长说，"这谚语说得好哩！这不，从这窗子里看看过去，历史上的人物哪儿对，哪儿错，真是秃头上的虱子——明晃晃地摆着哩！比如诸葛亮，既有神机妙算地借东风，也有用人不当的失街亭……"

大家都被崔副县长的话吸引了，以为他就要来上一段。没想到他的妻子王素琴用眼睛斜瞅了他一下，那意思是怕他把话题扯远了。她知道洪英涛下午还要上班。

崔副县长望了望妻子，自谦地笑了笑说："看咋又把三国扯上了。好了，不说历史了，说现在吧，说眼下。"

他望了望对面的洪英涛，说："刚才问了小洪的情况，她说都好着哩。但一个女娃家她不说我们也想得到，在家千日好，出门万事难。她从那么遥远的地方来咱们这儿，难处指定是多得很哩！"他顿了一下，似有所指地继续说，"同事的关心当然是需要的，但总不如有个亲人在身边照应好啊，比如说朋友，或者比朋友更亲密的人。说到这，不知道你注意到没有，你的周围可能就有哩！当然，谁能做真心朋友，能靠得住，生活上相互关心，工作上相互帮助，而且一辈子倚着靠着，当然这得你自己看在心里才算数。"

说到这里，崔副县长用眼瞟了瞟李文祥，李文祥的脸有点儿红了。崔副县长和妻子早就说过想给生性腼腆、没有成家的李文祥当红娘，帮他介绍个对象，但一直没有遇上合适的。这次崔副县长去李文祥的老家，又听他母亲说起过，就更把这事放在了心上。洪英涛来县上已经半年了，他们听到各方面反映都不错，再加上她和李文祥是老乡，李文祥对她也很上心，所以想给他们牵线搭桥，促成这桩婚事。只不过他们还不了解洪英涛的情况，就想做点儿试探的工作。

"你们崔副县长说得对，一个女娃孤孤单单地总有些不方便，最好能有个人陪着。正如人家说的，男女捉对，生活不累；又说是好女配好男，日子比蜜甜。洪姑娘这么秀气，再配上个好伴侣，以后的日子没愁肠，指定是过得好哩！"

这话是王素琴说的。这半天了她很少说话，没想到说出话来也是有滋有味的。

听了他们的话，洪英涛觉得心里有点儿热辣，脸似乎也红了。但她想起了远在老家的张北川，就又变得冷静下来，只在嘴上应承着说："你们说得在理，我会认真考虑终身大事。"

于莉和葛培荣感觉洪英涛在老家可能有意中人，所以都没有言语。

午饭时间很快过去了，洪英涛还要上班，于莉两口子也想去县上新开的农贸市场转转。最近县上设了集市贸易点，据说附近的农民又带着他们的东西进城了。

"噢，你们应该去看看。早晨我去转了一圈，东西虽还不多，但到底有一些。互通有无，交流余缺，看来政策是对的。"崔副县长说。

洪英涛、于莉两口子对主人的款待表示了谢意。崔副县长的女儿小翠也从奶奶的房内出来，和父母一道送走客人。李文祥则留下了，他说和崔副县长还有事说。

出了家属院的大门，因为农贸市场和图书室在不同的方向，所以洪英涛和于莉他们道别，准备去上班。于莉知道洪英涛明天休息，便对她说元旦时学校有个晚会，自己准备组织学生排个舞蹈节目，明天想去她的住处和她商量一下，听听她的意见。洪英涛自然是非常高兴地答应了。

洪英涛回到图书室。下午来借书看报的人不少，她一直忙着。快下班时终于闲下来，卡得尔手里拿着一本书走过来说："下午嘛我给读者拿书，在书架的下面一个不容易看见的地方看到了这本书。"卡得尔晃了晃手中的书。洪英涛看清了书名——《维吾尔语汉语常用词汇》。"这个东西嘛是你和我都需要的，可它嘛不说话悄悄地在那儿藏着呢！"说完，他把书递给洪英涛。

"是啊，我们学语言可真需要它哩嘛！"洪英涛接过书，高兴地翻看着。

"那你就带上它吧，有时间可以学一学。"

"那您呢？您不是也需要看吗？"

"我嘛？你看完了我再看。俗话说，年轻人学知识，像印记刻在石头上；老年人学知识，像章子盖在沙土上。你是年轻人，学习比我更重要。"

"那就谢谢卡得尔馆长了！"

洪英涛带着书回到住处，坐在桌旁翻看着，将维吾尔语的拼音字母表抄在自己准备的一个学习本上，并按卡得尔馆长前几天教自己的读法，给它们分别标上了汉语拼音。

这时，她听到自己的房门被敲响了，便赶忙起身去开门，"谁呀？"

"天都快黑了，中午就没见你来打饭，我过来看看，食堂马上就要关门了。"原来是侯所长。

"噢，是侯所长。中午我去了别人家，在那儿吃了饭，下午下班回来又忙了点儿自己的事，把晚饭都忘了撒。谢谢您来叫我，我这就去哩嘛。"

"嗨，你这个丫头，再忙也不能忘了吃饭呀！现在的饭不经饿，吃了上顿都盼下顿哩。好了，你快去，今天的饭还算不错，有大米稀饭、烙饼，还有炒土豆丝。"

洪英涛拿了碗碟，出门和侯所长一起去食堂。

侯所长对她还是很关心的。有几次她忙其他事忘了去打饭，他或亲自过来，或打发人来叫她；房间也重新为她粉刷过了。入冬后，他又派人给她门口送了一些煤，让她取暖用。之前，他还从招待所淘汰的旧家具中挑了几件，让人维修后给她送过来。

第二天，洪英涛起得早，梳洗完，吃过饭，又洗了两件衣服，晾在屋内的铁丝上，刚刚歇下，于莉就来敲门了。她开了门，一边和于莉打招呼，一边请她进来。

于莉进门后，在桌旁坐下，环视着屋子，发现靠窗墙角处多了一个高低柜，高的一层上摆了一个不大的相夹，里面装着洪英涛的一张半身像，相夹的一边摆了她在喀什买的玉石花瓶，另一边的小瓶里插了一束塑料做的红色相思豆。低一层上面有镜子、闹钟和梳妆用品。东西不多，收拾得井井有条、明净亮丽。

"真是几日不见，你的房子也旧貌换了新颜！东西不多，却收拾得折折顺顺的，真是人家说的，进门不用问，人勤人懒心自明！"于莉夸奖道。

"就这么随便布置了一下，这柜子是招待所侯所长让人送过来的，说是招待所的旧家具，让木匠重新收拾了一下，是废物利用。说起侯所长，我觉得他人不错，吃的、住的都对我照顾得很周到哩嘛。"洪英涛说。

"侯所长是部队上下来的，为人谦和热忱，有口皆碑。你从那么远的地方来这里工作，他自然是要在现有的条件下尽力为你安排的。"于莉说。

"反正我觉得这里上上下下都对我很好哩嘛！"

"就应该是这个样子！"于莉说着，又指了指高低柜上洪英涛的照片，"看样子，这张照片是你不久前照的？"

"是哩嘛，是我高中毕业后在老家照的。"

"这张照片照得好，主要是你人长得俊，所以才照得这么有神韵！你看那两根小辫衬托着一张圆脸，真是娇嫩又可爱。"

"哎呀，于姐，看让你说得我都不好意思哩嘛！"

洪英涛给于莉倒了杯开水，放在桌上，自己在对面床上坐下。

于莉给洪英涛讲自己打算组织学生排演的节目名叫《民族团结一家亲》，是根据一个维吾尔族舞蹈改编的。她一边说着，一边起身在地上做着舞蹈动作。

"好得很嘛！将各族学生们热爱劳动、互相帮助的精神表现得很生动，也很有趣！哎，等你们演出时我也去看看。"

"那自然是可以的。你是行家，你说行，可能就差不多了。那我回去后就组织学生们练。"

于莉说着又来到桌边坐下，喝了口水，却又将话题转到了昨天在崔副县长家。

"不知你是否觉察到了，昨天崔副县长和他妻子说起你的个人问题，话里头似乎暗指着某个人哩！"

"是吗？我怎么没听出来哩嘛！你觉得他们指的是哪个吗？"洪英涛略显吃惊地问。

"听话听音，他们没有明说，我也是自己猜的。"

"你说嘛！昨天他们说起了'有个亲人在身边'，还有'好女配好男'的，明显是说我的个人问题哩嘛。我认为他们是关心一下我，所以也就一般地表了个态嘛。但你是旁观者，也许比我看得清楚，你就说说嘛。于姐，不打紧，你就说说嘛！"洪英涛有些紧张地说。

"那好吧！咱姐妹说话不需要遮遮掩掩，我觉得他们说的事似乎跟你的老乡——李文祥有关哩。"

于莉的一句话点醒了洪英涛，她想起了李文祥对自己的关心，这里面似乎也透露出了点儿什么。

"说起李文祥这个人，"于莉继续说，"可是个天上下刀子也不知挪窝的人，用崔副县长说过他的话是姜锤子锻磨——石（实）打石（实）的人。他为人正直，工作能力强，待人也诚实，是个靠得住的人，但……"说到这里，于莉似有所顾忌地停住了。

"怎么了？于姐，你往下说嘛！"

"好，我说。就是这个李文祥，特别害羞，尤其是跟不熟悉的女性，说两句话脸就会红。"于莉停了一下，又说，"咱和他关系都不错，我后面的话可不是损他的，是真实情况，他大概也二十五六岁了，至今还是单身。以前有热心人给他介绍过几个对象，咱县上长相及各方面条件都不错的姑娘，但他不是面都不愿见，就是见了面敷衍一下就完了。"

于莉笑了笑，继续说："我和葛培荣还私下说过，这事可怪了，他和我们在一起说话做事都放得开，为什么见了女人就这个样子。说到这里，我想起昨天崔副县长和他妻子说起你的个人问题时，他的脸似乎也红了。我以前听人说过他有时想问题有点儿'一根筋'，即自己看好了的事不会轻易改变。也许他还真的是把你这个老乡看在眼里、放在心上了呢！"

"李文祥这个人嘛，我感觉是个实在人哩嘛。在老家时余副县长跟我说过，他的母亲还委托崔副县长帮儿子快点儿找对象哩。"听了于莉的话，洪英涛似乎明白了不少，她同意于莉对李文祥的看法。但后面的话她说得很慢，这使莉以为她可能对李文祥真的有意了。

"好，我看你们……"于莉说。

"于姐，你稍等等。"洪英涛说着起身从高低柜上拿过相夹，将它反转过来，原来里边还有一张照片，那是她这次临来前在成都和张北川拍的双人照。"话说到这儿嘛，我也就不想瞒于姐你了。"

接着洪英涛讲了和张北川认识、交往及互定终身的情况，还说他们已约定，等他毕业后也会来这里。

"原来是这样！我和葛培荣就曾猜想过你在老家可能已经有了心上人，果真如此。"于莉说，"难怪，你柜子上一边摆了相思豆，另一边的相框后面是你和心上人的双人照，多么有象征意义呀！你为什么不把相夹反过来摆上呢？让我们一看就知道你已是心有所属的人了，而且他又是大学生，还那么英俊。"

"这……毕竟还没有成事实嘛，别人看到了问起来，多不好意思哩嘛！"

"嗯，对，看来咱英涛做事还真是有分寸哩！"

洪英涛将相夹照原样摆到了柜子上。

"关于李文祥，我也只是根据表面现象这么猜的，人家到底怎么想还说不上。即便他真的对你有意，那也没有错，这是他的权利，一家有女百家求嘛。所以我们今后对他还应该和以前一样，别冷淡了，伤了他的心。"于莉说。

"是哩，这个我知道！他那么热心地对咱，咱可不能让他坐了冷板凳。况且他还是我的老乡哩嘛！"

时间已到了中午，于莉要走，洪英涛将她留住，从食堂打来饭两个人一起吃了午饭。

红
樱
桃

# 第十章

　　曙光之手刚刚撩开夜幕黑纱的一角，洪英涛起床，梳洗。早饭毕，她就急着出门准备去图书室。昨天下午快下班时，上面通知卡得尔去开会，说是布置下乡工作任务，也许他回来得比较晚，她打算早点儿去图书室开门。

　　出得门来，洪英涛才看到地上又落了雪，是昨晚下的。现在已是元月，温度下降到零下 10 摄氏度左右。街上行人不多，她踩着积雪发出"咯吱咯吱"的声音。

　　到了图书室，果然卡得尔还没到。她开了门，捅开了门厅里的炉子，添了炭，又抹抹擦擦，整理用品。大约上班的时间刚到，卡得尔就骑着自行车来了。他一边推着自行车进门，一边嘟囔道："肉和皮牙子嘛少了一样也不行，一起吃哈营养才好得很！"

　　洪英涛听着卡得尔的话，觉得莫名其妙，正想问，卡得尔已经停好自行车过来说。昨天下午文教科叫他去开会，先传达了县人委领导主持召开的各单位抽调人员下乡动员会精神……

　　听了卡得尔的话，洪英涛明白了，为了提高社员的文化水平，方便社员学习科学种田知识，县上决定在各大队开办图书室。据说这是外地的先进经验，县上准备让他们先搞个试点，效果好的话逐步推广。

"具体的地方嘛上面已经定了，就在离县城最近的沙依巴克公社一大队。根据他们的意思嘛，让我们把图书室的门关上一个星期，我们两个人都下去，帮助他们嘛把这个工作做一哈。"卡得尔挠了挠花白的鬓角说，"但是昨天晚上嘛我好好地想了一哈，觉得这个样子嘛不行。我们的图书室嘛关门一个星期怎么能行。所以嘛我想了一个办法，就是我们的门嘛还跟以前一个样子地开，你嘛还在这里工作，我嘛一个人下去帮他们搞。我刚才说的'肉和皮牙子嘛少了一样也不行'，就是这个意思。"

洪英涛被卡得尔说话的方式逗乐了，同时也为他宁愿自己受累也不耽误工作的精神所感动。根据卡得尔说的情况，她也想到了一个主意。

"卡得尔馆长，您的想法很好，我也同意。但是这个大队嘛我也想去一哈呢，所以嘛我想到了一个办法，不知道行不行。"洪英涛说，"我的意思是我们两个人都在这里上班，等下班后我们一起去那里，星期一休息日我们也一起去。这个样子'肉和皮牙子'都有了，行不行？"

"啊，你的这个办法嘛……"卡得尔考虑了一下说，"行，行！你说的这个办法嘛更好，这个样子嘛我们帮他们做了工作，你也可以顺便了解一哈社员们的生活。嗨，没有想到你的脑子嘛，"卡得尔用手指了指自己的头说，"比我的还聪明呢！"

"谢谢馆长的夸奖，我们是今天下班后就去吗？"洪英涛问。

"洪姑娘，我们嘛还不能这样急。等一哈嘛我先给一大队挂个电话，问一问他们的情况，你也做一些准备，明天嘛下班后我们再去。"停了一下，卡得尔又说，"一大队大队部嘛离县城有三公里，为了节约时间"，他用手指了一下自己的自行车，"我的'小卧车'嘛还要开上，你嘛在后面坐哈，二十分钟就到了。还有一个事情嘛就是明天晚上吃的东西嘛你明天下午来上班时也带上。我们到了一大队吃。现在嘛是冬天，又比较困难，要是以前嘛一大队的粮食多得很，白面拉条子嘛有呢，夏天果园里杏子和桃子也很多。"

卡得尔说完就给一大队挂电话去了。这时已经有读者来到了图书室，洪英涛忙着招呼。等过了一会儿消闲了，她才想起卡得尔馆长刚才说的明天坐他的"小卧车"去一大队。"去大队的路可能不好走，又刚刚下了雪，两个人一辆自行车怎么行哩！"这样想着，她就想起了李文祥，想起上次去卡得尔家，他给自己借了辆自行车，回来后已经还他了。

"那就再向他张回口吧，让他再给借一辆。"洪英涛这样想着，准备上午下班时给李文祥打电话。真是渴了遇见瓜车，饿了碰到馕铺。没想到上午快下班时，李文祥骑着自行车来了图书馆。他在门口锁好车，进来对洪英涛说，他来为崔副县长借书，自己也想借本书看看。

洪英涛赶忙拿出了早就为崔副县长挑好的书递给李文祥，又按李文祥说的找来了他要看的书，在借书证上登记了。她正准备提借自行车的事，没想到李文祥却先开口了："英涛，听说你们最近要下乡搞图书室试点，我想你来去不便，所以就把我的自行车给你送来了。反正我最近没有需要外出的事，你就用吧。"

"真是巧得很哩嘛！我正想对你说这事，没想到你就给送来了撒。你是怎么知道我要下乡哩嘛？"洪英涛笑着问。

"这次下乡的事是人委领导研究决定的，文教科也报了具体的实施方案。"

"原来是这样！那就谢谢你了。"洪英涛说。

"还是那句老话，乡里乡亲的，再说你也是为了工作嘛，还这么客气做啥哩！好了，这是车钥匙，车子就在门外边，你就放心地用吧。"

"谢谢，谢谢。我觉得这次是个好机会，一来帮下面的公社做些工作；二来对自己也是一次锻炼嘛！"

"是哩嘛。"李文祥一边说着一边向外走，洪英涛送他出来。到了图书室门口，李文祥吞吞吐吐地说："英涛，还有件事……我想问问你……不知……"

"有啥子事你就说嘛，我听着哩。"

"你看春节快到了，我在喀什有几个同学，一起从中专毕业的，他们来电话让我春节放假去他们那儿玩，我答应了。"李文祥似乎鼓足了勇气，继续说，"我想请你一起去，不知你是否同意？另外，也不知你们哪天休息。"

"这……谢谢你的好意嘛，但……"这个问题来得太突然，洪英涛迟疑了一下，才说，"我可能去不了哩嘛，新城县有个朋友，上次在喀什学习时认识的。她前几天来电话说，想到咱们这儿玩，我想春节期间邀请她过来哩嘛。"

"噢，那好，既然你们有约在先，咱们就下次再约！"

"哎，我本来还想着春节那天请你和于莉他们一起到我这里吃个饭，没想到……"

"以后有时间再说吧。好了，我先走了，祝你们下乡愉快！"

李文祥走了。洪英涛进门来，见卡得尔从阅览室陪着一位读者出来。他将那位读者送到门外，又回来对她说："一大队的电话嘛我已经打通了，他们的意思嘛今天再做一些准备，明天下午下班我们过去，该办的事情嘛办一哈。"

"好，好！卡得尔馆长，你看，我们嘛'小卧车'也有了，明天咱们一人开一辆到一大队去哩！"

"哎呀，这个样子嘛太好了！好马给勇士长威风。现在咱们一人一匹骑上，工作嘛一定会做得很好呢。"说话生动形象的卡得尔早晨将自行车比作"卧车"，现在又将它比作"马"，逗得洪英涛笑起来。

"自行车是李秘书帮我借的，刚给我送过来。"洪英涛指着外面的自行车说。

"噢，李秘书嘛是这个样子的人！"卡得尔竖了竖大拇指说，"他帮助人嘛很热心。我的一个外孙子嘛去年在县城上小学就是他帮忙联系的。"

下午他们照常上班。下班时，卡得尔和洪英涛一起关了门，准备回去。但不知为什么，卡得尔有点儿神秘地笑着对洪英涛说："今天晚上嘛你回去好好地休息一哈，养精蓄锐，明天嘛我们的事情可能会很多。"

"谢谢，卡得尔馆长，放心吧，我不会误事的！"

第二天早晨，洪英涛又提前来上班，开了门，打扫完卫生，卡得尔也来了。他放下自行车有点儿不好意思地对洪英涛说："洪姑娘，我现在嘛可以告诉你了，昨天晚上嘛我已经到一大队去看了一哈了。"

"什么？您昨天晚上去了一大队？"洪英涛吃惊地问，并想起了昨天晚上下班时，卡得尔那有点儿神秘的表情。

"是这样的，洪姑娘，我嘛没有别的意思，主要是昨天大队书记在电话里说，他们选了一个图书室管理员，让我先去看一哈行不行。我想嘛刚刚下了雪，路不好走，所以就自己去了。"

"原来是这样。"洪英涛知道卡得尔是想让自己少吃点儿苦，所以这么做。

"没什么，你看我嘛昨天晚上到了一大队，支部书记、大队长都见哈呢。他们嘛半个月以前就接到了文教科的通知，准备的事情嘛也已经做哈呢，图书室的房子嘛也找哈了，就在大队部跟前不远有两间房子，一间大的做阅览室，一间小的放图书。管理的人嘛也已经确定了。"

"另外，这两天嘛我看咱们这里来的人嘛少一些了，可能是下了雪的原因。所以嘛今天下午咱们早一点儿嘛把门关哈去一大队，支部书记和大队长嘛昨天已经说了，今天嘛和咱们见过面，他们还有其他的事情要办呢。"卡得尔说。

"行，就按馆长说的办！"

午饭时，洪英涛多买了两个白面馒头用纸包了，装在挎包里带上，下午骑自行车来上班。六点钟，图书室的人已经走完了，卡得尔和洪英涛压了炉中的火、关了门，骑上自行车出发了。

他们沿街道往北，又往东拐上了一条乡村大道。前天晚上下的雪经太阳一晒，又加上来往车辆和行人的碾踏，路上已变成黑乎乎的了，只有远远近近的屋顶和田野上还能看到白雪在夕阳的余晖中闪耀。

洪英涛还穿着那件暗红色的薄棉衣，围了一条围巾，有点儿吃力地蹬着车紧随在卡得尔身后。卡得尔戴了棉帽，穿了短棉衣。

两个人边骑车赶路，边说着话，远远地一大队大队部已能看到了。路两旁有一些或高或矮、稀稀拉拉的树木，树木后是农家的院落。这些院落的墙有的用土块垒起，有的用泥巴修成。这是本地特有的一种修墙方式，是用手将一坨一坨的湿泥巴叠加在一起的。据说用这种办法修的墙比砖砌的还要结实哩！

卡得尔下了车，指着前面说："那远一点儿、高一点儿的房子嘛就是大队部，这路边的房子嘛就是一大队的图书室。你看，那里嘛有人出来了，是队上的领导来迎接我们呢！"

卡得尔说着和洪英涛来到那几个人面前。

卡得尔将车子放在墙边，然后和他们一一握手，并互相说着问候语。过后卡得尔又转过身来指着已放好车子走过来的洪英涛，用维吾尔语对他们说："她的名字叫洪英涛，是我的同事。"说完了，卡得尔又给洪英涛介绍大队支部书记吐逊·依明和大队长买买提·艾买提，还有这里学校的校长乌买尔·木塔里甫和大队会计木沙·艾山。他们都分别向洪英涛热情地问着好，洪英涛也热情地向他们回问着好。

这时，从房内又走出一位妇女，她刚才在里面给炉子添柴。她热情地握住洪英涛的手，用汉语说："欢迎你，欢迎你！"

卡得尔忙给洪英涛介绍："她嘛就是曼娜尼莎。"

洪英涛也向她回问了好，并立即被她的面容所吸引。她面容姣好，眉目清秀、鼻梁细挑、长发松软，和畅温煦，虽带着微笑，但微笑中又有淡淡的哀伤。

这时，支部书记正做着请的手势，请卡得尔和洪英涛先进了作为图书室的那间屋子，其他人也随后走了进来。房中间有一个和县上阅览室内一样的大桌子，但那是用几个条桌拼起来的，是供人阅读书报用的。正面墙上贴了一幅画，是宣传科学种田的，大房间内还套着一间小房间，隔墙上有火墙。

卡得尔和洪英涛在大队书记的礼让下，坐进大桌边的正对门处，其他人也在桌两边入座。

大队书记吐逊·依明先讲话，卡得尔给洪英涛做简单的翻译："他说的意思是县上确定在一大队搞图书室试点，这是县上对我们的信任和鞭策，对于提高这里社员的科学文化水平很有好处。我们一定不辜负上面的期望，克服困难，把这项工作做好，真正起到样板的作用。但大队这两年经济条件差，虽经过准备，但现有的就是这些。"

吐逊·依明环视了一下房子，又指着曼娜尼莎说："管理的人也已经确定了，昨天晚上我们征求了县上图书室卡得尔馆长的意见，他也同意。希望县上的同志多帮助她。"

曼娜尼莎站起来，有点儿不好意思地向卡得尔和洪英涛笑了笑，又坐下。

吐逊·依明继续说："我曾到另一个县参观过一个大队办的图书室。他们在附近学校的帮助下，发挥了很好的作用。所以今天我们也请了我们这里学校的校长乌买尔·木塔里甫过来，请他和大家一起筹办图书室。"

乌买尔校长也站起来向卡得尔和洪英涛点头致意。他身材瘦高，前额宽阔，看上去就是个有知识和修养的人。

书记讲完了，又问大队长还有什么话说。大队长说同意书记的意见，又补充了一点说："大队现在虽然穷，但还是要想办法再给图书室一些帮助。"他指了指坐在身边的会计木沙·艾山说，"你回去把账再好好算一下，争取能给图书室多少挤出一点儿钱，让他们买一些有用的书。"木沙·艾山点头同意。

接着，书记说，他们晚上还要开会研究一些问题，然后就和大队长、会计一起跟大家道别后离开了。

红樱桃

这时，天已经黑下来，曼娜尼莎请剩下的人到里面的屋里去坐，说那儿有生了火的炉子，比外面的屋子暖和些。说完曼娜尼莎便进了里面的屋子，先点亮了窗台上的油灯，然后请卡得尔、洪英涛、乌买尔校长进屋。

这间屋子不大，面积约有外间的三分之一，进门靠窗有一张桌子，上面堆放了一些书，墙角处有一张单人床，上面放着简单的被褥。靠门的墙壁上有火墙，生着炉子，外面的大房子也是靠这个火墙取暖的。

曼娜尼莎让大家在床上和凳子上就座，说从今天起她打算就在这儿住下。

这时，乌买尔校长先说话了。他说的是汉语，而且说话的方式跟卡得尔有点儿相似："这个大队的基础嘛比公社其他大队要好一些，但是这两年嘛产量下降，大队和社员的收入也减少了。现在嘛他们搞图书室试点，东西少得很，放书的柜子嘛没有，书嘛也没有多少。"他用手指了一下堆在桌上的书，继续说，"这是我们学校嘛送给他们的一些，大队嘛还要给钱买一些，我们学校嘛准备再动员教师和学生给他们一些支持。"他抬眼望了望洪英涛，又说，"'众人拾柴火焰高。'我们大家嘛都帮一点儿忙哈，他们的事情嘛就能好好地做哈呢！"

听着乌买尔校长的话，洪英涛不由得露出了佩服的神情。她没有说话，只是用期待的眼神望了望卡得尔。

"乌买尔校长说得对！我嘛也记得有这么一句话：'大家一条心，黄土变成金。'所以嘛一大队的这个事情要办好，大家都有责任。有一件事情嘛我还没有和小洪商量。"卡得尔望了望洪英涛说，"就是嘛从我们图书室的书里面选一些，特别是农业知识和科学种田方面的，有些书同样的有两三本呢，我们送他们一些。"

"好哩，我同意卡得尔馆长的意见！"洪英涛迫不及待地说。

"还有嘛就是曼娜尼莎，她刚刚做这个工作，我们嘛要好好地教她哈！"卡得尔又对洪英涛说。

"是，我们一定要尽全力帮助她！"洪英涛以恳切的语气说。

这时，乌买尔校长起身向大家道别，说他回家还有事，明天下午再过来。曼娜尼莎起身送他出门。

回来后，曼娜尼莎过去捅了捅炉子，将一个不大的锅放在上面，不一会儿便有一股饭的香气从那儿飘出。她想到卡得尔和洪英涛下班就赶过来，肯定来不及吃晚饭，想用自己的方式接待他们。虽然她准备的饭很简单，是这里最普通的加了恰马古（一种形如土豆的菜蔬）的稀饭和白面与苞谷面两掺烤制的馕。但正如这里人们常说的，与其问客人吃什么，不如有什么吃什么，这也是她的一点儿心意！

"我做的饭嘛不好，但是请大家尝一下。卡得尔大哥，你说句话，让这位会唱歌的妹妹不要客气。"曼娜尼莎一边用碗盛锅里的稀饭，一边用下巴指着洪英涛对卡得尔说。

"洪姑娘，你听到了吗？"卡得尔对洪英涛说，"曼娜尼莎请咱们吃饭哩。"

"好的，好的。"洪英涛用双手接过了碗放在桌上，又从自己的挎包里拿出带来的白面馒头。

卡得尔也从自己的包里取出了一个白面馕，让曼娜尼莎拿来一个盘子，将馕和馒头掰开了放在盘子里，三个人一起吃。维吾尔族的习惯，客人带来的东西和大家一起分享，主人并不见怪。

他们各自端了碗喝稀饭，并不时吃着掰开的馕和馒头。不知为什么，洪英涛觉得今天的稀饭特别香，尤其那里边放的恰马古被煮软了，但没有散开，沙沙的，还有股甜味。这种东西她在招待所食堂吃过，据说它兼有粮菜的功能，甚至比土豆还好吃，又十分有营养，是维吾尔族人家冬天喜欢吃的食物之一。

卡得尔吃好了，放下碗，又拿起桌上的一本书给曼娜尼莎讲一些图书的归类登记、摆放及借阅的知识。曼娜尼莎仔细地听，并不时在自己的小本上记一些东西。

"曼娜尼莎，你不用担心，有我们嘛帮你，你的工作嘛一定能做好！特别是我们的小洪，是高中毕业生，又在地区嘛学习过，专业知识嘛懂得很多。这次来这里之前，她嘛还对我说过，一定要好好帮助你。"

"是的，曼娜尼莎大姐，你放心，我们一定会帮你把工作做好！"洪英涛说。

"谢谢你，小红妹妹，谢谢你们来帮忙。"曼娜尼莎高兴地说。刚才卡得尔虽然介绍过洪英涛的名字，但她一时没有分辨清，现在卡得尔叫她小洪，便以为她姓"红"，所以也这样叫了。

"她的名字嘛叫洪英涛，她比你小，你嘛叫她'妹妹'是对的。"卡得尔说。

"噢，'红樱桃'，我记住了。"曼娜尼莎听了卡得尔的话，将"洪英涛"三个字当成了"红樱桃"，觉得这个名字很好，因此这样说。"好妹妹，我一定要向你好好学习！"

时间已经不早了，卡得尔和洪英涛向曼娜尼莎道了别，骑车回了县上。

第二天是星期天。早晨一上班卡得尔对洪英涛说："今天上午嘛你在这里忙，我到书库嘛给一大队选书，晚上还去一大队。明天嘛是星期一，咱们休息，咱们嘛可以去那里一整天，争取把主要的事情做完。"

洪英涛听后连连点头。卡得尔就去书库忙活了。

上午下班后，卡得尔叫洪英涛到书库，指着地上挑出的一摞书说："这些书嘛大部分是和生产有关系的，还有一些嘛是和吃饭有关的，我觉得嘛社员也应该是需要的。"他笑了笑继续说，"我们很多人嘛，将东西胡里马堂地吃到肚子里就行了。我觉得嘛这个样子不行，也应该让他们知道一个馕嘛怎么样吃哈更好。像恰马古这样的菜嘛，应该多吃一点儿哈。俗话说，不知道的没有错，不学习的受谴责。他们嘛也学习一哈就知道了。"

听着卡得尔的话，洪英涛不由得笑了。卡得尔说，这些书今天晚上可以带过去一部分。

这天下午又是差不多六点钟时，图书室的人走完了，卡得尔将挑出来的一部分书用绳子绑到自行车后架上，然后对洪英涛说："现在的路上嘛还有点儿滑，你的车子上嘛就不要驮了，剩下的书明天嘛咱们全部带过去。"

洪英涛本来也想驮一些，但知道卡得尔也是在为自己着想，况且剩下的书她估计明天两个人可以轻松驮完，就没有吱声。

他们骑车不大会儿工夫就到了一大队图书室，只见曼娜尼莎已经在门口等了。他们下车，卡得尔解开了捆书的绳子，曼娜尼莎争着将书提了进去。

这时乌买尔校长也来了，他将一块木牌放在桌上，牌上写着漂亮的维吾尔文艺术字。

卡得尔过去拿起牌子看了看，不由得发出了一声惊叹："哎呀！先哲们说过：'人若没有智慧，眼睛犹如墙洞。'乌买尔校长是知识分子，脑子嘛就是比我们的聪明！我们嘛给一个姑娘把裙子穿哈呢，靴子嘛也穿哈呢，但是嘛把她的'脸'给忘掉了。现在乌买尔校长嘛把漂亮的'脸'给她装扮上了。这个样子好，真是太好了！"

原来乌买尔校长拿来的牌子是准备往图书室门口挂的，是他昨天请人做的。上面"沙依巴克公社一大队图书室"的字是他昨天晚上从图书室回去后亲自动手写的。

大家一致称赞乌买尔校长想得周到，并夸奖他字写得好。大家商量后，决定等图书室正式开张时再将它挂上去。

乌买尔校长说，大队学校后面有个木工厂，里面一些工人师傅的孩子在他们学校上学。前几天他找厂里领导谈了一大队要办图书室的事，请他们帮忙，厂领导同意了，他想现在过去看看情况，说完就走了。

大家开始忙起来，卡得尔拿出自己带来的图书登记册和书签，与曼娜尼莎一起做图书分类、登记、写书签。洪英涛将写好的书签用胶水往书脊上贴。因为现在没有书柜，他们只好将书暂时码放在桌子上。曼娜尼莎昨天晚上听卡得尔讲了一些图书登记的知识，今天又实践过了，说剩下的事明天白天她会做完。卡得尔告诉她，明天是星期一，他们休息，他和洪英涛一整天都会在这儿，估计这些事也就忙得差不多了。

曼娜尼莎听了很高兴，说："那样的话，今天晚上我去婆婆那儿拿一些白面来，明天中午在这儿给你们做苏依卡什（汤饭）吃。"

卡得尔则制止她说："你嘛今天不要去婆婆家，明天嘛也不要准备什么，因为明天中午嘛有人可能要给我们准备饭呢！"原来，卡得尔前天晚上来的时候讲了他们的时间安排，吐逊书记和买买提队长知道他们星期一休息，要在这儿忙一整天，就说了中午要请他们吃拉面。

又忙了一会儿，天早黑了，他们在曼娜尼莎处吃了和昨天差不多的饭，然后回了县上。

第二天早饭后，卡得尔与洪英涛去图书室驮了书便来了一大队。

乌买尔校长也骑着自行车来了，车后座上驮了几个木制的报架，前面的挎包内装着几份维吾尔文报纸。他说报架是木工厂帮忙做的，报纸是学校订的，有两份，他和教师们商量后决定匀出一份给一大队图书室。

"现在嘛学校马上就放假了，我将报纸嘛拿过来让这里的人先看，下个月起就让邮递员把报纸嘛直接送到这里。"乌买尔校长说。

"真是太好了！昨天嘛我们就说哈呢，乌买尔校长的脑子嘛聪明得很。"卡得尔赞赏地说。

他们又开始忙活了。乌买尔校长也从挎包内拿出了纸和笔墨，在桌子上为图书室写一些墙上贴的字幅。他的"笔"是一个小小的经过刮削后的长条木板，想不到就是这么一个简单的工具，在他手里却有了十分奇妙的功用。他用它的一端蘸上墨，然后转动着手腕，左右上下来回划动，就写出了非常带有艺术品位的一行行维吾尔族文字。

"哎呀，真是我们说的，巧手能使木头念经。乌买尔校长用木头写出的字嘛真比姑娘绣的花还漂亮呢！"卡得尔看着乌买尔校长写的字，不由得夸赞道。

乌买尔校长笑了笑，没有说什么。他不但学问好，字也写得好。据说他的艺术字在地区维吾尔文书法大赛中还拿过几次奖呢！

快到中午了，大队会计木沙过来请大家去食堂吃午饭。大家知道维吾尔族人的习惯，所以都没有说什么，放下手中的活计，跟着木沙走了出来。

食堂不远，就在图书室后面大队部旁边，是一座土木结构的礼堂，在附近算是个"宏伟"的建筑。这是1958年盖的，当时是公共食堂兼集会演出场所。后来食堂不办了，但偶尔也接待外面的来客，因为里面的炉灶和做饭用具还在。

他们很快便进了一个朝西的门，里面是一个大厅，靠北边有高出地面的台子，下面有泥墩上搭木板的座位，靠南边则是伙房。

木沙领他们进了靠东边的一间房子，只见房中间摆了一张桌子，桌旁站起两个人，一个是买买提大队长，另一个是大队出纳色买提·苏力堂。买买提大队长给色买提和卡得尔、洪英涛相互做了介绍，他们也互问了好。

然后，大家又在买买提大队长的礼让下一起入座。买买提大队长对卡得尔他们这几天的工作表示了感谢，又说，吐逊书记今天去地区图书馆了，那里的领导他认识，可能会给这里一些帮助。又说，大家忙了几天，今天中午在这里吃顿便饭。

说话间，已有人从门外端来盘子摆在桌上。他们起身先后用门旁水壶里的水净了手，然后又回坐到桌旁。买买提大队长指着桌上的一盘羊肉炒皮牙子，一盘辣子炒鸡蛋，一盘素炒白菜和一盘素炒土豆，还有刚端上来的面，说："这两年大队条件差，我们拿不出更好的东西招待客人，今天咱们就吃顿平常的拌面。"他又对卡得尔说："卡得尔大哥，你不要笑话我们，请让这位红姑娘也一起吃吧，千万不要客气。"

"俗话说：'面是神仙，馕是圣人。'这个饭吃上就跟神仙一样呢!"卡得尔先用维吾尔语对买买提大队长说,然后又用汉语对洪英涛说:"买买提大队长嘛说了,我们看得起他嘛就快快地把饭吃完哈。"

"我吃,大家也都一起吃。"洪英涛说。

吃过饭,卡得尔开始掏自己的衣袋,洪英涛知道他要交粮票和钱。大队长仿佛也明白了卡得尔要做什么,便有点儿不高兴地说:"卡得尔大哥,你不要这样!我们现在虽然穷了一点儿,但一顿饭还是管得起的。况且,你们为我们做了那么多事。"他顿了一下,又说,"你这个样子,我们脸上羞得很!"

木沙和色买提也说,他们利用休息时间为大队帮忙,吃一顿饭是应该的。

"那好吧,我们有句话:'吃了人家的饭,不要忘了说声谢谢。'那我们就向你们说声谢谢了!"卡得尔说。

"谢谢!"洪英涛也用维吾尔语说。这使大家很高兴。

卡得尔他们和大队长等人告辞,又来到图书室忙活。

过了不久,吐逊书记坐着一辆手扶拖拉机来了,上面拉了两个书柜,还有不少书。他说这是地区图书馆乌守尔馆长送的,因为他也是这个队里的人。大家帮着往图书室里搬东西,吐逊书记说:"我已经和附近的木工厂联系了,准备由大队出木料,帮助你们再做两个书柜。"大家听了都很高兴。

吐逊书记走后,大家忙着将登记完的书摆进柜子。晚上,吐逊书记和买买提大队长又过来了,他们看了图书室的情况后很满意。和卡得尔商量后,他们决定下个星期一,也就是卡得尔他们的又一个休息日,开大会正式宣布大队图书室成立。吐逊书记说,这次大会除本大队领导班子成员和附近生产队的部分社员参加,全大队各生产队的队长都要来参加,以便让他们回去后做准备,在条件成熟后也建立自己的图书室。

卡得尔他们都表示赞成。吐书记又说,他还想请县文教科的领导来参加,让卡得尔把这个意见先给上面说说,过两天他再去县上请。最后，他又请卡得尔代表县图书室在大会上发言。卡得尔一一答应了。

转眼间，一个星期过去了。这天早晨，卡得尔和洪英涛早早就来到了一大队图书室。房子前几天已经重新粉刷过，吐逊书记上个星期一说的另外两个书柜也已拉来摆放好。曼娜尼莎已将剩下的书放在了里边。乌买尔校长写的有关读书和求知的字幅也贴上了墙。夹了报纸的报架在墙边的地上放着。房子中间的桌子被曼娜尼莎擦得乌亮，上面还放了几本画报。门口的牌子正式挂上了。一个像模像样的图书室就这样在各方的努力下诞生了！

这天来参加大会的，除了大队生产队的人和卡得尔他们，县文教科的铁木尔科长也来了。他前几天听了卡得尔的汇报，又接到了一大队的邀请，觉得他们的工作做得很有成效，就想来看看。公社的一个副社长和文教干事也来了。

为了增加气氛，大队请来了这里的一个民间乐队。他们的唢呐、手鼓、笛子、热瓦普等乐器，从今天一早就开始奏响，吸引了不少大人和孩子，有人甚至在附近随乐声跳起了舞蹈……

上面来的领导在大队领导和卡得尔等的陪同下，先去参观了图书室，然后才去大队礼堂参加成立大会。铁木尔科长在参观图书室的过程中和大会的讲话中，都给了一大队图书室很高的评价，他说："这是县上学习外地先进经验取得的第一个重要成果，要在县里其他社队推广。"他还对大队领导、县图书室的同志"艰苦创业的精神"进行了赞扬，也对有关方面和人员的支持，表示了感谢。

红樱桃

# 第十一章

转眼间，1963 年的春节快到了，有关方面通知春节两天加上星期天共放假三天。卡得尔和洪英涛商量，觉得春节那天大家都在忙着过节，来图书室的人肯定不多，所以决定那天休息，剩下的假期，大家上班后他们再补。他们将这个放假安排分别用汉文和维吾尔文写在纸上贴了出去。

根据这个安排，洪英涛打算邀新城县图书馆的牛玲春节那天来这里玩儿。电话打过去，牛玲说，年三十晚上她打算在父母家过，春节那天正好可以过来，一方面看看洪英涛，另一方面也聊聊天。半年多前，她们在喀什参加学习班相处的时间虽不长，但她对洪英涛的印象挺深。为此，前些日子她就给洪英涛挂过电话。

接着洪英涛又想，晚上下班后去通知于莉，她知道学校已经放寒假了，想让她和葛培荣春节那天过来一起吃饭。没想到这天上午于莉到图书室来了，她是准备上街买春节用品，顺便过来告诉洪英涛，春节那天中午去她家吃饭。洪英涛便说了春节牛玲要来的事，并邀请她和葛培荣一起过来。于莉说，自己的父母已回老家探亲过年去了，葛培荣也和喀什的同学约好要去参加中专同学聚会（他和李文祥是中专同学，参加的是同一个聚会）。本来想请洪英涛那天去自己家，但现在知道洪英涛有客人，又是外县来的，就只好听她的安排了。

又过了几天，已是大年三十。下午下班后，洪英涛和卡得尔关了门后便急急地往自己的住处走。这天中午，她已去过一趟食品商店，凭供应券买了一些糖果、罐头。这些东西平时是难得一见的，她想用它们招待客人。

回房后，她拿上碗碟去食堂打饭。正好侯所长在，她便向他打听明天中午食堂是否开门，并说了自己有两位客人，到时想多买点儿饭菜。侯所长说："明天过年，住招待所的人大都回家了，但有几个上面搞水利工程的人来到了县上，所以食堂还是照常开。"侯所长表示她是一个人，也是远道来的，春节回不了家，接待客人也是人之常情，让她需要什么就买什么。

洪英涛放心了，向侯所长道了谢，然后打了饭菜回房里吃。

第二天早晨，她像平时一样早起，梳洗完，吃过早饭后，便开始收拾自己的房间。快到十二点时，她出了门，前几天她给牛玲打电话说了自己的住处，但怕她找起来费事，也为了表达自己的诚心，所以便准备到汽车站去接她。

车站在县城的北边，离她住的地方大概有半公里多一些。她急匆匆地走着，天已经不太冷了，冬天下的雪也差不多化完了，地面有点儿潮湿。她在大路边的人行道上走着，过了十字路口往北，突然发现了一个人，个子不高，瘦瘦的，有点儿趔趄着迎面走来。见到她后，他放慢了脚步，并放肆地斜眼看着她。

"啊，这不是被于莉叫作'鸡皮'的那个人吗？他来过图书室好几次。是他，肯定是他。他怎么这样歪歪扭扭地走路，看样子酒喝多了。"

洪英涛在心里想着，便赶忙往旁边闪了闪，从他的身边走过去。他却停住了脚步，目光仍然追着她，似乎还说着："哎呀，真是个……美人……坯子……"

洪英涛如躲瘟疫般加快脚步走远了。不大一会儿，她已来到车站。正有一辆去喀什的客车准备要走。售票员一边喊着车门口的人快点儿上车，一边检票。很快那辆车关了门，已经开始发动了。这时有人突然从车窗里探出头来，向着洪英涛喊道："英涛，祝你春节愉快！"

洪英涛顺着声音望过去，是李文祥在和她说话，旁边的葛培荣在向她招手。

她知道他们是去喀什参加同学聚会的，便也与他们打着招呼。

车已开动了，只听李文祥用家乡话说："不要只顾低头走路哩嘛，眼睛也得往后面看看哩撒。"

李文祥的话音还没有落，车已经开出了大门，加快速度开走了。洪英涛不明白李文祥话的意思，但当她猛然一回头，便立刻明白了。她看到"鸡皮"的身影正在大门口晃悠。怎么他也在这里？难道他尾随自己？

正在这时，一辆从喀什开来的客车进站了，在离洪英涛不远处停了下来。接着便有乘客下车。

洪英涛很快便看到了已经下车的牛玲，便赶忙上前去握住了她的手，两个人互问着好，又一起往车站外走去。

"你干吗还来接？我自己找去就行了嘛。"牛玲笑着说。

"我怕你找来找去的浪费时间，所以就过来了。"洪英涛也笑着说。

说着话，两个人出了车站。洪英涛看到"鸡皮"正蹲在那儿和什么人说话。她顾不上多想，便陪着牛玲径直往招待所走去。

进了房门，牛玲取下随身带的挎包，从里面拿出两个铁皮罐的大罐头说："年前，军区后勤给家属分了一些快要到期的军用罐头。"她指着罐头说，"这一听是牛肉，那一听是蘑菇，都是一公斤装的，是我从父母那儿揩的油。我想到你这儿来，也没有什么好东西，就将它们带来了，你可以用它们适当改善改善伙食。"

"你留着自家吃嘛，这么客气做啥哩嘛！"洪英涛说着，就请牛玲在桌边坐下，拿出昨天买的糖果，倒了茶水，又说，"今天中午咱们就在这儿吃顿便饭，我已经做了准备。另外，还有我的一位朋友，是这里学校的教师，到时咱仨好好地聊一聊嘛。"

两个人说着话，门外便传来于莉的声音，接着她就进了屋。

洪英涛赶忙起身给她们相互做了介绍，她们也相互问了好。她们两个人虽然是初次见面，但都是洪英涛的朋友，也谈得十分融洽。

洪英涛看了看高低柜上座钟的时间，让牛玲先坐会儿，自己则叫上于莉拿了一个保温饭盒和碗盘到食堂去了。不一会儿，她们就回来了，从饭盒里取出两盘肉菜，一盘是土豆烧牛肉，一盘是皮牙子炒肉，还有米饭。另一盘里则盛了凉拌白菜粉条，将它们摆放在桌上。

洪英涛打开了昨天买的一听蜜桃罐头，倒进盘里，还要打牛玲带来的牛肉罐头，但牛玲和于莉说这些就够吃了，劝阻了她。

在洪英涛的殷勤劝让下，三个人开始品尝这时下难得的美味佳肴。

吃过饭，洪英涛又给每人倒了茶水，三个人开始聊了起来，从各自的工作到当前的时势，聊得十分投机。

后来，牛玲指着高低柜上摆放的洪英涛的照片，问她是什么时候照的。洪英涛回答说，是去年高中毕业时在老家照的。

牛玲夸赞照片照得好，有风采，"但主要还是咱英涛本身的条件好，俊美、有气质，否则摄影师再高明也无法凭空给你加上这些美"。然后她又若有所指地说："看你这么漂亮，又是高中毕业生，年纪也都二十沾边了，该找个对象了吧？"

洪英涛不好意思地笑笑。

刘玲又说："我父亲在南疆军区的下属中有个年轻军官，一方面工作忙，另一方面周围女同志也少，所以一直没有找到合适的对象。如果你同意，我是不是就做回红娘，给你们牵个线，让你们认识认识？那人工作上精明能干，生活上知冷知热，人也长得端正，年纪比你大个五六岁。"

洪英涛略显不好意思地将目光投向了于莉。于莉立刻就明白了，便说："刘姐自然是一番美意，但据我所知，英涛在老家已经有对象了。"说着,她起身来到高低柜前,拿下了上面的相夹反过来,继续说,"刘姐你看,这是他们在老家照的相。"

"原来是这样,那好得很,好得很哩!"牛玲说,"看这小伙子挺帅气,很有学问的样子哩!"

洪英涛简单介绍了张北川的情况。

"怪不得咱英涛这么四平八稳的,原来早已是名花有主了!到时候办事情可别忘了给咱吭一声,我也要来给你们庆贺庆贺!"牛玲说。

"那是当然,我要办事是不会忘了咱姐妹哩嘛!"洪英涛说。

她们说着话,下午已过去了不短的时间。牛玲看了看自己的手表,说时间不早了,自己也该动身回去了。她说:"从这里到喀什,再从喀什到新城县都有车,而且从喀什到新城县的人多,车也多,还算方便。"

洪英涛听说牛玲要走,便说要送她去车站。牛玲说不用。最后于莉也提出和洪英涛一起送她到车站,牛玲只好答应了。

她们三个人一路走着,牛玲说,等天暖和些了,她会请她们到新城县去玩。三个人说着话,车站已到。正好有去喀什的车准备要开,牛玲赶忙上车买了票,并与洪英涛、于莉挥手道别,车不一会儿就开走了。

洪英涛和于莉往回走,快到十字路口时,于莉说有个学校的同事住在街边的巷子里,她想过去给同事拜个年,并且邀请洪英涛一起去。

洪英涛说:"我今天起得早,得回去收拾一下,明天还要上班,就不去了。"然后两个人分了手。

回房间后,洪英涛收拾了碗筷、桌子,又学习了一会儿维吾尔语。天落黑时,她热了点儿中午剩的菜和米饭,吃后就上床休息了。

不知过了多久,她突然看到北川来了。她激动地迎了上去,两个人拉着手走进了一个小院,在葡萄架下的长椅上坐了下来。那好像是卡得尔家的院子,但周围没有人。张北川温存地紧拥着她,猛地将脸贴上了她的脸，她感到张北川的脸像火一般热，自己的心在"怦怦"地跳。突然间，张北川起身走了，她赶忙去追，赤着脚走在一片乱石戈壁上。就在这时，她发现有一条狂吠的狗向自己追来，她开始奔跑，脚被地面的石块扎得生疼。看狗越追越近了，她终于不顾一切地喊了出来："北川，快来救我……"这一声呼唤将英涛唤醒了，原来是一场梦！

她坐起身，喘着气，将已被冻得有点儿冰凉的脚缩回了被子，心里有点儿奇怪地说："真是怪哩嘛，怎么做了这么个吓人的梦。北川……也许是今天说起了他……"想到这里，她心中又感到了温暖和平静。当她准备重新入睡时，隐约听到临大路的窗户外传来敲击声，随后有一个干哑的声音传了进来。

"洪姑娘，你睡了吗？"

她以为自己仍在做梦，定了定神，自己分明已经醒了，正坐在床上。梦中的景象和眼前的情况终于叠加在了一起，成了她此时真实的恐惧。她看了看窗户，那儿黑乎乎的，什么也看不清。

"你不要害怕，我不是鬼，是人，是男人……我有话想要和你说呢……"

接下来便是一阵寂静。没过多久，洪英涛又听到自己的房门被敲响，又传来了那个人的声音："你醒了吗？洪姑娘，你开下门。"

"你是谁，干啥哩？半夜三更的又敲窗子又敲门的！"洪英涛终于鼓足了勇气说。

"哎呀，我是谁你开了门不就知道了吗？"那人说。

"你从哪儿来的快回到哪儿去，要不然我就要喊人了嘛！"洪英涛虽感到恐惧，却斩钉截铁地说。

"嗨，你看你，我是有事情要和你说，又不是要干啥哩，你这么厉害做啥呢！"那声音似乎有点儿颤抖，"要不，我给你唱个歌，你听后就知道我要干啥了。"

还不等洪英涛再开口，就听到那干哑、淫邪的声音低低地传来：

云缝缝里的太阳哈，
门缝缝里的那个风；
肉缝缝里的那个香气哈，
熏呀么熏死人。
尕妹妹呀，我的那个尕妹妹，
是你的尕手手抓走了咱的个魂……

　　"我怎么好像在哪儿听过？是去年国庆晚会结束后去于莉家的路上，就是那个被于莉叫作'鸡皮'的人唱的。还有今天上午自己去车站接牛玲时遇到他，后来在车站又看见他……"想到这里，洪英涛终于明白了这人是谁。于是，她慌乱的心顿时沉静下来，并提高了声调说："纪培，你听清楚了，你这个吃人饭不干人事的坏种，三更半夜的又敲别人的窗子又敲门，这是什么行为！你快滚，不滚我这就喊人了嘛！"

　　外面的人似乎嘟囔了一句什么，接着便没了声息。

　　洪英涛一直提着的心慢慢放了下来。她打开手电筒看了看高低柜上的座钟，见时针正指着四点，可她已无法再入睡，就坐在被子里一直到天亮。

　　令她惊恐的夜晚终于过去了，她起身洗漱过后就去了食堂，见侯所长在，便将他叫到旁边无人处，给他讲了昨夜发生的事。特别讲了那人在门外唱低俗的歌以及她怀疑此人就是纪培。

　　侯所长听了很吃惊，他说，昨天晚上招待所住的人不多。招待所看大门的吐拉洪是附近村子的一位老人，中午被一个熟人请去吃饭，说是下午回来。他可能中午酒喝多了，晚上又回了自己家，晚上大门虽然锁了，但是旁边的小门却开着（平常小门十二点也要上锁）……

　　"哎呀，洪姑娘，实在对不起，让你受惊了！请让我先给你赔个不是，都是我失职造成的，我要在招待所群众会上做检讨！"侯所长一脸歉疚地说。

"侯所长，你看这大过年的，这事怎么能怪你哩嘛！"洪英涛听侯所长说要在会上做检讨，觉得心里过意不去，因此想说两句宽慰他的话。

"不，洪姑娘，我是这里的领导，发生了这样的事，我肯定是有责任的！"侯所长说，"纪培这个人，平常就不好好工作，现在把歪主意又打到咱招待所客人的头上了！"说到这里，侯所长又要求洪英涛将昨晚的情况写个材料给他，说是要向有关方面反映。"这种人，不能就这么便宜了他！另外，我也得为招待所的名声负责呀。"

"材料我可以写，但你也不要太难为自己哩嘛！"洪英涛说。

"行了，洪姑娘，你不要再说了。这件事嘛，实在是对不起，你大过年的无端受到惊扰，实在是不应该！好了，你去吃饭吧，相信我会把此事处理好的！"

洪英涛谢了侯所长，打上饭回了房间。

上班后，卡得尔见了洪英涛就一连声地向她问好，然后说："汉族人的春节嘛和我们维吾尔族人的古尔邦节是一个样子的，都是老百姓非常重视的节日，你有没有好好过节呀？"

"是呢。我过得很好。"洪英涛笑着说。

她不想让昨夜发生的事影响了卡得尔的好心情，所以只说了昨天中午牛玲和于莉来和自己一起过节的事。说完，她又从自己的衣袋里拿出了一些水果糖递给卡得尔，说是让他分享节日的快乐。

"哎呀，洪姑娘，你的心嘛跟糖一样，甜得很。谢谢！"

这时，从门外进来几个人，他们也开始工作了。

这天下午快下班时，卡得尔接了一个电话，回来后对洪英涛说："电话是一大队图书室的曼娜尼莎从大队部打来的，她说明天上午要来这里，想看看县上的图书室，顺便请教一些问题，以便改进自己的工作。"

"好得很哩，明天她来了，中午就和我一起去招待所吃饭，我们再好好聊聊，给她鼓鼓劲哩嘛。"洪英涛说。

"这个嘛——她说明天上午在队上还有点儿事,十二点以后才能到。所以,我的想法嘛,你那里就不要去了,中午嘛我们就在这里吃。这个嘛由我来安排,保证我们的肚子都能吃饱哩!"

　　听着卡得尔的话,洪英涛大约知道卡得尔说的"安排"是什么意思,但心里也有了自己的考虑,点头同意了。

　　第二天早晨上班时,卡得尔背着一个包来了。他将包取下,对洪英涛说:"我们去一大队的时候嘛,曼娜尼莎招待了我们,今天她来这里嘛,我们也要招待她。"卡得尔指着背包说,"这里面嘛有三个白面馕,是我用家里存下的白面打的。还有茶叶,是大儿子给家里送来的。我们维吾尔族有句话:'没有白面馕,说句体面话。'现在嘛我们的白面馕也有呢。"

　　"太好了!"洪英涛说着,从自己包里拿出一听牛肉罐头说:"这是昨天我朋友带来的,是清真的。"

　　"哎呀,洪姑娘,没有想到你嘛还把这个样子的好东西拿来了!就像我说的,现在嘛我们'肉'和'皮牙子'都有了。"

　　可能是在春节期间的缘故,这两天来图书室的人不多。

　　大约一点钟,曼娜尼莎来了。卡得尔和洪英涛与她相互问了好,因为还有读者,所以洪英涛还在借阅台前招呼着,卡得尔则陪曼娜尼莎去了书库。

　　上午下班时间已到,读者也已走完,洪英涛去关了外面的门。这时,卡得尔和曼娜尼莎从书库出来,卡得尔对洪英涛说:"一大队又出钱给大队图书室买了一些书,现在还是冬闲,去图书室看报、借书的人不少,特别是年轻人比较多。曼娜尼莎还组织他们进行过讨论。图书室办得有声有色。现在书多了,看书的人也多了,管理方面出现了一些混乱。"刚才卡得尔带曼娜尼莎看了这里的书库,在如何管理好图书方面给她讲了一些方法。

　　曼娜尼莎夸赞说:"县上图书室的书真多,管理得也好。我回去后要按卡得尔馆长刚才说的,将我们那里的书重新整理编排,更好地管理起来。"然后她就要告辞,说回去还有事情要办。

"哎，曼娜尼莎姑娘，"卡得尔用维吾尔语说，"俗话说，吃饭的时候让客人走，无异于拿抹布擦自己的脸。现在嘛我和洪姑娘已经准备好了饭，你再忙也得吃过了再走。"

卡得尔说着，从自己的背包内取出一块干净的白布铺在借阅台边的桌子上，又将馕掰成了几块放在上面。

洪英涛赶忙在桌旁摆了椅子让曼娜尼莎坐下，又把炉子上刚烧开水的铁壶提起来递给卡得尔，之后又去开罐头，并说："这是清真的。"

曼娜尼莎虽然有点儿诧异，但还是明白了他们的意思，有点儿不好意思地说了声谢谢，就和他们一起坐下来用午餐。

餐毕，曼娜尼莎道了谢后就急着要走。洪英涛说，离上班还有半个多小时，想和她再说会儿话，但卡得尔说，她有事就不要再留她了，让她走吧。

曼娜尼莎告辞了。

按照卡得尔和洪英涛事先的安排，明天起各单位上班后他们连着补休两天，所以洪英涛想明天下午去于莉家，和她聊聊最近自己这里发生的事。

第二天早饭后，洪英涛就开始写侯科长要的材料。她用简单的文字，如实地写了前天晚上发生在自己门外的事情经过，最后又写了根据那首歌判断此人就是纪培以及要求有关方面调查核实，对他进行必要的惩处、教育等。

写完后她又看了一遍，在后面写上了自己的名字，然后用一个信封装好了，准备中午去食堂吃饭时交给侯所长。

这时，她听到自己的房门被敲响了，同时传来了于莉的声音："英涛，你在吗？我是于莉！"

"在，于姐，我还正想着下午去你家哩嘛，没想到你现在来了。"洪英涛一边开了门，一边说。她将于莉让进来在桌旁坐下，就要去给她倒茶水。

"你也坐下吧，不要忙活了，我是来给你打个招呼，还准备去车站到喀什。是这样的，本来今天我知道你休息，中午想请你去我家吃饭。可我在喀什上学时有个要好的同学，她的父母也是1950年从山东来喀什的。她下个星期天办终身大事，邀我做陪嫁。今天中午，她父母请了几个人在家商量相关事宜。"于莉停了一下，继续说，"所以我们说会儿话我还得走。至于咱们姐妹毕竟在一个县上，哪天方便了我再请你去我家。"

"咱们的事好说，你同学的终身大事可是重要哩嘛。"洪英涛说完似有犹豫地望了望于莉。

"怎么，你好像有啥事想说呢？有事就说吧，反正时间还早，去喀什也就半个小时，误不了啥事的。"

"那……好吧……"洪英涛略带伤心地讲了那天晚上发生的事。

于莉听着，先是吃惊，后是愤怒，听洪英涛讲完了便说："骚狐子夹不住尾巴！这个'鸡皮'，我看他真是没救了！那天中午我还在这里，没想到晚上就发生了这样的事。这事你没有向侯所长反映吗？事情可不能这样就算了！"

"说了，说了。侯所长让我写材料，说要给有关方面递过去。他也说不能便宜了这坏种。"洪英涛说。

"对，纪培这个下三烂，对女人，特别是对漂亮女人，可不止这一回了！听说以前就有人告过他。"于莉说。

"是的，侯所长也这么说。"洪英涛又讲了侯所长认为这是自己的失职，并说要在招待所内部做检讨等事。

"侯所长这个人我们都了解。他说要做检讨，也许是对的，要不然再发生这样的事，你想想招待所以后还有人愿意住吗？"

"侯所长也是这么说的。"

"他说了就会做，你也不要把这事太放在心上，以免影响工作，特别是要注意自己的身体。"

"你放心，于姐，这事虽然烦心哩嘛，但是吓不倒我，我该干什么还是照样干。"

"对，这才像咱们英涛！好了，"于莉看了看自己的手表说，"我得动身了，剩下的话，咱们回来找时间再聊。"

洪英涛送于莉出了门。

# 第十二章

惊蛰一过，这里的农事已进入准备阶段。崔副县长早就和四川的余副县长通过电话了，要从他们那儿订购四吨番薯作为种子，运过来推广种植。余副县长将此视作支援边疆建设的光荣任务，在和当地政府主要领导商议后，不但同意免费供给种子（运费除外），还决定派一名农业技术员负责运送，并过来指导种植。崔副县长知道了这些情况后，真是喜出望外，一再向余副县长、两河县政府和人民道谢，说这是"无私的革命情谊，旧城县政府和人民一定会牢记，并会找机会进行回报"。

现在两河县的番薯种子和农业技术员已经上了火车，六天后到大河沿。崔副县长一方面安排车辆去接，另一方面为分配种植地等事忙活开了。

这天下午快下班时，李文祥来到图书室，说是还书，也顺便告诉洪英涛说："老家的那位余副县长和咱们的崔副县长通电话时，还问起过你的情况。"

洪英涛听了很高兴，说："我来这么长时间了，还没有和余副县长通过信呢。"又说，他对自己的事很关心，下次给家里写信时，也要给他写封信，告诉他自己的情况。

图书室的读者走了，李文祥随卡得尔和洪英涛出来，看他们关了门，又与卡得尔互道了再见，就和洪英涛一起往去招待所的路上走。

"英涛，你是有事瞒着我哩嘛不是？其实我已经知道哩嘛，你夜里受人骚扰的事，侯所长已经给崔副县长汇报了，并做了自我检讨。"李文祥说。

"你也知道啦？其实也不是什么太大的事，就是我受了点儿惊吓。我想你和崔副县长都是大忙人，就没有打扰你们。"洪英涛说。

"要说起来，这可不能算小事哩！崔副县长说，你是自愿来到新疆的一代青年人的代表，对你的态度是关乎旧城县今后发展的大事，所以这事一定要处理好。他让侯所长给派出所报了案，要求派出所认真查处肇事者。"李文祥停了一下又说，"听说那个纪培还有其他事，已经被派出所拘留了。"

"这真是太好哩嘛！好有好报，恶有恶报，像纪培这种人是应该受到惩处的！"洪英涛说。

"现在春耕时节即将来临，崔副县长他们又要开始忙活了。他还说你生活上有什么问题，就跟侯所长说，他会在现有条件下尽量帮你解决哩嘛。"

"没有哩，没有哩！看我的这些事搅得你们都不安宁，我倒有点儿过意不去哩嘛！"

"你这说的是哪里的话！古人有言：'君子与君子以同道为朋，小人与小人以同利为朋。'你的事大家都当作自己的事，这也是为了工作嘛！"

"看来李秘书对传统文化还了解得不少哩！"洪英涛称赞着，"我还忘了件事，你的自行车上次我去一大队时用了，现在还在我屋里，你今天就骑回去吧。这么长时间了，莫要耽误了你的事。"

"不用。我最近也不外出，就先放在你那里吧，你想用就用，我用时再去取。"

看看快走到招待所了，李文祥说："崔副县长今天晚上在家，他有个材料要我帮忙整理，所以现在我准备去那里。"说完他就告辞了。

洪英涛回到住处，拿了碗碟去食堂打饭。

侯所长正好在，他将洪英涛叫到一边说，她现在住的房子背靠大路，安全性可能差一些，所以想给她换一间。

"那边，"他用手指了指西边的一排房子说，"有间大点儿的客房，屋子的条件在招待所算好的，你看是否搬过去住？"

"不用哩，我一个人住那么大的房子干啥哩嘛！再说招待所主要还是为旅客服务的，我还是住原来的房子就行哩嘛。"洪英涛推拒道。

"那好吧，我们以后会加强管理。那些临路的窗户，我已找了人，准备装钢筋栅栏。"

侯所长又说："原来看大门的老汉不负责任，喝酒误事，已经被辞退了。现在重新找了一个人，也是附近农村的，叫买合苏提。他原来给县上某个单位看过大门，懂园艺，人勤快、谨慎，也多少会说一些汉语，你以后有事就和他联系。"

洪英涛觉得，因为自己的事把原来看门人辞了，心里有点儿过意不去。但这是招待所内部的事，自己不好多说什么，只能向侯所长道了谢，然后回了自己住的房间。

转眼间三八妇女节就要到了。之前县妇联通知，要求县上各单位妇女同志节日那天上午到人委礼堂开会，下午放半天假。卡得尔接到通知后就对洪英涛说了，让她三月八日上午去人委开会，下午就不用来上班了，好好享受一下自己的节日，图书室他一个人招呼就行了。

"这怎么能行呢？现在来图书室的人越来越多了，我上午去开会，下午还来上班，反正我也没有多少个人的事要办嘛！"洪英涛说。

"这样子嘛不行！俗话说：'姑娘说没事，在屋里还得忙三天。'最近嘛咱们工作比较紧张，你嘛还是休息一下，办一办自己的事。"卡得尔笑着说。

"那好吧，我本来也没有什么事，但既然馆长说了，我就在屋里学习维吾尔语吧。最近我记的单词不少，想把它们整理一下，记到我的随身本本上哩嘛。"

"行，这样好！"

三月八日这天，洪英涛来开会，看到县中学和小学的许多女教师也来了。她们中有人在去年国庆节晚会上听过洪英涛唱歌，都热情地跟她打招呼。后面，于莉带着一群化过妆的女学生也来了，她握住洪英涛的手说，知道她今天也会来，所以现在先跟她说一声，会后一起去她家吃饭。又说，上次她们排练的舞蹈，元旦在学校演了，今天又受邀和其他节目一起在这里演出。洪英涛原来就说想要看这个节目，现在听了自然高兴。

会议开始，妇联领导和有关单位的同志发言后，主持人宣布文艺演出开始。为了庆祝妇女节，妇联特意安排了县中学和小学的几个节目参加演出，为大家的节日助兴。

先是县中学十名女教师登台演出了小合唱《喀什的春天》，之后还是这个中学的女生演出了歌伴舞《公社赞》，最后则是县小学于莉她们的维吾尔族舞蹈《民族团结一家亲》。演出的节目都由县中学的乐队伴奏，也都受到了大家的热烈欢迎。特别是于莉她们的节目，由十几个汉族和维吾尔族小姑娘通过形象的舞蹈语言，表现了学校的汉族和维吾尔族同学互相帮助、共同进步的情景，动作活泼、形态婀娜、意趣盎然，赢得了赞美和掌声。

演出结束，主持人宣布散会，大家离开礼堂。于莉本来要送她的小演员们回学校，但同校的一位副校长说，还要回学校办事，孩子由她送，并表示于莉已辛苦了几天，可以回家好好休息一下。

于莉向她道了谢后，就和洪英涛一起往自己家走。路上，洪英涛称赞于莉的节目编排得好，小演员们的表演也很到位。于莉说："我自己编节目这是初次尝试，以后我会更加努力的。"

进了家门，于莉脱了外衣，挽起袖子就开始忙活了。洪英涛也来帮忙。于莉先蒸上了米饭，又和洪英涛一起拣洗春天的头茬韭菜和鲜嫩的苜蓿芽。于莉说："韭菜是前两天在农贸市场买的，现在那里的东西比以前多了,价格似乎也便宜了一些。苜蓿芽是一个女学生在自家的屋后摘了送给我的。我要给钱,可那学生就是不要,说那儿原来是苜蓿地,现在改种了麦子,是地埂上它们自己长出来的。"

两个人说着话,午饭已经准备好了,大米饭,鸡蛋炒韭菜,凉拌苜蓿芽,还有于莉从父母家拿来的自制酱黄瓜。

这时葛培荣也回来了,和她们一起吃午饭。他已经知道了洪英涛被骚扰的事,安慰了她一番。又说,今年他还要和崔副县长在吾其沙克公社下乡,最近单位有点儿事,忙完了就下去。

吃饭时,他又讲起春节那天,和李文祥去参加喀什同学聚会的事,说他们有个同学在喀什农技站,知道李文祥未成家,便提出要给他介绍本单位的一个女同事。

"咦,回来这么长时间了,我怎么没听你说过?这是再好不过的事情了,你们快帮他促成嘛!"于莉说。

"你先别急,听我往下说嘛。那女同志的条件不错,也是中专毕业,是在他们那儿搞种子的。据说长相、家庭条件都挺好,年纪也合适,但不知是咋回事……"葛培荣说到这里将语调放得很慢,似乎想说又不愿说的样子。

"快说,别卖关子了!看你那个样,吞吞吐吐的,让人觉得你好像被饭噎住了似的!"于莉瞪了葛培荣一眼,催促道。

"唉,主要是我突然想到,在背后不该讲朋友的这些事,但我不小心讲了,那就讲完吧,反正咱们也不是外人。"葛培荣这样说,"叫人没想到的是,李文祥不但脸红了,而且没好气地说:'我个人的事,你们别操心了,我自己能解决!'人家以为他已经有了目标,也就不再说了。"

"嘿,这个愣头青!你看这是多好的事嘛,他怎么就给人家吃了闭门羹!"听了葛培荣的话,于莉仿佛明白了什么,一边说着,一边望了望洪英涛。

洪英涛笑了笑,没有吱声。

三个人吃过饭,葛培荣去上班了。洪英涛帮于莉洗了碗碟,说下午还有点儿事，让于莉好好休息一下，就告辞了。

时间过得真快，转眼间就到了四月初。连着几日，这里都刮着风，这风从西边吹来，也许是经过戈壁时裹挟了沙土，当它来到小城时，风势变弱，沙土便落了下来，满世界落了一层。这里的人把它叫作"土雨"。俗话说"土雨一下，遍地开花"，是说这以后天气就算真的热了。街道两旁的银白杨已经醒过来，虽然还没有顾得上长叶子，但褐黄色的花穗已从枝条上抽了出来，层层叠叠地挂满了树身。路旁的矮树丛绿了，小草也长出了新芽。

这天又是洪英涛的休息日。早晨她去食堂打饭时，又碰到了侯所长。

"洪姑娘，今天你休息，没有什么活动吧？"侯所长问。

"侯所长，我没有啥子事嘛，怎么了，你有啥事哩撒？"洪英涛问。

"说起来也不算是什么事，我是怕你闲了寂寞，想给你提个建议。"侯所长用手指了指东边，说，"那里有个大果园，是招待所的。里边的樱桃树已经开花了，红的、紫的，一疙瘩、一嘟噜，好看得很哩！我想你们有文化的人都喜欢这花呀草呀的，所以如果你没有其他事，就去那里看看，赏眼又赏心哩！"

"要得，那可是好得很哩嘛！我早就听人说过，那里的樱桃花开了好醉人哩！"洪英涛早就听于莉讲过这个果园的樱桃树多，春天花开得繁，也想着到时去看看。没想到花已经开了自己还不知道哩！因此连连说好。

"那好吧，现在你先吃饭，我去跟买合苏提老人打个招呼。你吃过了饭就去找他，让他给你开果园的门。这果园也是由他负责看管的。"

"好，那就谢谢侯所长了。"

洪英涛回房里吃饭，她想着饭后看樱桃花应该把于莉叫上，但又想，今天不是星期天，她还在学校上班，只好作罢。

吃过饭，洪英涛穿了件淡紫色上面带粉红色小花的衣衫。她来到门卫室，便见有一位花白胡子的维吾尔族老人从里边走了出来，他个头不高，精瘦，但精神矍铄。

"您好！你就是侯所长说的红姑娘吧？我嘛现在就带上你去果园。那里的花儿嘛漂亮得很，跟姑娘你一个样子的漂亮！"买合苏提老人说。

"这样就太好了！"洪英涛用维吾尔语说。

"啊，你的维吾尔语嘛也说得漂亮！"

听洪英涛讲维吾尔语，老人更加高兴了。他一边称赞着，一边从屋里拿了把修剪树枝用的大剪刀，锁了门卫室的门，带着洪英涛向东边的果园走去。

买合苏提老人打开了果园的门，很客气地躬了躬身，让洪英涛先进，然后自己也进来并随手关了门。

就在进果园的这一刻，洪英涛便被园内的景象惊呆了。偌大一个果园长满了各种各样的果树。而顺着园门南边的一道墙望过去，便见有如云似雾的红色花朵在高高低低的枝条上开着，层层叠叠、交相辉映，仿佛是花的浪涛，上下涌动，又像是花的峰峦，起伏蜿蜒。

"啊，太美了，真是太美了嘛！"洪英涛一边赞叹着，一边向前走。

"这个嘛是格拉斯，你们叫印——头。"买合苏提老人走过来指着果树说。因为发音不准，他将"樱桃"说成了"印头"。洪英涛只是点头笑着。

老人继续说："它的花嘛漂亮，果子嘛也好吃得很。园里的樱桃有两种，开粉红色花的是一种，果实偏甜；开紫红色花的是一种，果实偏酸。维吾尔族的姑娘都喜欢吃偏酸的这种，据说吃了它不但长精神，还可以使人变得更漂亮。"

买合苏提老人说完，让洪英涛慢慢欣赏，自己则拿着剪刀到果园深处修剪枝杈去了。

洪英涛觉得太奇妙了，这一棵棵树长得并不高大，有的甚至还十分矮小，上面也没有生出绿叶，却无一例外地开出了那么美艳繁盛的花朵，特别是那些紫红色的花，仿佛都在油里浸过，不但颜色鲜艳，而且晶莹剔透，让人似乎一下子就能看进它的内心——纯洁、无瑕、馥郁、芬芳。

洪英涛看到有无数的小蜜蜂"嗡嗡"地飞着，往来于花丛中采蜜。有几只蝴蝶也许是忙累了，停在树枝上一动不动。还有一些不知名的昆虫也好像怕错过了这美好的时刻，鼓足了劲，四处乱撞，有的甚至撞上了她的脸。

后来，她觉得累了，便在一棵树身不高却开花最盛的树旁沟渠边坐下来，用手轻轻拉过一枝缀满紫红色花朵的枝条，放在鼻尖闻着，立刻便有一股清香飘了进来，沁入了她的胸脯，沁入了她的心房，一直沁透了她身体的每个角落。她仿佛醉了，神思也不由得插上翅膀飞翔，飞过了村镇田野，飞过了草原雪山，一直飞到了自己的家乡——城市、学校、公园，还有北川……

不知过了多久，买合苏提老人从园子的深处走了回来。他看到洪英涛正倚着树坐在沟渠边，眼睛微闭着，仿佛是睡着了。但她的手中还抓着一簇花枝，那上面纷繁的花朵和她衣服上的花色融合在了一起。她那美丽的粉红色的脸被花半掩着，乍一看似乎也变成了一体。

买合苏提老人有些吃惊。虽然他跟果园打过不少交道，也曾带自己的小女儿去过开花的果园，见到过花与人的融合，但如此美妙和谐的情景他却是第一次见到。

"哎，看来老天今天心情不错，给我们创造了这么美妙的景象。"

也许是被老人的话声惊醒了，洪英涛睁眼站了起来，一边抖落着身上的花瓣，一边有点儿不好意思地说："买合苏提大叔，你回来了。这些花真是太美了，都开到我的心上去了！"

买合苏提老人笑着说："是的，是的，这些花嘛跑（漂）亮得很，结出的果子嘛也好吃得很，到时候嘛你来尝一哈！"

洪英涛也笑着说："好，好，我一定来哩嘛！"

买合苏提老人拿起剪刀走到一棵樱桃树前，一边剪上面的花枝一边说话，那意思是上面的花枝太多，将来能留住的果反而少，他得剪掉一些，这样结的果不但多，而且大。

洪英涛听老人这样说，心里十分高兴。刚才她就想过要老人帮忙折几枝花拿回去放在花瓶里，可又怕这样做不合适，正像一首民歌里唱的"我有心采一朵戴，又怕看花人儿要将我骂"。现在听老人这样讲，她便放心了。她从老人剪下的花枝中选了几枝花繁的，准备带回房间。

老人似乎知道了她的意思，便叮嘱说："这些花放在盐水里，能够开更长时间。"

洪英涛答应着，告别老人出园门回到了自己房里。

按照老人说的，她在自己的玉石花瓶里先灌上水，又放了一些食用盐，然后把带来的花枝小心地插了进去。刚才她只顾着挑花繁的，这时才发现自己选来的竟都是开紫红色花的那种，不但花繁色艳，还有股浓浓的香气，她为自己的选择而高兴。

第二天下午刚上班，洪英涛给于莉挂了电话，说："咱们有段时间没见面了，怪想你的。今天晚上下班后，你来我这里嘛，咱们一起在招待所食堂吃晚饭，聊聊天撒。"于莉听了很高兴，说真是天遂人愿，她本想下班时来图书室办点儿事的。

下班时间快到了，读者刚走完，于莉就来了。她对洪英涛说，葛培荣已经两个星期没有回过家了，一直和崔副县长在下面忙着。昨天他给自己来了电话，说洪英涛的老家来了位姓施的技术员指导社员种番薯，由于工作紧张，还有可能是水土不服，技术员经常晚上失眠，睡不着觉。崔副县长根据自己的经验，让葛培荣给技术员借本书晚上看，以帮助入睡。所以她来这里借书，说明天县城有人去队上可以带过去。

"这样啊，我马上去找。但是给他找什么书哩嘛？"洪英涛问。

"他们一天在农田里忙活，来点儿轻松的吧，最好是小说之类的。"于莉说。

"对了，我们这里有本法国作家大仲马的《基督山恩仇记》，我看过，轻松有趣。我这就去给他找来哩嘛。"

洪英涛去了书库，很快就拿了书出来，将书递给于莉。

"早就听说了有位老乡来这里，可惜没有见过面。如果他哪一天到县城，我一定要请他吃顿饭，顺便问一问老家的情况。'君自故乡来，应知故乡事'哩嘛！"洪英涛说。

"听听咱英涛把古诗也用上了！不过也应该这样，人家那么老远地来咱们这里帮忙，咱们可得感谢人家哩不是！过后我给葛培荣挂电话时，让他把这意思告诉你的老乡，也是咱们的一点儿心意嘛！"于莉说。

这时卡得尔馆长过来了，他和于莉相互打了招呼，又和她们一起关了门，就骑车回家了。洪英涛和于莉则去了招待所。

到了招待所的房里，洪英涛让于莉先坐会儿，自己拿了饭盒去食堂打饭。

这时，于莉看到洪英涛插在花瓶里的樱桃花。那些紫红色的花，一朵一朵挨挤着，红成了一团，似血如火，且散发着幽幽的香气。再加上洁白的玉石花瓶和瓶身上原本就有的樱桃花……

"真是巧，咱们的英涛在她的樱桃玉石花瓶里又插上了樱桃花，怪有意思的！这是一种巧合吗？或者是有其他意义？"

于莉正想着，洪英涛已打饭回来。她见于莉正看花瓶里的花，便说，这是买合苏提老人昨天在果园剪枝剪下的，自己选了一些拿回来插在花瓶里，本来想叫她过来一起到果园看樱桃花，但知道她昨天在上班就没叫。

"这花不但开得艳，而且很香，晚上睡觉香味还直往人的梦里飘哩嘛！"洪英涛将饭盒放在桌上说。

"花香动思情。是不是昨晚又梦见你的北川了？"于莉笑着说。

"没有，没有，于姐，看你说的我都不好意思哩嘛！"洪英涛的脸有点儿红了。因为昨晚虽没有梦见北川，但在果园里她真的想到了北川。"那咱们现在就吃饭吧。"洪英涛说着将食堂买来的馕掰开了放在盘里，将打来的大米稀饭分盛了两碗，将菜碟往桌子中间推了推，就坐下来和于莉一起吃饭。

"你花瓶里的花不但开得艳，而且真香哩！我刚才看着它就想起了曾有人给它起的名字……"于莉边吃饭边用筷头指着高低柜上的花说，但她的话没说完，又停住了。

"什么名字？你说说让我听听嘛！"洪英涛好奇地催促道。

"他们把这花叫'苦命花'，花虽开得好看，果却结得酸，是说它一定经历了痛苦和磨难。"于莉说。

"是这样呀！"洪英涛略显惊奇地说。

"这里的樱桃有两种，一种花淡，果偏甜，另一种花浓，果偏酸。我听葛培荣说过，它们在我们这里栽种已经有很长的历史了。就拿这种来说，虽然果实味道差点儿，但也有不少长处哩，如适应性强，耐干旱等。至于起什么名，那只是一些人的想法，咱听它做啥呢！况且我看你的花瓶上本来就有樱桃花，现在又插上了樱桃花，而你又叫英涛，这花与瓶与人，也许还真是相宜哩！"

"是的，要不说我怎么就喜欢它哩嘛！"

"萝卜青菜，各有所爱。不过说实话，这花看了让人心里高兴，就跟你一样，确实漂亮哩！"

"是吗？于姐，我可没有想那么多！"

"我听葛培荣说，他们站里正试着将引来的一种樱桃和本地的樱桃进行嫁接，综合它们的优点，培育新的品种哩！"

"那可太好哩嘛！但愿这新品种既有艳的花，又有甜的果撒。"

"好了，不说了。天也不早了，我明天还得上课，该回去了。"

于莉看洪英涛对生活充满了希望，似乎已完全从前段时间发生的不愉快中走了出来，也就放心了。

# 第十三章

　　这天上午，正在上班的洪英涛接到民政科打来的电话。一位中年人在电话里说，她的试用期已满，经科领导指示，打算给她转正。现在有几份表，上面本人和家庭基本情况、自我鉴定栏要由自己填写；单位意见栏由图书室领导填写；其他栏她就不用管了，他们会按照程序办理。"待会儿人委李秘书去图书室，由他顺便带表过去。你和有关人员填好后，将表交给李秘书带回或者你自己送来。"

　　洪英涛听着，心里异常兴奋。她又问了一些有关的问题，就放下了电话。

　　这时，卡得尔来办公室取东西，洪英涛将这一情况告诉了他。

　　"太好了！俗话说：'付出多少辛勤劳动，就会得到多少甜蜜幸福。'他们这个样子嘛好得很，我举双手赞成！放心吧，洪姑娘，我一定会按你的情况，实事求是地写的！"

　　"谢谢馆长。"

　　说完，他们出了办公室，各自忙自己的事情去了。

　　不多时，李文祥来了，他看到今天这里的人不多，就喊了声"卡得尔馆长"，又示意洪英涛一起进了办公室。卡得尔听到喊声，也从书库过来了。李文祥从皮夹里拿出三份表放在桌上，对洪英涛说："有关个人部分的内容，你这两天填好，还有一栏是单位意见，要卡得尔馆长填写好，盖上公章。"

"李秘书，填个表还要两天干啥呢！"卡得尔说，"今天我们这里嘛来的人不多，让洪姑娘现在就填。这个单位的意见嘛……让我写维吾尔文还行……可汉文……"

说到后面，卡得尔突然变得结巴了，似乎遇到了难题。后来听了他的解释，李文祥和洪英涛才明白，他说单位的意见最好用汉文写，他虽然会一些汉字，但写得不好，用他的话说："还没有我的孙女写得好！"所以他想写好后请李文祥帮忙往表上填。

"可以。但这个事情嘛虽然对洪英涛很重要，可我觉得也不用太急。我看这样，现在我还有事要去办，你们先填，下午我再抽时间过来取。"李文祥说。

"这个样子嘛好！"卡得尔说。

李文祥告辞要走，洪英涛送他出门。出了门，李文祥说，前段时间，老家那边派了个人过来指导种番薯，自己本想等他有了空闲请他过来和洪英涛一起，在饭馆里吃顿饭，可听说老家那边有事打电话过来，他半个月前就回去了。

"我也早听说了老家那边有人来，也准备哪天请他和你，一起吃饭聊一聊，没想到他已经走了。"洪英涛说。

"这就像唐诗里说的，'庭树不知人去尽，春来还发旧时花'哩嘛！"李文祥说。

"嗨，你这把唐诗也用上了。好了，他走了就走了吧，哪天我请你和于莉他们一起坐坐。我早就说过要请你吃顿饭，可一直忙得没顾上哩嘛！"洪英涛说。

"噢，那可是哩嘛！"

李文祥说完，就去办事了。下午六点钟他又过来了。洪英涛利用中午的时间已将自己要填的部分填完，现正在外面招呼读者。卡得尔还在办公室里桌子旁，见李文祥来了，便将一张纸递了过来，那上面写了单位意见。

李文祥接过来看，见上面的汉字虽写得不够端正，但整体意思表达得很明白，也很有条理。

"你嘛先看一哈有没有错别字，有嘛你给我说我改哈。"卡得尔笑着说。

"嗯，写得好！错别字只有一个，即'支援'的'援'不能写成'原'。"

李文祥将"援"字在纸上写出，卡得尔照着改了后，又请李文祥帮忙往表上填。

李文祥拿起钢笔抄起来：

该同志从四川支援边疆建设来到旧城县，服从分配，对工作勤勤恳恳，做好图书整理上架工作，帮助建立阅览室，并开展图书借阅工作；热心服务，为方便读者改变休息日；吃苦耐劳，为建立一大队图书室出了力；学习精神好，在认真学好业务的同时，努力学习少数族民族语言，取得了成绩；团结友好，同志之间互相学习，共同提高。同意给她按时转正。

"好了，卡得尔馆长，你再看看有没有错。"李文祥将一式三份表填完了，又称赞道："维吾尔族有句话说：'树美的是绿叶，人美的是语言。'你的话说得既简练又明确，我看你再学学真可以当文字翻译了！"

"啊，能够得到李秘书的夸奖我嘛高兴得很呢！"卡得尔笑着说，"你写在表上的，我嘛已经看过了，一个字都没有错！你嘛是县上的'笔杆子'，以后嘛我还要好好地向你学习呢！"

"噢，不，我们应该互相学习！我写的维吾尔文还没有你写的汉文好看呢！"李文祥谦让着，又说："那么现在就应该由你来履行单位领导的责任了。"

卡得尔答应着，在每张表上签了自己的名字，写上年、月、日，盖了图书室的公章，然后交给李文祥，让他帮忙送到民政科人事股。

李文祥将表装在皮夹里，和卡得尔一起出了办公室。此时读者已经走了，洪英涛正在收拾阅览室的桌子。

李文祥说现在已经下班了，明早一上班他就会将表送过去，请卡得尔和洪英涛放心，绝不会误事。说完他就走了。

晚饭时，侯所长对洪英涛说："果园里的樱桃已经熟了，按照惯例今天给县委、人委和招待所的职工每家分了两公斤，是带有福利性质的，每公斤象征性地收费一角钱。你常年住在招待所，也应该有份，待会儿买合苏提老人会给你送过去。"

洪英涛听了很高兴，向侯所长道谢后，就打上饭回了房间。刚刚吃过饭，她就听到有人敲门。

"红姑娘，你在吗？"

"在。"洪英涛开了门，"是买合苏提大叔呀，我正准备过去找您哩。"

"这个嘛你吃哈，"老人递过一个盛了樱桃的小筐说，"你是红姑娘，我给你嘛挑的都是红红的呢！"

"噢，谢谢，买合苏提大叔您等等。"洪英涛将樱桃倒在一个小盆里，去取了一角钱，与小筐一起给了买合苏提。

老人走了，她洗了几颗樱桃吃起来。

"啊，真酸哩嘛！"她刚咬开第一颗樱桃，就不由得叫了一声，但接着就有丝丝的甜香沁了出来，"原来它真如于莉说的，是先酸后甜哩。啊，真好吃！"就这样，她一连吃了十几颗。

第二天，她带了一些樱桃到图书室，让卡得尔也尝了鲜。于莉她们学校没有果园，但听说葛培荣单位有，他们也尝到了。

大约又过了一月有余，洪英涛接到民政科的电话，通知她转正手续已经批了，并鼓励她，要将转正作为一个新起点……

洪英涛高兴地答应着，说一定不辜负组织的期望。

洪英涛将已经转正的事告诉了卡得尔，卡得尔也很高兴。

接着民政科的通知也下发了，洪英涛的工资涨了几元钱。

想起到这里一年多来，同事和朋友对自己的帮助和支持，洪英涛打算请几个要好的人吃顿饭，以示庆祝。她将这个意思对卡得尔说了，卡得尔表示赞同，并建议说，街北边不久前新开了一家饭馆，店里的拉面非常好吃，而且店主他认识，问洪英涛是否去那儿。洪英涛立即答应了。

于是这个星期一中午，按照事先说好的，洪英涛在房内等来了于莉（她已经放暑假了）、李文祥（他还要上班，说中午吃过饭就走），一起出门沿县城主街道往北，一直走到第二个十字路口。从这儿往西是去卡得尔家的路，往东是去沙依巴克公社一大队的路，也是一个小小的街市。这里除了几家饭馆，还有一些提筐卖水果的、铺摊卖酸奶的、用简单的手工机械制作冰激凌的……乍一看，还颇有一番热闹景象。

卡得尔已经到了，他在十字路口西南角一家挂着"卡斯木饭馆"牌子的门前向他们招手，让他们过去。这家饭馆的门开着，门口一根木桩的铁钉上挂着半个羊后腿。

他们一起进了饭馆，因为昨天刚开过城里的集市，所以今天来这里吃饭的人不多。他们挑了一张桌子坐下后，便有一个三十岁左右、留着漂亮髭须的人过来，和卡得尔互道"萨拉姆"问了好。然后他一边用干净的抹布擦桌子，一边用带点儿俏皮的维吾尔语笑着说："我们的干部哥哥（因为卡得尔这个词在维吾尔语中是'干部'的意思，所以他这么说），今天带客人来了，请问你们想吃什么？炒面？拌面？还是包子？"

"喂，卡斯木兄弟，今天是我们这位洪姑娘请客，我先问问她我们吃什么。"卡得尔笑着说完，又和洪英涛商量，决定吃拌面，就给卡斯木说了。

"哎，四位客人，西红柿辣子肉拌面。油多放一些，肥肥的没有结过婚的羊娃子肉也多放一些！"卡斯木笑着用维吾尔语一边向里边喊，一边麻利地摆了碗，提了茶壶给他们倒茶。末了又向里边喊："好好地做下，他们今天吃了明天还会来哩！哎——"

看着他热情活泼的神态，听着他浑厚、清亮的声音，洪英涛想起了几天前在《喀什日报》副刊上看到的一首署名为"土著诗人"写的诗,题目就叫《欢乐的卡斯木》。因为她觉得这首诗写得别有风味,所以多看了几遍,大部分内容已经记下,现在则在心里默诵:

卡斯木是餐馆的主人兼跑堂
浑身都蹦跳欢乐的细胞
耸耸肩,骨节也在唱歌
弯弯腰,肌肉也在舞蹈
脚步里有轻快的旋律
跟热瓦普琴声一样美妙

一双大眼睛流着温爱
能把陌生的心浇热
两撇黑髭上吹着清风
可将疲倦的云驱跑

幽默的话语是神奇的手
挠到哪儿都会挠出一串笑
笑啊,笑够了
咱们来吃一盘手拉面
再要一杯"奶冰泡"
……

"嗨,奇怪了,难道'土著诗人'到这里来过?而眼前的这位卡斯木就是他诗中的卡斯木?"

洪英涛正想着,卡斯木已将面、菜端上桌,并做了个请的手势,要大家享用。洪英涛觉得这是她近来吃过的最可口的美味。当然这除了饭菜本身、老板的热情,还由于她的心情。这次转正,她不但体会到了领导对自己的信赖,更体会到了身边的友情。

这时，他们的饭已吃完，门口又传来冷饮的叫卖声。洪英涛问大家是否需要再来点儿冷饮降温，但大家都说吃饱了，叫她不必再破费。于是，洪英涛结了账，和大家在卡斯木热情的祝福声中离开了饭馆。

李文祥急着上班先走了，卡得尔向洪英涛道谢后骑着自行车回家了，剩下于莉和洪英涛一起往回走。

回房后，洪英涛便想起了要给北川和家里写信，将自己的近况，特别是工作转正的消息告诉他们。

她拿出了纸、笔放在桌上，想起上次北川来信，她回信已大半年了，但不知为什么他还没有回信。这段时间她虽然忙，但对北川的思念之情非但没有减弱，反而更加强烈了。

三个月前在招待所的果园里，她赏花觉得累了，就在一棵樱桃树下的渠边坐下来休息，恍惚中又见到了北川。他还是穿着无领衬衫，还是那个模样，但不知为什么，他的表情有点儿冷漠了。当自己把手中的樱桃花拿给他看时，他在鼻子上嗅了嗅，却又不经意地将手松开，任它掉了下去。

"梦毕竟是梦。"她当时这样想过，也没有太放在心上。但现在想起来，心里觉得不是滋味！"嗨，你咋又胡思乱想哩撒！人家学业那么忙，回信晚了点儿又有啥子嘛！"她这样安慰自己。

她先给北川写，除了告诉他自己已经转正的消息和近况，又表达了对他的思念和这么长时间没有收到回信的焦虑。这其中难免流露了少许责备之情，但她又对他"也许是学业忙，顾不上"表示了谅解。

然后，她又给父母写信。在问候了老人、哥嫂及讲了自己的情况后，第一次说了"要给家里寄钱，以贴补家用"。她也给余副县长写了封信，告诉他自己的简况，并向他致谢。

第二天中午，她去邮电局发了信，同时给家里寄去了五十元钱——这是她从几个月的工资中省出来的。由于这次转正增加了工资，她打算以后隔段时间就给家里寄一些钱。

# 第十四章

时间过得很快，转眼间已经是九月了。

这天早晨上班的时间，洪英涛终于收到了张北川的信。因怕耽误眼前的工作，她怀着一颗惊喜的心，将信装进了衣袋，直到中午吃饭时，才在桌上展读。

张北川在信中说：

你去年10月的来信早已收到。当时因为正做下去考察实践的题目等准备事项，没顾上回信。后来去了林区，那儿通信不便，又给耽误了。一直到这学期开学，忙乱过后本想着静下心来给你写信，你的这封信却来了。不敢迟延，急忙提笔……

又讲了他的近况，如"学业忙，正在准备做最后的冲刺"等。

下面他又说：

得知你已转正，非常高兴。对你辛劳付出、汗水凝结的成果表示诚挚的祝贺。对你矢志不移、扎根边疆的行为表示由衷的敬佩……听说那儿绝大多数是少数民族，他们的生活习惯与我们有许多不同。你能在那儿扎下根来，和他们共同生活、融为一体，堪称人间奇迹。

洪英涛激动地看着，但她的心仿佛突然被什么刺了一下，产生了隐隐的不适。因为和北川前面的来信相比，这里似乎有了什么不同。"你怎么不像那个和我一条心的北川了，而更像是一个局外人在发着豪迈而空洞的感慨？！"

但是当她的目光又落在信上之后，她的心便开始释然。因为那儿依然写着"希望早日见面，重叙友情"，落款也依然是"你的北川"。

"啊，我的北川还是那个北川，和我一条心的北川！他之所以这样写，是因为他学业忙，负担重！"

说起来，张北川的来信一直是洪英涛精神生活中的一个重要支撑，这就像当地的一首情歌中所唱的："你是寒冷中的衣衫、闷热中的凉风、干渴中的茶水、饥饿中的饭食……"

也许这就是初恋者的心态！洪英涛总是那么焦急地盼望着张北川的来信，又总是那么不厌其烦地反复读着。但她又是一个理智的人，懂得怎样面对现实，让个人的感情服从于大局。

又快到十月一日了，李文祥告诉洪英涛，今年县上还准备举办国庆晚会，还是她和广播站的阿布都热克木主持。还要让她准备一个节目。

"你这个'百灵鸟'可不能白当，大家还等着听你唱歌哩嘛！"李文祥开玩笑说。

"行哩撒，只要大家愿意听，咱就唱哩嘛！"

李文祥让她先做准备，有关情况过两天再和阿布都热克木一起商议。

洪英涛决定还唱《送我一枝玫瑰花》，因为这首歌她喜欢，已经唱熟了，大家似乎也爱听。

十月一日，旧城县国庆晚会在露天电影院如期举行，大致的情形一如去年：机关、学校出了节目，城县周围的社、队也出了节目。因为今年农业生产取得了丰收，大家的心情变得更好了，场面也更加热烈。洪英涛的演唱由县中学乐队伴奏，取得了更好的效果，"百灵鸟"的名字被大家叫得更响了。

这天上班后，卡得尔告诉洪英涛两件事。一件事是她原来说过，为了工作方便想买辆自行车，现在这事有门了。百货公司到了一批自行车，准备给各单位分。他已经给她报名了，可能最近就可以分到手，让她把钱准备好。另一件事是文教科对他说了，吾其沙克公社根据自己的情况，想先在公社建一个图书室做试点，以后在各大队推广。他们已派人去沙依巴克公社一大队图书室参观过，想让县图书室派人过去帮助指导。

洪英涛听了很高兴，向卡得尔对自己的关心道谢后，说买自行车的钱自己已经准备好了。至于去吾其沙克公社，也没问题，她听他的指挥。

"现在有一句话嘛是说：'榜样的力量是无穷的。'看来他们嘛也要把沙依巴克公社一大队的样子学哈呢！好得很，我们的经验已经有了，吾其沙克公社的图书室嘛也一定能搞好呢！"卡得尔说。

"是这样的，我们一定要帮他们搞好！"

没过几天，洪英涛就拿到了卡得尔领回的一张永久牌自行车券。卡得尔说，这次分配的自行车有两种牌子，一种是飞鸽，一种是永久。他替她选了永久牌。

"为什么要选这个牌子，你嘛应该知道呢。我们希望你不要像'飞鸽'一个样子的飞走嘛，而要像'永久'一个样子的留在这里。"卡得尔笑着说。

"原来是这样！好，卡得尔馆长，我会在这里待下去哩嘛！"

洪英涛立即拿了票去百货商店买回了自行车。现在自己有了自行车，李文祥的自行车是无论如何也要还给他了。如果他不来取，自己打算给他送过去。上次拣蘑菇回来，她就给李文祥挂过电话，他说过几天来取，可这一晃又是快两个月过去了。

她给李文祥挂了电话，李文祥说下班后来取。

这天下班后，洪英涛回招待所吃过饭，就开始在房内擦李文祥的

红樱桃

自行车。人都说好借好还，她要把人家的东西擦干净再还给人家。

不一会儿，李文祥来了。洪英涛指给他看自己买的自行车，又准备推已经擦洗一新的他的自行车。李文祥似乎没有马上要走的意思，他在桌旁的椅子上坐下说："看来，现在的供应情况稍微好些了，你这么快就把车子领到手了，我这辆车从供应券变成实物，中间足足过了有一年时间哩撒！"

"这样呀？我去百货商店看到东西比以前多了，以前那个脸盆、毛巾经常没货，现在都有了撒。"洪英说着，给李文祥倒了杯水，放在桌上。

"别说脸盆、毛巾了，以前就这火柴也买不到哩撒。"李文祥说着，竟从衣袋里掏出一盒烟，取了一支，用火柴点着抽起来。

"你这是咋的啦？我记得，你过去是不抽烟的嘛。"

"啊，这……我以前不但不抽烟，还讨厌别人抽烟哩嘛。可是现在……"李文祥有点儿吞吐，但没等洪英涛接话，他又说，"现在心里烦，有时也抽上几根。"

"你这是咋哩？"

"没啥哩！只不过是下午吃过饭喝了两口酒……"听李文祥说着，洪英涛才明白了，难怪这会儿她闻到有丝丝酒气在房内飘散，原来是他喝了酒！这时，李文祥继续说："酒我是喝了，但你放心，我是不会说酒话哩撒！尤其是对朋友、对你，我可是真心的……我是真心诚意地喜欢你！我想说，我们是老乡，但不应该仅仅是老乡，还应该比老乡更近一些，更亲密一些，比如说……"

没想到往常说话不多的李文祥，今天似乎有了说不完的话。洪英涛听着，心便揪紧了，她怕他还会说出什么话来，自己不好应对，便打断他说："文祥，你看今天也不早了，明天我们都要上班，是不是再找个时间再说哩撒？"

"啊，你说得对，时间有的是嘛！况且有些事也不能急，咱以后还可以慢慢说哩撒！"

李文祥说完，就站起身往门口走，准备离开。

"喂，文祥，你就这样走吗？你忘了今天到这里来是做什么的?！"洪英涛开了门，帮李文祥推出自行车，又说，"谢谢你了，把你的自行车借我用了这么长时间哩撒。"

"老哩老乡的，总这么客气做啥哩嘛！"李文祥说着，推着车出了门。

洪英涛与他道了再见。

李文祥走了。洪英涛回到房里关上门，提起的心总算放了下来。刚才李文祥说的话，她听懂了。如果这些话真的让他说出口，那结果将会非常尴尬。她会不得已制止他，甚至于说出自己与北川的关系，那他又会怎样？他今天喝了酒，可能会产生不好的结果。如果自己不这样说呢？那他可能会受到鼓励，后果也不会好……

这样想着，洪英涛觉得应该找个机会，将自己与北川的关系很自然地说出来，在不伤害他的情况下，让他明白，然后另做打算。这样想着，她又想到了于莉，想着哪天得了空和她商量商量。

去吾其沙克公社的日子很快到了，有卡得尔、洪英涛、阿布都热克木，还有一位叫江燕的女生，她是阿布都热克木的同事。

四个人说笑间，吾其沙克公社已经到了。他们进了公社院门，便有一位年纪约莫三十岁、穿干部服的人上前来和卡得尔打招呼握手。他是公社文教干事，名叫吐拉洪，和卡得尔以前就认识。卡得尔给大家介绍了他，又介绍他和大家认识，然后就在他的引领下向东边的一间房子走去。

进了房门，大家便看清这是一间约有五十平方米的房子，一溜长桌摆在中间，上面铺了桌布。对面靠墙立着两个报架，上面放着报纸，西北墙角有几个书柜，里面摆放了书籍。这里就是公社图书室。吐拉洪说："这间大房靠里边还有一间小套房，是管理员的办公室。广播放大站的播音室在外面的另一间房里。"

吐拉洪说完，让大家稍坐，自己则出去了。不一会儿他又和几个人一起进来，走在前面的是一位四十岁左右，中等个头的人。卡得尔知道，他姓郑，河南人，原来在县农牧科管农业，去年调任这个公社当书记。郑书记后面除吐拉洪，还有两个人：一个是牙生江，图书管理员；另一个是玉苏甫，放大站播音室播音员。两个都是年轻人。

他们进屋后在桌旁坐下，吐拉洪先给大家介绍了郑书记，又给郑书记介绍了县上来的人，然后请郑书记讲话。

郑书记先和卡得尔打了招呼，对县上的同志来这里指导工作表示了欢迎，然后就讲到公社图书室和播音室的筹建情况，其中提到他们曾派人到沙依巴克公社一大队图书室和县上广播站参观学习过。还说了办图书室和播音室的重要性以及他们认真响应县上的号召，把这项工作做好的决心。他请县上来的同志多多指教，并要求公社工作人员虚心学习，把自己的事情办好……

工作上的事讲完了，郑书记又说："今天中午公社食堂准备了饭，大家就在这儿吃吧。"然后他又说，请大家看看图书室和播音室，有什么看法可以告诉吐干事，他还有事要处理，就先告辞了。

郑书记走后，剩下的人就分成了两拨，一拨是卡得尔、洪英涛、牙生江，去看图书室；另一拨是阿布都热克木、江燕、王苏甫，看播音室。吐拉洪则两边照应。

这里的图书室向沙依巴克公社一大队图书室学了不少东西，除图书登记、摆设方面还存在不规范的问题，其他方面都不错。在设备方面甚至还优于那里。播音室也基本达到了初建要求，有简单的播音和扩音设备……

卡得尔和阿布都热克木分别对图书室和播音室的建设给予了充分肯定，同时也提了一些意见，并和同来的人给两位工作人员做了示范操作，有些问题吐拉洪还认真做了记录，准备给公社领导汇报。

中午快到了，吐拉洪引大家去食堂边的一间屋。他们进了屋，见屋中间有张大桌，周围摆着椅子。吐拉洪正招呼大家入座，便有一位身材魁梧的干部模样的维吾尔族中年人从门外走了进来。卡得尔认识他，他就是这里的社长巴拉提·热合曼，于是上前用维吾尔语和他相互问好、握手。

巴拉提在卡得尔的介绍下先和阿布都热克木用维吾尔语相互问好并握手，又用汉语和洪英涛、江燕互问了好，然后用汉语说："今天嘛县上的同志来了，为我们的事情嘛辛苦了！刚才郑书记说了，我嘛代表公社请大家吃一顿饭哈，表示我们的谢意。"说完，他望了望卡得尔。

　　卡得尔知道他的意思，便招呼大家用地上净壶里的水洗了手。巴拉提社长也洗了手，然后和大家一起入座。

　　这时已经有人端来了几盘菜，有荤有素，主食是刚蒸的白面馒头，最显眼的是摆在桌子中间的一大盘蒸番薯。巴拉提社长一边招呼大家动筷子，一边指着蒸番薯说，这是用四川两河县支援的种子种植的，今年在全大队进行了推广，成绩显著，亩产达到了一千公斤以上。

　　吃过饭，巴拉提社长说他还有事要去办，大家休息一下，或者到附近的社员家去看看。然后他就告辞走了。

　　大家也起身。卡得尔本来要掏粮票和钱，但想起在沙依巴克公社一大队的情形，伸出的手又缩了回来。但他的这个动作被吐拉洪看到了，而且似乎明白了他要做什么，便说："大哥，你不要做让我们脸红的事情了！郑书记和巴拉提社长都说了，今天你们帮了我们的忙，我们请你们吃饭，这是应该的！"

　　之后，他们又参观了老艺人拜合提阿吉的家。从老艺人家出来，已是下午四点多，秋季的太阳发着明灿灿的光，暖暖地照在地上。他们一行人与吐拉洪、玉苏甫道别后，便骑车回县上了。

　　进了县城，下班时间早已过了，卡得尔和阿布都热克木先后告辞了。江燕说她要去一个亲戚家，便和洪英涛一起推车往前走。

　　洪英涛今天认识了江燕这个新朋友，心里很高兴。特别是见识了她的维吾尔语水平后对她更多了几分敬佩。今天在吾其沙克公社有几个人讲维吾尔语，她个别地方没有听懂，便悄声问了江燕，江燕立马就给她说清楚了，所以此时她便向江燕提起了学维吾尔语的事，意思是想从她那儿"取"点儿"经"。

江燕说她自小就懂一些维吾尔语，高中毕业后经过培训来这里当播音员，自己又学了一些，现在听与说都没有多大问题。

　　"他们讲的话你绝大部分都能听懂，这说明你的基础已经相当不错了！其实说起来，我也没有什么经验，就是觉得学语言也和学其他东西一样，要持之以恒，即使出点儿错也不要怕，纠正后反而记得更牢。"

　　两个人在十字路口分了手。

红
樱
桃

# 第十五章

　　1964 年元旦过去不久，于莉所在的学校放了寒假。这天正是星期天，她知道洪英涛明天休息，所以，上午去市场买菜时便顺路到了图书室，告诉洪英涛说，明日中午到她们家吃饭，一起聊聊。洪英涛马上就答应了。这段时间图书室购进了一批书，她和卡得尔一直忙着登记上架，竟没有和于莉联系，其实她有重要的事要和于莉说哩！

　　第二天中午，洪英涛就到了于莉家。葛培荣不在，于莉说，县上搞社会主义教育，他被抽调和崔副县长等一行人在吾其沙克公社五大队搞试点，中午也不回来。

　　于莉的饭已做好，因为去年种水稻的公社增产，给城镇居民供应的大米数量也增加了，所以，今天于莉蒸了大米饭，炒了大白菜、土豆。

　　洪英涛一边吃饭，一边夸于莉做饭手艺好。

　　不一会儿，两个人吃过饭。洪英涛便开始讲上次李文祥到自己房里取自行车时说了一些话，如"真心诚意地喜欢你"，说他们的关系"还应该比老乡更近一些，更亲密一些"等。结合其他一些征兆，她觉得应该想办法把自己已经有对象的事告诉他，让他在个人问题上另做打算。同时，她也说了，通过这么长时间的接触，对李文祥这个人她也多少了解了一些，他为人正派，对人实在，所以，不想在这个问题上，给他造成伤害。因此她想找个两全其美的办法：就是将事情说明了，又不至于伤害他、影响了大家的和气。

"于姐，说到这儿，我不得不佩服你的眼光敏锐哩！记得那次在崔副县长家吃过饭后，你就对我说过，他们有这个想法哩嘛！"洪英涛说。

"其实李文祥要直截了当地说明了，倒值得称赞哩！窈窕淑女，君子好逑。可他这么旁敲侧击的……唉，他要这样，咱也没什么可说的。但为了照顾他的自尊心，咱还得迁就他！我同意你的意见，既要明确地告诉他，也不能太伤了他。但用什么办法比较好呢？"于莉边说边想，"啊，有了！你屋里的相框背面不是有你和张北川的照片吗？"

"是。我原样放着哩撒。"洪英涛说。

"那就好。今年春节，咱们几个人加上李文祥在你房里聚一聚，你将相框反过来放，到时候给大家介绍一下你和张北川的事。"于莉说。

"这样好！于姐的这个办法好！这样既告知了他实际情况，又不至于当面回绝，让他下不来台。还是于姐的脑子灵。"洪英涛称赞道。

"那就这么办吧！你看李文祥这个人，本来非常简单的事，但为了照顾他那怪性格，害得人这么煞费苦心的。不过，既然咱们是朋友，他又是你的老乡，这么做也是值得的。"于莉说。

"于姐，说到这儿，有件事我差点儿忘了……"洪英涛说，昨天新城县图书馆的牛玲给她来过电话，说春节要请她们去那里玩儿。她特别强调了一定要把于莉请上，因为去年在洪英涛处见过面，她很喜欢于莉。洪英涛本也想去新城县看看，再加上有个伴，自己更踏实，所以就答应了。"只不过时间上怎么安排才好哩撒？"

"看来今年的春节咱们几个会过得很热闹呢！"于莉感慨着，"不过也没有什么，春节，还有星期天，肯定不会只放一天假。当然你那里是首要的，至于牛玲那儿，实在不行了，就等你补假了我们再去。至于我家嘛，反正我还在假期之中，哪天有空了你们再来玩也不迟。"

洪英涛见于莉将几件事都安排得妥妥当当，不由得露出了佩服的神色。

两个人又说了一会儿话，洪英涛就告辞了。

春节眼看就到，上面的放假通知也下来了，春节两天再加上前面一个星期天休息，一共是三天时间。洪英涛和卡得尔商量后，决定和去年一样，春节那天休息，然后上两天班，之后再补休两天。她把这个安排向来借书的于莉说了，便定了春节那天在自己房里聚会，并提前给李文祥挂了电话。

大年三十这天晚上下班后，于莉和葛培荣去了喀什她父母家，晚上在那儿过，初一上午他们就回来了，直接到了洪英涛的住处。

洪英涛挽着衣袖正在忙活。她见于莉他们来了，便赶忙让座、倒茶，又说自己已经给侯所长打过招呼，准备在食堂打米饭和菜。另外她前两天从商店买了水果罐头。

于莉说："就咱们四个人，不要搞得太复杂，够吃就行了。"说着她又从葛培荣背来的挎包里取出两个纸包，一边打开一边说："这是我妈做的煎饼，我带了几个；这是喀什的维吾尔族师傅手工制作的花糖，我也称了一些。"

"看看于姐，名义上是我请客，你又带了这么多东西干啥哩嘛！"洪英涛客气着，又说她已给牛玲打过了电话，正月初四去牛玲家。

洪英涛话音刚落，李文祥就来了。他进了门，边和葛培荣、于莉打招呼，边取下肩上的挎包，从里面拿出一瓶白酒、一听罐头放在了桌上。

"真不好意思，我这是裁缝丢剪子——光剩了尺（吃）。几次都是你们请客。"李文祥笑着说，"为了表示歉意，我带了一瓶酒，还有一听牛肉罐头，都是托人买的。今天借英涛的光，给大家表示

红樱桃

**155**

表示，一来赔个不是，二来也尽点儿心意。"

"文祥，都是朋友嘛，谁吃谁的都一样，你还这么客气做啥哩撒！"洪英涛略有点儿不好意思地说。

"英涛，你可别这么说。人心换人心，五两换半斤。文祥既然有这个心，咱可不能不领人家的情。况且你今天又没有备酒，文祥这正是雪中送炭！"于莉笑着说。

"坐吧。"葛培荣挪了挪桌旁的一把空凳子对李文祥说，"这两年了，我看你酒量见长，真有点儿李白'烹羊宰牛且为乐，会须一饮三百杯'的气势哩！"

"你说起李白的诗，我也想起了一句'金陵子弟来相送，欲行不行各尽觞'。酒量的大小不好说，咱们都随自己的性子吧！"李文祥说。

"看看，我们酒还没喝，你们两个人已经吟上诗了。看样子你们都挺能喝，这一瓶够不够？不够我回家再拿一瓶过来！"于莉笑着说。

这时，洪英涛看了看高低柜上的座钟，已经一点多了，便赶忙用火钩捅旺了炉子，又取出盘碟、起子，让葛培荣开罐头，自己则拿了饭盒、小盆，准备到食堂去打饭菜。

"你去吧，剩下的我来弄。"于莉说。

"那可太好了！"说完，洪英涛就去了食堂。

过了一会儿，洪英涛从食堂回来。她从饭盒里取出四个菜：红烧羊肉、葱炒肉片、素炒土豆丝和醋熘白菜。

洪英涛买的水果罐头，葛培荣没有打开，说留给她自己吃。在那个年代，这一桌菜不但能算是丰盛，甚至可以说是豪华了！

洪英涛让大家把各自的座椅挪到桌边，又放了筷子，盛了米饭，劝大家动筷。于莉把带来的煎饼切开，放在了一张干净的纸上。李文祥则打开了酒瓶，在每人面前的空茶杯里倒了一些。

大家共祝春节好后，便吃起来，并在李文祥的劝让下，不时喝一口酒。

等到吃喝得差不多了，于莉便起身到了高低柜前，拿起了摆在上面的相框说："哎，英涛，我以前怎么没留意，你这是和谁的合影啊？"

　　"噢，那是我离家前和男朋友在成都照的。"洪英涛面带羞涩地说，"我和北川是同校不同级的同学，我来新疆前就和他订了终身。他现在正在上大学，今年就毕业了。毕业后他也会来新疆。"

　　听着洪英涛的话，李文祥无异于听到惊雷在头顶炸响。他原本因为喝酒有点儿泛红的脸，此时变得更红了。他眉头紧锁，汗也从额头上滴下来。他瞥了一眼于莉拿过来的相框，顿时显得手足无措起来。已经变得纷乱的脑海里，此时闪过的只有一句话：原来如此，原来如此……

　　"这么说你已是名花有主了呀。难怪你在个人问题上总是那么不紧不慢的，原来是老家早有人牵着了！"于莉含着画外音继续说，"其实这也是很正常的事，男大当婚，女大当嫁，人嘛，谁到了这个年纪都不能不考虑……"

　　"是这么个理，对象对象嘛，说起来还真得有点儿缘分哩——谁和谁，对上了就成，对不上了就拉倒。天下的男人女人多了去了，谁和谁总有对得上的哩！"一直没有说话的葛培荣知道于莉和洪英涛今天要做的事，因此这样说。他话里的意思明显有开导和宽慰李文祥的意思。

　　"来，文祥，英涛，在这春光将临的日子里，让我们几个朋友干一杯！我祝大家在未来的日子里友谊长存、工作顺利、事事如意！"于莉说着端起酒杯和李文祥、洪英涛、葛培荣碰过，然后自己先喝了。

　　李文祥虽然有点儿犹豫，但还是将酒喝了。看来他并没有被眼前的"不幸"击倒，而是很快从懊丧中恢复过来。这些年了，包括他的家人、崔副县长夫妻，还有一些人，都为他的个人问题操过心，但不知为什么，他从未动过情。对洪英涛则不同，打从见到她那天起，他就觉得她身上有一种魅力，而正是这魅力吸引着他，以至于他觉得她就是自己理想的爱人。为此，他也曾想创造条件，并请崔副县长帮过忙。但……唉，这也不能怪别人，因为自己从来没有向她直截了当地表白过。还有上次，自己喝了些酒，本来鼓足了勇气要向她说明，可……唉，今天终于明白了，原来人家已经有了归属……想到这里，他又为自己没有"唐突"，遭遇尴尬而感到庆幸。

接着，洪英涛说了一些感激大家的话，其中还特别提到李文祥对自己的关心和支持，然后和大家碰了杯。

李文祥此时已基本恢复了常态。他拿起酒瓶给大家和自己倒了酒，然后郑重其事地站起身说："婚姻大事，人各有属。我祝英涛和她的意中人好事早成，也祝大家在新的一年里各自顺利，并祝我们同志式的友情如松柏，常新常绿。"

大家听着李文祥的话，看他这么快就从感情的泥淖中脱身出来，而且还非常有分寸地说出了"同志式的友情"这句话，不由得露出了佩服之情。所以当他说出"喝干为敬"时，大家都十分高兴地与他碰了杯，然后一饮而尽。

看来今天的事办得比预想的效果还要好，洪英涛和于莉的心中都格外慰藉。于莉又说，因为洪英涛明天就开始上班，所以另外约个时间请大家去自己家里，也算是补春节的礼。葛培荣还特意叮嘱李文祥一定要来，李文祥也点头答应了。

大家又聊了一会儿，便和洪英涛道了别。

春节那天过后，洪英涛又连着上了两天班。正月初四，大约中午十二点钟，她和于莉各背了个挎包，乘公交车到了喀什，又从喀什乘公交车到了新城县。一共不过二十几公里的路程，她们很快就到了。因为提前通了电话，所以牛玲到车站来接她们。

三个人见了面，少不了一番问候。牛玲说，自己的家不远，就带她们步行向城中走去。前面的路边可以看见城墙，牛玲说，这就是新城县的老城墙，但和历史上的疏勒比它又不算老。

说话间，她们已到了城中心。这里街道长，人口比较稠密，最明显的一点是汉族人比较多，有一段路两边全是他们开的商铺，有卖百货、日杂的，有经营旅店、餐饮的……牛玲说，人民解放军南疆军区机关在这里。

这时，她们面前出现了一家餐馆，只见临街的一溜砖墙上面安着明亮的玻璃窗。红漆的两扇门开着，门上方挂一块牌子，上面用金字赫然写着"汉味缘面馆"五个字。从玻璃窗外可见里面的食客很多，生意异常红火。

"这家是新城县最有名的面馆，每天人都不断。"牛玲说，"这家面馆不做别的，只做一样就是鸡丝汤面。每天早晨九点开门，下午四点关门，一天卖百十来碗，卖完为止。要说他家这面，可真够地道的，面是手工拉的，细长有劲道；汤是自己煮的，用的是真正的本地土鸡……"

牛玲正说着，面馆老板——一位头发花白的老者，从门里走出来，跟她打招呼，说面已经留着了，两点钟准时下好，让伙计给她送到家。

"谢谢你了，莫师傅。但送就不必了，两点我让我老公来取。谢谢了。"牛玲指了指旁边的洪英涛和于莉说，"她们就是我给你说过的旧城县的两位朋友，中午我要在家里请她们品尝你的手艺哩！"

"好。"莫老板高兴地回道，又和洪英涛、于莉点头问好。

牛玲和莫师傅道了再见后，就带着洪英涛、于莉继续前行。她的家不远，就在这饭馆后面的一条巷子里，她上午去车站时，顺路给莫师傅打了招呼，说有两位旧城县的朋友中午来家吃饭，让他留四碗面。

"莫师傅家在这里开鸡丝面馆，已经有好多辈人了。据说，他的祖上是陕西扶风人，是班超的老乡，当年随班超到这里的。"牛玲笑了笑继续说，"一千多年前的事情了，谁也无法考证，咱就当是这样吧。不过，他家做的鸡丝面是真的香，我们来不及做饭了就常来这里吃一碗，你们待会儿尝了就知道了。"

说着话，她们已来到牛玲家。也是和崔副县长家一样的四合大院，院内每家又各有小院，小院内有伙房，有一套三间的住房。洪英涛、于莉在牛玲的请让下，进了房门，各自放下挎包、脱了外衣，在桌旁的椅子上坐下。此时，便见有人从小院的伙房出来，进了住房的门，不用问，他就是牛玲的丈夫江步远了。

牛玲忙给他们做介绍，他们也互相问了好。洪英涛那次在喀什参加学习班时就已经认识了江步远，这算是第二次见面了。牛玲说，丈夫春节那两天有接待任务，所以今天才开始补假休息。

"江大厨，我的客人已经到了，你的菜准备好了吗?"牛玲笑着问。

"报告老婆大人，菜已齐备，是否上桌，悉听吩咐。"江步远也笑着说。

"上桌的事我来做，你还有任务。我已经给莫师傅说了，给咱准备四碗面，你现在拿饭盒去取来吧!"

"遵命!"江步远说完就拿了多层饭盒出门去了。

洪英涛和于莉被这两口子的举动惹笑了，便问牛玲丈夫平常是不是都听她的。

"也不是，有时来了他的客人，我也是忙得多。都一样嘛，凡事总得有个主次。"

牛玲边擦桌子边说话，又给洪英涛和于莉倒了茶。她说，自己的父母在军区上班;自己有一个男孩今年已八岁，正上小学，平时就住在爷爷、奶奶家，因为那儿离学校近。

擦完桌子，牛玲又去外边的伙房，先后从那里端来了红烧大肉、黄花木耳炒肉、五香花生米、牛肉罐头和两样素菜，还有白面馒头。

这时，江步远回来了，将饭盒放在桌上打开了，又准备给大家往碗里盛面。

"你辛苦了，坐下吧! 我来给大家盛。"

牛玲说着，从饭盒的第一层捞出了四碗面放在桌上，又拿出下一层的鸡丝，用筷子分别夹在四个碗里，最后用勺往每个碗里舀了汤，然后请大家一起动筷子。

洪英涛和于莉吃面、喝汤，不由得称赞面有劲道，特别是汤的滋味更美。牛玲说，这面倒在其次，他们用点工夫也能做出来，但这汤不知加的是什么料，他们试了几次，总做不出这个味。

"也许人家是长期摸索出来的配方，咱当然是轻易学不到的。要不然各家都去做，谁还到他饭馆里吃哩！"牛玲说着，又请大家多吃菜，说这大肉也是沾老爸老妈的光——军区后勤养的猪宰杀了给他们分的。

洪英涛到新疆已经快两年了，今天这是第一次在新城县吃大肉，觉得格外香。由此，她想到了纪晓岚当年在新疆因吃到鱼而赋诗："芦芽细点银丝脍，人到松陵十四桥。"她也不由得想起了老家。

四个人聊着，不知不觉中日已偏西，洪英涛和于莉提出该回去了。

"咱姐妹见面就有说不完的话。但时间有限，主要是你们还要赶路，我就不留你们了。剩下的话咱以后找机会再聊吧。"牛玲说完，用眼神示意了一下江步远。

江步远立即起身去了另一间房，从那里提出一个纸袋递给牛玲。

"你们看我也没有什么好东西，就几瓶肉罐头，你们带回去吃。"牛玲说着，将纸袋放在桌上。

此时，洪英涛和于莉起身从柜子上拿过各自的挎包，分别从里边拿出几包杏干、桃干和核桃放在桌上，说都是自己县上产的，留给他们和孩子品尝。

牛玲一边客气着，一边将纸袋里的罐头分别装进了洪英涛和于莉的挎包。

洪英涛和于莉也说着客气话，又从衣架上取下外衣穿了准备出门。牛玲也起身穿了外衣，说要送她们去车站。她们不好推拒，就一起出了门。江步远则在后面相送，一直送到院门外，与洪英涛和于莉互道了再见。

牛玲她们三个人出了家属院的大门，沿路向车站方向走。不一会儿，她们又来到莫师傅的面馆门前。这时，她们听到一声喇叭响，有一辆吉普车在她们旁边停住了。

车门打开，有一位青年军官走了下来。他个头高挑、身体健壮，英姿飒爽的。

"牛老师您好！不知这是往哪里去？"青年军官笔挺地站着问牛玲。牛玲在图书室工作，并不在学校，但因为她读的书多，是有知识的人，所以认识她的人都称她为"老师"。

"啊，是曹参谋啊，看把你精神的！这是干什么去啊？"牛玲常去父母住的军区家属院，认识不少军人，这位曹参谋就是其中之一，而且受父亲之托，她还曾想在个人问题上给他帮忙哩！现在她没有回答他的问话，而是反问了他。

"俺河南老家的表姨带了她的闺女来新疆探亲，"他用下巴指了指车里说，"顺便到俺这里来看看。领导给俺准了半天假，又给了车，让俺陪她们逛逛。俺听说这里的鸡丝面好，想请她们来吃，可谁知道这么早面馆就关门了。"

"嗨，看样子你是没到这里来过，人家可是定时定点四点就关门哩！"牛玲笑着说。

"那俺们就去其他饭馆吧。怎么样，"他望了望洪英涛和于莉，"你们也一起去吧？"

"噢，这是我旧城县的两位朋友，这位叫洪英涛，这位叫于莉。今天来我家玩。我们在家吃过了。你快去招呼贵客吧！"牛玲望了望车窗，又别有意味地加了一句，"好好款待人家，让人家喜欢才好哩！"

"噢……啊……"曹参谋的脸红了，似乎想了一下，才说："是的！"说完，他又向牛玲称谢，并道了再见，然后上车走了。

"嗨，巧不巧就把他给遇上了。"牛玲望了望洪英涛说，"他就是去年春节，在你那里，我给你提过的青年军官，今年刚刚30岁。人没的说，就是只知道忙工作，把个人的事情给耽误了。当时，我给父亲说过旧城县有个朋友……"

听牛玲说着，洪英涛就想起去年牛玲说要给自己介绍一位青年军官，原来就是他。

　　"看样子，是领导给他创造条件哩！"牛玲说，"这不，让他开了车，拉她们上街来转。只不过咱们没看到那姑娘，可我想人一定不错哩！"

　　"好得很哩嘛，但愿他们早日能成！"洪英涛说。

　　"这人看样子不错，我想他们一定能成！"于莉也说。

红
樱
桃

# 第十六章

　　四月下旬的一天，正逢洪英涛星期一休息。早晨她去食堂打来了饭，刚刚吃罢，就有人来敲她的房门，并喊道："洪英涛，你在吗？出来一下，这里有点儿事。"

　　"在，是侯所长吗？"洪英涛听出了是侯所长的声音，一边问着，一边开了门。

　　"你看，那里有人抓了一些鲫鱼，咱一起去看看。"侯所长指着食堂边的大树下说。

　　"好哩，我去看看哩撒。"洪英涛说着就跟侯所长来到大树下。

　　"这是托乎提达洪，他在水库边的浅水里捞了些鲫鱼，要卖给我们食堂。但我们这儿吃饭的人多，这些鱼不够吃一顿的，所以我想到了你，看你需要不。"侯所长指了指地上的一个小柳条筐说，"你看，是鲫鱼，还都活着哩。小是小了点儿，但我以前吃过，味道可是不错哩！"

　　"我要哩嘛！"洪英涛笑着说，她本打算中午请于莉过来吃饭的，这些鱼正好派上用场。

　　侯所长听洪英涛要买，便跟托乎提达洪讲起了价钱。最后讲到了两元。

　　洪英涛付了钱后，提筐回到自己房里。她先在门口的土灶内生了火（这灶是前几日侯所长让人给盘的，以备她自己做饭用），然后放上了水壶，又开始收拾鱼。等鱼收拾完了，她却为这鱼怎么个吃法犯了愁。记得在老家时，母亲做鱼无非是煎、炸、炖这些方式，但那都是较大的鱼，像这种小鱼她没有做过。况且，她看了看盛油的瓶子，剩的油也不多了。那还是春节前她凭票买的，她自己做饭请客已用去了大部分。"怎么办？总不能吃水煮鱼吧！"她喃喃自语道。

常言道，情急生智。她终于想出了办法。先将洗净的鱼抹上盐、胡椒等调料，放在小盆里腌制了一会儿，而后在上面撒了葱、姜、蒜、辣子皮沫，又将所剩不多的油倒进勺里在门外的炉子上烧热了，趁热浇在腌制过的鱼上，又倒了醋进行搅拌，然后放入加了水的蒸锅内蒸。大约十五分钟后，便有一股沁人的鱼香从锅内飘散出来……

她看了看座钟已经两点了，便端下灶上的锅，去食堂打了米饭，并买了一份菜回来，将饭菜在桌上摆好。

于莉来了，她进门看到桌上的菜，闻了闻，说："嗯，好香呀！侯所长上午给我打电话说你买了鱼，我还想着你是炸了吃呢！但看样子这不像炸的。"于莉说着在脸盆里洗了手。

"快过来坐，这是蒸的，我闻着也怪香的，不知道吃起来怎么样哩！"洪英涛请于莉在桌旁坐下，又请她先尝鱼。

于莉喝了一匙汤，又夹了一条鱼放在碗里，边吃边说："哎哟，这种鱼咱以前也吃过，可咋就没做出这么美的味儿！你也快吃。你看这味儿，清香、不油腻，完全保持了鱼的鲜味，而且这汤的味儿更美，又酸又辣又香，要我说这道菜真是可以摆上宴席哩！快说说你是怎么做的，咱以后也学着做。"

洪英涛也尝了汤和鱼，确实很好吃，便讲了根据自己的情况临时想了这个办法。

"我看因地制宜这句话讲得对，你随意创造的这道菜既经济又实惠。"于莉说着沉思了一下，"这菜还没有名字吧？我看咱们就

红樱桃

给它起个名字叫'姜辣蒸鱼'怎么样?"

"好是好,只不过说是我创造的,可能不恰当哩撒。"洪英涛笑着说。

"看你这人,你创造的就是你创造的,咱又没胡说。"于莉也笑着说。

这时饭也吃得差不多了,于莉转换了话题,"哎,英涛,我在电话里听侯所长说卖给你鱼的人叫托乎提达洪,那人是不是瘦瘦的,三十岁左右年纪,个不高,人挺精,懂礼貌,会说话?"

"是的,他就是这个样!侯所长给我讲了,他会做生意哩撒!"不等于莉说完,洪英涛便回答道。

"那就是他了!你不知道,他不但会做生意,还是个笑话大王哩!咱旧城县不知道他的人可能没几个,特别是他讲的阿凡提故事有'新编'的味道,我也听过一些,可有意思了!"于莉说。

俩人聊了一会儿天,于莉便说:"我下午上班的时间也快到了。"说着便准备要走,但是看到了洪英涛高低柜上花瓶里插着的樱桃花,又说:"英涛,你花瓶里的樱桃花可能忘了换水,那花瓣都开始掉了。"

"你不说我倒忘了。上上个星期我又去了果园,又拿了一些樱桃花回来,插在花瓶里。但这些日子忙图书室的事,又去喀什教舞蹈,竟忘了给它换水。"洪英涛说,"不过放的时间也够长了,差不多有半个月哩嘛。"

"可能是这样吧。好了,我走了哈!"

这天下午快下班时,图书室的读者已经走了,卡得尔和洪英涛正在收拾东西,门外进来了两个人,一个是文教科办公室的孙副主任,另一个是阿布都热克木。

卡得尔早就认识孙副主任,跟他打了招呼,又给洪英涛介绍了。两个人互问了好。阿布都热克木是老熟人了,卡得尔和洪英涛也与他互问了好。然后大家一起在阅览室的桌子边坐下。

"对不起,没有给你们提前打招呼就来了,因为我们知道你们忙。今天我们来，不为别的，就为了五一劳动节表彰先进的事。"孙副主任说。五一劳动节快到了，县上准备在那天表彰一批先进集体和个人。为了做好这项工作，科里的人，还有从各单位抽调的一些人（阿布都热克木就是其中之一），分成了几个组到各单位落实情况。"文化方面，经群众推荐有图书室和你们两位，今天我们就是来做这件事的。下面阿布都热克木，你先说说群众反映和科领导的意见吧。"

"好吧。长话短说，主要有三条：一是图书室工作人员虽然不多，但你们能够团结一心，互相配合，搞好工作；二是自力更生，创造条件，全心全意为读者服务；三是克服困难，不怕艰苦，帮助开办了我县第一个农村图书室，并积极推动工作开展……"阿布都热克木还简单说到了卡得尔和洪英涛与自己一起去吾其沙克公社帮助工作、访问群众的情况。

"对，上面阿布都热克木概括地讲了图书室和你们个人的情况，但这些不单是我们的看法，也是领导和群众的意见。总的来说，图书室近两年来的变化确实非常大，这是有目共睹的。这说明馆长，也就是卡得尔，领导有方，这我就不多说了。我要说的是洪英涛。她那么老远地来到咱们这儿融入这个陌生的环境，虚心学习，努力工作，并取得了成绩，这确实是难能可贵的，是值得大家学习的！"孙副主任说。

"哎，你们的眼睛嘛真是亮得很，主要的东西嘛全部看到了。这个洪姑娘嘛，"卡得尔指了指洪英涛说，"跟你们说的一个样子呢。请你们等一哈，办公室有个东西我拿来你们看一哈。"卡得尔说着很快去了办公室，从那儿拿来一个本子递给孙副主任，"这是洪姑娘学习维吾尔语的作业本，昨天嘛她让我看哈呢！"

那是洪英涛学习维吾尔语的笔记本，昨天下班时，她向卡得尔请教几个语法上的问题，所以留下了。

"尊敬的卡得尔老师，这不是作业本，应该叫学习笔记。"阿布都热克木笑着纠正着卡得尔的话。

"是的，应该叫学习笔记！这个词嘛刚才我没有想起来。哎，"卡得尔有点儿不好意思地拍了下自己的脑袋说，"洪姑娘知道的东西嘛不比我少，我怎么能给她当老师呢！"

　　"三人行必有吾师。你就是我的老师哩嘛！"洪英涛说。

　　"我们不是说互相学习嘛，相对于对方来说，都是老师。好了，从这一点来看，我们刚才对洪英涛的评价是完全正确的。"孙副主任说，"今天就到这里吧，最后怎么样还要上面来定。我还要提醒二位，不管结果如何，希望你们能发扬成绩，再接再厉，争取把今后的工作做得更好！"

　　"是的，评先进是个形式，搞好工作才是目的。其实这两年没有评先进，你们的工作不是做得也很好嘛！"阿布都热克木说完，又对卡得尔说："是这样吗，卡得尔哥？"

　　"是的，是的。你的脑子就是比我们的好用呢嘛。"卡得尔笑着说，"哎，兄弟，说到这里我又想起了你说过的在学校学汉语时编的那首诗是怎么说的？以前嘛我听你说过，现在忘了。"

　　阿布都热克木笑了，对孙副主任和洪英涛说："当时在学校为了学汉语，有人把互相矛盾的一些词编在了一起，说起来押韵，但算不上诗，只能说是一个顺口溜。既然卡得尔哥还想听，那我就给大家说说吧。"

> 在一个黄昏的早晨，
> 有一位年轻的老人，
> 拿着一把崭新的破刀，
> 杀死了一个仍然活着的人。

　　大家听完，都不由得发笑，说阿布都热克木他们编得好，虽然意思矛盾，但押韵易记，对于初学语言的人来说，确实是个不错的办法。

　　过后，孙副主任和阿布都热克木告辞了，卡得尔和洪英涛送他们出了门。孙副主任又对洪英涛说，她们几人前段时间在喀什教舞蹈，任务完成得不错，有关方面很满意。他听说在适当的时候，县上也许会开展这项活动，希望她们到时还能起带头作用。

"要得，要得，上面提倡的活动，咱就会去做哩嘛！"洪英涛说。

孙副主任和阿布都热克木走了。卡得尔和洪英涛也关门下班。

五一劳动节那天，县上召开职工大会，表彰了县城机关先进集体和个人，卡得尔和洪英涛都在其中。人委还专门发了文件，号召全县人民向他们学习。

会后，于莉还专门找洪英涛向她表示了祝贺。她指着奖状说："这里的人有句话：'谁付出辛劳，谁得石中之宝。'这可是大家对你的真心夸奖哩！"

"是，我也听这里的人说过一句话：'群众是棵大树，个人是片树叶。'没有大家的关心与支持，我这片树叶说不定早就被风吹黄哩撒！"洪英涛说。

当地有俗谚云："暑天临，热死人。"这年的夏天小暑还未到，已像着了火，太阳燃烧的光芒穿梭着，织成了一张金网，覆盖向路人、树木、街道，使它们仿佛都穿上了一件无法摆脱的紧身衣，喘不过气来。

洪英涛从图书室下班，就快步回到自己房里。她先开了门旁墙壁上方的小气窗，拉上了窗上的布帘，又从桶中倒了半脸盆清水放在凳子上，然后去食堂打饭。回来后，她将饭菜先放在桌上，锁了门，便准备用刚才倒的水进行一番洗浴。

她先脱了白色短袖小褂，又脱了已经汗湿的粉色背心，开始用毛巾蘸水擦洗。那暖热的水仿佛被加过温似的，连同毛巾擦过她的面颊、平滑柔嫩的肩膀、胸腹……她有一种不可名状的畅意和舒爽。这时她想起了一句话："什么叫舒适？舒适就是对于不适的取代，是温暖对寒冷的取代，是清爽对酷热的取代，是欢喜对郁闷的取代，是顺达对悖逆的取代……如果没有了彼一面的对比，此一面将不复存在！"

"看我这是又想到哪里去了？这世界上的一切本来就是在对比中存在的哩嘛！"

她下意识地望了望自己的身体，那些凹凸起伏，构成了一道风景。这风景私密而又独特，仿佛一座神圣的城堡，而自己的意愿则是守门的卫士，这扇门只为那个魂牵梦绕的人开，而这个人……

她不由得想起了北川，想到这么长时间了他还没有来信。她想他快毕业了，一定是为考试、分配等事而忙活，因此顾不上写信。但她愿意等。两年时间过去了，这已经是最后的时刻，就如同付出了一年辛劳的农民，眼看着收获就要来临，喜悦和焦急的心情相伴而生。

擦洗过后，她穿好衣服，坐下来吃饭。这时她又想起卡得尔最近给她讲的一件事。为了解决职工的住房困难，县上准备新盖一些家属房，据说地址就选在县城东边的一块空地上，而且已经准备动工，可能入冬前就能完工。

"洪姑娘，这是一个好机会。快把你的恋人叫来，来了嘛就有房子住！"卡得尔并不清楚洪英涛的个人问题，但从种种迹象判断，她在老家一定有对象，所以他才这样说。

"是，卡得尔馆长，他是快要来哩嘛。"听了卡得尔的话，洪英涛想卡得尔可能已经多少知道了一些情况，况且北川迟早也会来，所以她也不想再瞒他了，就简单讲了自己和张北川的关系，以及他毕业后要来这里的情形。

"这样好，太好了！你嘛放心，你的情况嘛，我一定给有关方面反映。你们的房子嘛让他们给哈！"卡得尔认真地说。

"谢谢，但愿如此。"

洪英涛沉浸在美好的想象中，想象着北川来后或在地区或在县上安排了工作，他们就可以申请住房，并举行婚礼，然后开始全新的生活。工作、学习，和其他有家室的人一样过一种安定的生活。她没有过高的要求，只要各自如意就行了。

已经快到上班的时间，她收拾了碗筷去上班。这时，于莉从学校来了电话，说晚上下班时，她过来有话给她讲。

晚上下班时间快到时，于莉来了。卡得尔知道她们有事，就让洪英涛先走，自己来关门。洪英涛向卡得尔道过再见后就和于莉出了门。

"英涛，天这么热，在房里也难受。我看我们就在后面的路上走走吧。一方面我给你说些事，另一方面我们从那儿再转到街上，我请你尝'沙朗刀克'。"于莉说。

"沙朗刀克？"

于莉没有做说明，而是转换了话题。她先说了一件关于"鸡皮"的事。

前不久，她晚上下班，回家的途中，看到"鸡皮"在前面走。正好四周无人，不知他是有意还是无意，竟边走边唱着一首歌："天下……目少干，就是目有……功劳簿上目……名，目有上……光荣匾。"她不想理他，也没有注意听他唱的是什么。但他好像看到了她，所以声音放得大了点儿，又重新唱起来，是用陕北信天游的调子唱的：

> 哎，天下的事情目（没）少干，
> 就是目（没）有赚到钱。
> 功劳簿上目（没）咱的名，
> 目（没）有上过光荣匾！

"你说这个破'鸡皮'，好事没有干几件，一天尽动歪心眼。靠着老子胡作为，还想要上光荣匾！"于莉也模仿着他歌词的样式说，"我看不把他钉上耻辱柱就算是便宜他了！"

"于姐，你随口编的这几句话可是太形象了！他这种人不要说上什么功劳簿和光荣匾，如果再不改好，连老子的名声也给玷污了撒！"洪英涛说。

"你别着急，关于他的事是老鼠拉木锨——大头在后边。主要的我还没跟给你说哩！"于莉说。

"啊，还有什么？于姐你快说嘛！"洪英涛催促着。

"这个事我不说则罢了，我一说你一定会高兴，还有县城的那些姑娘们，也一定会高兴哩！"于莉说。

"快说嘛，快说嘛！"

"上个月'鸡皮'又犯了事。他在下班回家的路上，跟踪、骚扰某单位一位姑娘，说了很多下流话，还动手动脚的。正好有一位警察从旁边路过，那姑娘便喊了起来。结果'鸡皮'又被带进了派出所。上次他属于'犯罪未遂'，结果被关了几天后放了。这次又是他老子从中活动，最后父子俩都写了保证书，又对他进行了罚款后将他放了。我早就说过，好有好报，恶有恶报，不是不报，时候未到。本来我想经过这两番整治，'鸡皮'可能会老实，可是听他唱的歌，听那牢骚满腹的样子，指不定他还想做什么坏事呢。我看他是狗挨了鞭子，本性不会变哩！"于莉说。

"是哩嘛，他要不吸取教训，咱也拿他没办法，只有让法律给他说话哩撒！"洪英涛说。

"好了，咱不说他了。下面我跟你说另一件事，是关于李文祥的。我听说，经人介绍，他开始谈恋爱了。你知道那人是谁吗？"于莉自问自答道，"就是县广播站的江燕。听说江燕原来在喀什谈了对象，也是个大学生，但后来那位在花丛中迷了眼，另外找了一个也是在喀什的姑娘，将她给甩了。所以最近有人给她介绍了李文祥。听说李文祥还没有完全答应，只是同意先谈谈。嗨，这个李文祥，我可是希望他干干脆脆的，再不要像以前一样扭扭捏捏，耽误了好事！"

"是哩嘛。我跟你一样，也是希望他们能成哩撒！"洪英涛说。

"我也是这么想的，还想着啥时候见了李文祥，给他鼓鼓劲。可我怕他那样，说不好又起反作用。"于莉说。

"那倒也是。"洪英涛。

两个人说着话，不知不觉已从后面的路上转出，走上大街，来到洪英涛请大家吃过饭的那个十字路口的西南拐角处。只见那里仍然有卖水果、酸奶、自制冰激凌等的小吃摊，似乎比她们那次来时更热闹了。这也难怪，时隔一年，各方面情况已经好了许多。

于莉领洪英涛走近一处似乎是做冰激凌的摊子前，就在他们上次吃过饭的卡斯木餐馆的门旁，围了一些人，有的蹲在地上端着碗，正吸溜吸溜地喝着；有的还在站着等待，看师傅紧张地忙活。师傅用一把带木柄的凿子不断撞刮着放在盆里的大冰块，将那些撞刮下来的冰屑盛在碗里，又用壶里的凉开水浇着冲洗了几次，将水滗了，在碗内加入几小勺酸奶，放了点儿砂糖，用木勺搅拌几下，然后手腕转动着将碗里的冰屑扬起再接入碗中。此时工序已完成，用维吾尔语喊着："哎，又冰又甜的沙朗刀克好了，请你慢慢品尝……"同时将碗递给了要喝的人。

"这就是我说的沙朗刀克，也是属于那家卡斯木餐馆的生意。"于莉对洪英涛说，又简单介绍了沙朗刀克的来历。开春前，当河里的冰还没有融化时，一些人家会组织人力到河面上挖下大块的冰运回，放在事先挖好的地窖里藏起来，待到天热了，便陆续搬出来做这沙朗刀克。"这是当地维吾尔族根据自己的条件和需要创造的一种冷饮，有点儿像冰激凌，但又不同。人们天热难耐了，便会来喝上一碗，可过瘾了，冰凉、爽口、消暑。"

于莉说着就引洪英涛进了餐馆，里边的人不多，她们在靠窗的一张桌旁坐下。卡斯木又过来热情地招呼她们，问她们需要点儿什么，于莉点了沙朗刀克。

一会儿便有人进来，两手各端着一个盛了沙朗刀克的碗放在桌子上，又说了"请慢用"，便去招呼其他客人了。

于莉一边让着洪英涛，一边取了块馕在碗里蘸了一下吃起来，并不时喝一口碗里的冰碴酸奶水。洪英涛是第一次见识这沙朗刀克，便学着于莉的样子吃了起来。真是清凉、甘爽，尤其是在这闷热的时刻，喝着它，无异于品琼液仙浆，有无限的惬意！

"真是太美哩撒，比起我以前吃过的冰激凌，可是有过之而无不及哩嘛！"洪英涛说。

吃喝过后，于莉付了款，又和卡斯木道了再见后，就和洪英涛

红樱桃

出了饭馆。

七月初的天色，此时还早，洪英涛请于莉到自己房里坐会儿。于莉说，明天上午自己有课，还有些事需要准备一下，所以在十字路口就与她道别了。

洪英涛沿大路右边的人行道往前走，快到招待所大门口了，却见有五六个人围蹲在一起仿佛在说着什么。走近了，她才看清那是一个卖莫合烟的人被围在中间，他面前放着半口袋黄澄澄颗粒状的莫合烟，四周围着几个人，有一个人正面朝她。她立即就看出了是侯所长。

"是洪英涛吗？出去了？刚才开饭时，我还说怎么没见你哩！"侯所长抬头对洪英涛说。

"是的，刚才于莉过来，我们到外面走了走。饭也吃过了。"洪英涛说。

"那好，你看这是苏皮阿洪从伊犁那边带来的莫合烟，给咱们送过来了。我经常抽他的烟，所以在他这里买一些。"侯所长说完了，又低头去看烟。

"真正的伊犁莫合烟，侯所长知道呢嘛，来，不相信抽一支试一哈嘛！"苏皮阿洪说着，从盛烟的袋子里拿出一沓大约一寸宽、三寸长、剪好的旧报纸，给面前的人每人发了一张，自己也拿了一张准备卷烟。

"你好，英涛！"这时突然有一个本来是背对着洪英涛蹲着的人站起身来，转过脸向她问好。

"文祥，你怎么在这里？"洪英涛略显吃惊地问。

"我……在房里写材料……热得难受，本想出来凉一凉……看到了侯所长他们……"李文祥手里还拿着卷烟纸，便有点儿不好意思地、吞吞吐吐地说。

洪英涛本想说什么，但看到面前有别人，没有吱声，她想过会儿单独跟他说。

侯所长等几个人有的一公斤，有的半公斤，将袋里的烟买去了差不多一半，然后用自己带来的盒子或袋子盛了，准备付款。这时，又有几个也许是刚得到消息的人,正拿着盛装烟的家什往这儿走。

"李秘书,快动手啊,你看又有人来了!我们可是刚刚尝过,这味儿真是攒劲着呢!咋了,不想买了?"一个中年人对李文祥说。他好像是招待所食堂的大师傅。

"看样子不错,但我……过会儿再说吧。"李文祥刚才拿了纸,却没有卷烟,应付着说。

侯所长先付了钱,又跟李文祥、洪英涛打了招呼就进了招待所大门。其他几个人也付了钱先后起身走了。苏皮阿洪又在招呼新来的人。李文祥和洪英涛走到了一边。

"文祥,没想到你还真是抽上哩撒!上次就见你抽,又听你说只是偶尔抽上几支。怎么现在就正儿八经抽这莫合烟了撒!"洪英涛说。

"没有哩嘛,我只是听人说这莫合烟好,又比纸烟便宜,所以想尝尝。"李文祥说。

"好了,你想抽是你的权利,咱也管不了,也没有义务要管。但这东西对身体不好,所以你……"洪英涛话说了一半,又觉得不合适,就打住了。

"这我知道。但最近心烦……真不知道该咋办哩撒。"李文祥似有苦衷地说。

"听这话,你好像心里不顺,是工作上遇到难处了,还是咋的?"洪英涛关切地问。

"不,工作上我一直顺着哩,就是……哎,我问你,你们是不是到喀什去跳过舞?"李文祥突然问。

"是啊,我们是去教过舞。"洪英涛有点儿吃惊,李文祥怎么突然问起了这件事,就说,"文教科给布置的任务,是去教老干部跳舞。怎么,这有什么不对吗?"

"不,这没有什么不对,县上的许多人还羡慕你们哩!我想说的是,和你一起去喀什教跳舞的还有人哩嘛。"李文祥说。

"有呀,除过我,还有于莉、江燕,另外还有一中的几位老师哩嘛。"洪英涛说。

"噢，有江燕哩嘛……那么你们在一起……你觉得她人怎么样？也就是说，你对她的印象如何？"李文祥略有点儿不好意思的吞吞吐吐地问。

"你问江燕吗？"听到这里，洪英涛明白了，李文祥绕了半天说跳舞什么的，原来是为了引出江燕哩。这个李文祥，说话总喜欢绕圈子！今天在街上，她和于莉还说起过，不要在李文祥和江燕的事情上说什么，以免起反作用。可现在他问起了自己，怎么办？那就不如说说自己的看法吧，也许还能起好作用！所以她便说："我对她的印象挺好。她话不多，对人诚恳、谦虚，也很热心。特别是她的维吾尔语很熟练，我还准备向她学习呢，已拜她为师了。"

"她真的是这样吗？"不等洪英涛说完，李文祥又问。

"是啊，我就是这么看她的！怎么，你有其他的看法？"洪英涛问道。

"不，你说得也对，但……"

"你今天到底是怎么哩撒？说话吞吞吐吐的，又这么绕来绕去的，有什么，你就干脆一点儿说嘛！"

"有人给我和她介绍……谈对象……"李文祥似乎终于鼓起了勇气说。

"那好得很哩撒！要我看，你们结合了，倒真是比较理想的一对哩嘛！"洪英涛说。

"是吗？但愿如此……"李文祥这样说着，心里似乎还有其他想法。

"文祥，你对个人的事也要像对其他事一样干脆，不要总这么拖泥带水、躲躲闪闪的，这样好事说不定就被拖黄了哩撒！"洪英涛说。

"你说得对，我会努力的……"李文祥说。

"我们可是盼着早日吃你的喜糖哩嘛！"

"嗯……"

这时天已快落黑，他们互道再见。

# 第十七章

　　这天上午，卡得尔被通知去文教科开了一个小会，回来后，他将洪英涛叫到办公室，对她说，县上各公社的小麦已经成熟，并且大部分已收割完毕。但个别社队因人力不足等原因，部分小麦还没有来得及收割，现在天这么热，不抓紧收割，麦子就有可能脱穗落在地里。所以县上发了通知，要求各单位抽调人员，下乡帮社员割麦子。

　　"文教系统分配的任务嘛在石滩公社二大队，就在那边的山上。"卡得尔用手指了指西南方向说，"那里是山区，他们的地嘛多得很，人嘛少得很，所以嘛很多麦子还在地里呢！文教科的意思嘛我们去一个人哈，另一个人嘛留在图书室工作哈。我已经跟他们说了我嘛去割麦子，你嘛留下来开门。"卡得尔又说，明天早晨有车送，晚上可能住在那里，争取后天完成任务后回来……

　　洪英涛听了卡得尔的话，说："卡得尔馆长，这次割麦子的劳动嘛我去。我想要多了解这里的情况，熟悉社员的生活，这正好是个机会。另外，你家在沽门公社五大队，来去还要费时间哩嘛！"

　　第二天清晨五六点，洪英涛已吃过昨晚买来的馕，来到文教科。其他人也先后到了，一共二十余人，准备上一辆带篷的军用卡车。孙副主任说，这是驻军某部汽车连的车，因为和他们有互助关

红樱桃

**177**

系，所以这次派了车接送他们。

这时洪英涛才知道，这次去割麦，除了她还有文教科、学校和广播站的人。于莉她们学校有四个人，广播站是江燕，民族中学有十几位男女教师，剩下的是文教科的人。

洪英涛与江燕打了招呼，就和大家一起上了车。几位女同志在大家的礼让下，坐了车厢两边的长凳，其他人或坐长凳，或坐小凳，孙副主任则坐在驾驶室给司机指路。

车开了，并很快驶出县城，在向西南方向的大路上行进着。起先车走的是石子路，后来便拐上了坑洼不平的土路，再后来又翻越了几道山梁。大约一个半小时后，前面似乎已没有路了，此行的目的地终于到了。

远处是蓝灰色的山，在阳光下闪着黝黝的光。山下是一片开阔的河滩地，满是大大小小的鹅卵石。难怪这里叫石滩公社，石头果然多！左边紧靠石头滩是一片麦田，麦子长得有点儿稀拉，也就五十公分高，已经开始发黄了。

二大队五生产队的队长已经在那里等候了。他和孙副主任握手问好后，又指着麦地对大家说："这是前几年开的河滩地，种的麦子长得不太好，扔了又可惜，所以还得把它们收回来。这里地多人少，社员都去忙其他事情了，今天只能请大家来帮忙了。"他指了指地上的一些镰刀，又指了指不远处的村落说："大家就用这些镰刀割麦子，我现在就去村子叫人，让他们烧开水、安排午饭。"说完便走了。

他们早晨从县城动身早，所以现在也就是上午八九点钟。太阳已经升得老高了，虽然这里属于山区，天气似乎要凉一些，但因为地势高又干燥，所以阳光显得更毒一些。在孙副主任的指挥下，大家分成了三个组，每组一块地开始收割。

洪英涛、江燕和于莉她们学校的四位老师被分在了一个组。他们中一些人以前参加过夏收割麦，都戴着遮阳的草帽。洪英涛在老家也割过水稻，所以戴了一条纱巾包在头上。学校教体育的史老师说不怕晒，不但头上没戴东西，连小褂也脱了，只穿着背心。江燕是第一次割麦。本来这次割麦，文教科要他们抽一个人，阿布都热克木这两天有播音任务，走不开，站长年纪大了，江燕便自告奋勇来参加了，但是她没有戴遮阳的东西。在洪英涛的建议下，史老师用草编了个草环让她戴在头上。

因为麦子矮，大家只能蹲着割或是弯腰割，所以很累，但都坚持着。中间有过两次小憩，有人送来了开水，他们在地头喝。快到中午了，生产队队长在村头朝这儿喊，是叫大家去村里吃饭。

他们在生产队长的带领下进了村。生产队长说，这里外面来的人少，没有食堂，也没有给这么多人做饭的地方和用具。所以他安排了几户人家，让大家分别去他们家吃饭，晚上也在那儿休息。

孙副主任叫洪英涛、江燕，还有四名女同志去康巴尔汗家，其他人则跟着生产队长继续往前走，并分别被安排到了其他几户人家。

收工前已经说好了，为了抓紧时间及早完成任务，大家中午吃过饭不休息接着干。所以，午饭后，大家就在村口等着生产队队长了。和生产队队长见了面，大家便一起去麦地。路上，生产队队长问大家中午吃饭的情况，大家都说好。

不一会儿，他们就到了麦地，生产队队长走了，大家又开始忙活起来。在大家的紧张劳动下，到晚上时收割任务已完成了大半。收工时，孙副主任对大家说："宁可前紧，不要后赶。明天早晨大家起早点儿，干完了咱再休息，晚上还是来时的车拉咱们回去。"

晚上，洪英涛她们六个人又到了康巴尔汗家，由于一天的劳累，吃过饭，她们就在屋内睡觉了。

第二天，她们起得很早，而且干得也很起劲，到中午时分，全部的麦子已经割完。生产队长很高兴地说，下午他就叫人来往场上运麦子。

中午，大家又去各自住的地方吃过饭，大部分人都想好好休息一下。这时，学校的那两个汉族老师来找洪英涛和江燕。

红樱桃

"我以前来过这里，上过附近的小红山，那里有许多化石。不知二位有没有兴趣？若有，我们就一起去看看，见识一下沧海桑田。"史老师说。他仍然穿着背心，经过这两天的日晒，那本来就有点儿黑红的脸似乎更黑了，油油地闪着光。但他的精神依然很好，这也许是他长期进行体育锻炼的原因。

洪英涛和江燕本来已经十分疲惫了，但听说山上有化石，又来了精神，便答应一同前往。

他们一行四人出了村，往北边不远处的一个泛红的平顶山包走去。走近了，但见这山包虽然不高，却怪石嶙峋。向阳的一面似乎被风化了，有许多碎石滚落下来散在地上。史老师是有所准备的，因为他背了包，包里还带了把小铁榔头。此时，他便取出榔头开始在碎石中翻找起来，不一会儿，大家听到他喊："哎，看啊，蚌壳化石！"

大家立即围拢过来，只见他手中拿着一块石头，这石头的一面明显是砂岩，另一面稍稍凸起来呈扇形，上面有一道道环状纹路，真是活脱脱一只扇贝！他将第一件战利品放进自己带来的袋子里，又去碎石中翻找。教自然的杨老师、洪英涛、江燕也跟着他或用脚踢或用手刨地忙碌起来。

过了不大一会儿工夫，每个人都或多或少有了收获。当然收获最丰的还是史老师，他拣了四五块小的，还有一块大石头上有很多小蚌壳，他用榔头敲了半天，石头纹丝未动，只好放弃了。

回来的路上，大家议论起来，有的说这地方很早以前肯定是大海，所以才有这些海洋生物；有的说海洋变成陆地，是地球变化的规律，要不怎么会有"沧海桑田"一说呢；还有的说，这些石块里的蚌壳也许是幸运的，至今还保留了原貌，要是被大鱼吃掉了，就什么也没有了……

"说起来大自然可真是威力无穷啊！你看看，地球就那么随便地扭动了一下腰身，海水、生物就不见了，洼地变成了高山，过了若干年，她又那么扭动了一下，这些深埋的东西就又露出了本来的面目。"说这话的是杨老师。他颇有感触地说着，又发出了一番似有哲学意味的议论，"要说我们人呵，如果将那些海洋生物成活时至今的时间比作一把尺子，我们的一生就是上面小得用肉眼难以辨识出的刻度。在地球耸肩的一刻，我们已走完了一生！"杨老师停了一下，又变得慷慨激昂起来，"但我们是积极的，不会因为短暂而放弃，不会因为匆忙而止步，不会因为磨难而消沉！相反，我们会变得更加珍惜时间、珍惜人生、珍惜友情、珍惜事业与工作、珍惜成功与挫折。一万年太久，只争朝夕，我们会勇敢地往前走！"

杨老师说完，大家不由得一起叫好，身上的困乏似乎也没有了踪影。特别是洪英涛，不知为什么，她觉得杨老师的话，尤其是后面的话，对自己有着重要的启示意义，因此她用心地将它刻进脑海，留在记忆中。

太阳已经西斜，他们回到村边。江燕望了望洪英涛，又对史老师他们说，自己有点儿事想对洪英涛说，让他们先走。

史、杨两个人跟她们说了再见后走了。江燕和洪英涛来到不远处的一棵树下，各自选了块石头坐下。

"累了吧，江燕？看你脸上红扑扑的好像涂了层胭脂，还真美哩撒！"洪英涛看着江燕说。

"还不是太阳晒的！说起来也怪，这里的太阳感觉不太热，可晒过后，就给人脸上上彩哩！我看你也一样，像化过妆似的，更漂亮了！"江燕笑着说。

"看你说的。"洪英涛不好意思地用手掠了掠鬓边的头发，笑着说，"你叫我过来，是有啥子事要说哩吧？"

"是，这两天就想跟你说，可忙的一直没机会说。"江燕顿了一下，又继续说，"你那老乡，就是李文祥，你觉得他人怎么样？"

洪英涛心里一咯噔。前几天李文祥问过自己对江燕的看法，没想到现在江燕又问自己对李文祥的看法，这两个谈恋爱的人是怎么了。也许是他们对自己的信任吧！想到这里，她就觉得自己有了责任，认真地说道："李文祥的老家和我在一个地方，我来这里之后他也帮过我不少忙，我觉得他为人本分、对人实在，工作听说干得也不错。"

"英涛姐，我这样叫你，你不会生气吧？"不等洪英涛吭声，江燕又说，"因为我怕车来了我们就要动身了，所以打断你一下。你说得对，他人是不错，工作也挺上心，这是大家共同的评价。但有一点，他的性格……哎，怎么说呢……反正我觉得他总是躲躲闪闪的，缺乏干脆利落劲，又总是那么沉默寡言的……你说我就不爱多言语，他又是这样，那将来的日子能幸福吗？"

"你叫我姐，我心里高兴得很，毕竟我比你大两岁哩撒！"洪英涛笑着说，"你看，我们说了半天李文祥，我还不知道我们为啥要说他哩嘛！"

"啊，你看我真是的……"江燕拍了拍自己的脑袋，有点儿脸红地说了经人介绍她和李文祥谈恋爱的事。

"噢，我说你怎么对李文祥了解得那么多，原来是这样哩嘛！当然，婚姻大事要慎重，这是对的，但李文祥人真的不错。"

洪英涛话还没说完，就听到了前面有汽车喇叭声，孙副主任在召集人了。

"咱们长话短说吧！我看我跟他的事大约是不成，与其这么不冷不热地磨着，倒不如及早了断的好。"江燕说着就起了身，又抓住洪英涛的手拉她起身，一起向前快步走去。

大家都已在车旁等候了。生产队队长正在和孙副主任说着话。康巴尔汗刚才没见到洪英涛和江燕，这时出门来给她们送行。她们向老人说了感谢的话，又互相道了再见，就和大家一起上了车。

车开了，回来是下坡路，走得快，也就用了一个小时多一点儿，还不到晚上九点，他们就到了县城。第二天正好是星期天，孙副主任告诉大家，来时领导已经说了，劳动过后放一天假，所以加上星期天是两天，让大家搞一搞个人卫生，恢复一下体力。

洪英涛回到招待所，简单洗了洗脸，上床倒头就睡了。一直到第二天快中午了，她才醒过来。此时她觉得肚子饿了，但食堂早饭已没有了，午饭还不到时间，所以只能忍一忍。她扫了地，擦了桌凳，收拾了高低柜上的东西，特别是把相夹的两面都擦干净了，将这次从山上带回来的两块化石，一块是蚌壳，另一块有墨水瓶那么大，一面基本是平的，上面有不知什么植物的种子，长圆形、黑黑的，有不太清晰的纹路……

"真可惜哩撒，可惜它们已失去了生命！否则这蚌一定会在大海里游，这种子也会在土地里扎根，说不定还会长成一棵参天大树哩嘛！"她叹惋着，"但不管怎样，它们总是一种变化的见证，抑或就是一种警诫哩嘛！"这样说着，她将它们摆在了相夹的两侧。

她洗了脸，又擦了澡，简单收拾了一下，去食堂打午饭。吃过饭，她又去涝坝提了桶水回来，开始洗换下来的衣服和床单。该洗的洗完了，她坐下来休息，看到柜上的座钟已经七点多了，便想到图书室去看看。

今天是星期天，来阅览室和借书的人比较多。但此时已经快下班了，人已走得差不多了。卡得尔在借阅台后忙活，见她来了，便高兴地说："洪姑娘，你什么时候回来的？累了吧？哎呀，看你的脸嘛晒黑了！我嘛知道呢，山上的太阳嘛好像不热，但其实它是不冒烟的火，厉害得很呢！"

"我是昨天晚上回来的。您说得对，山上的太阳是厉害，但总没有我们人厉害嘛！"洪英涛笑着说，并走进了借阅台，想给卡得尔帮忙。

"洪姑娘，你嘛上山劳动了两天，一定累得很，这里的事情嘛就不要管了。你嘛先去办公室坐一会儿，这几个读者走了嘛我就过去，还有好事情要跟你说哈呢！"卡得尔说。

"到底是什么好事情呢？还卖个关子！"洪英涛想着就来到了办公室。

几个借书的人走了。卡得尔来到办公室，打开自己办公桌上的抽屉，从里边拿出一封信递给洪英涛，笑着说："这封信嘛是昨天邮递员和报纸一起送来的，是你老家来的，你嘛拿回去慢慢看，我们嘛现在下班。明天嘛我们正好不上班，你嘛在房子里好好地休息一哈，其他的事情嘛我们上班了再说。"

洪英涛接过信，一看信封上的字迹，就知道是北川写的。左盼右盼，终于把他的信盼来了！她抑制住内心的狂喜，将信装进了裤子口袋里，又和卡得尔一起关了门，才匆匆地往回走。

回到房间后，洪英涛迫不及待地拿出信来，先在胸口上贴了贴，又放在嘴唇上吻了吻，才喜不自胜地一边说着"盼来了撒，盼来了撒，终于将你盼来了撒"，一边打开信的封口，取出信展读起来。

英涛：

　　您好！

许久没有回信，一来是忙，临毕业了，考试、分配都是关乎人生的大事，不能不颇费踌躇；二来是有件事，真是不好意思张口，可想来想去觉得不说又不行，于是终于下定决心，长痛不如短痛，还是对你直说了吧！

就是关于我们两个人的终身大事，本来我们有约在先，我毕业以后到你那里去。但天不遂人愿，虽然我多次提出申请，可终究没能成功。原因是我实习的那个地方的林业部门看中了我，一再要求我毕业后到他们那里去工作。为了使自己所学专业对口，事情最后就这样定了。

为此我不能不十分抱歉地告诉你：我们的事情也只好就此了结了吧。

洪英涛看到信的开头，一种不祥的预感就向心头袭来。她疾速地读着，终于读到了关键的地方，那一个个字仿佛一根根针，无情地扎在她的心尖上，似乎脚下的地面突然塌陷了，又似乎头顶的天棚瞬间跌落下来。

"这不是真的！这不是真的……"她猛地叫起来，用手揪住自己的头发，使劲地扯着。她失去了对疼痛的感觉，她麻木了，茫然地望着房间的墙壁，终于忍不住"哇"的一声哭了起来，泪水从眼中涌泻而出。

这时，一些记忆的碎片在她的脑海中汇聚，它们拼凑成画面，如同放电影般一幕幕闪过。初中毕业那年夏天，她和北川及其他同学去野游，在过一道山间小溪时，对面的北川牵住了她的手，她猛地一跳就跳进了北川的怀抱。高中毕业临来新疆的前一天晚上，她和北川在成都公园里告别，两个人忘情地拥抱亲吻，北川的手在她的内衣中游走。还有北川的那几封满怀痴情的来信，那些只有他们两个人能懂的撩人话语……然而这一切，都成了往事，那些记忆拼凑的画面突然崩裂，成了碎片，纷纷扬扬地向四处飞散……

不久前，她为北川来这里后所做的美好设想，那个梦幻中的小阁楼，也在瞬间倒塌了。

她迷离的目光扫过了高低柜上放着的相夹……它像长了翅膀，在头顶飞、飞，渐渐地飞远了，飞出了她的视线。时间之水在她的意识之外流淌着，流淌着……

"嘭嘭嘭……嘭嘭嘭……"洪英涛被一阵敲门声惊醒了。她坐起身，看到阳光正从门旁的窗上泻下来；她看了看指缝里的一撮头发，摸了摸有点儿胀痛的头，这才发觉自己是坐在房间的地上。"这是怎么回事？我为什么坐在地上？"这样问着，她似乎有了记忆：昨天傍晚她看了北川的来信，那些绝情的话语——不，简直是魔咒！它们无情地撕裂了她的心。她在半昏迷状态中倒下了，从凳子上滑向了地面……

"嘭嘭嘭……嘭嘭嘭……"敲门声更急了。"小洪，你在房里吗？"她听出了是侯所长的声音。

"在哩嘛，是侯所长吗？我……我还没有起床哩撒……"

"噢，在了就好。早饭时间已经过了，没有见到你打饭，我想你是不是病了。好了，你过会儿来打饭，我让他们给你留下了，我走了。"侯所长在门外说完话就走了。

洪英涛他们上山去割麦，侯所长是知道的，因为他们单位也抽了人去其他公社。昨天，他去喀什办事，晚上回来，知道割麦的人已经回来了，洪英涛吃没吃饭，他不清楚。但今天早晨这么晚了还没见她来食堂，他心想她是不是病了，便过来看看。

"太阳老高了，还没有起床，这在她身上可是从来没有发生过的。再说，我刚才听她的声音，好像有点儿不对劲……是上山割麦累了还是咋的？可不要再出个啥事呀！"侯所长在心里想着，又想到学校的于老师和她关系好，所以来到办公室打电话让莉过来看看。

于莉接到侯所长的电话时正是课间操时间。她一听洪英涛可能病了，便忙向领导说了情况。正好她上午的课已经上完了，领导同意后，她就急匆匆地过来了。

她喊着洪英涛的名字，敲着门。里面的洪英涛知道是于莉来了，便开了门。

"咋啦，英涛？真是病了？看你脸色黑青黑青的，是不是在山上晒的？今天早上，我见了史老师，还说起你们在山上一起割麦子的情况哩。"于莉怜惜地说。

"也许是感冒了，头有点儿痛哩撒。"洪英涛说着，坐在了床沿上，又斜着靠在刚刚叠好的被子上，并让于莉也坐下。"哎呀，真是的。"于莉用手背试了试洪英涛的前额，"你看都烫人手哩！咱要不要去医院看看？"

"不用哩，我这里有感冒药。"说着，洪英涛就要起身去拉桌上的抽屉。

"你躺着别动，我给你拿。"于莉拉开抽屉，从里面取出一袋头痛片，又拿了杯子，从暖瓶里倒了开水，递给洪英涛，让她把药吃了。这时，她看到了地上揉成一团的信。"怎么，张北川又来信了？"

"是的，于姐，你捡起来看看吧。"说着，洪英涛忍不住啜泣起来。

于莉感觉这封信一定非同一般，赶快捡起来，用手将它弄展了看起来。

"好一个张北川！什么'天不遂人愿'，什么人家'看中了我'，都是借口！你听这后面的话，说得多么虚伪！"于莉气愤地说，又将后面的部分读了出来：

为这事我的心也疼过，也流过泪。但是说老实话，一想到那个遥远而又陌生的地方，我就有点儿不寒而栗。我怕我适应不了那里的环境，怕我到时候要回头给别人落下笑柄。于是我做了自认为是明智的选择。

但你与我不同，你是一个有志气、有抱负的人，是一个认准了理就不肯回头的人。真诚地希望你能够谅解我，如果不嫌弃，我们还可以做远方的朋友！

我希望你能追求到本该属于你的幸福！

我相信你能得到本该属于你的幸福！

……　……

"司马昭之心吧？说到底还是怕这儿远、艰苦！"于莉读完了信，又愤愤地评论道："末尾还假惺惺地恭维你。嗯，这种伪君子，断了也好！我看他就没有什么值得留恋的！"

其实，这封信的后半部分，昨天洪英涛没有看。现在于莉读，她也在认真地听，满腹的伤心泪倒也止住了。"他还没有完全否定我，他只是担心自己不能适应这里的环境。"她这样想。

"你说英涛，他前面还说'为了使自己所学专业对口，事情最后就这样定了，'后面又说'一想到那个遥远而又陌生的地方，我就有点儿不寒而栗'。真正的前掩后露，那后面才是他不愿来这里的真正原因哩！而且我想……"于莉说着却突然停住了。

"于姐，咋不说了呀？你又想到什么哩撒？"洪英涛用手绢擦了擦眼睛问。

"不过这只是我的猜想，说不定他在那里又有了新的目标，或者已经移情别恋了也未可知！这种虚情假意的人，什么事做不出来！"于莉停了一下又说，"人家说猴子的脸说变就变。他是人，总不能这么快就出了东家进西家吧。你之前就没有发现一点儿迹象吗？"

于莉的话提醒了洪英涛，使她不由得想起去年秋天，北川的前一封信，想起了其中的一些话，"听说那儿绝大多数是少数民族，他们的生活习惯与我们有许多不同……"她当时也曾产生过一些想法，但又被她想象出来的理由否定了。"唉，真像人家说的，爱情是个奇怪的东西——它能使人变得清醒，也能使人变得糊涂。我当时怎么就没有品出其中的味道，而引起警惕呢？还有他信中写的'希望早日见面，重叙友情'。我们以前都用'恋情'，那次却变成了'友情'，我当时怎么就没有明白哩撒！还有那么长时间才盼来他的信……"

"唉，我真是一个笨蛋哩嘛！"这样想着，洪英涛骂了一声自己。

于莉以为洪英涛还处在失恋的悲痛之中，说出这样的话也不奇怪，就没有再问。

"好了，英涛，世上的事就是这样，不愿走的路有时还得走三回。既然人家无情，咱也只好无意了。"于莉看了看表，又说，"快到午饭时间了，我去食堂打饭，听说你早晨到现在一直没有吃饭，早就饿了吧？"

洪英涛木然地摇了摇头，但还是从抽屉里拿出了一沓饭票、菜票，又用手指了指案板上的碗碟。

于莉去食堂打饭时，碰到了侯所长，跟他说洪英涛就是身体不舒服，感冒了，并无大碍。她对侯所长的关心表示了谢意，之后打上饭菜回了洪英涛的房间。

此时洪英涛已起身，用脸盆里的水擦洗过脸，呆呆地坐在了桌边。

"跟什么都可以生气，但千万别跟饭生气，饿坏了是自己的身体。你早晨没吃饭，可能昨天晚上也没吃吧？来，今天中午是拉面和辣子炒肉，侯所长让我多打了点儿。他还说，早晨的稀饭、馒头，还一直给你留着哩！"

于莉说着，将盛了菜的盘往洪英涛面前推了推，又递给她筷子，自己也坐下和她一起吃起来。虽然洪英涛已经两顿没吃了，但是她的胃口很差，只吃了几口就放下了筷子。

"爱之深，痛之切。你这样，正说明你对他是非常专一的，是真心真意拿他当回事的。可人家不是这样，正所谓痴情女遇上了负心汉。你想想，你这样值得吗？所以，我劝你从今天起忘掉他吧。你要想开，人不能在一棵树上吊死。"

洪英涛听着于莉的话，情绪似有所缓和，微微点了点头。

"那是什么呀？我怎么没见过！"也许是为了转移洪英涛的注意力，于莉指着高低柜上摆着的化石问。

"就是这次去割麦子，在山上捡的化石。史老师、杨老师和江燕也都捡了一些哩嘛。"

"本来史俊德和杨春化老师今天也应该休息，可他们的课没人代，所以又去上班了。史老师是教体育的，天生好动，跋山涉水，从不怜惜自己的两条腿。杨老师又是个'书袋子'，虽然教的是自然，可天文地理、古今中外的知识都懂。据说他读过的书摞起来比他的人还高哩！"

"是，你说得对！我们在山上虽然只有两天时间，可他们的这些特点我看得出来。"

于莉看洪英涛的情绪稳定一些了，就说下午自己还有一节课，她去上完了课再过来。

洪英涛说，为了自己的事让她这么劳神费力，真不好意思。但她心里明白，在这样一个特殊时刻，自己又何尝不想让于莉和自己待的时间多一些呢！但这些她没说。

"行了，英涛，别想那么多了，朋友嘛，就是危难时刻见真情！反正葛培荣也不回来，要不，你今天晚上就去我那儿住，我们还可以多聊聊。好了，我得走了，你能睡就多睡会儿，等我回来了再叫醒你。"于莉说完就走了。

洪英涛躺在床上本想睡一会儿，昨天她迷迷糊糊地跌倒在地，似乎是睡着了，又似乎根本没睡觉，脑子里翻腾着，一会儿老家，一会儿这里，还有那个北川也是一会儿对她热，一会儿对她冷，最后干脆板着面孔走远了。

她揉了揉眼睛，坐起身来斜靠在被子上。这时，她的目光无意间又扫过了高低柜，停在了那两块前天她摆放的化石上，倏忽间，杨老师在山上说过的一段话又开始在她耳边回响：

但我们是积极的，不会因为短暂而放弃，不会因为匆忙而止步，不会因为磨难而消沉！相反，我们会变得更加珍惜时间、珍惜人生、珍惜友情、珍惜事业与工作、珍惜成功与挫折。一万年太久，只争朝夕，我们会勇敢地往前走！

"这话怎么就像是对我说的哩撒！"洪英涛这样说着，感到憋闷的内心似乎透进了一丝光亮，虚弱的身体也仿佛有了一点儿力量。她缓慢地起身下床，拿过笤帚开始扫地。

这时，她发现了地上有芨芨棍粗细的一撮头发，那是她自己的。但她已想不起，它们是怎么从自己的头上到了地下的。她小心地捡起这些头发，理了理放在桌上。扫完了地，她在脸盆内舀了水洗了脸，又对着镜子进行了简单的梳妆。这时，她想起镜框背面有自己和北川的合影，便将照片取下，又将北川的来信、照片和自己的头发一起装进信封，放进了高低柜的抽屉里。她现在还不想毁了它们，因为那是自己初恋又了断的见证，她一下还难以忘记。

她将抹布在脸盆内洗净了，用它来擦高低柜上的物件：那空着的玉石花瓶被擦亮了放回原处，显出一副孤零零的样子。瓶身上的樱桃花还在开着，依然娇艳动人。那两块化石经过她一番擦拭，又被摆回了花瓶两侧，它们仿佛突然间得了灵气，显出了些许活泼的神态。

"真奇怪哩撒，它们好像还活着！"她不知为啥会有这种感觉，在心中暗暗称奇。

这时，于莉上完了课又回来了。于莉一进门，感到屋内的气象与中午走时已有一些不同，一切似乎又鲜亮起来。

"真是好样的！看来她已从泥淖中拔出腿来了。"于莉在心里这样想着。"我看这样吧，现在是六点钟，咱们出去走走，顺便在食品公司的肉店买点儿羊肉，然后回我家去做饭吃。今天晚上你就住我家，葛培荣昨天下午去了地区，说是参加什么学习班，要半个月才回来……"说到这里，于莉有点儿吞吞吐吐地不好意思起来。

经洪英涛追问才知道，最近葛培荣已被提拔当了农技站的副站长。洪英涛向于莉表示了祝贺，然后和她一起出了门。

# 第十八章

张北川来信的事已过去一段时间，洪英涛虽陷入了深深的痛苦，但终于恢复过来，仍如平常般生活、工作，不了解内情的人，甚至从表面看不出她有任何变化。但熟悉情况的人，比如于莉，则知道她是忍受着巨大的痛苦，凭借过人的勇气和毅力才做到了这一点。所以于莉对她的关心一如既往。

于莉还在暑假期间，这个星期一晚饭后，她又来和洪英涛聊天。洪英涛讲了自己的一个想法，来这里已两年有余，一直没有探过家。听说有规定，单身职工工作满一年后就可探家，所以她想最近回趟老家，看望一下父母、哥嫂。哥哥已经成家，有了孩子，还和父母住在一起。父亲的病依然如故，平时帮别人写个书信什么的，也多少有点儿收入。母亲原不同意她来新疆，但她来后多次去信讲了这里的工作、生活情况，母亲也就放心了。去年年底前，她还给家里寄去五十元钱。

"我虽然已经是这里的人了，但父母总不能不看，尤其最近遇到的这个烦心事，也想让父母知道一下哩嘛。所以我想打报告请假回去看一看哩撒。"

"你说得都对，我也认同你的想法。"于莉说。她明白洪英涛这样做，一方面是为了看望父母，另一方面也想换个环境，抚平心灵的创伤。她又说："这次你们去石滩公社，你也许已经听说了，那儿的杏是出了名的好，晾出的杏干更好。史老师在供销社有熟人，我跟他说说，让他帮忙买上一些，你走时带上。"

光阴荏苒，时间已到了八月。这天下午，卡得尔在办公室接了文教科的一个电话，说洪英涛的请假报告已经批了，时间是四十五天。这天来图书室的人不多，此时也都走完了，他便将这个消息告诉了洪英涛。说完了，他刚才还是嬉笑的脸，此时却变得有些沉郁了。

"你嘛准备探家，探完了家嘛还回来上班。我嘛也准备回家，回家后就不来上班了。"

"卡得尔馆长，怎么了撒？你说不来上班，是啥意思哩吗？"洪英涛有些吃惊地问。

"这个吗……"卡得尔馆长说，他今年已经六十五岁了，早已过了退休年龄，已打过退休报告。但因为没有合适的人来顶替他，所以上面一直没批，让他再坚持干一段时间。其实从去年，他已看中了两个人来接替他，一个是阿布都热克木，另一个是洪英涛，并向上面做了推荐，但这个情况，他没有对洪英涛讲，只说："俗话说，老人来了请吃饭，青年人来了请干活。剩下的事情嘛你们干，我可能就要退休了。"

"哎呀，卡得尔馆长，你真的要退休哩吗？我觉得你还能再干几年……"洪英涛望了望卡得尔，平常看惯了没有留意，此时，听他说起了才发觉他真的有点儿显老了，两鬓已完全显白，甚至连两腮上的胡子也像落了一层雪，嘴角和脸上都有了深深的皱纹。

"不过，你想休息也没有错。苞谷地里长不出绿豆，老年人不会返老还童。剩下的事就留给青年人干吧。"

"你嘛说得好，把我们维吾尔族的谚语也用上了！你们也有一句话是长江后浪……推前浪，世上今人……胜古人。"卡得尔笑着说，后一句虽有些断续，但他终于完整地说了出来。

"您说的真好！您的汉语水平真是大有提高哩撒！"洪英涛不由得称赞道。

红樱桃

"你嘛假已经准了，准备什么时间动身？"卡得尔问。不等洪英涛回答，他又说，"我嘛还有一个想法呢，就是你走以前嘛到我的家里去一哈，和那年一样，还把李秘书、于老师他们两口子请哈，去我家吃一顿饭。去年嘛我没有请你们，因为去年的桃子大部分让虫子吃掉了。但今年嘛它们长得很好，桃子结了很多呢，将树枝都压弯了！我们还有句话说，一天相处，四十天问好。我们嘛在一起相处两年多了，我嘛好好地给你送一下行！今天嘛是星期六，明天嘛是星期天，我们上班，李秘书他们休息。为了不耽误大家的时间，就明天下班后去我家怎么样？"

"这……"因为卡得尔这个事情说得突然，所以洪英涛有点儿犹豫。但是她想到卡得尔说要给自己送行，便觉得不好拒绝，更主要是卡得尔说他要退休了，所以说："行哩嘛，就是又要给您添麻烦了撒。"

"洪姑娘，麻烦的话嘛你不要说。衣服是新的好，朋友是老的好。我们嘛早已经是老朋友了！那好，现在已到下班时间，我赶快给李秘书他们打电话哈。"

"卡得尔馆长，李秘书的电话嘛你给打，于莉那儿嘛，下班吃过晚饭后我去跟她说。因为她还在放暑假。"洪英涛打算去于莉家，既告诉她明天去卡得尔家的事，也告诉她自己的假已经批了，准备动身的情况。

"这个样子嘛好得很。"卡得尔说着，就去办公室挂电话。

洪英涛回到招待所，吃过晚饭，出门正准备去于莉家，却见于莉骑着自行车到她这儿来了。

"于姐，我正准备去你家呢，你就来了，太好了。"洪英涛说。

"假批了？"于莉笑着问。

"是哩嘛。"

"嗯，我估计你的假也差不多批下来了，所以这两天急着给你准备要带的东西。这不，史老师托人从山上带下来的。"于莉说着从自行车后座上取下一个鼓囊的布袋，提着和洪英涛一起进了屋。

她将袋子放在椅子上，解开袋口，说："你看，这就是我和你说的杏干，个大肉厚、颜色好看。"

"哎呀，真是太好哩嘛！果然是名不虚传哩撒！"洪英涛看着袋里红中透黄的杏干说。

"它不光是外表好，你尝尝，实质也是很好的呢！"于莉说着便从袋内取了两个杏干，又用勺子舀了桶里的清水冲洗了一下，递给洪英涛。

"真是甜得跟蜜一样哩撒！"洪英涛吃着杏干，边称赞，边走到床前，准备从枕头下取钱给于莉。

"停住，我知道你要干啥，听我把话说完。咱们是不是姐妹？"于莉故作严肃地问。她看到洪英涛点头了，便又说，"那就好！既然咱们是姐妹，这就算姐姐给未曾谋面的父母，还有侄儿的一点儿心意。"

"这……让你破费了。"

"还是那句老话，咱们姐妹还分什么你我，就这样了！"于莉以不容置疑的口气说，"我过来呢，还有件事要告诉你。上个星期天，葛培荣回来了。我听他说，地区农技站的领导，八月上旬要去自治区参加一个会议，因为带有一些农产品实物，所以他们准备乘单位的小车去乌鲁木齐。我让葛培荣给打听一下，看他们的车是否还有空位，有的话，你就搭个便车去乌鲁木齐。

"我刚才还想着这次探家是去乌鲁木齐还是去大河沿坐火车哩撒，听说火车早通到乌鲁木齐了。"洪英涛说。

"当然是去乌鲁木齐好，那儿是始发站，肯定有座位。再说从那儿到大河沿，车票也就两三元钱，不是什么大问题。好了，葛培荣在地区开会，明天我给他挂个电话，让他问问地区农技站。你也做两手准备，行，就坐他们的车，不行，你就自己走。这两天你就一边做准备，一边等消息。"于莉说着就准备要走。

"于姐你等等。看我们刚才只顾说我的事了，其实我今天准备去你那里还有另一件事要跟你说哩嘛。"于是，洪英涛讲了明天下班后，卡得尔要在家里请他们吃饭，给她送行的事。

"看来卡得尔还真是个讲情分的人！那好吧，本来我刚才听说你马上要走，就想着把李文祥也请过来咱们一起在我家坐坐，但葛培荣不在。现在，卡得尔有这个意思，又叫了李文祥，那就一起表示吧。明天下午一上班，我就到你们图书室给你帮忙，卡得尔晚上不是有事吗？那就让他下午不用来了。只是不知道这样行不行？"于莉说。

"这……我估计卡得尔馆长不一定会同意。但你下午过来，我让他早点儿回家，大概问题不大。"

洪英涛说完，送于莉出门，看她骑车走了，还在被她的友情感动着。

从她来旧城县到现在，认识于莉也差不多两年时间了，于莉对她的工作，特别是生活等方面，一直关心有加。她既不先入为主，强加于人，同时又能提出有益的忠告，坚定自己的信念。尤其是这次，自己在感情上遇挫后，更是得益于她的关心与开导，才使自己这么快恢复过来。洪英涛佩服她的智慧、开朗与胆识，更欣赏她的成熟、热忱与稳重。"正像书上说的：万两黄金容易得，知心一人也难求呵！"

第二天早晨，洪英涛还和往常一样到图书室上班。本来昨天下午下班前，卡得尔就跟她说，她的假已经批了，在房里做些走前的准备。上面最近会派人来，来人之前，他一个人顶些日子问题也不大。但洪英涛知道今天是星期天，卡得尔一个人忙不过来，另外，自己也没有多少事，所以还是来上班了。

"洪姑娘，你怎么来上班了？我昨天不是跟你说了吗……噢，你是要站好休假前的最后一班岗。啊，这也不对……应该是嘛多尽一份责任。"卡得尔终于找到了一句自己认为合适的话，笑着说。

"我来上班，一是因为我本来也没有什么要准备的；二是因为……"洪英涛讲了于莉帮忙打听车的事。

"噢，这样好！她替你想得周到！怎么样，他们今天也会来吧？李秘书嘛我已经打电话通知了，他本来有事，但听说嘛是给你送行，所以也答应了。"卡得尔说。

"葛培荣在喀什开会，去不了。于莉下午就来。"洪英涛讲了于莉想下午来替他上班的事。

"这个嘛……这样吧，下午我稍微早一点儿回去，你嘛和她把门关哈。"果然不出洪英涛所料，卡得尔思考了一下说。

"行哩撒，我们也是这样想的。"洪英涛说。

下午上班时，于莉来了，她将自行车放在门外边锁了，又提了个挎包进来，放在借阅台后面的桌上，就开始在洪英涛的指点下帮她忙活。

卡得尔从书库出来，看到于莉，高兴地说："哎，于老师，你也愿意干我们的工作？我们嘛早不知道，知道的话把你也要来呢嘛！"

"我不过是来学点儿知识。您这里有洪英涛，她比两个我都强哩！"于莉笑着说。

"你来帮忙嘛我们高兴得很呢！谢谢！"卡得尔笑着说完，又进书库帮读者拿书去了。

今天是星期天，来图书室的人较多，快到下班时，借阅的人也走得差不多了。洪英涛望了望卡得尔，卡得尔明白了，便向于莉又说了声"谢谢"，推车出门去了。

过了一会儿，李文祥骑车过来了。图书室的人已经走完了，他们三个人便关了门，骑车往卡得尔家赶去。路上，于莉对洪英涛说上午给葛培荣打电话的情况。地区农技站包括司机一共去三个人，正好有空位。殷站长听说，洪英涛是葛培荣爱人的朋友，也是支边人员回去探亲的，便满口答应了。说到乌鲁木齐后，让司机送她去火车站。

"自治区的会是 8 月 15 日开始。他们打算 8 月 11 日从喀什动身，小车快，大约四天就能到乌鲁木齐。今天是 8 月 9 日，这样你还有一天准备时间。另外，为了不耽误人家的行程，你 10 日晚必须到喀什，这个葛培荣也跟殷所长说了，他答应安排你住他们的招待所。"于莉说。

"哎呀，于姐，真是太感谢你们哩撒！一切都为我安排得这么好，谢谢你们哩嘛！"洪英涛高兴地说。

"看，又来了不是！你的事就是我的事，快不要说这样的话了！"于莉笑着说。她又转向了李文祥说："哎，文祥，你半天没说话了，这不老乡要回家探亲，你有什么事可以跟她说说，看她能不能顺便帮你忙。"

"是哩嘛，于姐不说，我也正想问你哩撒。"洪英涛也赶忙对李文祥说。

"也没啥子事，过段时间我也想回趟老家哩嘛。"李文祥有点儿无精打采地说，"我上次探亲到今年已经四年没回去过了。"

"噢，原来是这样。"

于莉想问他和江燕的事，但想想在这个场合不太合适，就将话头打住了。洪英涛猜想他和江燕的事可能遇到了麻烦，但也没有说什么。

三个人再无言语，专心地蹬车前行。路两边农田里的麦子早已被收割，光秃秃的地里泛着一片白色。玉米地里的植株在风中摇摆，正趁着秋暖的天气往上长。远处河流上的水磨正在碾磨面粉。路上不时有社员或坐车，或骑驴，或步行着从他们身边走过。

卡得尔家到了。卡得尔和妻子枣儿汗，还有他们的孙女曲曼古丽，都出院门来和大家相互行礼问好，又让着客人推车进了院门。

乍一看，卡得尔家的院子没有什么大的变化，但仔细观察，发现前年来时，那刚刚栽了一年、枝条稀疏的葡萄，现在已经爬满了木架，一直伸上了廊檐，浓密的枝叶间有一串串葡萄垂挂着。葡萄架下的台炕，原来是泥土的，现已在边上砌了砖，上面铺了花毡，又铺了干净的布单，布单上放的一把漂亮的红铜茶壶花纹细腻。

别人也许并没留意这些，但李文祥观察到了，并断定今天的"饭桌"就在这葡萄架下的台炕上面。果然，卡得尔提了壶来给大家浇水洗手后，就让大家上了台炕坐下。

接着，卡得尔让孙女曲曼古丽搬来一把椅子放在葡萄架下，自己站上去用剪刀剪了几大串成熟的葡萄，放在曲曼古丽拿着的托盘里，让她去洗。卡得尔又进了院前小果园的门，从里边摘出一托盘桃子，也让曲曼古丽去洗了，并将洗好的水果摆在台炕中间的布单上。曲曼古丽又端来一盘大而薄的白面馕，放下后，便进屋和祖母一起忙活去了。

卡得尔坐下后请大家先吃水果。他说，这葡萄是本地的一个早熟品种，名字叫喀什噶尔，去年开始挂果，今年结得十分繁盛，味道也非常甜美。又说，这桃也是当地品种，叫阿克托哈其，味道也不错，大家亲口尝了便知。说着他提起红铜茶壶，给每人面前的茶碗里倒了茶水。

"这壶真漂亮啊！我算上这次到你家已经是第三次了，怎么从来没见过这壶呀？"也许是被茶壶精致的外表吸引，李文祥忍不住赞叹完，又问卡得尔。

"你是说这把壶吗？"卡得尔反问着，似乎来了兴致，说，这壶是大儿子专门在喀什订做了给自己送来的。做这把壶的人是个很有名的手工匠人，他做的东西不但在喀什有名气，在整个南疆也是数得上的。

这时，枣儿汗和曲曼古丽从住房旁的伙房里出来，先后给每人端来一碗加了羊肉的苏依卡什和汤匙，然后她们也在大家的盛邀中坐了下来，卡得尔又殷勤地劝大家动筷。

他们说着话，天色已向晚。洪英涛和于莉、李文祥交换了一下眼色，便起身向卡得尔道谢，然后走向各自的自行车，从包内取出各自准备的礼物，洪英涛准备的是一包方块糖，于莉准备的是一包饼干，李文祥准备的是一瓶酒，都是他们年节时买了存放的。他们将礼物递给卡得尔。

"你们嘛这是做什么？今天嘛我们给洪姑娘送行，你们为什么给我带礼物？"卡得尔不好意思地说。

"我们嘛也想给她送行，但是嘛没有时间了，今天您替我们办了，所以嘛我们应该感谢您。"于莉用卡得尔的说话方式说。

"是这样的，卡得尔哥，洪英涛明天嘛就要去喀什准备坐车呢！"李文祥也说。

"你明天就要走了？我……"卡得尔对洪英涛说。

"卡得尔馆长，这您就不用费心了，我明天到喀什，后天才从那儿出发到乌鲁木齐。"洪英涛明白卡得尔的意思，他是想送她，因此才这样说。

"唉，你们这个样子嘛我们不好意思呢嘛。"卡得尔说着将他们给的东西放在旁边的凳子上，又喊孙女的名字。

只见枣儿汗和曲曼古丽从前面的小果园里出来，枣儿汗手里提着一个小柳条筐，曲曼古丽两手各提了一个，放在地上，那是她们刚摘的桃子。卡得尔又拿剪刀从葡萄架上剪下几大串葡萄分别放进三个小筐里，分别将筐放在洪英涛他们的车后座上，用柳条绑牢。洪英涛他们三个人眼看着卡得尔做这一切，没有言语，因为他们知道这时候不能说什么，说了不但有失礼貌，而且还会惹得卡得尔不高兴。

洪英涛他们再次向这家的大小主人道了谢，又在他们的祝福声中出了院门，之后就骑车走了。

路上，于莉问洪英涛明天下午几点动身去喀什，说到时送她去县上的车站。李文祥也说，他将工作安排好，争取也去送行。

"你们都要上班，就不要麻烦了嘛，我自己走就行哩撒。"洪英涛说。

"你看你咋又客气了嘛！行了，你就说你几点走吧！"于莉说。

"那就中午吃过饭吧。我想早点儿去。"洪英涛说。

"对，你去了先找殷站长，时间富裕的话，再在喀什转转，买点儿路上的用品。"于莉说。

"于姐，你看我明天就走，这……"洪英涛侧眼看了看车后架说，"要不你就想法带去给你父母吃吧！"

"不用，我这里已经有了。那些你自己留些吃，其他的就给侯所长他们吧，虽说是借花献佛，但也是一点儿心意。据我所知，他们的果园里没有桃树。"

"好，就按你说的办。我来这么长时间，得到了他们不少关照，可他连我的一杯水都没喝过哩撒！"

到了县城，他们互道再见，各自回了住处。

第二天中午，洪英涛刚吃过饭，于莉和李文祥就先后来了。洪英涛已准备就绪，李文祥提了她装杏干的提包，出门放在自己的后车座上。于莉则看她锁了门，推车跟她一起往大门口走。这时，侯所长来了。他对洪英涛说，他已经跟门房的买合苏提打过招呼了，房子买合苏提会注意照看。又说，自己还忙，就在这里送她了，并祝她一路平安。

他们一行三人出了大门，于莉让洪英涛在自己的车后座上坐了，骑车来到车站。正好有车要出发，洪英涛赶忙接过李文祥递过的提包上车买票，找了一个空座位坐下，然后又和于莉、李文祥挥手道别。不知为什么，她的眼里忍不住流出了泪水。本来她是不轻易流泪的，但最近也许是经历了爱情的变故，或者是朋友的真情令她有所触动，反正她的眼睛是被泪水模糊了，同时她似乎看到于莉也在用手抹眼泪。

一切都如预料般准确无误。洪英涛下午就到了喀什农技站，见到了殷站长，并住进了他们的内部招待所。第二天东方刚泛白，他们就乘坐小车出发了，一路上晓行夜宿，第四天的下午就到了乌鲁木齐。

经过三天多的一路同行，洪英涛和车上的三个人相互都有了一些了解。先说农业技术员赵大刚，江苏人，和葛培荣、李文祥是同一所农校毕业的校友，前年春节他们还在喀什搞过聚会。这个情况洪英涛知道，所以他们说话便有点儿"似曾相识"的感觉。

这天下午到了乌鲁木齐开会的地点，殷站长和赵大刚下了车。殷站长嘱咐刘师傅立即送洪英涛去火车站，并帮她买票、送她上火车。

经过几天的路程，洪英涛终于在这天下午从成都火车站搭摩的回到了家。父母、哥嫂都十分惊喜，久别重逢的场面自不待言。这两年多来，虽说和家里常通信，在信中相互问候，但总不如故地、老宅、与家人面对面交谈来得亲切和贴心。

家里还是那个小院，但收拾得很干净，院里也还是那些房子，但已被粉刷过，有了新气象……

母亲已经显老，黑发中掺杂了不少银丝，虽然目光里仍透着坚韧，但额头和脸颊已爬上了不少皱纹，身体也比以前消瘦了，不过依然硬朗。父亲还是原先那个样子，因为旧病缠身，腰仍然佝偻着，但从表面看不出太大变化，精神似乎比以前好了一些。

哥哥名叫洪先涛，原本就生得体格壮实、脸颊方正，酷似父亲。虽然已经工作几年了，但他不爱言语的性格还是没有变，和人见面听得多，说得少，且眼里总露着一些笑意。嫂子名叫俞惠芬，和她初次见面，长得漂亮，人也勤快、和蔼，和哥哥在一个厂里做工。据说，干家务也是一把能手，是母亲的好帮手。

还有那个小侄女已经一岁出头，名叫秀花，长得像她母亲，刚刚学说话，一边吃着她带来的杏干，一边说着："姑姑好。"

洪英涛简单讲了自己在那边的情况。基本内容就是，现在已经完全适应了，工作、生活都比较顺心，领导和同事对自己都很好。关于她和张北川的事，家里人也多少知道一些，她这会儿没有说，大家也没问。母亲知道女儿是有主张的人，该说时，她自己会说。

洪英涛回来前，没有给家里打招呼，所以，当母亲知道她在家里要待些日子后，便赶忙给她收拾那间现在盛杂物、她曾住过的房子，准备让她住。这天晚上她是和父母住一个房里的。

洪英涛来给母亲帮忙。她发现，这间房里除了一张木床，已没有什么东西了。原来房里的杂物，特别是那架脚踏风琴已没了踪迹。

母亲说，这些东西都是过时之物，一来占地方，二来没有了用场，另外……她迟疑了一下才说，主要是家境不宽裕，又给英涛的哥哥办婚事，所以都处置了。

洪英涛听着母亲的话，心里有点儿难受。其他的东西对她来说关系不大，只是那架风琴，因为她在家时经常弹，还多少有点儿留恋。但她知道，母亲讲的都是实情，所以也没有说什么。这时，她仿佛想起了什么似的，赶忙从衣袋内掏出准备好的一百元钱递给母亲，说这两年多了，只给家里寄过两次钱，而且数目都不大，这次稍微多点儿，是自己平时积攒下来的，让母亲贴补家用。

母亲先是推拒，说她在那么远的地方，开销一定很大，另外她还要回去，路上还要用钱。

洪英涛说，自己用的已经留下了，让她只管放心地用。母亲听后欢喜地收下了。

这天晚饭过后，洪英涛帮嫂子收拾完桌上的碗筷，又准备和她一起清洗。

嫂子说："你这么大老远的回来一趟不容易，这些事我做就行了，你还是到自己的屋里休息吧。过会儿我去你房里，有话对你说哩。"

洪英涛回到自己屋里，不大一会儿，嫂子来了。嫂子将自己腋下夹的一块新的单人床单抖开了，一边往床上铺一边说，这是厂里积压的产品，分给职工搞福利的，今天拿过来让她用。

然后，两个人就在床边坐下，聊起了家常。借此机会，洪英涛跟嫂子说，她想去峨眉山看看。

第二天，洪英涛跟父母、哥嫂打过招呼后，就坐汽车到了峨眉县城。她在那儿逛了街，晚上住下，第二天一大早，坐旅游车上了峨眉山。

正值秋高气爽的季节，山下、山上树木郁郁葱葱，空气格外清新。她随游客坐车上山，游了伏虎寺、万年寺等，晚上住在了山上的旅舍。

这里树木环绕，绿叶蓊郁，环境清幽，洪英涛就想着多住几天，顺便跟山上的师傅学学健身。

第二天早饭后，她按照旅舍里人的指点，来到山脚下树林中的一块空地，只见有一位白髯老者正在给几个青年男女指导练功。

洪英涛在旁边看了一会儿，见老者给年轻人讲完了要领，让他们练，自己则向这边走过来。老者脸色红润，虽银髯飘拂，却鹤发童颜，显得健康而精神。

"请问，我可以跟您学吗？"洪英涛恭敬地问。

老者问了洪英涛的姓名，就带她到那些练功的人面前，向他们做了简单介绍，然后让她和两个昨天刚来的新手在一起，由他指点着做一些动作——蹲坐、起跳、伸臂、踢腿，都是一些拳路中必须要练的基本功。

大约快到午饭时，老者让大家收手，说除了几个常练的人明天开始自己在家练，其他的人明早九点准时到此继续开练。

说完，老者就轻腿快步地往山上去了。洪英涛则回了旅舍。

此后两天，她每天早饭后都来学。老者知道她在这里时间有限，所以提前给她教了一些动作，让她抽时间自己练。她答应着，认真地练习并熟记于心。

这天上午，洪英涛来到旅舍后面的花园准备练习学过的动作。这里她已来过几次，四周树木浓密，有几块砖围起的泥土地里种着花。一条卵石砌成的小道蜿蜒着，伸向树林深处，远远近近有一些长椅放在林荫下的草地旁。

她练了一会儿，就在一条长椅上坐了下来。也许是长期没有锻炼的原因，现在猛然进行这项运动，身体的各个部位都感到非常疼痛。但她是一个做什么都十分认真的人，想着万事开头难，过了这一关后面就会好了，所以一直咬牙坚持着。

山上的天气已经渐冷，她的汗水却从脸上流下来。她掏出手绢擦着脸，目光无意间向四周望去，便见有人影在树木、草丛间闪动，有人正摆着姿势在那儿拍照。

"多么熟悉的景象，在哪儿见过？"她在心里自问着，便不由得想起了两年多以前，她和张北川在成都公园的情形。

"你这个没有出息的家伙，怎么又想起他了?！真是个没有志气的人哩！"她这样骂着自己，想把这个人从脑子里抹掉。

突然，有一只猫怪叫着从对面蹿来，从她坐的椅子下穿过，跑到了后面的草地上，原来那儿还有一只同样怪叫的猫。她吃了一惊，"真把人吓了一跳，这不害臊的花狸猫，叫春叫到人身边来了！"她没好气地说了一句，抬头却见有一男一女正依偎着从她旁边的路上快步走过。

"啊……"她不由得惊叫一声，后面的话却没有说出口。原来，就在刚才的瞬间，她认出了那个戴遮阳帽的男子。他一闪而过的脸，还有那宽厚的肩膀，挺拔的身材，走路的姿势，都像极了一个人——张北川。"真是活见鬼了，我怎么会在这里遇到他！不可能！也许是我刚才想到了过去，所以一时眼花……"她想着，又开始自嘲，"唉，你呀，你这个自诩坚强的人，原来也是个在感情的泥淖里不能自拔的懦夫！"

她这样想着，心情变得阴郁起来，又不由得寻思着出来已经四五天了，也该是回去的时候了。但现已大下午，山上恐怕没有下来的车，另外，老者那儿也得道个别。这样想着，她回了旅舍，躺在床上，但头脑仍无法静下来。"真是奇怪，这神奇的峨眉山，我怎么就找不到静慧那样的平静哩撒?"晚饭时间快到了，她想到前台去看看，顺便问问车的情况，然后去吃饭。

洪英涛到了前台，见那儿没有客人，只有那位中年女收银员低着头一边忙，一边发牢骚："都是什么人撒，不知犯了哪根神经，定了房间不到两个小时又退了，他们这么慌慌张张的……"

"大姐，你在说谁哩撒?我看你这么不高兴的样子。"洪英涛好奇地问。

"噢，"收银员抬头看了看洪英涛说，"我可不是说你！我是说刚才的那两个人，一男一女，说是来游山度婚假的，定了三天的双人间，可不到两个小时又来退房，说有急事要回去。嗨，现在的年轻人，谁知他们是真的还是假的。"

"他们说是度婚假，那可能就是真夫妻了。"洪英涛心里紧揪着，又说，"也可能是干部，单位上有急事找他们回去哩嘛。"

"噢，这男的倒真是个干部，是在……"收银员看了看眼前的旅客登记簿，继续说，"他是在雅安林业站工作，名字叫张北川。"

"啊，果然是他！"听到张北川的名字，洪英涛的脑子里像被扔了颗炸弹，一下子炸开来，她在心里说着，又语无伦次地问："天黑了吗……天还早着……下山……还有车吗？"

"怎么，你也想走？"收银员略显奇怪地抬眼望了望洪英涛，说："刚才山上下来了几车辆，那两个人就是坐其中的一辆车走的哩撒。现在天已向晚，估计上面来车也不会走了。急啥哩，明天中午，山上肯定有车下来哩嘛！"

"噢，是这样的，那现在我该吃晚饭去了。"

洪英涛说完就回到了客房，她住的是四人间，晚上都有人，现在却空着。她像一截没有知觉的木头，将自己扔上了床。她原本想哭，但忍住了，在"你是懦夫，你是懦夫……"一连声的自责中迫使自己冷静下来。

"他在花园里一定是认出了我，要不然为啥脚步那么匆忙，而且这么快就退了房？是，一定是这样的。他是理亏、心虚，怕与我照面哩嘛！"她想着，"事情的真相活生生地呈现在了我面前，我几个月来的猜想得到了证实！"想到这里，她的一颗多少还有些悬着的心，终于完全落下来，反而觉得踏实了。

她毅然地起身下床，脑子里却突然冒出了在旧城县从报纸上看到的"土著诗人"的诗句，似乎正符合她目前的境况。于是她在心里默诵：

> 他在遥远的地方
> 这是他的世界
> 一切都如天意般和谐
> 你不能走进来

你有自己的路
它已在前方铺开
让伤感的秋风过去吧
春光里总会有新的愉快


"是啊，人各有归属，我为什么一定要扰乱他们的生活哩嘛！"这样想着，她心里释怀了一些。

第二天早饭后，她又去跟老者，即申师傅学功夫。回来的路上，她跟申师傅说了下午要走的事。申师傅说："你学的时间虽短，但很用心，照这样练下去，就这几个简单的动作对你也会有好处的。"

午饭后，正好有辆拉游客的车下山直接去成都。她便搭了车，顺路在两河县下了车。

在家里吃晚饭时，她给父母、哥嫂简略讲了游峨眉山时跟申师傅学功夫的情况，至于碰见张北川的事，被她完全省略了。

"哎，闺女，我刚才听你说起了什么功夫？那是男人家的事，你女娃娃家学它做啥哩?!"父亲说。

"父亲，你可能还不知道，现在不但有男娃学功夫，女娃学的也不在少数哩嘛！再说咱英涛待那么远，学一点儿防身也没有什么坏处哩撒！"哥哥接过了父亲的话说。

洪英涛感激地望了望哥哥。

又一天早晨，哥嫂去上班了，父亲也被人请去写东西了，家里只剩下洪英涛和母亲。洪英涛拉母亲坐在床上对她说："妈，你看我的假期也不多了，这几日就准备动身回去哩撒。走之前有件事我想着要和你说，就是我和张北川的事。"

"噢，你是要说他和你已经断了吗？其实已经有人跟我说过了，说他在这边另外找了一个。唉，断就断了嘛！你还年轻着哩，该咋着还咋着，有看得上眼的，你就自己做主吧！我知道咱娃是有主见的人，你看上的，我和你爸，还有你哥嫂肯定也看得上哩嘛！"

　　洪英涛没想到母亲已经知道了张北川的事，而且还那么宽容，还鼓励自己，真是人说的知子莫如父、知女莫如母啊！她忍不住俯到母亲的腿上，泪水也随即涌了出来。哭完后，她觉得自己心里的天空晴朗了……

　　第二天，洪英涛上街买了点儿东西。又过了一天，她就告别父母哥嫂，搭了摩的到成都，又买了去大河沿的火车票动身回新疆了。

# 第十九章

　　经过几昼夜的行驶，这天下午火车到了大河沿车站。

　　洪英涛下了火车，在别人的指点下去了火车站外的汽车运输站，了解到去喀什的长途客车每天只有一辆，早晨发车。她买好第二天的车票后，就去找了一家旅店住了下来。也许是这里离乌鲁木齐不算太远，上下车旅客少的缘故，这里的旅店不多且很简陋，是砖灰结构的平房，中间有过道，过道两边是客房。

　　洪英涛在一位服务员的带领下进了一间客房，见里面有四张床，一张床边有一位扎小辫和她年龄相仿的女性坐着，看样子也是刚住进来的。

　　第二天，天刚蒙蒙亮，她洗漱完，吃了简单的早餐，就和其他乘客一起上车了。下午五点，车到了库尔勒站。司机对大家说，车上的一个零件出了问题，他一路上没有停车，一直赶到库尔勒就是为了到这里换，因为这里有大修的地方。保险起见，明天早晨晚点儿动身，请大家十点钟准时到车站乘车。

　　洪英涛来到一家叫孔雀河的旅馆登记住宿。然后就出去逛了库尔勒的大街。逛着逛着，她见不远处的一棵大树下围了一些人。她走近了才看清被人围起的空地上，有一个人背靠大树坐着，胸前抱着一把热瓦普琴正在弹奏。只见他左手的虎口托着琴杆，上下滑动着，手指灵活地按着琴弦；右手腕搂着琴箱，拇指与食指夹一片塑料剪成的三角板，在音箱表面的琴弦上飞快地上下拨动，优美深情的旋律随着他双手的动作从音箱内不停地流出。

"真好听！"喜欢唱歌、跳舞的洪英涛对音乐十分敏感，她不由得称赞起来。

弹琴人似乎也注意到了她，弹完了一曲，接着又弹另一曲，是当时很流行的一首歌——《送给你一束沙枣花》。

洪英涛竟随着琴声小声地哼唱起来："坐上大卡车，戴着大红花，远方的青年人，塔里木来安家……"

那位弹琴人抬头望了望这边，挺了挺腰弹得更起劲了。直到这时，洪英涛才顾得上打量他，瘦高身材，头戴一顶维吾尔族绣花帽，身穿一件粗布的长袷袢，腰系灰色的布带，脚蹬一双已磨得有点儿发白的黑皮靴……

弹琴人停了下来，似有所期待地望着众人，便见有人往他面前的盘子里投放五分、一角的钱币。啊，原来他是卖艺的！洪英涛放了一元。

此时，这个人又拉起了另外一首曲子。洪英涛听出了，那是《梁祝》，她上高中时在学校听过。但不知为什么近年来很少听到，其中的一些段落她似乎都已忘记了。现在听他演奏，虽然少了其他乐器的协同配合，但就那主旋律也使她听得入迷……

等这首曲子经几个反复演奏完了，那位拉琴人抬头看了看天色，说："天不早了，我真的该回去了。"他收了盘里的钱，似乎漫不经心地对洪英涛说，"真的谢谢你的大度！我觉得你像个有文化的人，所以才拉了《梁祝》给你听。这首曲子可能了解的人不多，是所谓的'阳春白雪'，但你好像是听懂了。"说到这里，他特意望了望洪英涛，问，"不知你是哪里人，此去向何方？我看你不像本地人。"

"你说得对，我不是本地人，我是去往喀什的。"洪英涛说。

两个人越聊越投机，互相自我介绍了一番，并互相留了通信地址。这个卖艺人说，他叫肖书，是北京工艺美术学校的毕业生，懂音乐、会拉琴、擅长绘画。二十多岁时来到新疆。他现在一边卖艺，一边想办法回北京。

听他这样说，洪英涛从身上掏出二十元钱，说："这点儿钱给你路上用。"

"谢谢你，洪英涛同志，但愿我以后能有机会报答你！"肖书有点儿不好意思地接过钱。

之后他们便分了手。

第二天下午，洪英涛就回到了旧城县。

阔别一个多月，旧城县似乎还是老样子，临街的房屋和商店的墙好像被粉刷过了，上面贴着一些写有"热烈庆祝中华人民共和国成立十五周年"等内容的标语，还有一些图片专栏等，原来，国庆节马上就要到了。

洪英涛到了招待所，先进门卫室跟买合苏提老人打招呼。老人见她回来，很高兴，说了问候的话，又告诉她说侯所长已调去喀什的宾馆工作了，这里新调来了一位所长，据说是个知识分子。

"没想到他调走了。"洪英涛说着，便想起了侯所长对她的诸多照顾。

她开了自己房间的门走进去，放下背包，准备休息一会儿以解旅途的疲劳。她的目光不由得移到了靠墙的高低柜上，看到了那上面摆放的空空的玉石花瓶仿佛已变了颜色。装着自己半身像的相夹和小瓶里插着的相思豆也都蒙上了一层灰尘。座钟也停了。

她起身去高低柜上的抽屉里，取出那个装有张北川最后一封来信、他们的合影照片及自己一缕头发的信封，将它用手揉扯后放在炉子里点火烧了，又将座钟拿起来上紧了发条，调好了时间。

"过去的就让它过去吧！"

她说完就拿了水桶，从院内的涝坝里提来水，开始动手打扫房间……一个小时过去了，打扫擦洗的活已做完，房间内呈现出清新悦目的景象。她看了看座钟，现在是下午八点钟，已到了食堂开饭的时间。今天只有早晨吃了一顿饭，她现在也觉得有些饿了，便在脸盆内倒水洗了脸，又整理了发辫便去食堂打饭。

她买了馒头、稀饭和菜，回来在桌旁刚刚吃完了，便听到有人敲自己的房门。她开了门，见是一名男子。"想来你就是洪英涛了，刚才你从食堂打饭走后有人跟我说的。我叫易国平，是半个月前调来这里工作的……"

"啊，是易所长，我刚才在门卫室就听买合苏提老人跟我说了。我就是洪英涛，快请进，请坐。"洪英涛说着，让进了易国平，又挪了挪桌旁的椅子让他坐下。

"真对不起，你刚回来就来打扰你。"易国平笑着说。他二十五六岁的年纪，中等个头，样子挺精干。

"没关系的。刚才买合苏提还说你来后就问过我。谢谢你的关心。"洪英涛也笑着说。

"我原在喀什宾馆工作，最近你们侯所调到那里去担任餐厅主任，我则从那里调来接替他的工作。侯主任走之前跟我介绍过你的情况，要我多关心你。"易所长停了一下，又说，"路上怎么样？挺辛苦吧？现在招待所正在拉过冬取暖的煤，过几天我让人给你门口卸一些。还有什么困难你就说一声，我们能办的一定帮你办。另外，我初来乍到，又是学着做领导工作，还望你多提意见。"

"谢谢，谢谢！"洪英涛说了自己在路上一切顺利及有什么难处一定会告诉他等。

"那好。有一点我不说你可能不知道，虽然我们经历有差别，但有一点是相同的，那就是我们都是支边的。"

接着易所长简单地介绍了一下自己。他是江苏宿迁人，1959年随父母支边来到北疆的木垒县。他当过社员、生产队会计，后来又被推荐上了乌鲁木齐的财贸学校。当时上学时就有一个条件，即毕业后要去南疆，所以毕业后他就来到了喀什。

"我在喀什工作已两年了，这不，侯所长过去了，我过来了。都是革命工作，我比侯所长年轻，更需要在基层锻炼。好了，你刚回来，不耽搁你了，以后有时间我们再慢慢聊。"易所长说。

"谢谢你易所长，也谢谢侯所长！"

"噢，还有件事忘了告诉你，咱们县上和喀什水利科联系好了，打算给县上送电。现在正在做准备，县上的水塔也已开始修建，通电后咱们就可以用上自来水了。这里点煤油灯、吃涝坝水的历史不久也将结束了。"易所长说。

"哎呀，那可真是太好了！"洪英涛高兴地说。

易所长走了，洪英涛的心中充满了温馨。

第二天早饭后，洪英涛打算去图书室上班。本来她的假期还有几天。但是既然已经回来了，她的心又回到了工作上，所以就准备去上班。

进了图书室的门，她便看到一个熟悉的身影正拿着抹布擦借阅台。

"卡得尔馆长，您还在啊！太好了！"洪英涛高兴地喊。

"洪姑娘！你回来了，太好了！怎么样，路上顺利吗？家里人好吗？"卡得尔高兴地问。

"好，我家里好，路上也很顺利。"洪英涛回答道。

"我没有回家，是因为你回家了。现在你从家里回来了，我也该回家了。"卡得尔笑着说。

他的退休报告已经批了，阿布都热克木已经来上班了。因为阿布都热克木业务不熟，另外，也找不到临时接替洪英涛的人，所以他就一边干着，一边等她回来。

"那就劳烦卡得尔馆长了。"洪英涛说。

"喂，那是谁家的姑娘，这么早就跟咱老馆长说上话了？"随着说话声，阿布都热克木一边用毛巾擦着手，一边从办公室出来和洪英涛握手、问好。

"啊，是阿……馆长，你好！"洪英涛伸过手去。她本来想叫阿布都热克木的名字，但一想不对，因为她走之前卡得尔已跟她说过他推荐了阿布都热克木来负责图书室的工作，现在看来上面已确认了，所以才这样称呼他。

"哎，什么馆长不馆长的，咱们主要还是自己'管'自己，以后你就叫我的名字吧！"阿布都热克木笑着说。

"哎，洪姑娘，你不能叫他馆长，应该嘛叫他主任，因为上面嘛给他任命的是图书室主任！"卡得尔又指了指阿布都热克木笑说，"他的运气嘛好得很！原来我兼任文化馆的副馆长嘛是个股级干部。现在嘛阿布都热克木兄弟来上班是副科级干部了。当然，这个样子嘛说明我们的图书室以后嘛也要升级成为图书馆了。"

此前图书室虽然事实上已经独立，但名义上还属于文化馆的一个业务部门，但这次上面任命阿布都热克木时则没有提文化馆，只说他是图书室主任，副科级待遇。这也许是为县上成立图书馆做准备。

"卡得尔老哥，什么股级、科级的，咱们不说这个了，反正不管哪个级，都是为了干好工作！"阿布都热克木说。

卡得尔摸着自己下巴上新留的胡子，表情有点儿复杂地笑了笑，收拾了自己的东西，跟大家说了声"再见"，就准备要走。

"再见，卡得尔馆长，您不要忘了这是您的另一个家。有空时请多来指导我们的工作。"洪英涛说着送卡得尔出门。

"行，我不会忘了你们，更不会忘了这儿。"卡得尔说。

阿布都热克木和洪英涛送卡得尔出门，看他骑上车走了。

洪英涛还像以前一样，在借阅台前负责给读者登记借书。阿布都热克木则代替了卡得尔的工作，从书库给读者找书。工作有条不紊地进行着。

午休时，洪英涛回招待所吃过午饭，她想于莉她们刚开学不久，可能比较忙，先打个电话告诉她自己回来了，然后再找个时间见面，所以便准备去门卫室。她刚走出房门，就看见买合苏提老人正急匆匆地往这边走，看到她就喊："喂，洪姑娘，有你的电话呢，快来接！"

她三步并做两步进了门卫室，拿起放在桌上的听筒。

"喂，哪位？"

"是英涛吗？"

"是的，是的。于姐，我正想着给你打电话哩，没想到你的电话就来了！"

"是吗？我还以为你一趟家回的把我们都给忘了！"于莉在电话那头咯咯地笑着说，"这是玩笑话。其实是今天早晨史老师来上班，说是看到路那边有个人可能是你。看来你真的回来了。噢，我看这样吧，现在快要上班了，晚上下班时我去图书室找你，然后我们一起来我家吃晚饭。我最近有点儿小情况，母亲过来给我们做饭。另外，我还要告诉你，以后有事可以直接给我家里挂电话。根据工作需要，县上给农业系统领导家里都装了电话。好了，有话咱晚上再说吧。"

洪英涛放下电话，回到自己的房里洗了碗筷就去上班了。走时，她拿上了自己的挎包。

下午下班时，于莉来了。两位老朋友见面，自然是有许多话要说。但她们还有时间，所以此时只是相互拥抱，问了好。下午来上班时，洪英涛便告诉了阿布都热克木说于莉下班时要到这里。此时，他走过来非常客气而又有礼貌地邀请于莉下星期一中午一起去卡斯木饭馆吃饭。

"怎么，当领导了，要庆贺一下？"于莉开玩笑说。

"嗨，就算是吧。但主要是你的这位朋友探家刚回来，我们欢迎她一下。另外，我们的老馆长卡得尔退休了，我们要让他笑着走呢！"阿布都热克木笑着说。

"好哩！还是咱英涛有福气，遇到的领导都这么懂礼数，还会体贴人。"

"你们有事就走吧，我还有点儿小事要办，门等会儿我自己关。"阿布都热克木说。

洪英涛向阿布都热克木道了再见后，就随于莉走了。路上，于莉有点儿不好意思又难以掩饰喜悦之情地对洪英涛说自己怀孕了，母亲过来给她帮忙。

洪英涛听了也很高兴，并向她表示祝贺。

她们进了于莉家门，便见有一个女人从伙房内出来。她袖管高挽，面目慈善，虽年过半百，但精神头很好。她一边叫着"莉莉"一边说："这位就是你请的客人吧？叫什么来着，樱桃，是吧？这名字好，听着都水灵甜蜜哩！"

"大妈好！"洪英涛不等于莉开口，自己便说，"我叫洪英涛。"她说着将挎包放在旁边的橱柜上。

"哎呀，妈，人家叫洪英涛，可不是我们说的那个能吃的樱桃！"于莉笑着说过，又给洪英涛介绍了自己的母亲。

老人又去伙房忙活了，于莉也去帮忙。不一会儿她就端出了两盘菜，一盘炒豆豉，一盘腌豇豆，接着又端上来带汤的面。她介绍说这是她母亲手擀的老家臊子面，让洪英涛快动筷子，一边喊母亲过来一起吃。

直到这时，洪英涛才发觉葛培荣并没有回来吃饭，便问起了。

"嗨，别提他。他本来就是个大忙人，自从当了副站长就更是忙得脚不沾家了。听说地区开什么现场会，他去开会了。来，咱吃咱们的。"于莉又催洪英涛。

"嗯，这面可真是好吃哩——面细又筋道，汤也鲜美。"洪英涛吃面喝汤，不由得称赞道。"我看和新城县的鸡丝面也是不相上下哩！"

"老家的这个面，我从母亲那儿学的，擀了几十年了。咱莉莉就爱吃这个，总也吃不够。今天请你来，她说要做这个，我就做了嘛。"老人高兴又略带自豪地说。

吃过饭，老人又到伙房忙活去了。于莉和洪英涛聊起天来。

在于莉的询问下，洪英涛简单讲了这次探家的情况。但为了不耽误时间，她只说了父母哥嫂和侄女都好以及在峨眉山遇到张北川的情形。

"看来你的感觉是对的。也好，不怕河水深，就怕不知底。现在你的心落到了实处，我们也放心了。脱了缰绳的马是自由的，你也可以做另外的打算了。"于莉又讲起了这边几个老熟人的情况。

首先说到李文祥。她说洪英涛走后，有个星期天中午葛培荣叫李文祥来家吃饭，问起了他和江燕的事。李文祥说："她是电灯泡，随时都放光；咱是暖水瓶，里热外面凉。看样子这事搞不成，硬凑到一起迟早出麻烦。与其强扭着，不如早放手，这样对谁都好。"而江燕有一次碰到于莉，也说对象对象，只有对上了才行。"这事就算了吧，只当没发生过。"江燕说。

"你看，他们两个人在一起就仿佛石头与石头，难以产生化学反应，既然他们都说算了，那就算了呗。"于莉又说，"这次文祥回家，是不是家里人在那边给他瞅下了合适的，要他回去办事哩？你们老家在一个县上，你回去就没听到什么风吹草动吗？"

"没有，他的家离县城还有段距离哩，我也没去过。再说咱各自都有各自的事，也不可能碰面。"

"噢，对，对。咱先不说他的事了，我给你说说江燕吧。我听说你走后上面有人建议让她去图书室顶替你一段时间，将来也可能让她留在那里，因为你们那里两个人本来就太少了。但她没答应，据说组织上也没有同意，因为县上的汉族女播音员就她一个，再找不出第二个人哩！所以最后还是卡得尔暂时留下了。"于莉说。

"原来是这样！"

两个人又说了一会儿话。洪英涛看看天已落黑，便从自己带的挎包内取出两听罐头。

"没什么好东西，走之前母亲给了几瓶甜辣酱，是我们老家的特产，说是给未曾谋过面的另一个女儿，也算是对你给的杏干的回礼。"

"嗨，看看你，说的是什么话！"

# 第二十章

今年的冬天似乎冷得有点儿早，刚到十二月中旬，西北风就开始频频出动，将肃杀的寒意布满田野，并渐渐向城市逼近。银白杨树的叶子已经掉光，雪花也紧跟着在街巷开遍。人们穿起了棉装，脚步变得拖沓而又迟缓，只那些大大小小的房屋内因为生起了火，还有丝丝暖意。

这天上午快下班时，李文祥来到图书室。正在收拾东西准备下班的洪英涛看到了他，便惊喜地和他打招呼："啊，文祥，你是啥时候回来的？"

"我回来已经一个多月了。一回来就赶上写今年的工作总结，跟买买提县长下去跑了几个公社，回来又是社教封闭学习，所以基本上没有休息过。今天买买提县长和崔副县长去地区开会了，让我补休两天，我才有时间过来。"李文祥似有心事地说。

"啊，你这大秘书可真够忙的。这次回家我还想着说不定能碰上你哩，可到底没碰上。"洪英涛说。

"噢，我是九月中旬才动身的。我走的时候你可能已经在回来的路上了，是所谓的擦肩而过，怎么能遇上哩！"李文祥说。

"怎么样，家里都好吧？"

"好着哩！好着……"

李文祥似有苦衷地说了半句话，又说好不容易学习告一段落了，想借本书看，放松放松。洪英涛问了他要看的书，便立即去书库找来了递给他。他接过了书说，还有话想对她说，就转身出门去了。

　　洪英涛和阿布都热克木关了门后，就准备回各自的住处吃午饭。洪英涛刚转过街角就看到李文祥正在前面等她，便紧走了几步来到他面前。

　　"文祥，你不是有话跟我说吗？外面怪冷的，咱们一起去我那里吧，吃了饭你慢慢说，怎么样？"

　　"那好，承你美意，我就不客气了！"李文祥忙不迭地说。

　　两个人一起来到招待所洪英涛住的房间，洪英涛让李文祥先坐会儿，自己拿了碗碟去食堂打饭。不一会儿她就回来，买了馒头和炒土豆片，放在桌上招呼李文祥一起吃。

　　洪英涛说："有什么话哩嘛，你现在可以说了。"

　　"其实也没啥子太重要的事，就是我从老家回来带了点儿那里的土特产，想把葛培荣两口子叫上，还有你，咱们一起吃个饭，聊一聊。"李文祥有点儿不好意思地说，"可我住的是办公室，所以想借贵舍用用。"

　　"嗨，我以为你有什么重要的事呢，原来是这啊！你这么客气干啥，又不是没在这里吃过饭。你说起这事倒让我想起了，我回来后也还没有叫过他们哩。我看这样吧，这个东咱俩一起做，行不行？"洪英涛问。

　　"那也行，但你就不要破费了。"

　　"看你这人，总是这么拖泥带水的！就这样说定了。具体时间嘛，新年马上就到了，咱们是不是就放在过年期间？"

　　"行，全听你的！"李文祥似乎变得高兴起来。

　　这时两人的饭已吃完，又简单说起了各自探家的情况。当洪英涛说起这里曾派人去老家指导种果树时，李文祥却接过了话茬："这事儿你不说我还准备要说哩！其实崔副县长早就知道我要探家，本来打算让我陪吐拉洪一起坐火车走。但因为地区要开工作会，指名要咱们县上做试点汇报，我要给崔副县长整理有关材料，又要和他一起参加地区的会，所以没办法，只好让他坐飞机先走。"李文祥继续说，"为了不耽搁那边的事，也为了让吐拉洪开开眼界，人委领导研究后决定让他坐飞机走了。"

"啊，原来是这样！"洪英涛说。

"是的，我刚才的话还没有说完，是我陪他一起坐火车回来的。"李文祥继续说，"走之前崔副县长交给我一项任务，让财务支点儿钱，说吐拉洪自小在这儿没出过门，这次既然已经出去了，就让他转转，见识见识当地的风光。所以等吐拉洪的工作做完了，我陪他去了趟成都。我们在成都看了杜甫草堂、武侯祠、青羊宫、十二烈士墓等，都给他留下了深刻的印象。我们还逛了几个大的百货商店，那里的商品琳琅满目，特别是丝绸用品，更使他惊叹不已。"

"他买了好几条头巾，有给母亲的、妻子的和女儿的。他说这些东西在喀什的商店很少见，能见到的也在小贩手里，价钱比这儿贵得多。那几天，吐拉洪没有别的遗憾，就是嫌自己的钱太少了。他说这次回来后要更好地干活，多挣点儿钱，将来带妻子和女儿去那里。

"是的，这里的人初进那里的大商店，就像那里的人初进这里的大果园一样，真不知该摘哪棵树上的果子才好哩！"洪英涛说。

"对，是这么个理。另外，我在老家还听于副县长说，吐拉洪的任务完成得很好哩！"李文祥说。

"噢，我想他也会这样的。"

"他在火车上还讲起了你，叫你'百灵鸟'哩！"

"还不是因为我唱了那首歌。"

"还有，于副县长走前叮嘱我，说我们是一个县上的，要互相关心。"

"是呢。听说他原来就陪崔副县长他们去过你家。"洪英涛看了看高低柜上的座钟，说，"上班的时间快到了，咱们是不是以后再聊？"

"好，咱们以后再聊。"李文祥高兴地应承道。

其实这次从老家回来前，他已从余副县长那里知道洪英涛和张北川断了的消息，是她哥告诉于副县长的，所以他重新燃起了希望。从今天的情况看，虽然还没有什么明确的苗头，但他似乎多少看到了一点儿希望。

"希望总比绝望好，我继续努力吧！"李文祥心里想。

两个人起身出来，洪英涛锁了房门，他们一起出了院门互道了再见，然后各自走了。

又到了星期一，正是图书室的休息日。洪英涛一上午都在房间内打扫卫生，洗洗擦擦。元旦快到了，前些日子她和李文祥说好了准备在她这里举行一个小小的聚会，她想提前把屋子收拾好，尽量让大家感到舒心。

午饭后她正坐在桌旁欣赏自己的劳动成果，没想到于莉来了。她说今天下午学校停课举行环城长跑，完了还要在学校进行一些体育项目。她因为情况特殊（怀孕），所以受到照顾。她知道洪英涛今天休息，便想过来看看，和她一起聊聊。洪英涛非常高兴，赶忙请她坐下，又倒了茶水。

"李文祥最近找过你了，是吧？前天晚上葛培荣回来，叫他到我家聊了聊，问他这次探家的情况。他讲了一些，又说元旦他和你做东来这儿聚聚。"于莉笑着说，"我原想元旦时叫你们到我家。但他的事好像更重要，所以我就答应了。"

"他的事？更重要？有什么重要不重要的？以前我们不是也在这儿聚过吗？"洪英涛不解地问。

"嗨，人说是年年岁岁花相似，岁岁年年人不同。要说以前我们也常聚，可我觉得现在就有点儿不一样了嘛！"于莉望着洪英涛的眼睛故意加重了语气说。

"我还是不明白，这到底是哪儿不一样哩吗？"洪英涛仿佛意识到了什么，有点不好意思地说。

"其实……"平时快言快语的于莉迟疑了一下，又好像下了决心似的说，"其实不就是那么回事嘛，我就打开天窗说亮话吧！"

于莉说："李文祥这次回老家，有一个原因是家里给他说了个对象，让他去相亲。据说姑娘人长得不错，但只上过小学三年级，是个'识字班'的水平。他知道了起先面都不愿意见，后来为了安慰母亲，虽然见了一面，却又说在这边已经找下了，再后来他又从你们老家于副县长口中得知了你和张北川的事。"

听到这里洪英涛明白了，那天李文祥见到自己时的神情好像和以前不一样，后来在招待所的房里，他又说到了于副县长说他们是一个县上的，要互相关心。原来他是有话想对自己说哩，但当时由于上班时间快到了，她也没有往别处想。

"你知道他的意思吗？他是心里还装着你哩！"于莉直截了当地说。

"是吗？可我咋没有听见他对我说呢。"洪英涛说。

"嗨，他那人你又不是不知道，不过，你说得也对，自己的事情自己应该开口。我不过是个旁人，先来替他打探打探。"于莉笑着说。

"哎，于姐，我可没有拿你当旁人。"洪英涛赶忙纠正于莉说。

"啊，这么说你同意考虑这事了？"于莉紧追着问。

"这……我愿意考虑。"

"嗯，好了，听了你这话我心里就有底了！当然，主要的最后还要你们自己做决定。"于莉高兴地说，"这件事情就说到这儿了。元旦还剩几天，听说食品公司来了年货，咱们是不是一起过去看看？"

"行。但等一会儿你再过来，我们一起在食堂吃饭。"

"不了。你知道我现在是上了套的马——身不由己。晚饭我妈可能已经给预备好了，要不你去我家吃。"

"我也不去了，回来这长时间，我晚上还准备给家里写封信哩。"洪英涛说，"有妈在身边真好。你预产期是啥时候？"

"前几天我刚刚到医院检查过，说可能是明年三月份。"

两个人说着话出了门，却看到易所长正从办公室那边走过来。他跟洪英涛问了好，洪英涛回问了好，又给他介绍于莉。

"这是我的朋友于莉……"

她的话还没说完，易所长就说："啊，是于老师，知道，知道，你好！"

"易所长好！正在忙活呢？"

"是的，快过新年了，有许多事情要准备哩！好了，你们忙，我去办点儿事。"易所长笑着说完就去办他的事情了。

"易所长好像知道你？"洪英涛问。

"可能是江燕告诉他的。噢，你还不知道吧？听人讲，江燕已经和这个易所长谈上了。从外表看这个人还不错，但愿他们能成功。"

"是吗？那祝他们成功。"洪英涛说。

两个人说着话一路来到了食品公司商店，见货架上新添了不少货，有蔬菜、粉条、烟酒和冷冻海鲜之类的。于莉用单位发的票买了几样，洪英涛也买了粉条和蔬菜。

两个人交了钱刚要往外走，便见商店的后门开了，并听见有人吆喊着走了进来。来人正是纪培，后面跟着两个扛麻袋的人。纪培也许是看到了洪英涛和于莉，便装腔作势却又有点儿色厉内荏地指挥着那两个人将扛着的麻袋放到地上，又喊着柜台里一个售货员的名字，说这是新到的带鱼，让她来接货。同时，他又偷眼瞧了瞧洪英涛和于莉，眼中似有得意之色。

于莉招呼洪英涛急步出了店门，往回走。

"看他那个贼眉鼠眼的样子，似乎挺神气哩！"于莉鄙夷地说。

两个人说着话便到了十字路口，于是互道再见分了手。

1965 年的元旦这天是星期五，上面通知星期五和星期六连续放假两天，星期天开始上班。阿布都热克木和洪英涛商量后决定图书室元旦这天也休息，星期六上班，然后再补一天假。

根据这个情况，洪英涛和李文祥商定了元旦这天请于莉和葛培荣到洪英涛房里吃饭，并由李文祥给他们挂电话通知了。

元旦这天早饭时，洪英涛见到了易所长，跟他说了中午有几个朋友来房里吃饭，菜他们自己准备，就想在食堂打点饭。易所长满口答应了，又说食堂的菜也不错，她要打也可以。

李文祥早早就过来了。他带来了一包腊肠，说是从成都的商场里买的，还有一些花生米和一条熏鱼，说是母亲给他的，另外还有一瓶五粮液，是在老家县城买的。

洪英涛也取出了在商店买的粉条、土豆和豆芽，并开始做准备。李文祥赶紧过来帮忙，多年来他基本是自己动手做饭，这方面还不能算是门外汉。再加上于莉昨天给他透露了点儿信息，所以他把今天看作了一个"坎"，并决心一定要迈好。

他心情愉悦，活也干得利落，先去涝坝里提了一桶水，又来帮洪英涛的忙，还不时在小细节上"请示"一下洪英涛。洪英涛似乎也是高兴的。她捅开了炉子，添旺火，又洗、切、蒸、煮地忙活着，还不时和李文祥说几句话。

不知道的人一看这情景，还真以为他们是小两口居家过日子哩！

不大一会儿，桌上已摆了几盘菜。看看中午一点已过，洪英涛给李文祥打了个招呼，就拿饭盒去食堂打饭了。她出门就看到于莉和葛培荣正向这里走来，便跟他们打了招呼，说李文祥在屋里，让他们进去，自己则去食堂打饭。

于莉和葛培荣进了房门，便闻到鱼、肉的香味，又看到李文祥高挽着袖管在那里忙活。

"嗨，真是家庭主夫，还忙得挺像那么回事哩！"于莉笑着说。

"谁说不是嘛！这么好的一位小伙子，能主外又能主内，哪个姑娘不喜欢可是让黑布蒙上眼睛了！"葛培荣又加了一句。

"嗨，二位尊驾，又要拿我开涮了！快，快请坐。"李文祥脸有点儿红，却高兴地让他们在桌旁的凳子上就座。

这时，洪英涛回来了，将盛了米饭的饭盒放在桌上，一边说着"对不起，刚才炒了菜，房里烟大"，一边让门开着，又从炉子上端下炒勺，盛出了里面炖着的鱼，端上桌来。

李文祥已在碗里盛好米饭，放在每个人面前，然后望了望洪英涛，意思是让她说话。

"忙忙碌碌的一年又过去了。新年伊始，万象更新。咱们几个朋友今天聚聚，一是庆贺新年，人寿年丰；二是祝大家在新的一年里工作顺利，心情愉快！"洪英涛说完，就准备喝酒。

"哎，哎，大家稍停，我要先问一句，今天我们应邀来这里，这主人到底是谁啊？"于莉指了指洪英涛，又指了指李文祥，"是你？还是他？"

"是，是我们俩！"李文祥有点儿不好意思地说。

"噢，是你们俩啊！那么女主人说话了，男主人也应该说句话吧？"于莉笑着说。

"对，对！"葛培荣也说。

"好吧，我说。"李文祥似乎明白了于莉他们的意思，虽然内心有点儿慌，但还是镇静了一下说："千门万户曈曈日，总把新桃换旧符。在这新春即将来临的日子里，我祝大家春风得意，神清气爽，奋发有为，前途似锦！"说完，李文祥端起了酒杯和大家干了。于莉则喝了茶。

"好，现在男女主人说完了，咱客人也得说上两句。我说的第一句话是咱们虽然来自不同的地方，但为了一个共同的目标走到一起来了，那就是扎根旧城县，为它的发展尽心竭力，做出贡献。第二句话是愿我们真诚相待，互帮互助，让爱情之树早日结出硕果！"葛培荣说。他后面的一句话本来是想针对洪英涛和李文祥说的，没想到正好触到了他和于莉的现实。洪英涛望着于莉笑了。于莉也嗔怪地望了葛培荣一眼。

大家干了杯，又在主人的请让下一起动筷。在这个过程中，李文祥不时地给葛培荣、洪英涛和自己倒酒。

吃过了饭，他们又一起聊起来。

"庄稼一朵花，全靠肥当家。这两年来，崔副县长以蹲点的大队为基础，大力提倡收集农家肥，沤制绿肥，也为丰产起了很好的作用。"葛培荣又说，"关于这沤制草绿肥，你们也许还不太清楚，其实就是我们那年去你们县上学来的经验哩！"他望了望李文祥和洪英涛继续说，"手中有粮，心中不慌。往后的日子指定越来越好过哩！"

"这话好像是没有错！还有件事不知大家听说了没有。去年十月，喀什那边就开始了往这边的挖坑栽杆拉线送电工作，据说要不了多久就能完工。还有自来水塔，就在你们学校附近。"李文祥望了望于莉，"已经选好位置，可能已经动工了。看来吃涝坝水的历史，将要在咱们这一代人手中结束了！"

"早就听说了有这事，最近又看到有人在学校附近施工，原来是这样。那可真是太好了，看来'电线杆下点洋蜡'的时代真的是要结束了！"于莉也高兴地说。

"嗨，马上就要通电了，这可真是太好了！"葛培荣难以抑制兴奋之情。

于莉因为有孕在身，不宜劳累，吃完饭聊了一会儿，便提出想回家，葛培荣马上应承。大家也知道情况，所以都没有挽留。洪英涛和李文祥起身送他们出门后，又回到屋内，李文祥便开始收拾桌上的碗筷，准备清洗。

"放着吧，等会儿再收拾。咱俩说会儿话。"洪英涛说。

"好。"李文祥答应着赶忙去洗了手，回到桌旁坐下。

"还想不想再喝点儿？"洪英涛指着桌上的酒瓶问。其实刚才他们三个人喝了还不到半瓶。

"不，不，这东西喝少了它听人的话，喝多了人听它的话。"李文祥说着便想起那次喝多了酒来这里的情景。

"咦，听你说得还怪有意思。人嘛，不管什么时候都应该凭心做事，怎么能听酒的话让它牵着鼻子走呢！"洪英涛笑着说。

"你说得对。但人有时候胆怯，有些话想说不敢说，喝了它胆就壮哩！"

"噢，难怪你那次说了一些话，原来是想借酒壮胆哩！"

"不，不……噢，是的，是的。"李文祥有点儿不好意思起来。

"好了，好了，看把你紧张的！以前的事情都已过去，已经画上了句号，咱以后就不要再说了。"洪英涛说，"那么现在呢？现在你就不想说点儿什么吗？"

"想说，我当然想了，就是关于咱俩的事，你看，咱们是老乡……"李文祥说。

"你是想说老乡见老乡，两眼泪汪汪吗？"洪英涛故意说。

"啊，不，不，我是想说老乡见老乡，两眼放光芒！"李文祥情急之下将洪英涛说的那句话变了一下，却说出了另外的意思。

"嗨，看你这人，本来那么简单的话，让你说得这么复杂，你就不能说得简单明了点儿吗？"

"对，对，其实我要说的就是我打心里喜欢你，想和你……"

"想和我什么？"

"想和你成为一家人嘛！"李文祥终于鼓足勇气说出了自己的心意。

"你这么绕来绕去的，总算说了句干脆话！但今天咱们又喝了酒，你说的该不会又是醉话吧？"

"不，不，这跟酒绝对没有关系！这完完全全是我想说的话，是我在心里埋藏了很久，今天终于说出口的心里话！我现在向你保证：我爱你，打心底里爱你，全心全意地爱你……"李文祥终于摆脱了束缚，一连说出了几句表明心迹的话，并且还打算说下去。

"啊，好了，我听到了！你干吗像表决心似的？话不在多，说明白了就行。既然今天你把话说明了，那么我也明白地告诉你：我接受你的请求，即同意和你谈，但结果怎么样，还要看以后的发展。"洪英涛郑重其事地说。

"行，只要你同意就行，以后全听你的！"李文祥迫不及待地说。

"这倒不一定，以后也要看谁的对，有时候说不定我还要听你的哩！"洪英涛说，"好了，这事情今天这么一说咱们都明白了，以后心里也就踏实了。"洪英涛用下巴指了指桌上说，"现在就让我们一起收拾这残局吧！"这话似有双重含义。

　　"好，听你的！"

　　"噢，还有件事我刚想起来，你抽烟的事……怎么样，还没上瘾吧？"

　　"没有！那段时间我心里憋闷，不知不觉就抽上了，但绝没有上瘾！后来我觉得这事儿'劳民伤财'，又戒了。不信，你闻。"李文祥似有意又似无意地向洪英涛跟前凑了凑，张开嘴说。

　　"看你，真像个娃娃似的！我信了。"洪英涛抑制着内心的喜悦说。

　　两个人从椅子上起身，忙活起来。不一会儿，桌子已收拾停当。李文祥又拿了水桶，去涝坝里提来一桶水。洪英涛则热了菜，又用开水泡了米饭，欢欢喜喜地吃了。

　　此时，天已快落黑。洪英涛明天还要上班，李文祥只好依依不舍地和她告了别。

红樱桃

# 第二十一章

　　冬去春来，转眼间又到了果木开花的季节，那点缀于城乡间大大小小的果园，那品种繁多的果树，仿佛一夜间被春风摇醒，还顾不上多想，就争先恐后地用缤纷的色彩来装扮自己。

　　正如土著诗人在作品中所描述的：

> 果花开了，东一簇，西一团
> 东边的梨园，落了一层雪
> 西边的桃林，燃起火一片
> 李花如面施粉黛
> 樱苞似口含朱丹
> 杏树扮成新嫁娘，珠烁玉闪
>
> 像是多彩的云，云在雪山下飘
> 又像带色的雾，雾在草滩上漫
> 是云，是雾，都透着香——
> 风驾起长车，绿洲全送遍
> ……

这天，招待所门房的买合苏提老人正巧碰到洪英涛，对她说："果园里的樱桃花已经开了，你想不想去看？"

洪英涛听了很高兴，连声说要去，明天正好是星期一休息日，她表示自己会抽空去，去之前给他打招呼，并对老人的关心表示了谢意。

第二天下午，洪英涛给李文祥挂了电话，说下班后让他早点儿过来一起去看樱桃花。李文祥听了欢喜无限，连连答应。自上次元旦聚会两个人表明心迹后，特别是春节期间他们在于莉家聚会，又受到了于莉两口子的关心和鼓励，两个人的关系似乎进一步明确了。所以他只要不下乡外出，星期天晚上都会来这里，两个人一起吃饭、说话。但洪英涛主动打电话叫他，这还是第一次，想想，他怎么会不高兴呢！现在他恨不得天天都来这里呢！

晚上刚下班，李文祥就背着一个包过来了。洪英涛看到他已换了春装，上身是件蓝色线衣外加黄色毛背心，下身是灰色涤卡裤；小分头梳得平平贴贴，干净利落。李文祥看到洪英涛也改了装束，上身穿一件大翻领粉色毛衣，下身穿一件蓝色的确良裤子，两条又黑又粗的短辫，秀美的面庞上闪着淡淡的红晕。

两个人虽然分开不久，却像久别重逢一样，相互亲昵地问好、说话。洪英涛已将晚饭打来，两个人三两下吃完了便出门去找买合苏提老人。

买合苏提老人认识李文祥，他们相互问好后，他就带他们来到果园门前。他开了门，让他们先进去，自己又进来关了门到后面去忙他的事情了。

洪英涛和李文祥踩着新绿的野草往前走，便见有一团团、一簇簇的花如云似雾般向他们扑来。其实这景象他们以前都见过，但今天不同——因为他们正从单身的门槛中跨出，在热恋的道路上行进，所以感觉也就不一样了。

此时正是太阳快要落山之时，西边有一片晚霞升起，渐渐弥漫开来，像撒开的红绸一般布满天空。它们仿佛和地上的花相呼应，着意制造着一种如幻似梦的景象。

"啊，真美啊！"李文祥发着诗人的感慨说，"这花以前也看过，但怎么没感到它像今天这么美！你看，它们如火焰般燃烧着，像要把人的心都融化了似的！"

"哎，李文祥，李诗人，我觉得现在这么称呼你才对。以前我怎么没发现你还是个这么有诗情画意的人哩！"洪英涛夸赞道。

"是吗？难得听到你的夸奖，我的心都要醉了！"

"嗨，看你说的，我的话哪有那么金贵？还不是因为你那么说了，这花才显得更动人哩！"

"你看——"李文祥指着前面的花说，"这边开紫红色花的是一种，花色浓艳，但果实偏酸，那边开粉红色花的是另一种，花色淡雅，但果实偏甜。"

"哎，文祥，你说这两种花，你喜欢哪一种？"洪英涛想起于莉也曾介绍过两种樱桃花的不同，现在她想听听李文祥的见解，因此问道。

"要说花嘛，自然是这种美了。"李文祥指了指前面紫红色的花说，"它开得浓艳，所以给人的印象深刻！"

"对。你看它开得多热烈，不，应该是强烈！火一样，似乎蕴含着一种说不出的力量！"洪英涛说道。

"但它果酸，所以我真不知道该喜欢哪一种了。"李文祥有点儿犹豫地说。

"那咱们就看这种树的花，吃那种树的果吧！"洪英涛也犹豫了一下，竟突然冒出了另一种想法。

"啊，对，你这个说法好！花是花，果是果，咱们为什么不赏好花、吃甜果哩?！"

"也许就应该是这个样子嘛！"

"听说这园子里面还栽了一种新培育的品种，但愿它将来开的花结的果都好！"

"噢，我也听于莉讲过有这么回事，但愿如你所说。"

两个人边走边看边聊，不知不觉来到一棵树跟前，便在渠埂上坐下来。

　　"要说这树也真奇妙哩！你看它们高矮粗细都差不多，树身的颜色也一样，可开出的花、结出的果为啥不同哩？"洪英涛问。

　　"是啊，它们也跟人一样，外表大致相同，可每个人的内心、经历、结局却不一样！"李文祥借题发挥。

　　"你说得对！人毕竟是人，跟树不一样，人是有思想的，思想变了人也会变，但树不同，它生来啥样就是啥样。"

　　"是这个道理，要不为啥说人是万物之首哩。"

　　"但人和树又是可以互相影响的，比如说我们现在看到它会高兴、激动，而它受到人的呵护，施肥、浇水，还要剪去多余的枝杈，才会长得更旺、更壮，结的果也更多、更大。"

　　洪英涛的话还没说完，就见买合苏提老人怀抱着许多花枝从果园深处走来。

　　"我嘛知道你喜欢花儿呢，所以给你拿了一些花枝过来。你们嘛看一哈，选一些带回去插在花瓶里。"老人说着将花枝放在地上。

　　"啊，太好了，太好了！谢谢买合苏提大叔！"

　　洪英涛高兴地在花枝里挑，李文祥也来帮忙。他们挑了一些开紫红色花的，有的已半开，有的含苞待放。挑好了一些，由李文祥捧着。他们跟买合苏提老人道了别，回到洪英涛的房间。

　　洪英涛让李文祥将花枝先放在桌上，又脱了自己的毛衣，然后取下高低柜上的玉石花瓶。整整一年了，这寄托着她美好愿景的物件一直空着。现在她仿佛又有了新的希望，便想将它重新装饰、摆放起来。她用干净的湿毛巾擦拭瓶身，令它恢复了光泽，又在里边加了水，放进一些颗粒盐巴，然后将花枝插进去。直到花瓶插满了，好似一棵缀满了鲜花的树，她才停手，将它放回高低柜上。

　　屋子里顿时飘满了花的清香。

　　她去洗了手，回到桌旁，在李文祥旁的椅子上坐下。刚才李文祥一直注视着她擦花瓶、插花，现在则情不自禁地起身去触摸那花瓶：它圆润的肩膀，丰满的胸脯和渐渐细瘦的腰身……

"真美啊！这花、这瓶。真好像美人站在花丛中，让人看在眼里，爱在心上，越看越爱哩！"李文祥动情地说。

"但花瓶毕竟是花瓶。"洪英涛若有所思地说。

"是啊，它当然没有真人好哩。"李文祥说着望向洪英涛，见她也正痴痴地望着自己，便再也无法抑制内心的冲动。他侧转身坐在她旁边的椅子上，并顺势去搂她的腰。她没有反对，而是将椅子挪了挪，倒进了他的怀中。于是，这一对激情迸发的恋人终于突破了那道无形的墙，紧紧地搂抱在了一起。他们胸挨着胸，脸碰着脸，唇贴着唇，周围的一切似乎都在顷刻间退隐，这世界上就只有他们两个人了……

后来，他的手仿佛被什么驱使着，神使鬼差地伸进了她的内衣，像一条温润的游蛇，在她的后背上滑行，渐渐地滑向了前腹，向上，再向上……此时，他似乎听到耳边传来娇羞、急促，却是软弱无力的说话声："啊，文祥，不要这样，不要，不要……"同时他感到被搂抱的身体有了一阵轻微的战栗，但是他的手没有停，像受着一种控制，依然无畏地前行……

此情此景，让他想到了土著诗人的那首诗：

一片轰然鸣响的灼烫
从脸颊流入心
血脉沸腾了
世界的竖琴哑默
疯狂的地球呵
你是否还在转动

在那个时刻
雪山崩塌了

红
樱
桃

**233**

春水淹没荒旱
石头上也萌生青草
坚厚的云层破裂
鸽子在心空翱翔
……


不知过了多久，突然有一种声音自远处的高空悠悠飘来——那是高低柜上座钟的声音。洪英涛先清醒了，她看到屋里一片漆黑，座钟带荧光的时针正指向十点。她动了动胳膊，示意李文祥松手，然后去墙角点燃砖台上的油灯，又回来坐下整理自己的衣衫。

"啊，时间真是个怪物，平时想让它快点儿，它偏慢腾腾地挪步，今天想让它慢点儿，它又像飞一样跑哩！"李文祥似乎也清醒了，看着座钟说。

"就是嘛，我也觉得就一眨眼的工夫，怎么就快一个小时过去了！"洪英涛也说。

这时，洪英涛才发现李文祥的脸上满是汗水，头发也湿了，好像刚洗过。她掏出自己的手绢准备给他擦，并说："你怎么了，又没让你下地干活，咋就满头满脸的汗水哩？"

"这……"李文祥笑了，"这谈恋爱也像种庄稼，可不容易哩！你看我们才刚刚平了地，还没有下种、浇水、施肥……"李文祥说着，从洪英涛手中接过手绢自己擦汗。

"看看，又要贫嘴了不是！你着急啥子哩嘛，那一切都是早晚的事。"

"对，对。我不过做了个比喻。其实嘛，主要是大姑娘……噢，不，是小伙子进洞房——头一回。"

"什么'进洞房'，还不到那一天哩嘛！"

"是呀，大雁叫嘎嘎，快把种子撒，我可是朝思暮想、夜梦日盼，就眼巴巴盼着这一天快……"

"看看，刚刚听到雁叫声，现在你就借它来说话了。还有一句话是有一就会有二，瓜熟就会蒂落。那一天总会到来的。"

"好，有你这句话，我可是盼着哩！先不说了，我今天还有东西要送给你哩！"李文祥说着从桌上拿起自己带来的包，打开，取出一样东西。

"这是你去年在国庆晚会舞台上演出的照片，是宣传部小苏拍的。我让他洗了两张，一张今天带给你，另一张……"

"快拿来让我看看！"

洪英涛说着接过了照片，只见舞台中央的麦克风前站着一位穿花裙衫的姑娘，正在唱歌。

"啊，真好！光看照片连我也认不出我自己来了！哎，文祥，你刚才说还有一张是怎么回事？"

"还有一张我留下了，已经装框放在我的床头了。"

"噢，你留下了就留下吧。那是现在，要是以前不经过我允许可不行。"

"好，我也不准备白拿你的，我这里还有一样东西是专门送给你的，是我陪吐拉洪去成都时买的，送给你。春天这里风大，正是用得着的时候。"说着，李文祥从包里取出一个纸包递给洪英涛。

洪英涛接过了，打开来看，原来是一条粉红色的头巾。她抖开了，披在头上，又拿过镜子转着身看。

"真漂亮！看来我买对了。"李文祥说。

"嗯，真不错！没想到你还是个会买东西的人！"洪英涛高兴地说。

"承蒙你的夸奖。以后我也会像有些人一样疼爱老婆哩！"

"看，又得意了不是！"洪英涛笑着说，心里充满着幸福。

"我还有件事，是个小小的请求，不知你是否能满足——就是想让你再唱一次《送我一枝玫瑰花》，我虽听你唱过几次，但今天不一样，因为今天只有我一个人听。"

"唱倒是可以，但这大晚上的，你不怕把别人扰了？"

"不要紧，你可以小声点儿唱，而且只唱最后一段。"

"那好吧。"洪英涛头倚着李文祥的肩膀，小声地唱起来：

我们像黄莺和百灵鸟，
我们相爱如鸳鸯。
我们的爱情像那燃烧的火焰，
大风也不能把它吹熄。
……

"真好听！你的声音比百灵鸟有过之而无不及哩！"李文祥称赞着，不由得又用手搂住了洪英涛的腰。

"哎，看看都十一点了，明天你还要上班哩！"

李文祥松开了手，拿起自己的背包，却没有走。洪英涛似乎明白了他的意思，便往他跟前凑了凑，于是两个人又来了一个长长的吻。

临出门，李文祥从毛背心口袋里掏出刚才洪英涛准备给他擦汗的花手绢说："你的这件礼物我收下了。"

"哎，那是我用过的，等哪天我另外买条新的送你。"

"不用了，诗经里说，静女其娈，贻我彤管。只要是你的就好，尤其是今晚。"

出了门，两个人又道再见后，李文祥才依依不舍地走了。

此后，李文祥每个星期天晚上或星期一中午都会过来，在这里和洪英涛一起用餐、畅谈，当然也免不了一番缠绵。有几次李文祥被激情驱使，甚至于要闯入"禁区"。但洪英涛始终守住这"最后一道防线"，因为她记得母亲曾经对她说过的话：女人的这个禁区不能轻易开。另外，她和李文祥的事虽已基本定了，但各方面的准备尚未谈起，所以她想把时间放得长一点儿，等待那一天的来临。

时间飞驰，转眼间已到了八月中旬。这天又是星期天，洪英涛中午下班回来刚吃过饭，李文祥就来了。他的情绪和往常有所不同，兴奋与激情中似乎多了一丝烦闷和忧虑。洪英涛从他一进门就感觉到了，但没有表露，等他坐下来，给他倒了茶后才问："哎，文祥，你今天怎么了？我咋看你有点儿不对劲？"

"啊，你看出来了？我今天中午过来就是有急事要和你说哩。"

李文祥说了两件事：一件是昨天崔副县长把他叫到办公室，说这几年渡难关，他和大家一起出了不少力，现在情况好转了，政府领导也有时间坐下来考虑一些较为长远的事了，这其中就包括培养青年干部的事。经过研究，大家认为他表现不错，所以决定让他去乌鲁木齐参加上面开办的中青年干部培训班。

"哎，这可是好事情呀！这说明领导看重你，想培养你，那有什么不好哩？"洪英涛高兴地说。

"好当然是好，我心里也高兴。但这培训班的时间可要一个多月哩！再加上来去路上的时间，可不就得一个半月两个月了嘛！"李文祥说。

"啊，要那么长时间？那……"洪英涛没想到他要去那么长时间，迟疑了一下，又说："那你也得去呀！对你来说，这可是一件大事情哩！"

"是的，可我，你……"人说热恋勾人魂，李文祥望着洪英涛似乎有点儿难言地继续说，"我心里总有点儿那个……嗨，我该怎么说呢！"

"你想说的我明白，不就是一个半月两个月嘛，你放心，我会等你回来！"

"但事情还不只这一件呢！"

"还有啥子事嘛？"

"县委、人委为解决职工住房困难问题，去年春天开始在县城东边的空地上盖家属房。但因资金不足，工程进度慢，直到前段时间才完成主体工程。听崔副县长说，现在县上已筹足了资金，要求施工单位今年十月一定要完工。县上考虑现在无房、住办公室的人比较多，但新盖的房又有限，所以确定了一个分房原则——先给已经成家或即将成家的人分房，其他的人等下一批。我跟崔副县长讲了我们的事，他说已听人讲了，但问我是否已经确定下来了。"李文祥说。

"啊，原来是这样，那可咋办哩？"洪英涛焦急地说。

"所以我今天来，一是要说我去学习的事，另一个就是你给我一个说法。你看，十年等了个闰腊月，这机会可不是啥时候都有的！"李文祥说。

"你说得对。但这是个重要的决定，容我再考虑一下。哎，文祥，你去学习哪一天动身？"

"今天是 8 月 23 日，学习班是 9 月 3 日开学，我大约两三天后就得动身。"

"那就明天吧，明天中午我给你答复，行吗？"

"行！英涛，可不是我逼你，但眼下就这么个形势。要说我的态度嘛可是明朗得很，就恨不得你现在说个'行'字，我们明天就举行婚礼哩！"

"你说得轻巧，难道我们什么都不准备，就这么两个人悄悄地举行婚礼吗？"洪英涛问。

"那倒不是。我们确实也得好好地准备一下哩，正如这里老乡说的，买马要商议一月，婚姻要商议一年。"

"你的心情我理解，我又何尝不是跟你一样哩？"

因为下午洪英涛还要上班，所以李文祥说了"明天见"后就走了。

下午，洪英涛在办公室给于莉挂了电话。于莉已经生了，是个男孩，洪英涛去看过她们母子，表示过祝贺。现在于莉听洪英涛说"有重要的事情商量，下班后请她到自己的房里"，便一口答应了。

下班后，洪英涛从食堂打来两个人的饭，回到房里刚坐下，于莉就来了。她请于莉在桌旁坐下和自己一起吃饭，然后就讲起了李文祥要出差学习、县上十月份要给结了婚和准备结婚又无房的职工分房以及李文祥要求她明确关系争取分到房等情况，表示想征求于莉的意见。

"哎呀，这可是个好消息！县上好不容易盖了一次房，你们可不能错过了这次机会！至于你和李文祥的关系嘛，最近我下班回家就顾孩子了，也没再找你问过。要我说，你们俩如果没有什么问题就定了吧，然后分房子，找个合适的时间办婚礼，好好过日子。你们谈的时间也不短了，人说看别人的金窝银窝，不如自己有个暖窝。你觉得我说得对吗？"于莉发表了自己的看法。

"对，我也是这么想的，觉得这是个机会。但……"洪英涛似有什么难言之隐。

"噢，我知道了，你在考虑经济上的问题吧。其实这也没什么大不了的，你去年刚回过老家，平时又常给家里寄钱，可能没有多少积蓄。但李文祥平常很节俭，家里又没有多少负担，可能会有一些准备。另外，我和葛培荣可以给你凑一些，这不就行了吗？"

"哎呀，我没有说的难处于姐已经想到了。其实，我就是为这个事犯难哩，现在有了于姐的这个话……"洪英涛充满感激地说。

"嗨，还是那句老话，谁让咱们是姐妹哩！"于莉截断了洪英涛的话说。

"那可真得谢谢于姐哩！但这次用了你的钱，我一定会想办法尽快还上的。"

"看，又来了不是，以后根据你的情况再说吧。我知道你是个要强的人，在这个事情上不想光靠别人，包括李文祥。但不结婚是两家人，结了婚就是一家人了，你说对吗？"

"是的，是的，于姐可真是把我想的全说出来了。"

"那就这么办吧。平心而论，你在这个问题上受到过挫折，老天这次也应该开眼眷顾你了！噢，话说到这儿，我倒想起了江燕和易所长，听说他们的事已经成了，可能也要在不久后办婚礼哩。我刚听说时只觉得他们够快的，现在想来这或许也跟分房子有关哩。其实这也没有啥说的，顺水船遇上了顺路风——这不是更好嘛！"于莉说。

"看来他们这样干脆利落倒是对的。"

"是呀，干脆人就应该办干脆事。"饭早已吃完，于莉看了看手表又说，"事情就这样了，到时候我们还会过来给你们帮忙。孩子和我母亲在家，我也该回去了。"

洪英涛送她出了门，又满怀感激地与她道了别。

第二天是星期一，是洪英涛休息的日子。昨天她和李文祥说好了，今天中午他要过来，另外他这两天可能就要动身了，所以洪英涛准备中午自己做饭，给他送行。老家有个习惯，亲人外出，有条件的都要吃顿臊子面，以示思念不断、情长意久，所以她打算做臊子面。她之前买了加盐炒好存放起来的羊肉还有，菜也有，面也将就着会擀，门外的土灶还在。因此早饭过后，她便开始做准备。没想到李文祥这时就来了。

"咋这么快就过来了？我正给咱们准备午饭哩！"洪英涛高兴地说。

"哎呀，太好了，我也想着咱们中午自己做顿饭吃就好了，咱俩想到一块儿去了。"李文祥高兴地说，"不过，我明天就得动身了，因为那边来电话说培训班提前两天开始。"

"那不正好吗，今天我就给你送行！还有，昨天我们说的事，我现在就告诉你，我同意你的安排，等你学习回来后我们就结婚。"

"啊，真是太好了！英涛……不，夫人。"李文祥高兴地说着，趁洪英涛不备，在她脸上亲了一口。

"看把你美的！快去洗了手过来帮忙，你的时间可不多。"

"没关系，因为我明天就要动身，所以今天领导给我放了假让我做准备。另外，房子的事其实昨天下午我就跟办公室钱主任打了招呼。"

"什么？你已经报了？原来，你名义上是征求我的意见，实际上还是自作主张……"洪英涛故作吃惊又似有怪怨地说。其实她昨天说再考虑一下，一是就这事征求于莉的意见，表示对这位贴心朋友的尊重；二是考虑自己的经济状况，因为她不想完全靠李文祥。昨天于莉说了自己的看法，她就放心了，所以说她的怪怨也不是真的。但她又说："以后再遇到像这样重要的事，可不能都你一个人说了算！"

"那是当然的了！"李文祥似乎松了一口气，急忙解释说，"这事主要是他们催得急，说报名昨天就要结束，我怕错失了机会，所以就自作主张了。"

"好了，这事就不说了，其实我也没有真怪你的意思。来吧，你去提水，我擀面，今天中午咱们吃臊子面。"

"哎呀，臊子面！那可是'蒲苇韧如丝，磐石无转移呀。'"李文祥高兴地说。

"看看，又贫上了！快去干活吧！"

"遵命，夫人！"李文祥兴高采烈地提着水桶出去了。

不一会儿，洪英涛已在门外的灶里生起了火，面也擀好了。她又在铁锅里做好了汤，在锅里下好了面，捞在碗里端进来舀了汤和李文祥坐在桌边吃。李文祥不住地称赞她手艺好。

"手艺好咱说不上，只不过表示点儿心意罢了。"也许是将要离别，洪英涛的语气中多少带了些忧伤。

"谢谢，谢谢。还是古人说得好：寄语西河堤畔柳，安排青眼送行人。嗨，咱不说这些了，还是说说其他的吧。有件事我昨天忘了跟你说，咱们办事需要的花费，你就不要操心了，我多少还有些准备。"李文祥说。

"说了半天，你终于说到这事了。记得昨天我就说过，我们不能两个人净身去悄悄地举办婚礼。"洪英涛说。

"是，你看我这些年多少有点儿积蓄，去年回了趟家，花了一些。但老家那边，母亲身体还好，还在劳动，哥嫂的孩子也上学了。本来我想给他们留点儿钱，但母亲和哥哥说他们的日子还过得去，让我留着自己办事用。所以我还是有准备的。"

"原来是这样。这么说你还真是有准备的。但这是我们两个人的事，总不能光靠你吧，我也会尽到自己的责任。"听了李文祥的话，洪英涛的心里似乎踏实了。但她也说明了自己的心意。

"不，这件事有我，你就不用操心了！"

"嗯，那到时候再看吧。"

说着话，两个人已吃完了饭，简单收拾了桌子，又坐下来说话。也许是明天就要分离，或者是两个人的事已说定，李文祥的情绪便显得有些激动，搂着洪英涛坐到床边。

正如古人说的，会得离人无限意，千丝万絮惹春风。李文祥渐渐地忘乎所以，拥着洪英涛躺了下去。洪英涛先是顺从着，后来又开始犹豫。"就这样给他吗？反正事情已经定了，早晚都有这一天。"但就在这一刻，她猛地又想起了母亲说过的话。她用手推着李文祥说："文祥，我们还不能这样！我们忍耐一下吧，反正那一天就快到了。喂，你听到了吗？喂……"说着，她坐起身，系着自己的衣扣。

"啊，英涛，你说什么？噢，你说得对。我……"李文祥似乎也清醒了，坐起身来有点儿不好意思地说："对不起，刚才我……唉，真不好意思。"

"没什么，我不怪你，其实我又何尝不想。但是从各方面考虑，我们还是不要这样。你说是吧？反正就那么一两个月的时间，我们再等等吧。"

"好，你说得对，我们再等等吧！"

红樱桃

# 第二十二章

这天下午下班后，洪英涛回房间拿了碗碟去食堂打饭，刚到食堂门口，就见易所长匆匆忙忙地往外走，便忙和他打招呼："易所长，这是到哪里去啊？看你这么匆忙。"

"是洪英涛啊，你啥时从喀什回来的？"易国平未答先问。

"我回来才两天，可这两天都没碰见你。"

"你看，这些日子我就顾着忙活了，现在见了你才想起有话跟你说哩。"

"那你稍等会儿，我打了饭去房里说吧。"

"啊，不了。我刚吃过饭，还得去那边。"易国平用下巴指了指外面，洪英涛想他说的可能是江燕的住处。他又继续说，"其实也就几句话，我就在这里跟你说吧。"

他们往大树跟前挪了挪，易国平说："县上新盖的家属院已基本完工，现在就剩最后的粉刷工序了。县上供销社商店断货，我去喀什给找了一些石灰，现在正在粉刷。房子准备分了，原则是先给已经成家和将要成家的人分。

"我和江燕的结婚证已在前几天领了，不知你们领没领？如果没有领，最好快点儿去领。"易国平还不知道李文祥去学习的事，所以才这样说。

"我们的事也定了。李文祥去乌鲁木齐学习去了，但他走之前可能已经跟有关的人讲了情况。"

"噢，那就好。那你去吃饭吧，我先去忙了。"

洪英涛向易国平道谢后就打了饭回了房间。她匆匆吃过，洗了碗碟，便坐在桌边回想起李文祥走之前和自己在这里经历的一切。不知为什么，这次从喀什回来后，她十分想念他哩！想着他学习完了快点儿回来，然后办他们的事。

第二天上班后，阿布都热克木叫洪英去办公室接了一个电话，那是县人委办公室负责分房的钱主任打过来的。他说李文祥临走前已跟自己讲过了他们的婚事已定，分房时由她去参加，又说新房子已经完工，可能近日进行分配，还说了分房的原则，和易国平讲的差不多，让她静等通知。

她高兴地向钱主任道了谢后，放下话筒，心里也踏实了。

几天后的一个下午，洪英涛又接到人委办公室的电话，要她第二天早晨十点钟去人委会议室参加分房会。她跟阿布都热克木打了招呼，第二天早晨就直接去了人委会议室。

一张长桌对面中间坐着钱主任，还有一位她没有见过的同志。他五十岁左右年纪，个子好像不高，微胖的脸上带着微笑。桌子两边坐了一些人，全是男同志，易国平也在其中。

洪英涛在易国平旁边坐下，后面又陆续来了几个人。钱主任看了看手表，让大家安静下来就开始讲话："今天召开分房会，先请吐副县长讲话。"

钱主任向大家介绍吐副县长是刚从喀什调过来的，在县上分管民政和机关事务工作。接着吐副县长用熟练的汉语讲了会议的内容，大致的意思是新疆是由各族人民共同开发建设的。在座的各位，特别是汉族同志，响应党的号召，从各省来到新疆参加建设，为这里出了很大力。但因为县上条件有限，对大家的生活及各方面关心不够，使大家吃了很多苦。现在经县委、人委共同努力，筹措资金盖了一些家属房供大家使用。他又讲随着形势发展，县上的情况一定会越来越好，房子还会盖，大家的生活条件也一定会得到进一步改善……

吐副县长讲完，钱主任又说："这次建房二十套，根据县上的实际情况和领导意见，决定给在座的已经成家和即将成家的每户分一套房。为了体现公平合理、不亲不疏的原则，现在采取抓阄的形式进行分房。"

接着钱主任指着桌上一个硬纸盒，说："这里面有写好房号的纸卷和院门、房门的钥匙，大家每人拿一个，然后按号去找自己的房子。"

大家拿了纸卷后纷纷打开看，上面都写着不同的数字。洪英涛看到自己拿到的纸条上写着201，易国平的纸条上写的是203。钱主任说："新房门上也写了相应的号码，大家可以过去看，哪间房门上的号码和自己拿到的纸条上的号码一样，这房就是你的。为了以后方便，有人建议给这个新院起个名字，并提了'强盛''幸福'等几个名字做参考。大家看选哪个好？"

大家几乎异口同声地说出了"幸福"。

"好，看来大家的心愿是共同的，即希望日子过得幸福。我们一切工作的目的都是为了让大家幸福。那就这样定了。"钱主任在征求过吐副县长的意见后，宣布会议结束。

吐副县长和钱主任走了。

易国平对洪英涛说："这位吐副县长在喀什是受过表彰的民族团结模范，他自己有两个孩子，又收养了两个汉族孤儿，并供他们读书。"洪英涛听后，由衷地对吐副县长产生了敬意。

洪英涛回到图书室，已经快到上午下班时间了，读者已走完。

阿布都热克木见洪英涛回来，便跟她开玩笑："俗话说，要想有孩子，先要有房子。现在你们的房子已经有了，孩子以后也会有。但这些都要一步一步走，我不知道你和李秘书现在已经走到哪一步了。说简单点儿，你们的手续啥时候办？"

"这……"洪英涛多少有些不好意思地说，"到底是哪一天办，我还得等他回来了再定。"

"买马要商议一月，婚姻要商议一年。你们总不会这么没完没了地商量下去吧？"

"不会，大约就在今年年底，最迟也不会超过明年二三月吧。"

"好，我可是在等着吃你们的喜糖呢！"

"那还用说吗，到时候我们一定会请你。"

"好，我不过是在跟你开玩笑。其实我想跟你说的是另外一件事。你们结婚需要做家具什么的，虽然不一定要像现在有人所说的五大件、八大件，但三五件是需要的。我想告诉你，如果你们需要就跟我说一声。我父母家去年整修房子，伐了屋后的一棵大树，他们用过后还剩了不少木料，我可以给你们拿一些。"阿布都热克木认真地说。

"这……那……"洪英涛明白了阿布都热克木的意思，却不知道如何回答是好。

"你是个痛快人，怎么突然'这……那……'的吞吞吐吐起来了？好了，这个星期一休息，我就回一趟我父母家，给你带一些木料过来。"

"这真是太好了，但到时候我会按市价给你付款。"

"你说的这是什么话！俗话说，金钱可以借来，友谊不能买卖。在这件事上，你跟我说钱，不是太小看我了吗？"阿布都热克木似乎生气了。

"那好吧。那我就代表我，还有李文祥先谢谢阿主任了。"

"什么主任不主任的，别忘了，咱们可是一个单位的同事呢！再说得形象一点儿，就是一个战壕里的战友。"

"是的！"洪英涛高兴地说，心中洋溢着感激之情。

过后，洪英涛利用下班时间来到了幸福大院。其实把这里叫作"院"还是不够贴切，因为那儿东西走向前后只建有两排房，周围的一大片地都是空的。她又想到那天吐副县长说的"房子还会盖"，就明白了县上还有以后的打算。

她看到两排房的建筑材料和样式一样，都是砖灰结构，每家房屋的前面又各有一个小院，院门上写有号码。她按照号码，用拿到的钥匙，开了前面一排靠东边第一家的院门。进到院内，小院南北宽约七米，东西长约十米，是一个不算小的空间，房前留着空间让主人种些花草或蔬菜什么的。她又用另一把钥匙开了房门，便看到这是那种前后两套间，旁边一大间房屋，两边房屋的中间一堵墙内有火墙，地面铺了砖，门口有水池和水龙头，为通自来水做好了准备。每间房内的墙壁上都拉了电线，装了开关，屋顶上垂吊有灯头，是通电后的照明设施，不用说这房子在当时的旧城县算是最好的住宅了，难怪人们要用"幸福"来命名它。想到未来的生活，洪英涛的心中满是幸福。

　　又是一个星期一休息日，吃过早饭，洪英涛就带了笤帚、水桶、抹布等来收拾自己的婚房。因自来水还没有通，她到不远处的涝坝内提来一桶水，扫了房内外的地面，又擦洗了门窗，并不时停下来一边休息，一边看着房间，在心里筹划着：进门这间小屋当客厅兼吃饭的地方，后面那间是伙房，旁边那间大房做卧室，还有一些简单却必不可少的用品，如被褥、炉灶、桌椅、柜橱等，还有墙上，应该有画，窗上和门上应该有喜字……想到这里，她不由得脸红耳热起来。

　　第二天上班后，阿布都热克木对洪英涛说，木料昨天晚上他已让人用马车捎来，并带她来到后面的小院。那里有七八块约两米长、三十厘米宽的厚木板。阿布都热克木说："这是银白杨树料，木质细腻柔韧，木纹均匀精细，做出来的家具非常漂亮、耐用。你们什么时候用就可以拿过去。"

　　洪英涛连连向阿布都热克木道谢。她还想说什么，但是被阿布都热克木制止了。

　　"真是万事俱备，只欠东风了。"这一天，洪英涛在心里说，"这个李文祥，算算时间也差不多了，你总该回来了吧。"

　　过了差不多一个星期，李文祥回来了。

红樱桃

**247**

这天是星期天，李文祥坐长途客车昼行夜宿颠簸了六七日，下午终于到了喀什，之后又立即坐公交车到了旧城县。也许是由于学习紧张，或者是因为路途劳累，兴许还有思念的焦灼，他明显比走之前消瘦了，显得异常倦怠，感到有点儿发虚，还不时地咳嗽几声。

他回到办公室兼宿舍，打起精神洗了把脸，又看了看腕上的表，这表一共有两块，是他在乌鲁木齐期间省吃俭用，从牙缝里挤出钱买的。一块自己戴了，另一块准备送给洪英涛。下午下班的时间已经过了，他背着背包来到招待所。

洪英涛刚吃过饭正在收拾碗筷，李文祥便推门进来了。

"哎呀，你可回来了，啥时候到的？"洪英涛惊喜地问道。

"时间不长，也就个把小时。"李文祥高兴地回答并放下背包。

"你回来了就好，这几天可把人急死了。"

"真的吗？是不是想我了？"李文祥说着就过去拥抱洪英涛。

"可不是吗！"洪英涛迎了上去，却突然叫了起来，"哎呀，你的脸咋这么烫，是不是路上着凉了？"

"可能吧，已经几天了，就是觉得不对劲，今天又觉得头昏脑涨的。"

"那先吃点儿药吧，我这里有感冒药和退烧药。"洪英涛从抽屉里拿出药递给李文祥，又从暖瓶里倒了杯开水放在桌上，说："你坐下来喝药，我去给你打饭，一会儿食堂可能就要关门了。"

洪英涛说完就拿了碗碟出了门，不一会儿回来，将馒头、稀饭、菜放在桌上，又怜惜地说："我刚吃过，你快趁热吃吧。路上的情况我知道，有一顿没一顿的，你都瘦了，该不是饿的吧？"

"其实乌鲁木齐那儿的伙食还是不错的。"

李文祥的话还没说完，就听到有人敲门。洪英涛去开了门，见是易国平，就请他进来。

"我刚才听买合苏提说李秘书回来了，就过来跟你们说件事。"

易国平跟李文祥打过招呼后又说，自己和江燕的婚期已经定了，是 11 月 21 日。这天是个星期天，又正好是江燕的二十一岁生日，想请他们参加。另一件事是他从喀什请了两个浙江来的木工师傅，给新房做几样家具，想问问他们是否需要做些什么，需要的话可以让他们来做。

"另外，你们的事侯所长已经听说了，他很高兴，让我带话给你们，说喀什宾馆最近新添设备，库房里还有一些以前做的可拆卸的钢管床和小块木料打算处理，问你们是否需要。"易国平说，"如果你们需要可以去选几件，价钱比市面上便宜多了。我已经买了几件，样子虽不新潮，但结实耐用。你们哪一天可以到我房里看看。我们的房子和你们的只隔了一间。"

"啊，那可真是太好了！"洪英涛高兴地说，又望了望李文祥。

"这可真省了我们许多事，我们明天就去看。"李文祥望了一下洪英涛说。

"那就谢谢易所长了。"洪英涛说。

"不用谢，正好我们都办事，也是顺带行个方便。好了，你们在，我还有事忙着哩。"

洪英涛和李文祥送走易国平，回到房内。洪英涛催李文祥快吃饭，又跟他说了抓阄分房的事，还说了阿布都热克木从父母家拉来木料让他们做家具的事。

"真是瞌睡了有人递枕头。没想到我们要办的事别人已经替我们想到了。"李文祥似有感慨地说，"你不知道，来时在车上我就想过，尽管我们不想讲排场，也没有条件讲排场，可一辈子就这么一次，也不能太马虎了。但想到自己的经济情况，虽然有所准备，可总觉得不是那么宽裕。"

"哎，文祥，这是咱俩的事，你也不要全揽在自己身上。其实我也是做了一些准备的，一方面去年从老家回来后，我多少也积攒了一些，另外于莉那里可以借点儿。"

"不要。我说这事你就不要管了！刚才我在心里估算了一下，有了大家的这些帮助，剩下的我一个人完全能够应对。至于于莉那儿嘛，她的心意我们领了，但最好不要再麻烦她了，他们的孩子还那么小。"李文祥说着又咳了起来。

"行，暂时先听你的，具体的到时候再看。"洪英涛说完，又赶快端了开水过来，递给李文祥，"看你咋还咳哩！我看这样吧，明天星期一我休息，上午我先过去再收拾一下我们的房子，你到医院去看看，完后我们一起去易所长他们家。"

"真不好意思，我不在时你一个人忙活，我回来了还要你这么忙活。"

"看看，你又来了不是，以后不许你再讲这样的话了，什么你呀我呀的，都快成一家人了，还说两家话。"

"好，你先打住，我给你看样东西。"李文祥拿过背包，从里面取出一块手表，又指了指自己的左手腕，说，"这两块表一样，都是上海产的，我在乌鲁木齐天山百货大楼买的，自己戴一块，另一块送给你，也算是对我们终身大事的纪念。"说着他将表递给洪英涛。

"啊，真好！"洪英涛接过表高兴地说，又在自己的手腕上比画着，"我还是第一次有这么金贵的东西哩！可是要说起来，最近的'第一次'还真多，第一次戴表，第一次有我们自己的房子，第一次……"

"喂，等等，英涛，还记得吗，上次我拿了你的手绢后说过，静女其娈，贻我彤管。现在我要说另一句：投我木瓜，报以琼琚。"李文祥说。

"记得，你这个书袋子！上次你说过后我就去图书室找了一本研究《诗经》的书，里面有一些原文，你说的前一句好像是出自一首叫《静女》的诗，后一句是出自《木瓜》。"洪英涛说。

"对，你说得一点儿也没错！看来，咱们的爱好还真往一起走哩！"

"好了，说到这里，我还真是想起你给咱的都是'彤管'啊'琼琚'啊什么的，咱也给你准备了一样，不过没你说的东西那么珍贵，就叫它'木瓜'或者是'李子'吧！"说着，洪英涛就从枕头下拿出了前几天买的绣花手绢递给李文祥。

"太好了。你说的也是《诗经》里的信物。礼不在贵贱，有情就好，有情就好！"李文祥接了手绢，高兴地说。

"好了，这些话咱以后再慢慢说，我还有更重要的事要跟你说哩！用咱们阿主任的话说是'办手续'，你看咱们房子也拿到了，那'证'啥时候去领呢？"洪英涛问。

"那当然是越快越好了。明天上班我先去单位看看，如果不太忙就请几天假，一来是休养一下身体，二来也为咱们的事分担点儿责任。总不能一切都靠你吧！"李文祥说。

"好了，那今天就到这里吧。你早点儿回去休息，明天去医院，咱们中午以前在新房子里见。"洪英涛说着将药递到李文祥手里，"回去再吃两片，好好睡一觉，兴许明天就好了。"

"好吧，夫人。"李文祥说着站起来，身子不由得前后摇晃了一下。

洪英涛赶紧扶了他一把，并问要不要送他回办公室。李文祥摇了摇头说不用，又说这次身体出毛病一个是紧张，另一个是那边天气冷得早，气温也比这边低得多，可能是受了风寒。今天晚上好好休息一下，明天一定会好的。

"这就好。"洪英涛说着往前凑了凑，在他的脸上亲了一下就要送他出门。

"你这一吻，吻得我都不想走哩！"

"好了，过两天你身体好了，想咋样我都听你的！"

"真的吗？那我得赶紧好！"

这时天早已黑了，洪英涛和李文祥挽着胳膊一直走到大门外，才依依不舍地分手。

第二天，洪英涛早早就来到了新房子，擦擦洗洗地忙活了一阵，刚准备坐在自己带来的凳子上休息，李文祥就来了。他进了门，取下嘴上戴着的口罩，环顾这崭新的房子，脸上露出了笑容。

"哎呀，真不错啊，比我想象的好多了！"

"你先别说房子了，还是先说说你的身体吧！怎么样，医院去了吗？医生咋说？"洪英涛站起身来关切地问。

"没啥大不了的，可能就是重感冒吧。医生给开了药，让注意休息。"李文祥说。

"那就好。你看这房子不错吧？"洪英涛带着李文祥在房里转了一圈，说着每个房间的用途和自己对布置与摆放用品的打算。

"这些都凭夫人做主，该咋弄你说了算。"李文祥说。

"看你说得好轻松，你可别忘了，现在我还不是你的合法夫人哩！"

"啊，对，对。但是也就差那么一点点了。噢，我忘了跟你说，今天早晨上班见到了钱主任，我跟他简单讲了我学习的情况。他看我病恹恹的样子，说：'出去那么长时间，刚回来就休息几天吧。去医院检查检查，也去新房子看看，为自己的婚事做做准备。'"李文祥说。

"你们钱主任还真是不错哩，知道关心你这个秘书，难怪你干得那么起劲。"

"你说起了秘书，钱主任还告诉我办公室新调来了一个秘书，是湖北人，今年中专刚毕业，也是学农的。钱主任还说让我上班后带带他哩。"

"那可好了，以后你也可以稍微轻松点儿了。"

"也许吧。"

"好了，现在我们是不是到易所长的房子里去看看，看看木匠师傅给他们做的家具，另外也看看床。"

"好，我们去看看。"

"等等，我们得先商量好了，都做哪几样。我想，一个写字台是必不可少的，因为你是拿笔杆子的人，还有高低柜、饭桌、几把椅子，其他的你看看还需要什么。"

"再做个梳妆台吧，这也是你必不可少的装备。"

"那当然好了，只是不知道木料够不够。

"完了让木匠看看，能做争取让他做。"

两个人出门，只隔一间就是 203 号房。他们来到院门前，听到里面有叮叮当当的声音传出。进得门来便见有个年轻人，也许是徒弟，正在长凳上用锯子锯木料，另一个年长点儿的也许是师傅，正拿着榔头在地上敲敲打打地组装一件家具。

"啊，请问二位就是 201 房的主人吧？"年长的师傅放下手中的活迎上来问。

"是的。"洪英涛说着，仔细看了看师傅，惊喜地说，"你不就是浙江来的范师傅吗？那一年给我们图书室做过书架。"

"啊，原来是你啊！易所长已经跟我说了，他的东西做完了让我给你们做。本来这里还有几家也要做，但你们是特殊情况，现在又知道了是熟人，那就先给你们做。来，你们先进来看看吧，这儿有做好的写字台，还有梳妆台。"范师傅说着就引他们进了屋，又说，"油漆是我的徒弟刷，工钱很便宜的。"

洪英涛和李文祥看了写字台和梳妆台，师傅的手艺令他们很满意。他们又进卧室看了钢管床、椅子，然后和范师傅一起出来到院里说话。

洪英涛问了做几种家具的价格，又望了望李文祥，得到他的首肯后说，他们准备做写字台、梳妆台、高低柜、饭桌等，木料在图书室那边，这几天想办法拿到自己院内。

范师傅说，他正在组装的这件就是高低柜，两三天后就可以完工，油漆由徒弟刷，大概要三四天时间。所以他们最晚这个星期五就可以去给他们做，至于木料，他自己可以到图书室拿，因为易所长他们这儿有人力车。价格和易所长这些一样，都不高，比这里的市场价低很多……

"那就太谢谢范师傅了。"洪英涛说着又问起了他这两年是否回过家。

范师傅说，手艺人，哪儿能赚到钱就往哪儿走。他说过段时间他还准备去老家把老婆和孩子接过来，在这里长期安家做活儿哩。

"是啊,你说得对,新疆这地方可是需要各种有特长的能人哩!"

洪英涛说完就和李文祥回了自己的院子,又商量去领结婚证的事。结婚证上需要照片,他们准备先到招待所吃午饭,下午去照相馆照相。

第二天,李文祥找了辆便车到了喀什,在喀什宾馆见了侯主任,用成本价买了一张钢管床和几把木椅,还有一些拆卸下来的零碎木料,也顺便邀请了他到时候参加自己和洪英涛的婚礼。侯主任爽快地答应了,说易国平的婚礼最近就要办,还请他去做主持,他已答应了。

两天后的中午,李文祥和洪英涛去照相馆取了照片往回走。

"哎,文祥,你看这照片上,你怎么皱着眉哩?是不是不愿意和我在一起了,还是咋的?"洪英涛看着照片故意问。

"你说的是哪里的话!我是身体不舒服,当时感到难受,谁知就被他给照上了。嗯,这个老吕(照相的人),人家照相都是抓美好瞬间,可他……"李文祥有点儿不高兴地说,"要不,咱们让他重照一张?"

"哎,我不过是跟你开个玩笑,看你急得天灵盖上都冒汗了。"洪英涛笑着说,"其实你皱了下眉倒显得更英俊哩,正像古人说的那句词:'少年不识愁滋味,爱上层楼,爱上层楼,为赋新词强说愁……'"

"这南宋词人辛弃疾的作品《丑奴儿·书博山道中壁》的前半阕,后半阕应该是'而今识尽愁滋味,欲说还休,欲说还休,却道天凉好个秋'。"听洪英涛说起了古诗词,李文祥似乎来了兴趣,"哎,英涛你是看我像照得不对劲,就拿我说事哩?"

"哎哟,夫君,我哪里敢啊!我刚才不是还说了你照片上的样子有一番风度哩嘛!"

"好,我不应该这样。"李文祥听着洪英涛的话,特别是那声'夫君'叫得他心里甜丝丝的,便赶忙笑着表示歉意。

下午,他们去民政科办理有关手续。办手续的老刘是熟人,没有多问就在两张大红结婚证上填了姓名，贴了照片，又盖了印递给他们，在向他们表示了祝贺后，打趣地说："又有一棵爱情之树在旧城县扎根了，愿它早日开花结果。"

易国平与江燕大喜的日子终于来临，这天正是星期天。

李文祥上午早早就到了图书室，对洪英涛说阿主任和江燕原来是一个单位的，他肯定得去，自己和洪英涛去一个人就行了，将准备好的礼带上，看看人家是怎么办的，顺便学学经验，自己就不去了，上午在这里替他们顶班。

洪英涛知道李文祥不去可能和他与江燕曾经的关系有关，怕到时自己尴尬。其实这倒是大可不必的，因为谈对象的"谈"本来就是一个选择的过程。但另一方面，她又觉得李文祥说的也对，这样阿布都热克木和自己就可以有时间去参加婚礼，而不至于耽误工作了。她答应了，并对阿布都热克木说了。阿布都热克木也同意，并向李文祥交代了要注意的事情，最后开玩笑说："这下好了，咱图书室也有女婿了，有时还可以过来帮忙。"

那时社会上正倡导"婚事简办"和"新事新办"，所以易所长取消了原来在招待所饭厅举行婚礼的打算，改为在自己的新房内举行，邀请的人员数量也大大缩减了。

江燕的父母在喀什，被请来了，还有她单位的几个人、阿布都热克木、于莉和洪英涛等。易国平的父母远在北疆，路途遥远，都没有来，他的一个叔叔在阿图什医院工作，那儿离这儿七八十公里，所以代他的父母来了，还有他的领导、同事等。男女双方的客人加起来有三十余人，其中一些人有事不能来，实际到的有二十余人，新房的卧室和客厅基本上坐满了。

大家来时都没有空手，但送的礼物都很简单，有毛巾、笔记本、钢笔、书籍等，侯所长送了一块双人床单，洪英涛和李文祥两个人合送了一对枕头，是李文祥前几天去喀什时买的。还有不知是谁送了一个男女娃娃亲嘴的彩陶，一些没有到的人也托人带来了礼物。

易国平准备了瓜子、糖和茶水等。

洪英涛来了就和于莉坐在了一起。洪英涛低声对于莉说，自己的房子往东隔一家就是，没有布置，木匠正在院里做家具，又说李文祥已经回来了，他们的结婚证也领了。于莉很高兴，说："那太好了！准备得差不多了就抓紧办。房间的东西不在多少，只要合适就行。你看易国平他们房里东西也不多，但归置得井井有条，显得简洁而有品位。"

洪英涛这时才顾得上仔细看这房间，和她对自己房间的设想差不多，卧室内有床、高低柜和梳妆台。进门的一小间房靠窗有写字台，中间是饭桌。只是卧室内多了一个两扇门上绘有装饰图案的衣柜。写字台上放的一架收音机，是易国平在喀什买的。

十一点钟，婚礼仪式开始，主持人正是侯所长——这样的角色他以前做过多次，驾轻就熟。

首先，他宣布易国平和江燕的结婚仪式正式开始，接着宣读了结婚证书，说明他们的婚姻合法有效，然后又请新人向双方的长辈、来宾行了鞠躬礼，接着又请新人讲恋爱经过。易国平和江燕都有点儿不好意思，有选择地简单说了从认识到相恋的过程。接下来是来宾讲话，钱主任代表大家向新人表示了祝贺，又讲了希望他们在旧城县扎下根来，为这里的革命和建设事业奋斗不息，祝愿他们生活幸福美满等。

最后，侯所长说："为了感谢大家光临，今天中午两点钟婚礼的主人准备了三桌简单的喜宴，希望大家都能过去享用。"

人们散了，洪英涛和于莉也准备出门。这时易国平和江燕过来，说李文祥可能忙，刚才没有过来，但中午一定要把他叫上去吃饭。洪英涛答应着，就和于莉出了门，来到了院外。

"这两口子，人还真是不错哩！"于莉说着又问，"李文祥去哪儿了，他为什么没来？"

"他今天给我和阿主任顶班，在图书室。"洪英涛回答。

"噢。"

于莉一听就明白了，但也没有多说什么，又问起了洪英涛他们办事需不需要用钱的事。洪英涛说根据现在的情况来看，大概不需要了，并向于莉的关心道了谢。然后两个人准备过去看看洪英涛他们的新房。

　　洪英涛带于莉进了自家的院门，因为天气有点儿冷了，两位木匠师傅已将工具搬进了房内，里面传出叮叮当当的声响。于莉说："他们正在忙活，咱就别进去了，以后抽时间再看。洪英涛则给于莉讲了自己对于房子布置的设想，除少几样东西，大致和易所长他们的一样。于莉最后又问起了他们婚礼的具体时间。

　　"具体时间还没有定，我还得和李文祥商量。"洪英涛说。

　　"准备好了就抓紧办吧，现在遇上了好时候，我看你们也要向易所长他们学习，要速战速决哩！"于莉笑着说。

　　"你说得对。"

　　中午两点钟快到了，洪英涛和于莉打算到图书室叫上阿布都热克木（他刚才婚礼仪式结束就回了图书室）、李文祥一起去吃饭。他们到时，看到阿布都热克木和李文祥正在关门。洪英涛跟李文祥说了易国平和江燕请他过去吃饭的事。

　　"我不去了，你们和阿主任一起去吧。我回房里还有点儿事，就自己吃了，下午还来这里。吃过饭你们消闲消闲，不用操心这里了。"李文祥似有所思地说。

　　"那……就有劳你多费心了。"洪英涛犹豫了一下说完，又在心里说："真是一根筋！"

　　"好了，难得李秘书这么热心，那咱们走吧！"阿布都热克木笑着说。

　　他们三个人来到餐厅，和大家一起进了餐。过后阿布都热克木笑着对洪英涛说，让她和于老师利用这个时间去玩儿，因为有人给她顶班，自己则要回图书室，今天是星期天人多，他怕李秘书一个人应付不过来。说完就和她们道别走了。

　　于莉说她下午还有事，也走了。洪英涛则回到招待所的房间，一边思谋着婚前还有哪些准备工作要做，一边看这房里还有哪些东西可用，需要搬去新房。

这天晚上，有一些年轻人到易国平和江燕家闹新房。也是天凑人趣，恰就在这天晚上，喀什开始给旧城县送电了。易国平听到消息，立即安上了早就准备好的灯泡，打开了开关，房子里面立刻一片明亮，人们的脸上都添了光彩。

"真是好兆头啊！怎么就让你们赶上了。"有几个年纪稍微大点儿的人说。

过了两天，早晨刚上班，邮递员给图书室送来了报纸、杂志，还有洪英涛的一封信。

洪英涛看着信封上漂亮的小楷毛笔字，觉得这笔迹好像在哪儿见过。"啊，这不是肖书的字吗！他怎么回到北京的？"信封上的发信人地址分明写着：北京。

"嗨，何必睁着眼睛瞎猜呢？拆开看了不就知道了吗！"

此时图书室还没有读者，阿布都热克木见洪英涛收到了信，便让她去看，说邮递员送来的东西他收拾。

洪英涛打开信封，展开信纸，便有一行行纤秀的毛笔字映入眼帘：

洪英涛女士：

　　您好！

岁月倏忽，转眼又是一年。我在这里先要告诉您的是，我已于今年五月调来北京，现在一家美术出版社从事图书编辑出版工作，同时也有机会发展自己的书画特长。

说起我来北京，还真有点儿出乎自己的意料。一年多前我去北京，在同学那里写了一些字，也画了几张国画。后来我回阿克苏后，北京那边正好有家出版社要扩大业务，让我那位同学给推荐一位行内人。我的同学想到了我，给他们做了推荐。他们看了我的书画作品，很满意，又发函了解了我的情况。就这样，今年五月份，我正式被调来北京。

您的情况还好吗，是否还在图书室工作？

我一切均好，已参与编辑了几本书，自己的一本书画作品集也正在筹备出版中。我现在的生活状况较前已大为改善，一直想着怎样报答您。

万里迢迢，魂牵梦绕。在这里我不想多说空话，只想对您说一句您若有机会来北京，一定要提前告诉我，我定热情接待，抑或有什么需要我帮忙的，我也会倾心相助，不遗余力！

语长纸短，一时难尽，聊通信息，就此打住。

顺便告诉一事，我已于今年成家，各人均好。

祝顺利！

肖书

1965 年 12 月 10 日

洪英涛看完信，为肖书而高兴，也再一次佩服他的为人：一点儿相助，他竟牢记在心。

# 第二十三章

　　1966 年，转眼间冬将尽，李文祥与洪英涛大喜的日子也快要来临。他们俩又抽时间去收拾了一次新房，做了布置，将做好的家具摆放了，又买了几样床上用品。原来各自房内的东西，凡是借公家的都还了，属于自己的则拿过来准备继续使用。这其中除一些零碎的生活用品，洪英涛还带来了玉石花瓶，将它摆放在新做的高低柜上。李文祥办公室有一张单人铁床是他自己买的，也搬了过来，以备不时之需。

　　这天是春节的第一天，上面通知将下一个星期天移前，春节共放假三天，他们为了趁大家方便，就将婚礼放在这一天举行。因为有易国平和江燕做先例，所以除个别地方有不同，婚礼的大部分内容都是外甥打灯笼——照旧（舅）。

　　举行婚礼的地方也是在新房，婚礼主持人依然是侯主任。另外，李文祥和洪英涛的父母都在四川老家，虽提前通知了，但没有人过来，只回信对他们表示祝贺，并多少在经济方面进行了支持。来客中除钱主任、于莉、易国平两口子、阿布都热克木，又多了崔副县长的妻子王素琴和图书室原来的负责人卡得尔、沙依巴克公社一大队的曼娜尼沙、新城县的牛玲，还有几位李文祥单位的同事和他下乡时认识的几位朋友。人数比易国平他们结婚时的客人略多。

来人所带礼物也大致和易国平他们结婚时的礼物一样，只几人不同：王素琴带了两条被面，并说崔副县长正在地区开会，让自己代为致贺；卡得尔带了一对老伴绣的花枕套；牛玲送了一块亚麻布双人床单，说是丈夫在口岸买的；于莉送了一块淡蓝色底上有樱桃花的布料，让洪英涛做衣服穿，并说葛培荣正和崔副县长一起开会；李文祥认识的色目公社的四位朋友带了一双手工制作的短牛皮靴——他们中一人是鞋匠。

李文祥和洪英涛也准备了瓜子、糖和茶水等招待客人。

婚礼在侯主任的主持下一项项进行。

"下面请婚礼的主人介绍恋爱经过！"侯主任说完，大家一起鼓掌。

李文祥脸涨得通红，好一阵子才开口，却背出了《诗经》中的句子："关关雎鸠，在河之洲。窈窕淑女，君子好逑……"

洪英涛则显得比较平静，简单讲了他们的恋爱经过。

最后侯主任又代表主人宣告：在招待所餐厅备有喜宴，希望大家过去享用。

根据今天来客的情况，他们也准备了三桌席，虽不算奢华，倒也丰盛。

大家各自入座，那四个色目公社来的年轻人坐在了一起。李文祥和洪英涛一起给各桌的客人敬了酒，向大家表示了感谢，还特意向侯主任道了辛苦，同时也接受了大家的祝福。

吃喝过后，大部分客人告辞走了。那四个色目公社来的年轻人似乎兴味正浓，依然由李文祥陪着说话、吃喝。牛玲要走了，于莉和洪英涛准备送她到车站。牛玲说洪英涛是今天的主角，还要招呼剩下的人，就不要送了。但于莉说剩下的客人由李文祥陪，英涛这些日子忙得够呛，晚上有人可能还要闹新房，所以送就送吧，过后也可以让她先回新房歇会儿。

洪英涛自然也乐意，就跟李文祥和那几个人打了招呼后，与于莉、牛玲出了门。

她们前脚刚走，那四个色目公社来的人中的一位便从袷祥的口袋内掏出一瓶酒说："这是公社自己烧制的上好头曲，今天特意带过来为大哥的婚礼助兴。刚才嫂子在，没好意思拿出来，现在请大哥和我们分享。"

李文祥给每人面前的杯里倒满，又举起酒杯和大家碰了杯，然后都说着祝福的话喝干。啊，好厉害呀！真说不上这酒是好还是不好，反正李文祥喝下去后只觉得有一股火从肚里烧起，接着就烧向了头顶、脚底，烧遍了周身。他本来酒量就不算太大，刚才没顾上吃饭空腹敬客人，喝了几杯，脑袋已觉得有些发晕，现在喝了这酒，便像是吃了麻醉药，变得昏昏欲睡。但他知道这几人都是朋友，又是人家自带了酒为自己的喜事助兴，所以也就皮袄上穿马甲——硬撑着。

在这个过程中，一瓶酒已被喝得见了底。李文祥早已是醉眼蒙眬，但意识似乎还有，他在心里暗自庆幸，总算是挺过来了，没有在朋友面前丢面子，但使他没有想到的是，这时又有人从搭在椅背上的袷祥衣袋里拿出一瓶同样的酒，放在桌上说："对待朋友要真诚，友谊之根要扎深。一瓶不过瘾，再来一瓶。"说完先给李文祥的杯里倒了，又给其他人的杯里倒。

此时的李文祥本来已快要不行了，但碍着大家的面子，又连喝了两杯，头便像被霜打了的茄子——耷拉了下来，垂在桌上，再也无法抬起。

那几人一看，知道他喝多了，便赶忙停了杯，本来想送他回新房，但又怕到了新房受责难，为此而犹豫着。此时恰逢易国平过来，看到李文祥趴在桌上，知道他喝高了，便对那几个人说他们的房子在一起，自己送他回家。那几个人一听，便立刻向易国平道谢后散去了。

易国平推叫了半天，终于将已进入梦乡的李文祥叫醒，并扶他回家。

洪英涛在新房内清扫完地面，整理好东西刚坐下，便听到有人

红樱桃

敲门。她忙去开了门，见易国平扶着李文祥走进来。

"咋喝成这样了？"洪英涛赶忙过去扶李文祥坐在单人床上。

"他喝多了，就让他先躺会儿吧。"易国平说。

"那等会儿还有人来闹新房可咋办？"洪英涛有点儿犯愁地说。

"看样子他一时半会儿也醒不过来。"易国平说，"要不就这样吧，你要是同意我就告诉一会儿来的人说李秘书喝醉了，闹新房就免了。"

"那样行吗？"洪英涛问。

"行，咋个不行哩！闹新房的就是老张他们几个人，我认识，跟他们说说就行了。"

"好，那就谢谢你了。"

"不谢。咱们也是有缘分，一前一后办的事。好了，你快安顿让李秘书休息吧，我该走了。"易国平说完就走了。

此时天已经黑了。洪英涛扶李文祥在床上躺下，又拉亮了电灯，添旺了炉火，在壶里沏好了茶，拿了把椅子坐在李文祥头边。她用手抚摸着他的脸颊，轻声说："咋就喝成这个样子哩嘛！文祥，我说的话你能听得见吗？"

"噢，是……英涛吗？我……听见了，真对不起……我的那些朋友……"李文祥眼睛闭着，断断续续地说。

"今天这个日子来得不容易，我不怪你，也不怪你的那些朋友。"

"那就好……那就好……"

"你现在感觉怎么样？要不要喝点儿茶？我刚沏的。"

"啊，不，不……快拿脸盆过来！快，快……"

洪英涛知道他可能要回酒，赶忙取过了盛垃圾的旧脸盆，端到他旁边。

"哇——"李文祥抬了抬上身，侧着脸吐了起来。

待他吐完了，洪英涛将脸盆端出门外放下，用纸给他擦了嘴，然后端来一杯茶。

"怎么样，现在好受些了吗？能不能坐起来？喝杯茶可能会好一些。"

"啊，啊，"李文祥在洪英涛的帮助下撑起身子靠在枕头上，接过茶杯，说，"英涛，你放心，无论怎样……我都不会给你丢面子……可能马上就会有人来……闹新房……"

"你只管放心地休息吧，今晚不会有人来了。"洪英涛讲了易国平送他来后的情况。

"真的吗？噢，真是那样就……太好了……"李文祥似兴奋又似有些疑虑地说。

这时，洪英涛看到他微闭的眼角旁正有两颗泪珠滚下。"怎么了，文祥？今天是高兴的日子，我怎么看你流泪了？"

"是的，是的……但这是喜泪……你听说过吧——喜泣而极。"

"我知道，但那应该是喜极而泣，而不应是喜泣而极。"洪英涛笑着帮他纠正道。

"对，对，应该是喜极而泣……"李文祥说着，后面的话还没有说完，便又睡着了。

洪英涛看了看腕上的表，已经快十一点了，便进里面的婚房拿来一床被子给李文祥盖了，又在他的脸上亲了一下，就打算去婚床上也睡会儿。这时她不由得想起近一年来，特别是她和李文祥的婚事定了以后，他们曾有过多次亲密接触，甚至他还差点儿突破她的"禁区"。但这次他学习回来后，两个人见面的机会虽然更多了，他也亲吻过自己，但总觉得他似乎少了原来的激情。"可能是他身体不适，或者他认为婚期将近……"

"是啊，从今天起我已经完全属于你了。"这样想着，她便上床，脱了衣服，拉开被子钻了进去。

不知过了多久，天仿佛已快亮了。洪英涛依稀看到李文祥正仓皇地在原野上奔跑，后面有一群人在叫喊着追赶。她急急地穿好衣服，顾不得多想便起身追了上去，直到越过人群追上了李文祥，和他一起往前跑。后来那群人不见了，他们来到一座山上，这里好像是高原，地上有雪，她感到有点儿冷，李文祥怜惜地搂着她进了一个山洞。这山洞洞口不大，但洞里很深，洞内燃着一堆火，暖烘烘的，里面似乎有水，正嘀嘀嗒嗒地响着，他们在火堆边坐了下来，李文祥用一只手搂住了她的腰，另一只手慢慢地伸向她的衣内，顿时便有一股热流流遍她的周身。

她激动地睁开眼，原来是一场梦！她看到外面房间的灯亮着，并听到有水龙头放水的声音，原来李文祥已起身下地，正在那儿接水、刷牙、洗脸。

她心里一阵兴奋，却没有吱声，看了看手表刚刚四点，便又闭眼装睡。

"英涛，喂，英涛，你还在睡吗？"她知道是李文祥。他一边说着，一边进屋上床蹭进了她的被子里。她感到他的手正如刚才在梦里一般，缓缓地伸向她。

"文祥，我的一切都是你的了……"洪英涛说着，轻轻扭动了一下，便完全将身体摊开。

"英涛，是我，我们终于等到了这一天，迎来了这一刻。"李文祥说着，在她脸上亲着，但是突然间，他却停住不动了。

洪英涛问："文祥，你咋了？"

"哎，怪了，刚才还感觉是好好的，怎么现在突然就……"李文祥说着从洪英涛身上翻落下来，"唉，都怪我不争气！"

"啊，不急不急，也许是你今天酒喝多了，好了，来日方长，咱们躺会儿吧！"洪英涛说着转过身来，搂住了李文祥，在他的脸上温柔地亲着，"现在咱们有的是时间，你就在这儿睡吧。"

"但是为什么会这样呢？难道……"

"怎么，你想到了什么？"

"这段时间我总是感觉身体有点儿不对劲，该不会是得了什么病吧？"

"别把事情尽往坏处想，好了，咱都休息一会儿吧。"

李文祥本来要到小床上去睡，但是被洪英涛劝住了，并去小床上给他拿来被子。李文祥虽然觉得自己今晚有点儿扫兴，但遇到洪英涛的大度，再加上对今后还抱有希望，也就睡了。

第二天还是春节假日，而且按照这里的惯例，新婚有五天的休假，所以他们都不用急着为上班而早起。一直到太阳照得老高了，洪英涛先醒来，本想叫李文祥一起起床，但一想晚上他肯定没睡好，让他再睡会儿吧，所以就自己穿上衣服下床。她开门来到小院里，准备活动活动身体。一年多前她在峨眉山上跟申师傅学了几天健身拳路，回来后在招待所房内也练过几回。但那边房子小，外面人又多，总觉得不是很随意。现在这边有了自己的小院，便想抽时间多练练，以强健自己的身体。

她学的动作其实很简单，除了运气，无非是伸胳膊、踢腿、摆头、扭转身体等。她练了一会儿，觉得身上出了汗，便回到房内准备早饭。昨天下午她一直忙着收拾房子，后来李文祥喝醉酒回来了，又忙着照顾他，竟没有吃晚饭，现在感到有些饿了。

她洗了脸，简单梳妆了一下，就在盆里盛了搬家时从那边带过来的大米，淘洗着准备做新婚后的第一顿饭。

这时李文祥也醒了，坐起来伸着懒腰说："英涛，你已经起床了吗？"

"都快中午了，我想给咱弄点儿吃的。你昨晚睡得迟，想睡就再睡会儿吧，饭好了我叫你。"

"不了，我也起来吧，再睡也是望着太阳想下雨——白费心思！"李文祥想起了昨夜的情况，有点儿自嘲地说。

"嗨，你还真有能耐，一起床就把歇后语用上了。"洪英涛听了李文祥的话，感到他情绪似乎还可以，便笑着说，"咱们的时间还长着哩，何必争这一日。"

"是这样！可我……唉……"李文祥说着，眼睛又直勾勾地看着洪英涛。

"看什么看，像个小孩子似的，难道昨天还没有看够吗？"

"我咋越看你越美了！"

"好了，快穿衣服吧，现在肚子已经饿得咕咕叫了。"

"好，现在是春节期间放假，今天可能有集市，我去买点儿菜回来炒。这还是咱第一次在自己房里做饭，可不能太凑合了。"李文祥穿了衣服下地，边洗脸边说。

"好，那你就快洗了脸去吧，米饭我已经蒸上了。"

"说起吃饭，昨天我觉得自己吃了不少，怎么现在肚子还这么饿。"

"知道饿了吧？昨天晚上咱们都没吃饭，而且你中午吃进去多少晚上又送出来多少，能不饿吗？"

"怎么，我昨晚回酒了吗？"李文祥吃惊地问。

"回不回我说了不算，你出门去看看院里的盆子就知道了。"

"我信，我信！那我不成了《卖油郎独占花魁》里的秦重了吗？"

"打住！怎么说着又把小说里的人物搬出来了！你愿意当秦重你去当吧，我可不是莘瑶琴。"

"我说错了，娘子，请你见谅，请你见谅。"

"别贫嘴了，快去买菜吧！"

"是，是。"李文祥说着就拎了手提袋出门去了。

洪英涛从玻璃窗上看到李文祥出了房门，将她昨晚放在外面的盆子端起来，把污秽物倒进了垃圾筐，才出了院门。她不由得在心里说，这人有时虽固执，但珍惜友情，也知道自省，总的来说，还是个不错的人哩。

不一会儿，李文祥就回来了。他放下袋子，从里边取出土豆、葱、蒜，还有一个纸包，里边是一块煮熟的羊腿肉。

"昨天只顾了陪客人喝酒，自己没有好好吃，我想你更是，所以买了一斤羊肉。这东西多年不见，现在又有卖的了，我们都尝尝鲜。"李文祥说。

"好，从前只听说过维吾尔族老乡做的手抓羊肉香，现在你买来了，我们等会儿就尝尝。"洪英涛也说。

"哎，英涛，要说起这羊肉，我刚来这里时还吃不惯，后来可是越吃越觉得鲜美哩！其实这也难怪了，因为鲜美的'鲜'字，就是'鱼'和'羊'组成的，说明咱们的先辈对羊肉有过很高的评价哩！"李文祥说。

"是呀，让你这书袋子这么一考据，这羊肉还真是引得人流口水哩！"

洪英涛说完，便动起手来。米饭已经蒸好，她将土豆切成丝下锅炒。李文祥也过来帮忙，将羊肉切成了片，准备凉拌着吃。

不一会儿，一切就绪。洪英涛让李文祥在桌旁的椅子上坐下，盛了一碗米饭放在他面前，然后自己也盛了一碗坐在他旁边。

"在老家有个习惯，吃饭先得让夫君，妻子只能在旁边陪着吃。"洪英涛笑着说。

"这都什么年代了，谁还兴那些老讲究。不过，娘子，听了你这话，我心里可是乐得很哩！"

"看把你美的，我不过是说说罢了，其实现在老家的人也不太讲究那一套了。"

两个人一边高兴地吃着，一边聊起了老家的事。

"哥哥最近来信说家里的情况比以前好多了，他和嫂子都涨了工资。"洪英涛说，"我们的婚事他们虽不能来，但心意到了，除向我们表示祝贺，还寄了五十元钱。这钱，还有我自己存的待会儿都给你，你用它去付招待所待客的钱，估计差不多吧？"

"你这是说的哪里话？记得之前我已经说过了，这次咱们的事不用你操心，都由我负责。"李文祥说，"其实木工做家具你非要付款，我心里就有点儿过意不去。但付了就付了吧，怎么还能让你再破费？！"李文祥说完，就去衣架上从自己的外衣口袋里拿出一个银行存折，说："这里边还有 300 元钱，是我存的，招待所的三桌喜宴我问过了，200 元就足够了，剩下的你看家里还缺什么，完了去购置一些。至于你的私房钱，你自己支配吧。这次办事前，本来要给你做套新衣服，你不同意，说有衣服。"

"看来你是真有心哩！好了，以后的事咱们商量着办。不过听了你的话，我心里是真高兴哩！"洪英涛说。

"说到这里我倒想起了你最近常说的一句话：都成一家人了，还什么你的我的。要说起来，这些事都应该是我们的。"李文祥庄重地说。

"没想到文祥还真是学会说话了。好吧，我同意你的意见，我们的事我们商量着办。"洪英涛深情地说。

两个人吃过饭，又坐在桌边聊起来。

"昨天我们办事，葛培荣和崔副县长开会没有来，还有阿主任、候主任、易所长，为咱们的婚事出了不少力，所以我想着哪一天请他们过来吃顿饭，你看行吗？"洪英涛说。

"你咋跟我想的一样，就这么办。不过崔副县长两口子你再叫，我估计他们也不会来了。你可能还不知道，崔副县长在这方面对自己和家人要求是非常严格的。昨天是咱俩的婚礼，要是换了别人，他爱人可能也不会来哩！"李文祥说。

"咱们？还不是主要因为你这个能干的秘书嘛！他们把你的事可是早就放在心上哩！"洪英涛想起了以前的事，便笑着故意说。

"你只说对了一半。你别忘了你是崔副县长从咱们老家带来的。他虽然平时和你见面说话不多，对你的工作生活却是常挂在心上哩！他和我见面，常问起你的情况，还总说'一个女娃家，大老远地来这儿，工作生活不容易'，让我们多关心你。"李文祥一本正经地说，语调近乎庄严。

"你说的这些我都知道。"洪英涛也满怀深情地说，"其实除崔副县长，像候主任、易所长、卡得尔馆长、阿主任他们，也都很关心我。我一直记在心里，想着用实际行动回报他们哩。"

洪英涛顿了一下，又笑着说："其实我前面那样说，是故意惹你的。你说话做事都那么较真，就像学校课堂上回答老师的提问一样。"

红樱桃

# 第二十四章

让人没有想到的是,连着两个晚上,李文祥就如那银样镶枪头的将军,一上阵不及交战就败退了下来。他陷入了深深的自责,在经过几番痛苦的思量之后,不得已向洪英涛讲了本来不愿意讲的事。

上次从乌鲁木齐回来后,他遵洪英涛所嘱,去县医院找了熟识的穆医生看病。穆医生是扬州人,从上海医科大学毕业后来疆,因为他医术精湛,所以人们得了病都愿意找他。

穆医生听他讲述了身体的症状,又给他做了一些必要的检查,然后说,根据初步的判断,他有可能得的是神经炎。至于引起这病的原因有好多种,但较常见的是劳累所致的肾功能紊乱。他说先给李文祥开点儿药吃,但最好是去喀什人民医院做个检查,因为那儿的设备比这里齐全。等开完药,穆医生又说,小洞不补,大洞难堵。希望他能重视自己的病,抓紧治疗,如果时间长了可能会影响到其他方面功能的发挥,如夫妻生活,又说平时生活要注意忌烟酒,因为烟酒会加重病情。

回来后他吃了药,慢慢地觉得似乎好些了,又加上婚期将近,他还怀有侥幸心理,所以……

"唉,完了,我这辈子算完了!"李文祥讲完了情况,不住地哀叹着,一再对洪英涛表示歉意,"真对不住你,真对不住你。"

"文祥，你先不要说这些丧气话。穆医生不是说了吗，让你去喀什做检查。你当时虽没有听人家的，但现在还来得及。我看你明早就去喀什吧！另外，这酒对你来说可是罪魁祸首，以后别喝了。"洪英涛说。

"是，今后打死我也不喝了！"

"文祥，你放心，这么一点儿事我能忍受，也愿意等待，等你病好的那一天。"

"这次我一定听你的，听穆医生的！"

第二天李文祥就去了喀什人民医院，做了全面检查，隔两天他去拿检查结果。跟穆医生诊断的差不多，是神经炎，但已转入慢性阶段，需吃药做较长期的治疗。

他拿了药回到县上，又去找穆医生。穆医生看了那边的诊断结果后说："查明了就好，我们可以做到有的放矢。我为你做一个较长期的治疗方案，你放松心情，坚持按时吃药，慢性病就得慢慢治，不能操之过急。"

李文祥和洪英涛本来还在婚假期间，但他们都是对工作十分上心的人，所以三天后就去各自的单位上班了。

洪英涛到图书室时正遇上邮购的新书到了，就和阿布都热克木一起忙活着往书库搬书。

忙完了，阿布都热克木笑着说："俗话说，新娘子十天不见太阳。你怎么今天就来上班了？"

"在家里也没啥事，我想着这几天了都是你一个人忙，所以就过来了。"

"哎，你看看，已经几天了，那几个退休的老同志每天都来得很晚，现在还不见人影儿呢！"

借这个空档，洪英涛讲了下个星期天准备请他和几个朋友去家里坐坐、吃饭的事。阿布都热克木向她表示了谢意后说，下个星期天县城有个亲戚家的男孩准备举行成人礼，他已答应了中午去那儿吃饭。然后他又开玩笑说："我们还有句话是第一次请客吃主人的饭是甜的，第二次请客吃主人的饭是辣的。你们的甜饭我已经吃过了，辣饭嘛就不吃了。"

"那我们就专门给你准备一盘甜的。"

"不了，你们和其他朋友吃吧，我就免了。另外，你今天提前来上班，那么下个星期天你就忙你的事情吧，也算是给你补个假。反正最近来这里的人也不多。"

"真不好意思，那就谢谢阿主任了！"洪英涛没想到自己想说的话，阿布都热克木已经替她说了，所以表示感谢。

中午，李文祥回家来若忧若喜地告诉了洪英涛一个消息：县委组织部任命他为色目公社副社长，文件已经下发。今天他去单位，钱主任给他看了。

"这可是好事呀！这说明组织对你的信任，也说明你又进步了。"洪英涛高兴地说。

"可你知道吗，到公社当领导就要吃住在那儿，说不定十天半月才能回来一趟，农忙时也可能一个月都回不了一趟家哩！"

"那……那不正好吗……但不知你的身体……"

"其实也没啥。我身体其他方面还都好着哩，药可以带着，吃完了回来取。只不过剩了你一个人在家。"

"一个人就一个人吧，好几年都这样过来了，再说你去也是为了工作嘛。"

"你能这样想就好。"

这个星期天，按照事先的计划，洪英涛和李文祥请几个朋友在家吃饭。不出他们所料，崔副县长和妻子说有事忙推辞了，李文祥在喀什看病时抽空去请了侯主任，他也说忙，就不叨扰了，阿馆长前两天也说过今天中午有事不能来。来的只有于莉两口子和易国平两口子。

葛培荣和易国平见了李文祥先向他道贺，因为他们已经知道他升迁的事。

"看来我们以后不能再叫你李秘书了，而应该改口叫你李副社长了。"葛培荣开玩笑说。

"叫啥还不是我这个人，我看你们以后就直接叫我李文祥吧！这些年当秘书当的，好多人似乎把我的名字都忘了，只有英涛还记得。"李文祥说着，似有点儿不好意思地望了望洪英涛。

"看看，才说了几句话就想请老婆来帮忙了。你们听这'英涛'叫得多甜呀！真是人家说的亲不亲一家人，小两口就是小两口嘛！"于莉也打趣说。

"色目公社可是个好地方。我指导种丰产田在那儿待过一段时间，听说文祥也在那儿住过队。公社的彭书记和买社长还在我面前夸奖过你哩，说你是个懂技术的实干家，还有一些年轻人也说你够朋友，讲义气。"葛培荣望着李文祥说，"你去那儿任职，他们肯定会高兴的。"

"这话你可说对了，我看他们也是非常喜欢他哩！"正在忙着的洪英涛想起了婚礼那天几个年轻人和他喝酒的事，话里有话地说了一句。

"看来李秘书，啊，不，李副社长的群众基础还真是不错哩！"易国平也说。

饭菜已经做好了，洪英涛和李文祥收拾了桌子，请大家就座。今天做的是大米饭，还有三荤三素，外加一个鸡蛋汤。洪英涛从柜里拿出一瓶酒，但易国平见识过那天李文祥醉酒的情景，说酒还是免了吧。其他几个人都不是好酒之人，也表示同意。

饭后，大家聊了一会儿天，看看天色不早了，葛培荣说："好了，时间也不早了，客走主人安，我们是不是也该告辞了。"

"对，让英涛他们休息吧，新婚的人总嫌时间少。再说我现在虽在寒假期间，母亲也在，但孩子中午睡完觉总是要找我的。"于莉说。

"我把孩子的事情忘了，那就这样吧！"葛培荣说着就和于莉起了身。

江燕和易国平也起身，并说这样的聚会有意思，既开心又长知识，有空也要请大家去家里坐。

洪英涛和李文祥对大家帮忙办婚礼再次表示了谢意，又说了多联系、常走动一类的话。洪英涛又问起了于莉孩子的身体和名字。

"小家伙的身体好得很，能吃能睡。就是我奶水少，现在干脆停了，让他吃奶粉。名字嘛，就是他爸给起的，"于莉用下巴指了指葛培荣说，"叫继志，意思是继承我们的志向，永远在边疆扎根。"

"好，这个名字起得好，看来我们是后继有人了！"易国平说。

"那你们有了孩子准备叫什么？"葛培荣笑着对易国平和江燕说，"我看就叫'兴边'吧。你们的孩子，"他又对李文祥和洪英涛说，"就叫'荣疆'吧！哈哈，我这不过是随便说说。"也许他看到于莉正向自己撇嘴，立刻改了口说，"谁的孩子谁做主，到时候你们一定能起出更好的名字哩！"

"就么么，说不定人家起的名字比你起的还有意义，而且更文雅哩！"于莉说。

"是，还是老婆说得对！"

几个人说笑着就告辞走了。

两天后，李文祥正式办了移交手续，坐人委的小车去色目公社上任了。

洪英涛还在图书室上班，虽说她和李文祥的事多少还有些不完美，但他们毕竟有了一个名正言顺的家，所以她的心里也算是踏实了。

四月上旬的一个星期天下班后，易国平来洪英涛的房里告诉她说，上次侯主任跟他讲了，她有看樱桃花的习惯。现在果园里的花又开了，让她抽时间找买合苏提开了门去看。她高兴地答应了。

第二天上午她去了招待所，见了买合苏提老人。老人说已经几个月没有见到她了，向她问了好，然后带她进果园。和往年一样，老人先去剪来一大捧紫色的樱桃花枝放在地上，让她挑一些拿回去插花瓶。他说今年的气候不好，花开得稀，颜色也不如以前浓艳。

她在花枝里挑着，便想起了前几天李文祥回来时对她说的，今年天气异常，一些地方刮大风，还有一些地方下了冰雹，果木、庄稼都受损严重。"唉，这是怎么回事嘛！刚刚顺了几年，咋又起了坎坷哩！"

她告别了买合苏提，捧着花枝回家准备往花瓶里插。当她拿过花瓶擦洗时，不由得想起去年这时和李文祥一起赏花、插花及那天晚上两个人缠绵的情景。现在他们有了自己的房子，各方面条件也比那时好多了，但他却……她多少有些梦想破灭的感触。难道真如于莉曾经说过的，这花是"苦命花"？不，不是这样的，一定不是这样的！她在心里极力否认。一切都会好起来的！他的病一定会好起来的！

这时，她又想起李文祥的一些情况。他到公社后头一个月每个星期都回家，后来回家的次数越来越少了，这个月就没有回过家，只来过一次电话说他那边忙……她问过他药是否吃完，又嘱咐他要按时吃药。其实她明白他不愿回来一个原因也许是工作真的忙，另一个原因则是为了避免那尴尬的局面再次发生。"这又何必哩撒，其实见到你我就是高兴的！"她喃喃道。她插好了花，屋内立刻飘满淡淡的清香。

大约半个月后，一个星期六的傍晚，李文祥终于回来了。洪英涛惊喜而又怜惜地看着他，说："怎么这么长时间都不回来？我看你好像又瘦了，脸也晒黑了。"

"这俩月把人忙得够呛，几个大队救灾补种，机关也有不少事，我们已经连着一个多月没有休息了。现在松活了一些，书记和社长让我休息几天，回家看看。另外，我上次拿的药也吃完了，明天再去医院拿点儿。"

"怎么样，感觉还可以吧？"

"好像还可以，觉得精神好多了。"

"好，咱等会儿慢慢说吧。我也刚下班，你看你想吃什么，我给你做。"

"简单点儿吧，我中午在公社吃过拉面，现在好像还不太饿。"

"那吃馕行吗？还有我中午炒的菜。"

"行。"

洪英涛热了菜，两个人很快就吃完了。洪英涛又问起了他在公社的生活与工作情况。

李文祥说在公社生活上还可以。本来他们中午都在公社对面的供销社食堂吃饭，但公社有位农业技术员，姓张，苏北人，是前年从一所农校毕业分配来的，在自己房里做饭。最近，自己和公社彭书记有时中午就在他那儿搭伙，一起动手做饭吃。他又讲自己的具体工作已经分配了，除了帮书记、社长抓生产，还负责协调处理一些民政和机关上的事。

"我们公社有个看果园的老头名叫依明阿洪，他是之前我跟你说过的那个沙迪克的舅舅。他已经几次跟我说公社果园的早桃已经熟了，很多人都去过，让我也抽时间过去看看。所以我想明天我去医院拿药，后天是你的休息日，咱们是不是一起去趟公社，看看那里的果园，顺便也尝尝鲜？"李文祥说。

"那样好吗？再说去那儿有十几公里，我们怎么去呢？"洪英涛问。

"没有什么不好的，别人进果园掏钱买桃，咱们去了当然也不会白吃白拿。今天我是搭民政科的小车和老刘一起回来的，他在那儿了解复员军人安置情况，说星期一还要去，咱们正好可以坐他们的车。"

"那太好了，后天咱们一起去，看看我们文祥工作的地方到底是个啥样！"

晚上李文祥仍睡了小床。

第二天早饭后，他们一起出门，洪英涛去图书室上班，李文祥去医院拿药。李文祥从医院出来后，又去买了些菜和羊肉，回房里准备起了午饭。他蒸了米饭，又炒了两个热菜、拌了一个凉菜，看看表已经两点了，便擦了桌子，摆放着筷子。

这时洪英涛回来了。她进门耸着鼻子闻了一下，又看李文祥正在忙活，便高兴地说："哎呀，真香呀！一闻就知道你买肉了，还炒了韭菜。"

　　"我买了一斤羊肉，炒了两个菜，有韭菜，还有小白菜，又凉拌了一个黄瓜。"

　　"你看，结婚这么长时间了，我还真没享受过这个待遇哩——进门就能吃上热乎饭，还是那么好的新鲜羊肉菜。真好！"

　　"那今天你就好好享受一次吧，我这个家庭主夫也是难得当一次哩！"李文祥说着就端上了菜，又转身要去盛米饭。

　　"你忙了半天，也该坐下歇歇了，剩下的事我来做。"洪英涛说着，洗过了手，去盛了一碗米饭放在李文祥面前的桌上，然后自己也盛了一碗，坐下来和他一起吃。

　　"主要是条件不允许，要不然我真愿意天天给你做饭哩！"李文祥说。

　　"其实那倒也不必。瓜子虽小人的心。你有这心就行了，我就知足了！"洪英涛说。

　　此后李文祥就没有再说话，仿佛有什么心事似的。洪英涛怕引他不快，也没有再问。

　　晚上李文祥仍睡小床。

　　第二天早饭后，李文祥和洪英涛去民政科，和老刘，还有一个青年干事一起坐车到色目公社。到公社时正是十点多。老刘说他去七大队办事，可能下午五点钟左右过来，他们要是回县城还可以坐这辆车，然后就走了。

　　公社大院显得有些空阔。东面的礼堂关着门，前面的一株槐树已开过花，白色的花瓣落了一地。北边的办公室有一间开着门，里面偶尔传出说话声，一群麻雀"叽叽喳喳"地叫着，飞起又落下。李文祥知道彭书记和买社长今天都去五大队开小麦后期管理现场会，晚上才结束。张技术员在大院后面的副业队指导种菜，中午回来做饭吃，剩下的只有文书等几个人在办公室办公。

他领着洪英涛进了南边一间门上挂着副社长牌子的，他的办公室兼宿舍，让她在自己的床上坐着，他去看看依明阿洪在哪儿，说完就出去了。

洪英涛环视房间，见中间地上有铁炉子，对面的墙角有脸盆等洗漱用具。自己坐的床靠南是玻璃窗，前面有张办公桌，桌上有块玻璃板，玻璃板下面压了一张照片——正是他们俩结婚前的合影。

"这个文祥，啥时候把我们的合影也拿来了？"她知道他们这张合影一共有两张，一张放在新房的相框里，另一张由她保存着。那么这张，她想起了李文祥不久前跟她要底片的事儿，原来他又去洗了一张放在这里。"看来他心里还时时装着我哩！"这样想着，她心里便泛起了宽慰和幸福。

这时，李文祥回来了，他一边说依明阿洪在果园等他们过去，一边找出一张白纸在上面用钢笔写了几个字，就和洪英涛出了门。在经过东边礼堂旁的一个房门时，他停下来将写好的纸条放进挂在那儿的一个弹簧夹内，说这是告诉张技术员自己带爱人过来了，让他中午多做一个人的饭。他和彭书记有时出门前见不到张技术员，中午不回来或回来晚，都会用这种方式告诉他。

"你们的生活还怪有意思哩嘛。但这不是得把人家张技术员忙坏了。"

"这只是个别情况，一般我们都来动手的。"李文祥说，"今天你来了，他肯定是高兴的。以前他就说过啥时候让我带你过来一起吃顿饭。张技术员的爱人现在还在农村老家呢。"

两个人说着话，已来到果园门前。果园并不远，就在礼堂的后面。洪英涛看到一位留着胡须的老者在果园门口站着，嘴里说着欢迎的话。

"这就是我们的园丁依明阿洪。"李文祥指着老人给洪英涛介绍，又指着洪英涛给老人介绍，"这是我的妻子洪英涛。"

老人右手抚胸说了一些问候的话，洪英涛也用维吾尔语向老人回问了好。老人很高兴地做了请的手势，等李文祥和洪英涛进了门，他也随后进来。

一进门，洪英涛便被眼前的景色所吸引。这是一片高低起伏一眼望不到边的绿海，各种果树仿佛一朵朵浪花错落有致地排开。它们多数挂了果，大大小小点缀在枝叶间。

"好美啊！我还是第一次见到这么大的果园，第一次看到这么多品类的果树长在一起！"洪英涛赞叹道。

"这果园占地四十余亩，原来是河滩地，公社发动干部连续几年开垦种植的，有十几个品种的果树，除了你现在看到的，里边还有石榴、无花果、巴旦木、蟠桃、阿月浑子等，这里既是公社干部公益劳动的场所，也是一些新品种果树的试种地。"李文祥给洪英涛介绍着，不知不觉间他们已随依明阿洪来到一棵桃树下。

"现在早熟桃只剩这一棵有果了，其他的已被大家摘完了。因为今年春天受了灾，所以它结的桃不算多。"依明阿洪说，"李社长，你们自己摘着吃吧，我去拿筐子，你们走时带一些。"说完，他就走了。

李文祥从树上摘下一颗熟透的桃子递给洪英涛，说让她先尝尝滋味如何。洪英涛接过桃，用手指尖拿着，上下左右翻转着看，却没有吃。李文祥明白了，她还不知道这桃怎么个吃法。于是他又从树上摘下一颗，先用两手的拇指将桃皮掰开，然后将桃放在嘴唇上一吸，桃连肉带核便被一起吸进了嘴里，然后李文祥吐核、扔皮，有滋有味地吃起来。

"这是早熟的毛桃，叫安吉夏甫，就这么个吃法，既方便又卫生。你快吃吧，味道可是美得很哩！"李文祥说。

"我还想哩，这毛茸茸的皮上面好像还落了土，怎么下口哩？看了你的示范才知道原来是这么个吃法。"洪英涛说着学着李文祥的样子，吃了一颗后，便不由得叫好，"真是好吃得很哩嘛！水多又甜！说实话，这种桃子我还真是第一次吃哩！"

李文祥又从树上摘了一些桃，放在青草地上，两个人蹲着边吃边聊。

这时，依明阿洪回来了。他将提来的小柳条筐放到树下，先在筐底垫了一些青草，然后开始摘桃子往筐里放。李文祥也过来帮忙，不一会儿筐子就满了，足足有十公斤重。依明阿洪摘了一些桃叶盖在上面，又从旁边的榆树上折了几根细枝在筐上来回穿插着，将桃叶固定住。

"李社长，这个你让你妻子带回去吃，也算是我们的一点儿心意。"依明阿洪真诚地说。

"谢谢你，但是我得付钱。"李文祥说着就从自己的口袋里掏钱。

"哎呀，李社长，你给我的亲戚办了好事，我早就想谢你呢，要不这样吧，这桃子你们带走，账记在我头上，下个月发工资时我让出纳扣。"

"不，这不行。我现在就付给你。"说着李文祥递给他两元钱。

"哎，你和彭书记为什么都是这样！那好吧！"依明阿洪看了看筐子，"这筐桃子最多十公斤，一公斤一毛钱，一共是一元钱。"

依明阿洪从李文祥手中接了一元钱，有点儿不好意思地要帮他们提桃筐。李文祥自己去提了，又跟依明阿洪道了再见，和洪英涛一起出了果园。

"这桃味道好，价钱也比街上便宜。"洪英涛说。

"这毕竟是咱们的果园嘛！你没听说过有人在咱这里吃过桃子后编的一首歌吧？"李文祥说。

"没有啊，什么歌？"

"那我给你学唱几句吧。"李文祥说完就小声地唱了起来，曲调有点儿像维吾尔族民歌：

红
樱
桃

哎……
色目的桃子甜得很，
一毛钱一公斤，
一毛钱哎一公斤。

要是你不相信，

请你来尝一下，

这里的果园向你敞开着门……

"还挺动人的，我怎么听着像是你写的歌词呀，是不是？"洪英涛笑着问。

"不是我写的，是咱们张技术员即兴创作的。"

"噢，看来他是真喜欢上这个地方了，而且已经融入了这里的生活。"

"是，不过这曲子是我替他编的。"

"啊，原来是你们共同创作的，等有机会我也学学，十一晚会上给大家唱。"

两个人说着话，已经来到张技术员的门前，门开着，里面传出了像是炒菜的声音。他们进门，李文祥将桃筐放在地上，和张技术员打招呼："张技术员，你已经回来了？我们刚才去了一趟果园，这是洪英涛。"

"啊，是嫂子吧？"张技术员比李文祥略小，所以这样说。他停下手中的活，热情地请洪英涛在桌旁的凳子上坐下，又说，"我之前还跟李副社长说啥时候请你来公社玩儿，没想到你今天就来了，太好了！但我这里没有什么好菜。今天从副业队买了点儿新鲜蔬菜，还有从老家带来的一只熏兔，今天就用它们招待咱嫂子了。"

张技术员说着就从炒勺内盛出了兔肉，放在床边的条桌上，那里已摆了炒好的豆角、芹菜、辣子等。然后，他又用碗盛了米饭，热情地请洪英涛动筷子。

因为刚才在果园里吃了不少桃子，所以李文祥和洪英涛都只吃了一小碗米饭就说饱了。张技术员以为他们在客气，又一再自谦地说自己炒菜的水平不高，又没有什么太好的东西。洪英涛则说："这已经相当不错了，特别是熏兔肉，不但稀罕，而且做得也好。"

现在已进入大热天，社员中午休息的时间比较长，所以他们又聊了起来。

洪英涛说李文祥刚才给自己唱了他们编的《色目的桃子》，感觉非常好听，又说他们在异乡扎根，融入当地的群众，了解他们的风情民俗是件很好的事情。

张技术员笑着说编歌主要是李副社长的功劳，自己跟着唱唱解闷，又说自己来这里时间虽不短了，维吾尔语也学了一些，但口音重，说不好，以后要向李副社长学习。

因为刚才说到桃子，李文祥便拿了盘子准备取一些筐里的桃留给张技术员吃。但张技术员说他已去过果园好几次，吃了不少，这些让他们带回去自己享用，又说由于气候的原因，这里的桃子比别的地方的好。

"听文祥说你的老家在苏北，不知具体在什么地方？"洪英涛问。

"我的老家在江苏北部的涟水县，那儿不比苏南，自然条件要差一些，也是人多地少的地方。"张技术员停了一下，又说自己的妻子在老家务农，他本来想让她过来一起生活，但去年冬天她来这里看了看，怕来了无法适应，所以没有答应。不久前公社彭书记知道了这事，说准备帮忙和食品公司养殖场联系，因为听说那儿缺人，他已经给妻子写信说了这事。

"看你们两口子在一起，我还真有点儿羡慕哩！"张技术员也是个爽快人，无所顾忌地讲了自己的情况和想法。

"夫妻两地分居确实困难很多，希望你们能早日团聚。"洪英涛说。

"如果彭书记答应给你帮忙，那一定没有问题！他这人沉稳，说了的事大都能办到。"李文祥说。

"但愿如此吧。"张技术员说。

他们说着话，中午的时间已过得差不多了。李文祥知道张技术员下午还要去副业队，因为那儿正在试种一种省外引进的蔬菜，所以就和洪英涛一起向他致谢、告辞，回了自己的办公室。

"说真的，你们这地方确实招人喜欢哩！"洪英涛一边帮李文祥整理床铺、擦桌子，一边说，"你看这人、这物，仿佛都是那么协调和美。"

"你说的也许对。但你今天看到的只是一面，其实还有另一面，那就是艰苦、单调，这可不是谁都能适应得了的。据说三年前分来过一个中专生，结果他被困难吓住了，最后扔了工作跑回老家去了。"李文祥说。

"啊，还真有这种事？其实有时候我倒想着走得远一点儿好，过一种简单的生活，觉得这也是人生的另一种境界哩！"洪英涛坐在床边说。

"我怎么像是在听一个出家人说话哩！"李文祥也在床边坐下说，"我知道你说话的意思。"

"知道什么？好了，你别乱猜了，今天到了你这里，我真是高兴哩！"洪英涛说着握住了李文祥的手。

"那就好，我也高兴哩嘛。"李文祥侧转身在洪英涛的脸上亲了一下，却仿佛又想到了什么，赶快站起身，有点儿不连贯地说，"你看……公社的人……都在忙活。我也不好再休息了……待会儿老刘他们过来你就先回吧。"

"也好，你可得多注意身体，药要按时吃，尤其是不要胡思乱想。文祥，我说过的话不妨再跟你说一遍：我会耐心地等你。"

"谢谢，英涛，请不要再说了。"李文祥说，"我知道你这个人，更知道你的心，但正因为知道，所以……"李文祥还想说什么，但终没说出口，而是指着桃筐说，"这桃子带回去后，最好给于莉他们一些。"

"这不用你吩咐，我早就想好了，回去不单给于莉他们分一些，还要给江燕他们也分一些哩！"

"还是你比我想得周到。"李文祥说着，却有泪珠从眼里滚出。

"怎么了，你这个男子汉，怎么说着说着又像个小孩似的？"

洪英涛有点儿吃惊，赶忙掏出手绢给李文祥擦，"现在我虽然要走，但也不是千里万里，过几天你还要回家……"

"是，英涛……谢谢你，英涛……"李文祥握住了洪英涛的手，终于忍不住哭了起来。

"怎么了，文祥，我有什么说得不对吗？你这是怎么了？"洪英涛着急地问。

"不，这不怪你，我是在怪我自己。"李文祥哽咽着说。

"好了，你也不许再责怪自己了！我再说一遍：我会一直等你的！"

"我相信你。"李文祥似乎变得冷静些了，又说，"但我也许正像人家说的，是'昆仑山爱情'的命——喜欢一个人就像喜欢昆仑山，你可以看到它，却无法与它亲近！"

"看，又开始胡说了不是？我不是昆仑山，你不但可以看到，而且还可以……"洪英涛说着，便在他的脸上吻着，想把那泪痕吻干。

这时，院内突然响起了小汽车的喇叭声，是老刘他们回来了。李文祥终于从难堪中摆脱出来，提了桃筐出门，送洪英涛上车。

# 第二十五章

1967 年 11 月末，又是一个星期天，快下班时，洪英涛在图书室接到于莉从家里打来的电话，说明天图书室休息让她来自己家说话，中午就在那里吃饭。洪英涛已有些时日没和于莉见过面了，现在也想和她聊聊，所以立刻就答应了。

第二天上午，洪英涛拿了袋李文祥在家时买的奶粉，用手提包提着到了于莉家。她和于莉及她母亲打了招呼后，放下手提袋，又问起了她的孩子。于莉指着卧室说："这孩子每天后半夜就醒来，一直到早晨吃过饭又要睡觉，中午才会醒。"

于莉的母亲到伙房做饭去了。于莉给洪英涛倒了茶水，两个人就坐在桌边说起话来。

于莉问起了李文祥，说上次她带来的桃子真甜，家里人吃了都说好。

洪英涛想起了李文祥的一些情况，但又觉得对于莉讲不合适，所以犹豫着。

"怎么了，英涛？看你好像有什么心事。是不是小两口拌嘴了？"于莉问。

"没有。我是在想你前面说的话哩。"洪英涛掩饰地说。

"我说哩嘛，文祥现在肯定拿你当宝贝一样捧着，是绝不会给你找气受的。"

两个人说着话，于莉的母亲已将饭菜端上了桌，正是洪英涛爱吃的炸酱面。这时于莉的孩子醒了，开始啼哭。于莉的母亲让她们先吃，自己拿了奶瓶到里边的房间去了。

饭很快吃完。因为于莉下午还要去学校，所以洪英涛便告辞了，走之前她放下了自己带来的奶粉。

她到了自己家的院门前，掏钥匙准备开锁，却发现锁是开着的。她先是吃了一惊，接着心里又涌起了惊喜，一定是他回来了！两个多月了，他都没有回来过。

她来到房门前，便有人从里边推开了门，开门的果然是李文祥。

"哎呀，你是啥时候回来的？回了家不见人也不打听着找我！要是我今晚不回家，你就打算这么一个人待着？"洪英涛抑制着内心的喜悦，故作嗔怪地说。

"我猜你八成是去了于莉家，而且也知道你晚上不会不回来。不过我打算再等半个小时，如果你还不回来，就去单位给于莉家挂个电话。"李文祥一本正经地说。

"这话听起来倒像是真的。我有意跟你这么说，其实你回来了，我心里就是觉得高兴哩。"洪英笑着说。

"原来是这样。"

"怎么样，身体还好吧？你上次回来到现在也有两个多月了吧，这么长时间你都不回来一趟，难不成色目公社离开你这个副社长一切都会停止运转了还是咋的？"洪英涛想引起话题，故意说。

"这倒不是。但……不过……"李文祥变得吞吞吐吐起来。

"怎么了，文祥？你好像有什么心事。有啥话你就说嘛，别这样有前言没后语的。"

"对不起，英涛，我……可要说了……"李文祥在克服着内心的矛盾，但终于鼓足了勇气，"在我说后面的话之前，首先要跟你声明，我要说的都是我的真心话，是我前前后后想了几个月，必须要跟你说的话。其实这么长时间了，起码在你去色目公社以后或者在那之前，我想你多少也有所感觉——就是我们的这个家，我们的婚姻，我想就此给它画上句号吧！"

"什么？你说什么？"如同有霹雳在头顶炸响，洪英涛涨红着脸焦急地问。

"难道我说的还不够明白吗？我是说……"李文祥变得冷静了，还想重复刚刚说过的话。

"行了。"洪英涛两眼直视着李文祥，"这是你吗？我怎么看着这不是你。因为在我的想象中，李文祥绝不会说出这样的话！"

"咱们还是离婚吧！"李文祥仿佛变了一个人，话语中也透出了决绝的意味。

"为什么？文祥，你为什么要这样？"洪英涛的眼里噙着泪水。

"你看，英涛，你不要这样，你千万不要这样！我因为怕你难受，所以早该说的话直到今天才跟你说。你看，我这个样子……我也是为咱们俩着想。"

"我不是早跟你说过了吗——我不在乎，我愿意等。"

"但我不能因为自己耽误了你……长痛不如短痛……所以咬咬牙……"

"什么长痛短痛，我看你就是自私，为了自己的面子！难道你就真的忍心丢下我，一个人躲到你的色目公社过一辈子吗？"

"不，咱们分手对你也是一种解脱，你可以重新选择，我决不干涉。"

"住嘴！李文祥！这些话你留给别人说吧，我不听！"洪英涛由吃惊转为愤怒，流着泪说。

"你不要这样，英涛，你千万不要这样！我知道你比我坚强，不像我，外强中干，貌似强大，实际上是个非常懦弱的人。"

李文祥看到洪英涛这样，心里也非常难受。其实他之所以这样做，也是有自己的考虑。一是因为自己的病，他想让洪英涛早点儿解脱，寻找真正属于她的幸福。这个想法他初到公社后就隐隐约约有了。那一次他约了她去公社，在果园里摘了桃，在张技术员处吃过饭，回到办公室，他就差一点儿要将自己的想法说出。但看到洪英涛对自己还那么深情和宽容，也想着再治治自己的病，所以又有点儿犹豫。可以目前他的身体情况看并不乐观，所以李文祥想快刀斩乱麻。

"李文祥，你把话已说到这儿了，按道理我不应该再说什么了。但我还不死心，我还想最后问你一次：你前面说的都是你的真心话吗？我们的事就真的如你所说，再没有回旋的余地了吗？"洪英涛毕竟是经历过一次爱情风浪的人，她收住泪水，冷静下来问。

"是的，英涛，我这样做绝不是一时的心血来潮，更不是信口开河。这些话都是我的真心话，是我考虑了很久才对你说出来的。我想这样可能对你比较好。"李文祥板着面孔，冷冷地说。

"那好吧，既然你都想好了，我也没有什么话可说了。但李文祥，你听明白了，我个人的事不需要你操心，既然你打算一个人过，我也可以一个人过！"洪英涛强忍着内心的疼痛说。

"好了，谢谢你。那么，咱们什么时候去民政科……唉，要不就等几天吧，等咱们心绪都平静一些了再去。"

"你把话都说到了这个地步，哪一天又有什么意义？你看吧！"洪英涛闭上眼睛说。

"那你看是不是这样——今天上午我坐了公社的拖拉机到县供销社拉明春用的化肥，中午在那儿的食堂吃的饭，下午还得回公社。是不是下个星期一我早点儿回来，咱们一起去民政局？"李文祥是个爱面子的人，想尽量让事情办得隐蔽一些，所以这样说。

"行，随你怎么安排吧！不管怎么说，咱们结婚也快一年了，总不能前一分钟说散，后一分钟就分手走人吧。"洪英涛望了望李文祥说。

其实今天这个结局她之前已多少有些预感，想着可能会有这么一天，但没想到它会来得这样快，且李文祥的态度竟是这么坚决。当然，对李文祥的个性她是了解的，他想好的事是很少能够回转的，是所谓的"一根筋"。但不知为什么，她总觉得今天的事来得有点儿突然，所以她仍抱有一线希望——希望刚才发生的一切不是真的，还会有回头的可能。

"英涛，我知道你心里不畅快，但我想，你迟早会理解我的。对不起，英涛，这一切都是我的错，是我把你拖入了泥沼，但是我不想让你陷得更深。"说着，李文祥站起身从衣架上取下自己的棉衣，又说，"至于房子和里面的东西，除我的私人用品，都归你了，我自愿放弃。"

"行，你个人的东西我一件也不会要，你啥时想拿就拿走吧！已经到了这个份上，还说什么东西，好像谁稀罕似的！"听了李文祥的话，洪英涛感到仅存的一点儿希望也破灭了，她极力克制着自己。

李文祥木然地望了望这个曾经的家，转身走了出去，又十分小心地关了房门和院门。此时，他一直强忍着的泪水如久被封闭又突然开启的泉眼，一下子涌出了眼眶。他怕遇到熟人，一边掏出手绢擦着，一边拐上了房后那条没人走的小路。

洪英涛坐在李文祥的单人床上，失神而呆滞的眼睛从窗玻璃上望出去，一直望到李文祥的背影在院门外消失。她刚才强打着的精神瞬间垮了下来，身体也像是一面墙，突然被人挖断了根基；又像是一棵树，猛地被风摧折了腰身；更像是一个刚塑好的泥胎，被人抽去了骨架，轰然倒塌下来，摊做一团。

日影西斜，天色渐暗。外面突然起了风，在墙头上呼呼地刮着。紧跟着就有籁籁的碎雪斜飞着在天空旋舞。这是今年的第一场雪，比往年来得早，而且势头也很猛。

许是房内温度骤降的缘故，洪英涛猛地醒了，感到有寒气正从四面将自己包围。她强撑着无力的身躯坐了起来，脑子里似乎有风雷还在隐隐鸣响。她不知道自己刚才是睡着了还是醒着，只记得自己在和李文祥对话，对话的内容和下午他们说的差不多，但她的神态已经完全变了，矜持与倔强已让位于随和与柔软，她甚至用带有哀求的口吻对李文祥说，让他不要这么快就做决定，再缓一缓，以便让时间的胃消化这突如其来的痛苦。但李文祥固执地摇着头，态度竟没有丝毫变化。

可能这就是梦吧，人说梦境是赤裸的，在那里不需要任何伪装，这似乎是对的！

此时，她才清醒，看到天已经黑了，白天的炉火因没有及时添炭已快熄了。她下了床，拉亮灯，又用火铲铲了一些碎煤块加到炉里，然后进了里间的卧室，拉亮灯，坐在床边，失神的眼睛茫然四顾，房子还是这房子，床还是这床，东西也还是这些东西，它们仿佛没有什么变化。但她的感觉却与原来完全不一样了，尤其是这张床，虽然以前也只是她一个人睡，但那时她总觉得旁边还有一个位置空着，那是给李文祥留着的，期待着他有一天来睡，可现在……

这时，她的目光落在了高低柜上，她又看到了那个曾经寄托着她美好希望的玉石花瓶。现在是无花的季节，它正空空地立着，显得孤独而凄凉，而就在这一瞬间，她突然想起于莉曾经说过的话："他们把这种花叫'苦命花'，那意思是它虽然开得好看，但结的果酸，是说它一定经历了痛苦和磨难哩！"

"啊，难不成真如她说的……"她这样想着，便神使鬼差地下床来到高低柜前伸手拿起了花瓶，想再仔细看看它中间到底隐藏了什么诡秘，为啥屡屡昭示自己的不幸。"哈，原来你的心已经空了！看看，这里面已经没有东西了！"她痴痴地笑着说。随着她的话音飘落，只听见"嘭"的一声响，花瓶已从她手中滑落，摔得七零八落。

"哎呀，对不起，对不起，我不是有意的，真的不是有意的。"她喃喃地重复说着，头脑已完全清醒，"看看我这是怎么了？"她开始在内心责备自己，"嗨，洪英涛啊洪英涛，你这种状态能对得起你来新疆时立下的志向吗？能对得起你那还算有点儿豪气的名字吗？行了，过去的就如被风吹走了一般让它过去吧！你还有明天。"她想起了曾在一本书里看到的一句话：明天是由'明'字开头的，是'日'和'月'的组合——它们总是光亮和美好的。

这样想着，她内心平静下来。她拿起笤帚扫拢了花瓶的碎片，将它们堆在墙角，又看了看表，已经是深夜两点了，想到早晨还要上班，便准备上床睡会儿。

有一种冷光悄无声息地从窗玻璃上照进来。洪英涛醒了，看看表已经九点了，便赶忙起床下地用自来水抹了把脸，就去上班了。出门后她便有些吃惊了，昨天下午还是半明半暗的天空，此时已完全被乌云堆满了。地上落了雪，但也许是被风吹过的原因，它们只在一些低洼的地方集聚着。那些挂在树上面的最后的叶子，也终于飘落了，呈现着一派萧瑟的景象……

"今年这是怎么了，往年的头场雪都是12月才下的。"洪英涛感到了一阵寒冷。她返身回到房里，穿了棉衣又出来。

她到图书室时，阿布都热克木正在开门。她便上前帮忙，过后又打扫室内卫生，生炉子。待这一切忙完了，她刚在桌边坐下，阿布都热克木过来对她说："洪英涛同志，我看你脸色不好，是不是病了？"

"可能是……有点儿着凉，再加上这几天……没有休息好。"洪英涛有点儿迟疑地说。

"那这样吧！今天你再休息一天，到医院去看看，这儿我一个人招呼就行了。"

"那就谢谢阿主任了。"

"不用，得病的人笑不起来。你去吧。"

"我还想给于老师挂个电话，有些事情想跟她说说。"

"朋友是否真心，病患临身知晓。你去吧，让她来关心一下你更合适。"

洪英涛到办公室拨通了于莉家的电话，先问了她上午是否在家，然后又说如果在，请她到自己家来一趟，中午在自己家里吃饭。于莉答应了。

洪英涛回了家，找出感冒药吃过，又整理了房间。这时于莉也来了。

"怎么了，英涛？看你脸色这么憔悴，是不是病了？昨晚上变了天，又下了雪，是不是着凉了？"于莉进门望着洪英涛说。

洪英涛让于莉在桌旁的椅子上坐下，给她倒了杯茶，自己在另一边的椅子上坐了说："本来昨天刚去过你那里，今天又叫你来，我是有重要的事情要跟你说哩。我想这事你听了一定会吃惊的！"

"什么事，我听着哩。"

"我和李文祥离婚了！噢，不，是已经决定离婚了！"洪英涛先说了事情的结果。

"什么？你说什么？怎么会发生这样的事？"于莉吃惊地问。

"李文祥昨天下午回来和我已经说好了，下星期一我们就去民政科办手续。"洪英涛大概讲了昨天李文祥和自己谈话的情况。

"怎么回事，我看你们不是好好的吗？昨天我还说他会拿你当宝贝捧着，怎么孙猴子的脸说变就变了？"

"唉，有件事我本来不想说，也不应该说，因为这事关一个男人的名誉。但到了目前这个地步，况且又是你，我觉得就不能不说了……"洪英涛讲了李文祥的病以及近一年来他们没有过夫妻生活的事，她说自己愿意等他，一直在鼓励他看病吃药，讲着讲着她眼里就溢满了泪水。

"啊，原来是这样！马不跳鞍子跳，他李文祥还真是来劲了！你别急，我把他从公社叫回来跟他说，要不让葛培荣去公社找他说。"

"不，于姐，该说的话我都跟他说过了。他那种'一根筋'的人，正像这里有些人所形容的，是说了钉子就是铁的人，我估计谁说也是白搭。"

"这倒也是。不过刚才听你这么一说我才明白，难怪李文祥结婚后那么长时间才从公社回来一趟，原来是这样！"于莉感叹道，"其实这段时间葛培荣跟我说过他听到了一些风言风语，说李文祥有病。我们还认为那是一些破嘴烂舌的人嫉妒你们。现在看来人家说这话也不是没有根据的。但他们怎么知道这个情况呢？难道你或者文祥跟别人说过什么吗？"

"你知道我不会说什么，他，我估计也不会说。但是他几次去医院找穆医生看病、拿药，可能……"

"我明白了，一定是医院传出的风声！但绝不会是穆医生，他的医德我了解，更大的可能是其他的人根据他拿药的情况猜的！"于莉说，"但这个事你都忍了，还说要等他，他怎么猪八戒倒打一耙，先找起你的麻烦了？"

"就是嘛，我昨天也说了，我不在乎眼前的状况，愿意等他治好病。可他说什么'长痛不如短痛'，给我'解脱'，是'对我好'。你看，事情到了这个地步，他还装好人。"

"好了，你也不要因为这件事太伤了自己，结婚离婚，分分合合，其实也是正常的。你得想开了。"于莉安慰洪英涛。

"你说得对，我会冷静下来面对这件事的。好了，于姐，中午快到了，你可能也饿了，咱做饭吃吧。我先蒸上米饭，然后去街上买点儿肉、菜，回来炒了咱们吃。"

"还要上街吗？你家里有没有能当菜的东西，要是有，就不用再往街上跑了。"

"有白菜，还有一听肉罐头。"

"那就行了，咱一起动手吧。"

说完，两个人就动起手来，不一会儿饭菜已齐备，她们坐在桌边吃起来。

于莉想洪英涛早晨可能没吃饭，便说："你可别耽误了吃饭把身体搞垮了。"

"你说得对……"洪英涛早晨确实没吃东西，现在也是有一口没一口地吃着，说，"但不知咋搞的，现在就是没胃口。哎，说着吃饭，我倒想起了房里还有半瓶酒，咱姐妹是不是喝上两杯？不知为啥，今天我倒想喝点儿哩。"

"喝就喝点儿吧！人说酒能助兴也能解忧，最近各方面的事都让人心烦，再加上今天知道了你的事，就更觉得憋闷了。咱也排解排解吧！反正今天孩子不在家，我也不用去学校。"

洪英涛从柜中拿出了半瓶酒，两个人边吃喝边聊。洪英涛说，现在来图书室的人少多了，阿布都热克木早晨看她脸色不对，给她放了一天假，让她去医院看病。

"其实是有点儿着凉，我吃了点儿药也就行了。说起来阿主任也还是不错的，知道关心下面的人。"

"这你可说对了。我看你遇到阿主任这样的领导，也算是有福气哩！"于莉说。

两个人说着话，中午的时间已快过去了。于莉说洪英涛昨晚肯定没睡好，现在睡会儿下午去医院，自己回家去。但洪英涛说自己上午吃过药，现在觉得好多了，医院就不打算去了，还说于莉在这里和自己说话，精神也觉得好多了。

于莉听出了洪英涛话中的意思，便决定暂时不走，陪她多待会儿。她帮着洪英涛洗了碗碟，又走进她的卧室，看着眼前的景象，不由得发出了感叹。

"看看，多么好的房子啊！你说这个李文祥到底让哪路鬼迷了心窍，这么好的条件，他费心把力地得到了，又胡搅蛮缠地要放弃，莫不是人说的：看在眼里是宝贝，拿到手里当石头。"停了一下，她又说，"这样可就苦了你了，这正像古诗里说的：'春心莫共花争发，一寸相思一寸灰。'"

听到这里，洪英涛知道她说的是唐朝诗人李商隐《无题》中的句子，是说古人婚恋悲情的，倒也符合自己此时的心境。

这时于莉的目光又停留在了高低柜上，她发现那儿少了一件醒目的东西，便问："英涛，你的花瓶怎么不见了，就是那个每年都插樱桃花的花瓶？"

"让我摔碎了，不小心从手中滑落了。"洪英涛有点不好意思地说。

"噢，花瓶是和田玉的，摔了怪可惜的。但摔了就摔了吧，那樱桃花嘛以后不插也罢，尤其是那种结酸果的。"

"是的，人生还是少一些酸，多一些甜好。"

"对，我们还是应该多存一些好的念想，你说是吧，英涛？"

"于姐说得对，我现在也算是多少有些体会到了。"

两个人又回到桌边坐下喝茶说话，于莉说他们的事虽然主要原因在李文祥，是马不跳鞍子跳。但现在一是不知道他到底是怎么想的，还得再看看，另外骨头断了筋不断，她不妨再做点儿最后的努力。

洪英涛没有说话，只是默默地点了点头。

一直到黄昏，于莉说根据学校的情况，她最近会尽量抽时间来看她，让她有什么事多和自己联系，然后就告辞走了。

过了几天，又是图书室的休息日，按事先说好的，李文祥早早就从公社回来，来到了名义上还属于自己的"家"。

洪英涛记得那天于莉跟自己说过的话，又做了"最后的努力"，说李文祥如果愿意改变离婚的决定，她也愿意重新考虑，并愿意和他一起经受考验，共渡难关。但李文祥如老虎吃秤砣——铁了心，竟无一丝回转的意思。他似乎憋了很多话却不愿说，最后只说了一句："还是按咱们那天说过的办吧！"说完就从衣袋里掏出了自己已经写好的协议离婚报告，递给洪英涛说："你先过目，关于现在房里的东西我也写了，全部归你，关于离婚的原因……我知道这样写有点儿委屈你，但为了……为了事情办得顺利一些……请你看在我的份上……多包涵，就签上你的名字吧……行吗？英涛，就算我求你了。"

洪英涛强忍着内心的委屈，看着李文祥脸上又可怜又乞求的神情，便接过了那张纸，有心无意地在上面扫了一眼，见有"感情不合，无法共同生活，经双方协商，协议离婚"等字样，便狠一狠心，又将它递给了李文祥说："告诉你，李文祥，这'协议'两个字可是有违事实的！但为了照顾你，也为了满足你心里那不知什么怪想法，我认了。你先签名吧！"

"你说得对，是为了照顾我。"

李文祥将纸放在桌上，自己签了名，洪英涛也过来签了。之后他们来到了民政科。

现在民政科办理婚姻手续的已经不是老刘了，是刚从喀什调来的一位维吾尔族中年男子，懂汉语，也认识汉字。他看完了报告，又打量了一番李文祥和洪英涛，然后说了一些话，大意是婚姻是人生的大事，结和离都要认真考虑，切不可草率从事。最后他又特意先问洪英涛是否经过了认真考虑，洪英涛点了头，又问李文祥，李文祥也点了头后，他便给他们办了有关手续。这手续的主要标志便是将红色的结婚证收回，换成了黄色的离婚证。

从民政科出来后，李文祥便对洪英涛说，想请她去饭馆吃顿饭，不知她可否赏脸。

洪英涛经过几天的沉淀，今天又承受了起伏，虽然不像刚开始那么伤痛了，但今天真的走到了这最后时刻，心里还是很难受。所以她没好气地说了句"你想吃就去吃吧"，就头也不回地往自己家走去了。

回到了家里，她才发现李文祥结婚前送给自己的手表还戴在手腕上。"现在婚姻的钟表已经停了，我为啥还戴它？什么时候也让他拿走吧！"说完，她取下表放在高低柜上。

红樱桃

# 第二十六章

　　转眼又是一年四月，大风扬尘的季节。连着数日天空中都是灰蒙蒙的。太阳失去了光辉，变成了一个半明不暗的晕团，地上的景物也变得混沌不清。

　　半夜，洪英涛被一阵"咚咚咚"的敲门声惊醒了。原来刚才她似梦非梦地睡了一阵，此时睁开眼看到天已经放亮，有人正敲着院子的门。她忙起身披衣下床，穿了鞋出了房门。

　　"英涛，开门啊，是我。"

　　"啊，是于姐吗？我来了！"洪英涛听出是于莉的声音，忙去开了院门。

　　"怎么，才起床吗？看脸色我就知道你昨晚又没睡觉。"于莉一边进房门，一边关心地说，"昨晚下了阵雨，怪冷的，看你穿这么少，小心着凉了。"

　　"你来了，我心里就觉得好一点儿了。真像是有心灵感应哩嘛，昨天晚上我就盼着能见到你哩！"洪英涛一边让于莉在桌旁的椅子上坐，一边说。

　　"我这不是来了嘛！你说的心灵感应也许是对的，虽然这几天我在学校里忙，但脑子里时不时会想起你。再加上昨天下午你们阿主任又给我挂了电话。"

红樱桃

"阿主任也知道了我的事？"

"是。听他说那些消息传出来已有几天了，不知是啥人出的怪！"于莉说，"好了，今天你休息，有的是时间，待会儿咱慢慢说。"她又说今天她不但来了，而且晚上还打算住在这里。"现在是春耕的大忙季节，葛培荣又下乡了，我也忙，孩子又被我妈带去了喀什，我正好可以和你做伴。"

"太好了，真是求之不得哩！但这么一大早的，你还没有吃饭吧？"洪英涛的情绪似乎稳定了不少，便准备去伙房找吃的。

"你不要忙活了，这我早就想到了，你看——"于莉说着从自己带来的提包内拿出一个纸包说，"这是母亲走之前给我蒸的馒头，还有咸菜，还有……"她又指着提包说，"昨天在市场上买了一把新鲜韭菜和几颗鸡蛋，咱中午炒了吃。最近你可能没有去过市场，那里最近没有什么东西了！"

"是，上个星期天中午我也去过一趟，真像你说的，空空荡荡的。"

"好了，别的咱先不说了，现在就吃早饭吧！"于莉说。

"看来你的命就是比我的好。"洪英涛拿来了碗筷，边从暖瓶里倒开水边说。

两个人开始吃饭。直到这时，于莉才顾得上细细打量洪英涛，那过去红润的脸上已罩了一层灰黄，以前饱满的双颊也有些塌陷，两条弯细的眉毛间，似乎也有了细微的皱纹。"看来离婚确实是给她带来了巨大的创伤。"她在心里说。

洪英涛只吃了半个馒头就说饱了。于莉知道现在劝她也没用，就说："不想吃就算了，中午咱好好吃顿饭。"说着，她也停了筷子。

两个人又说了一会儿话，于莉看洪英涛的情绪已经好了不少，便说："这半天说的话已经够多了，咱们该歇歇了。我看现在，"她抬眼望了望洪英涛，又说，"你先去整理一下自己吧，梳洗一下。你这么漂亮一张脸，可不能总让云雾罩着啊！你去吧，我来收拾收拾屋子，准备做饭。看看这房子都成啥样了！"

洪英涛用手理了理散乱的头发说："那我先把米饭蒸上，然后再去洗脸，我今天还真是没洗脸哩！"

于莉收拾完屋子，又和已经梳洗过的洪英涛一起炒菜、吃饭。吃过饭，她对洪英涛说："昨天晚上你肯定没有睡好。这几天我被学校的事搅得昏天黑地的，也想歇会儿。"洪英涛一听这情况，便立即答应了，并邀于莉到卧室的大床上，两个人都睡下了。这一睡她们就睡了两个多小时。

下午起来，她们都擦了把脸，又开始说话。傍晚，她们吃了中午剩的饭菜。俩人正聊着天，就听到有人敲院门。

洪英涛忙去开门，原来是江燕。

"我本来想过来看看英涛，告诉她明天中午去我家吃个便饭，你在这儿那就更好了。英涛现在需要我们多陪陪她，可我现在这个样子……"江燕有点儿不好意思地低头看了看自己的肚子，又说，"看到你在这，我就放心了。于莉，你不会见怪吧？不见怪的话明天中午，你们一起来我家。"

"看你，见什么怪哩！明天我和英涛一起过去。"于莉说，"今天晚上我还打算住在这里哩！"

"那可太好了，那就请你多担待！易国平单位事情多，到现在还没回来呢。那你们聊着，我就回去了。"江燕说罢，就准备出门。

"谢谢！"洪英涛说着，和于莉一起送江燕。回来后，她们说了江燕两口子的好，又说了一会儿其他的话，就歇息了。

第二天早饭后，他们一起出门去上班。清冷的街道上有匆忙的脚步走过，于莉和认识的人打招呼，同时挽紧了洪英涛的胳膊。

到了图书室门前，洪英涛对于莉说，中午会在这里等她，一起去江燕家。于莉答应后就去学校了。

洪英涛开了图书室的门，开始打扫室内卫生。这时办公室的电话铃声响了，她去接听。

"喂，是洪英涛吗？我是阿布都热克木。"

"噢，是阿主任，我是洪英涛。"

"那好，我马上过去，有事跟你说。"

"好的，你过来吧。"

洪英涛扫过了地，刚刚将桌椅擦完，阿布都热克木就到了。

"怎么样，最近来阅览室的人多吗？"

"不多，前天是星期天，还有几个人，平常有时有，有时没有。"

"你看，情况是这样的，最近生产办公室行政秘书组的邓组长问起了咱们阅览室的情况，我就是这样跟他说的。他说既然没几个人来，那就干脆暂时把门关了吧。"阿布都热克木说完抬眼看着洪英涛，仿佛是在等她表态。

"行，怎么都行，我听你和上面的。"洪英涛略微有点儿疑惑地说。

"那咱们就听上面的，就这么办吧。至于报纸、杂志改送地方的事，待会儿我去跟邮电局打招呼。另外，关于你的工作，上面说让你先在家里休息，过段时间再考虑给你安排其他的事。"阿布都热克木停了一下，又关心地说，"其实你正好可以利用这段时间继续学维吾尔语，或者翻译一些作品，做一些有意义的事。现在我就去邮电局，你把门关了就回去吧。"

"好的。但今天上午我还想在这里整理一下东西，一会儿于莉过来我再走。"洪英涛说。

阿布都热克木走了。中午时于莉过来，和洪英涛一起关了图书室的门，往回走。

路上，洪英涛讲了早晨阿布都热克木过来，说让图书室关门以及让自己暂时在家待岗的事。于莉说："既然图书室没啥人来，关了门也好。"

她们先到洪英涛房内，洪英涛放下了带回的一些东西，又一起去了江燕家。中午时间短，他们吃的是易国平从招待所买回来的拉面和菜。易国平对洪英涛说了一些安慰、鼓励的话。洪英涛则说由于大家的关心，自己的情绪已经好多了，并说了自己暂时待岗在家的事。因为于莉他们三人下午还要上班，大家就没有多说话。临走时，江燕给了洪英涛一些青菜，让她带回去做饭吃，说这是附近生产队给招待所送菜时，易国平自己买了一些。

其他人去上班了，洪英涛也回到自己房里。经过一天来几个朋友的关心与开导，她心里已顺畅多了。她打算等自己的情绪完全稳定下来，就开始利用这难得的休息时间去做一些有意义的事。

她仔细打扫了一遍房子，擦洗了用具，又去扫院子。冬天早已过去。她在峨眉山上学的健身拳，由于忙，再加上各种事情的打扰，只偶尔练过，现在有了空闲，则准备坚持练，目前这个状况，她受着精神上的磨难，身体可不能让它垮！

下班时间到了，于莉又用包提了两个馕回来，和洪英涛一起吃晚饭。

"于姐，又让你买馕回来！你看，这两天我们就这么凑合着吃饭。明天中午咱们吃烙饼，上午我去买点儿肉回来，这里还有中午江燕给的小白菜，我再买点儿其他菜。"洪英涛说。

"不用了，一来肉店我去过，已好长时间没有开门了；二来今天我见了史老师，听他说，他们放学后要去附近的蔬菜大队买菜，我让他们给带一些回来。"于莉说。

"原来你都安排好了！但……"

"怎么了？"

"于姐，你是有家的人，不能光在这里陪我。再说现在的情况，你家里没人也不行。所以，我想……"

"咋了，嫌我了不是？我才住了两天你就开始撵我了！"于莉故作生气地说。

"哎呀，不是，不是。"洪英涛着急地说。

"看把你急的，我是跟你开玩笑哩！其实你说得对，这两天我看你心情已经好多了。我家里没人我也担心。明天晚上我就回去住吧，反正咱们离得也不远，有啥事我还可以过来。另外，你也可以做点儿你的事。"

"我也是这么想的。其实我还没有告诉你……"洪英涛对她讲了去年卡得尔来图书室说要与她共同翻译《热碧亚—赛丁》，后来又给她送来维吾尔文原著及有关资料的事，说自己已做了一些准备工作。

"这可是大好事啊！正像一位伟人说过的，坏事也能变好事。一些人正是经历了苦难才成就了一番事业的。我支持你，举双手赞成！"

"我可不能和人家比！但什么事都是人做出来的，咱也不妨尝试着做做。"

"对，就是这么个理！"

第二天中午下班，于莉又来到洪英涛家里。她手里提着一个鼓鼓囊囊的布袋，进门后放在地上说："学校的史老师他们今天一大早去了附近的蔬菜大队，从那里买回来一些蔬菜，给我也带了一些。我讲了这两天在你这里住。史老师听了后说，你现在的情况特殊，肯定更需要，所以给我多分了一些。我也就没客气带来了，你放着，可以多吃几天。"

"这多不好意思呀！"洪英涛说完，就请于莉到桌边吃饭，她已烙好了饼、炒好了菜。

"有什么不好意思的！他是单身，又是男同志，好对付，再加上他人缘广，在附近农村认识的人多，比咱们有办法。"于莉说着，洗了手坐下来吃饭。

"那可得谢谢他了。"

"放心吧，我已经代你谢过他了。"于莉说。

她们说着，饭也已经吃完，于莉夸了洪英涛这顿饭做得香后，就准备去上班。临走前她问洪英涛住在隔壁院里畜牧科的小刘家的院门上为啥一直挂着锁。

洪英涛说小刘陪他爱人回山西老家生孩子去了，已经走了有一个星期了。

几天来，洪英涛将自己关在房内，基本没出过院门。她将全部的时间和精力都投入翻译作品的准备工作中。

自去年秋卡得尔到图书室和她商定要共同翻译《热碧亚—赛丁》后，他又来过几次，先后给她送来了维吾尔文的《热碧亚—赛丁》原著、作者简介和有关资料，并和她一起探讨过古代维吾尔族诗歌的特点，如形式和韵律等。卡得尔说这件事他们是第一次做，所以不能太着急，准备工作要做得充分一些。另外，《热碧亚—赛丁》一共有七章一千余行，他已试着用汉语开始了部分翻译，等以后拿过来让她看，并与她翻译的对照修改，然后再商量整篇的翻译方案。

洪英涛认同卡得尔的想法。那以后她利用下班和休息时间，借助词典，对卡得尔送来的东西进行了阅读，初步了解了阿不都热依木·那扎尔及其作品相关的一些情况。

作者阿不都热依木·那扎尔，于1770年生于喀什噶尔老城一个手艺人家庭，六岁起就读于经文学校，二十岁上经文学院，直到七十八岁离世。

在落拓和困顿的年月里，他目睹了底层人民的困苦和艰辛，特别是封建礼教给年轻人和他们的爱情带来的痛苦与摧残。他奋笔疾书，在《爱情长诗集》的题目下写出了二十五部叙事诗，总长达四万八千余行。他的诗文笔优美，情感真挚，取得了很高的艺术成就。其中传诵最广、最为人称道就是《热碧亚—赛丁》。

⋯⋯⋯⋯⋯⋯⋯

　　　　她像一朵含苞的花蕾，引人心动，
　　　　她的樱唇像熟透的苹果。
　　　　她的睫毛像箭羽，眼睛如弯弓，
　　　　她的目光如电闪。
　　　　她的体态像俏丽的花枝，
　　　　唇边的黑痣点缀得她更加美丽。

红樱桃

............

> 热碧亚流着带血的泪水，
> 自言自语说：
> 不幸啊，痴情人像百灵从我眼前飞离，
> 未开的花蕾被寒霜打落在地，
> 我生命之灯也将被吹熄。

............

读着作品，洪英涛不由得为热碧亚洒下了悲情的热泪。那年，在新城县牛玲家，她就听说过这个故事。现在真正接触到原作，她被深深地触动。虽然那是发生在过去的悲剧，但不知为什么她对这对恋人，特别是热碧亚，产生了一种割肉连心、深入骨髓的同情。她的激动难以平复，完成这项工作的信心更加坚定了。

她拿起了笔，这支有着特殊意义的笔——肖书送她的一支金笔。同时，肖书在信中说过的话又在她耳畔回响："人要想成就一番事业不容易，特别是在艰难的环境中。但我坚信，只要不断努力，我们的未来就一定会像金子一样闪亮！"

"是啊，他说得多好啊！'艰难''努力'，这不就是我眼前的状况吗？而'金子一样闪亮'，这是一个目标，我会向这个目标努力的！"这样想着，她又受到了鼓励。她开始试着翻译《热碧亚—赛丁》。

时间已到了四月末，这天早饭后，洪英涛又开始埋头翻译作品，突然听到有人敲自己的院门，她去开了门，见是江燕挺着大肚子来了。她们相互问着好，洪英涛请江燕在桌旁坐下。

江燕的目光扫过桌面，看到那里摆放的书、笔、词典、稿纸以及稿纸上用钢笔写的诗行，惊奇地说："原来你真是没闲着，这是在写诗吗?"

"不,这不是我写的,是别人的作品,我试着进行翻译。"洪英涛对她讲了和卡得尔共同翻译《热碧亚—赛丁》的事。

"你可真不简单!这个话剧我原来在喀什看过,好悲惨哩!"江燕说完,又鼓励洪英涛说,等他们的翻译作品问世后,自己一定会好好拜读。然后她又说,自己的预产期就在这两三日,现在已不上班了,并打算今天下午和易国平一起去喀什父母家,现在过来跟她打声招呼,让她中午去自己家吃饭,也是和她提前过劳动节。

"哎呀,上次就在你们家吃了饭,怎么今天又去哩,让人怪不好意思的!我还想着哪天请你们和于莉他们两口子来家里吃顿饭哩。"洪英涛说。

"上次时间紧,饭吃得匆忙,易国平说那不算数。今天我们打算自己做得稍好一点儿。一会儿他要去喀什采买点儿东西,时间也不太紧张。"江燕说,"昨晚上下班我在十字路口遇见于莉,也跟她说了,请她今天中午来我家吃饭的事。她说母亲和孩子又被接来了,她就不过来了。"江燕说完,又叮嘱洪英涛早点儿过去,就告辞走了。

中午,洪英涛便到了江燕家。易国平挽着袖子亲自下厨,他做的饭虽不繁杂,却实惠,是这里人都爱吃的臊子面。面是自己擀的,汤里有肉,还有蘑菇、黄花菜、木耳……

红樱桃

# 第二十七章

已经是十月了，夜里和早晚都带上了凉意。

一天，江燕来找洪英涛，跟她说，前些天，她老公到先锋公社牧场，当地一个叫买买提·肉孜的人让他帮忙找一个有文化能教课的人。买买提·肉孜说自己的妻子美力其汗是先锋公社牧场教学点的教师，得了病，需要到喀什医院治疗。但这个教学点只有一个校长和她一个老师，她走了一部分课就没人上了。而附近又找不到合适的人顶替她。买买提·肉孜说易国平从外县来，一定知道哪里有这样的人。

"听着他的话，易国平当时就想到了你。你是高中生，有文化，肯定能教课。只是不知道你乐意不乐意去？"

"啊，没想到有这样的机会?！我虽然没有当过老师，但我想，我能行！"这突如其来的消息，使洪英涛感到兴奋。

"如果你同意，一会儿我回去了告诉易国平，他们最近还要去先锋公社，到时候你坐他们的车去。"

洪英涛向江燕道了谢，江燕便回家去了。

转眼已过去两月有余。这天又是星期天，于莉休息在家。葛培荣和生产办公室领导下乡了解秋收情况不在家，她和母亲、孩子刚吃过午饭，正准备收拾桌子，却听到家里的电话铃声响了起来。她赶忙去接。

"喂，是于姐吗？我是洪英涛。"电话那头说。

"啊，什么？英涛吗？哎呀，这么长时间了，你去哪儿了？你还好吗？"于莉听到洪英涛的声音又惊又喜。

"我好着哩！我是在……白陶县的一个地方……哎，具体什么地方我先不说了，因为说来话长。我的情况总的来说还可以，似乎比原来要好一些。"

"噢，你现在在做什么？"

"我……这样说吧，我现在和你一样，也在做教学工作，不过是临时的。"

"啊，那可是太好了，只要你人好着就好。"

"你和葛培荣、阿布都热克木、卡得尔他们都好吧？"

"都好，都好，不过听说卡得尔馆长病了，我和葛培荣还说最近要抽时间去他家看看他哩。"

"噢，那次我在他家时就看到他咳嗽得厉害，你们去了请一定代我向他问好。"

"好的，好的。"

"于姐，这里是县城邮电局的电话室，后面等了几个要打电话的人，我就不多说了，以后有机会我还会跟你们联系。再见，祝于姐全家好！"

电话那头挂断了。于莉依依不舍地放下了话筒。她多么想跟洪英涛再说会儿话，知道一些更具体的情况，以解几个月来的愁思和担忧。

再说洪英涛，她刚才之所以急着结束通话，是因为后面又来了几个要打电话的人，她赶忙交了费，头也不回地离开了邮电局。

她在这个不大的县城的街道边走着，走向不远处的一家小饭馆，因为那儿正有一位上午和她同来并一起吃过午饭的人在等她。这个人不是别人，正是她现在所在教学点的领导——吾图克库尔班。

红樱桃

话到这里，我们还得从前面她初次和吾图克库尔班见面说起。那是两个月以前了，她跟随玉赛音阿吉到先锋公社牧场，先去了买买提·肉孜的家，见了他和刚从教学点回来的妻子美力其汗，说了洪英涛要来这里帮她代课的事。美力其汗非常高兴，说教学点离这儿不远，现在刚放学，校长还在，便立即带洪英涛去见他。

美力其汗带着洪英涛一路说着话来到教学点——一个有着四五间平房的破旧院落。美力其汗先进了坐北朝南的一间房，跟正在低头整理东西的吾图克库尔班校长打了招呼，又唤站在门边的洪英涛进来，向校长介绍她叫克刚格拉斯汗（路上洪英涛就是这样对她说的）。

吾图克库尔班校长指了指门旁的长凳让她们坐下，然后打量了一下这位克刚格拉斯汗姑娘。她头上戴的下圆上方的格兰木花帽很好看，身上穿的裙衫、马甲虽已显旧，但收拾得挺干净，还有那额头和眼睛，似乎都闪着智慧的光。他用维吾尔语问了她的文化程度，从哪里来，是否教过书。

初来乍到，洪英涛用维吾尔语既不失真而又十分简练地回答了校长的问话：高中毕业，从外县来，以前虽没教过书，但愿意尝试、学习……

吾图克库尔班校长听了很满意，就介绍说："这里是一个公社牧场，社员主要是柯尔克孜族和维吾尔族，以放牧为生。因为流动性大，所以长期以来没有建立固定的学校。我是柯尔克孜族，两年前来这里建立了教学点，利用一个牧主以前盖的草料房当校舍，收了十几名儿童入学。教学点的教师就我和美力其汗两个人，我用柯尔克孜语教，美力其汗用维吾尔语教。柯尔克孜语和维吾尔语虽不同，但属于一个语系和语族，有许多共通之处，所以学生们基本都能听懂。上课用的课本是我从县上找来的旧课本。"

"我们的条件比较差，你看，就这五间房。"吾图克库尔班校长指了指院内说，"这间朝南的是我和美力其汗的办公室，两边还有几间，其中的两间当教室，一间盛杂物，一间烧开水，院内的空地让学生们活动用。我们就这个条件，真是不好意思。"

"没有关系，一位伟人曾说过一句话，大概的意思是白纸上没有字，但可以画出最美的画。"洪英涛说了一句。

"你说得好！"吾图克库尔班校长称赞了一句，又说，"目前我们学校已经有三个年级三十余名学生，上课采用分班倒的办法。因为教师少，所以开的课也少，主要有语文、算术、历史、地理等。现在我们的美力其汗要去看病，你来帮忙顶替她，保证学生们的课不耽误，我非常高兴。她原来教算术和地理，你还教她教的课，但愿我们共同努力，把这些孩子教好。"

"您放心，校长，我会尽力的！"洪英涛说。

"那好，你是高中毕业生，教小学不会有问题。至于你的待遇，我会跟公社文教干事说，先按民办教师的待遇。还有生活上的事，"吾图克库尔班校长考虑了一下，说，"你看是不是这样，我和美力其汗家都不远，我们晚上都是回家住。教学点旁边还有一户人家，他们的儿女都已成家搬出去了，这里只剩老两口喂着一些羊。我们聘请了他们，算是校工，每月给他们一些报酬，让他们中午帮忙烧开水，教学点无人时照看教学点。现在你来了，我想就让你住在他们女儿原来住的房里，早晚饭和他们一起吃，中午从他们家带点儿干粮在这儿吃。我和学生也都是吃自带的食物。这个事一会儿我就去跟他们说。至于今天晚上嘛，我看你就先去我家吧，我的妻子在公社供销社当会计，每天晚上都回家。"

"吾图克库尔班校长，我看是不是这样，克刚格拉斯汗是为了帮我的忙而来，今天晚上就让她先住我家吧！"一直坐在旁边没有开口的美力其汗说。

"这样也好，你可以再给她讲讲教学点和学生的情况。"吾图克库尔班校长表示同意。

于是，洪英涛便告别了吾图克库尔班校长，随美力其汗到了她家。

晚上，洪英涛在美力其汗的盛邀下和她住了一间房，并听她给自己介绍了一些学生的情况。

此后，洪英涛就在这里安下身来。经吾图克库尔班校长的安排，除了中午，她吃住都在校工老人家，每月交十元生活费。两位老人都是柯尔克孜族，男的叫铁木尔包曼，女的叫坎比奇古勒。他们知道洪英涛是新来的教师，都很欢迎她来自己家住。他们腾出了女儿住过的房让她住，坎比奇古勒还专门将女儿盖过的被褥洗干净让她用。

洪英涛每天早饭后去教学点，中午和校长、学生们一样，吃自带的干粮。学校的空房间内有炉子，坎比奇古勒每天中午给他们烧开水。下午放学早，学生们走后，她和校长一起备课，有时还讨论一些学校的问题。洪英涛教的是算术和地理，小学的课程对她来说并不难，只要提前按照课本认真准备就可以了。特别是地理，她结合授课，还给孩子们讲了不少关于祖国大好河山的知识及一些简单的汉语的名称，如首都北京、首府乌鲁木齐、长城、长江、黄河、天山、昆仑山及一些相关的汉语词汇，如祖国、热爱、民族、团结、发展等。她讲课生动有趣，对学生也充满爱心，深受孩子们的欢迎和喜爱。当大家得知她的名字后，都亲切地叫她"克刚格拉斯汗阿恰"，翻译成汉语就是"樱桃姐姐"。

就这样过了一段时间，吾图克库尔班校长来听过她的一节地理课，对她的教学方法和成效非常满意，并倍加称赞。他在办公室对她说："难怪学生们都喜欢你，你的课讲得就是好，既有书本知识，又有自己的补充和发挥，有效地提高了大家的学习兴趣，增强了对祖国的热爱。"

这天放学后，学生们都走了，他在办公室问起了洪英涛："克老师，你是高中毕业生，课也讲得好，这些都没问题。但有件事我还想问你一下，请你不要生气。你真的是维吾尔族吗？你的汉语发音太标准了，是真正的普通话——和我们从收音机里听到的一样！"

"您已经看出了我不是维吾尔族吗？"洪英涛略显吃惊地问，但随即有点儿不好意思地笑了笑说，"既然您已经看出来了，我也就不瞒您了，其实我是汉族，原本在旧城县图书室工作，因为图书室关了，所以我的工作也停了。"

通过一段时间的相处，洪英涛对吾图克库尔班校长已有不少了解。他从柯孜勒苏自治州州府阿图什的师范学校毕业后，本来在那里的一所小学任教。他之所以离开州府到了这里，是想为相对落后的家乡教育事业做点儿贡献，所以主动提出到这里办起了教学点。

一个星期天，洪英涛跟吾校长去县城办事。因为吾校长前两天跟她说了，今天要到县城给教学点买点儿过冬用品，说上面现在对他们教学点比以前重视了，加拨了一些款让他们改善条件。他让洪英涛和他一起去，帮他买东西，顺便也看看县城。

这天他们提前吃了早饭，就出发去白陶县城了。将近二十公里的路，中间要翻一座山，他们步行，差不多用了五个小时才走到。

这是一座靠山的小县城，街道不宽，也不长，人也不算多，街道两旁零零星星有一些店铺和作坊。洪英涛在商店用自己的工资买了一块素色花布，准备抽时间自己做件衣服，还买了一个带拉链的手提旅行袋。她还给她住的老人家里买了包盐巴，因为他们已断了盐。吾图克库尔班校长给学校买了三个烧柴的铁皮炉子和几个棉门帘。他说教学点所在地是山洼草场，冬天寒风吹不到，只是12月底到来年元月比较冷。过去没条件，他们都会提前放假，现在有了炉子，他们就可以和其他地方的学校一样多上几天课。他们将买的东西寄放在一家吾图克库尔班校长认识的铁匠铺里，然后到一个小饭馆里吃了拉面。吃过饭后，吾图克库尔班校长在那里喝面汤休息，洪英涛则去附近的邮电局给于莉挂电话。

她从邮电局回来，看到吾图克库尔班校长正和一个赶马车的人说话。见她回来，吾图克库尔班校长说："为了拉运东西，我雇了辆马车。正好他回先锋公社五大队，离我们那儿不远。他来时拉草卖，回去是空车，所以只要一元钱，就可以帮我们把东西拉回去。这样咱们也稍微轻松一点儿。"

吾校长说完指了指赶车人。那是一位老者，头戴一顶白毡帽，留着山羊胡子，脸颊消瘦却充满了憨厚与慈祥。洪英涛与他相互欠了欠身，表示互相问了好。

"刚才我还想着这些东西咱们怎么往回拿，现在有车了就好了。"洪英涛高兴地说。

"怎么样，你的电话接通了吗?"

"通了。朋友家里也有电话，我跟她说了我现在情况很好，让她放心。"

"对，应该这样。我们有句话说：'有骏马骑，就去看望故乡；有机会时，就去问候朋友。'你现在问候完了朋友，那我们就上车，带着我们的东西赶路吧。"

"好的。"

这天天黑前，他们回到了公社牧场教学点。

洪英涛在这里的日子过得规律而富有神采，白天给孩子们上课，午间吃过饭和孩子们玩游戏；晚上回家和两位老人聊天、吃饭，然后休息。

美力其汗由丈夫陪着去喀什医院看病，感觉身体好一些了。医生说她的病至少得有半年时间休息，慢慢治疗，回去后不能劳累，药要按时吃，半年后再去医院检查一次。动身回家前，买买提·肉孜去喀什市场买了一些针线、发卡和头绳之类的东西，准备回去卖给乡亲们，一方面满足他们的需求，另一方面从中赚取点儿利润。其实，从家里来时他就带了几张狐狸皮和一袋奶疙瘩在喀什的市场上卖了，其中的一部分钱付了妻子的医药费，剩下的他则准备"钱生钱"，买些山里稀缺的用品回去卖，这正是他的精明之处。另外，他还受吾图克库尔班校长之托，为教学点代买了一些奖状和铅笔。

这是一个星期六的下午，学生已放学走了，吾图克库尔班校长从家里拿了一包方块糖和洪英涛一起去看已回到家中的美力其汗。美力其汗讲了自己看病和还需要吃药休息的情况，并把医生开的病假证明给了吾图克库尔班校长。

吾图克库尔班校长看了后说："有病的人笑不起来。你好好养病吧，学校的事暂时不用担心。"他又指了指洪英涛说，"和你一样，她也是位称职的老师。"

美力其汗听了很高兴。买买提·肉孜赶忙去拿来了在喀什买的奖状和铅笔说："这是您让我在喀什代买的东西。教学点本来就困难，您就不用付钱了，就算我和美力其汗的一点儿心意吧！"

"那怎么行！一共是多少钱，回头我从学校的经费里省出来付给你。"吾图克库尔班校长说。

"不，我说不用付就不用付了！我老婆得了病，学校这么照顾她。"买买提·肉孜瞪着眼睛有点儿着急了，还想说什么。

"校长，我和买买提·肉孜早就商量好了，您就收下吧。这是我们的心意。"美力其汗说。

"那……好吧！"吾图克库尔班校长又看了看买买提·肉孜，说，"我向你们表示感谢！"

买买提·肉孜点头笑着，又要他们留下吃晚饭。但吾图克库尔班校长说美力其汗刚回来，又在病中，婉言推谢了。

回来的路上，吾图克库尔班校长对洪英涛说："这个买买提·肉孜人也还算不错，就是将钱看得有点儿重。这次因为他们看病的事，可能多少受了点儿触动，所以他也有了些变化。俗话说：'皮裤上的泥污擦了就好，人的缺点改了就好。'他能这样，也是好事情呢！"

"是的，多一个人多一分力量，有更多人支持，我们的事情可能会办得更好哩！"

"美力其汗现在暂时不能上班，你在这里顶替她。"吾图克库尔班校长又说，"其实将来她上班了，你若还在这里那就更好了。因为我们还有一些学龄儿童要上学呢！"

"这……"

"克老师，我不过是这样说说，其实你有你的工作，将来还是要回去的。铜和铁各有各的用途，谁也替代不了谁。但愿我们都在各自的工作中做出成绩。"

"是的，校长，您说得对。我虽然在那儿有工作，现在却无法回去，这样不清不楚的，早晚也是个麻烦事情……"

"这个嘛，克老师，俗话说：'泥土污染不了黄金，却可以挡住它的亮光。'你现在的心情我理解。但我们还有句话：'山峰再高难挡太阳，河冰再厚总要融化。'所以你不用担心。"

"谢谢校长，我相信！"

时间的鸟儿飞得很快，转眼已飞过 1968 年的天空，落在了 1969 年的枝头上，教学点放寒假的日子终于来临。这学期，学生们的成绩都有所提高。按照吾图克库尔班校长原来的想法，学期结束准备对那些各门功课都及格的学生进行奖励，所以让买买提·肉孜在喀什买了奖状和铅笔。但现在的情况是全部学生的各门功课都达到了及格和以上水平，那么还奖励不奖励呢？该怎么奖励？

"奖，大家都提高了不是更好吗？为什么不奖励呢！"吾图克库尔班校长和洪英涛商量后决定下来。

这天上午，他们在院中空地上召开学期结束总结表彰会。吾图克库尔班校长和洪英涛先后讲了话，简单总结了一学期来的情况，特别是在师生共同努力之下取得的成绩，并鼓励大家再接再厉，更上一层楼，然后准备给学生们发奖状和奖品。校长似乎有什么心事地向远处张望着，这时有一辆吉普车开来，鸣着喇叭进了教学点大门后停下。吾图克库尔班校长让大家安静后便赶忙走了过去。

从车上下来三个人，一个人是公社文教干事，另外两个人是县生产办公室文卫组的人。社文教干事和吾图克库尔班校长熟悉，他们握了手，又介绍他和另外两个人握了手。吾图克库尔班校长也介绍克老师（洪英涛）和他们握了手。吾图克库尔班校长讲了今天是学期总结会，他们正准备给学生发奖。社文教干事说他和县上的人急着赶来就是为了参加他们的总结会，但车在山上出了问题，耽误了点儿时间。

吾图克库尔班校长和洪英涛从办公室搬出长凳让他们坐了，然后开始给学生发奖。吾图克库尔班校长念着学生的名字，让他们一个个上前来从洪英涛手中领取事先填好的写有"继续努力，不断进步"的奖状和一支带橡皮的铅笔。学生们都是第一次得到奖状和奖品，显得异常兴奋。

发完奖，吾图克库尔班校长又请今天来的领导讲话。社文教干事对县生产办公室文卫组塔副组长做了个请的手势，又向大家介绍了他的身份。塔副组长便到桌边开始给学生们讲话。他先念了指示："自力更生，艰苦奋斗。"然后他又说："教学点今天的这个会开得很好，特别是同学们因为努力学习受到了表彰，希望大家像奖状上说的，继续努力，不断进步。这个偏远的牧场教学点，几年来自力更生办学是个奇迹，县上不仅准备推广你们的经验，还要积极创造条件，将这里建成正式的牧场学校……"

他的话讲完，吾图克库尔班校长带领学生们热烈鼓掌，然后宣布散会。一些学生是初次见到汽车，都围过去看这"钢铁骏马"。吾图克库尔班校长则热情地邀客人们进办公室。

塔副组长听着吾图克库尔班校长的介绍，又看到办公室的条件如此简陋，非常吃惊，当场表态说回去后要向生产办公室的领导汇报，争取从有限的经费里给他们先拨一点儿，增添设备。吾图克库尔班校长听了后非常高兴，说："有了县上的支持，学校一定能办得更好。"因为县上的人还要去其他学校，所以告辞了。

他们走后，吾图克库尔班校长对洪英涛说："今天县上的人来得好，一方面让他们看了表彰学生的场面，知道了我们的教学成果；另一方面让他们看了咱们的办公室，知道了咱们的困难。"其实这是前几天公社文教干事给他出的主意，让县上的人亲眼看到这里的情况，争取能给拨一些资金。

"克老师，你看，为了能把教学点办好，我们不能不想一些办法呀！"吾图克库尔班校长无奈地说。

"其实这也是正当的，因为他们看到的都是真实情况。"洪英涛说。

"好了，但愿他们说的话能够像春天的种子，落地、生根、开花！"吾图克库尔班校长说，"现在我们该说说你的事了。从今天开始，学生放假了，我们的教学工作也告一段落，所以我想问问你，你有什么打算？这个假期你准备怎么过？"

"这个嘛……吾图克库尔班校长你看，我已经四年多没有回去看望父母了，近一年来连信都没有通过，所以我想回去一趟。另外，我还想出去了解一下情况，看看能不能把我的工作问题给解决一下。至于具体怎么做，我还没有想好，到时候看情况再决定吧！"洪英涛说。

"对，你应该去办一下自己的事，这是非常重要的！但我们这里还有件事……啊，算了，我还是不说了吧！"

"还有什么？您就说说嘛，是不是还有啥事需要我去做？"

"是这样的，我们三年级有个柯尔克孜族学生名叫热娜古勒，你知道吧？"

"知道,她学习非常好,但不知为什么这一个多月都没有来上课。"

"是的，我说的就是她的事。她父亲是牧场的人，身体一直不好，上个月去世了。她的家庭本就困难，这一下更是难上加难了。她母亲不让她再来上学了，让她在家里帮忙干活。我觉得她挺可惜，所以打算……"说着，吾图克库尔班校长又停住了。

"啊，吾图克库尔班校长，您打算怎么做？"洪英涛催问道。

"我打算一方面向公社反映她家的情况，争取能给她们一些救济；另一方面想给她的母亲做工作，让她继续上学。"

"对，对，应该这样，我支持您的想法！"

"所以我想，你如果同意，咱们明天一起去一趟她家，见见她的母亲。然后我帮她们写材料送去公社申请救济，你帮热娜古勒补一下一个月来落下的课。我教的课由我抽空给她补。这样的话，下学期她还能跟着三年级的孩子们一起上课。不过这样的话，就要耽误你的时间了。"

"不要紧，不要紧，我的事虽要办，但迟些日子也无妨。"

"那我们是不是明天就去她家？真不好意思……"

"好的，我们明天就去她家！"

第二天，吾图克库尔班校长就带洪英涛就去了热娜古勒家，给她母亲讲了自己的想法……热娜古勒的母亲因为丈夫去世不得已才停了女儿的学业，心里原本就抱愧；现在吾图克库尔班校长亲自登门说要帮她们申请补助，并要帮孩子补课，立即就答应了。热娜古勒本来就热爱学习，这一下也高兴了，说从明天起一定按时到学校补课……

此后，吾图克库尔班校长去公社交了热娜古勒家的补助申请，又经文教干事帮助，半个月后救济款也批了下来。而在这段时间内，洪英涛和吾图克库尔班校长每天上午在教学点给热娜古勒补课。

这天上午热娜古勒走后，吾图克库尔班校长在办公室对洪英涛说："真对不起，克老师，耽误了你这么长时间。现在，我们的任务已经完成，我代表热娜古勒和她母亲，还有我和我们这里的学生们谢谢你，谢谢你为我们做的一切！"

"啊，不，不，我只是做了点儿该做的事。其实我还要感谢您哩，这么长时间了，使我没有虚度时光。"

"你还有重要的事情要办，我也不能再强留你了。但我要认真地对你说，如果你以后，不管什么原因，还愿意到我们这里来，教学点的门始终都会向你敞开……"说着，吾图克库尔班校长从衣袋里掏出一个信封，"这是你二月份的工资，你拿着——二月份虽然还没有完，但你牺牲了休息时间为教学点出力，所以这是你应该得到的——公社也同意我这样做。"

"这……"洪英涛接过了信封，还想说什么，又觉得再说什么都是多余的，便向吾图克库尔班校长表达了谢意。

"那就这样吧。后天是星期天，我妻子也休息。中午，你，还有美力其汗和她的丈夫到我家吃顿饭。这一方面是我向你表示谢意，你来这么长时间了还没有到过我家；另一方面是感谢买买提·

肉孜，感谢他对教学点的支持。你哪天走，我会想办法送你到县城。"吾图克库尔班校长说。

"真不好意思，我又要给您添麻烦了。"

"哎，克老师你不能这样说。你给我帮了那么大的忙，我也应该为你做点儿事。"两个人说罢，出了办公室锁门离开了学校。

这天中午吃过饭，洪英涛动手为自己做一件对襟外衣。这布是她上次在白陶县城买的，她抽时间比画着自己的身体裁剪好已缝了一半，现在准备将它做出来。她穿针引线，缝缝缀缀……突然听到有人进了外屋和两位老人打招呼，并问着自己……"啊，是美力其汗！"她赶忙揭起门帘，请她进来。

"怎么，克老师自己动手做衣服吗？"美力其汗进屋拿起布看了看，说，"这布好看。我没想到克老师还有这样的手艺。"

"这是我上次去县城买的布，我想给自己做件外衣。"洪英涛笑了笑说，"美力其汗老师，你的身体好些了吗？"

"好多了，说起来我还真得感谢你们呢！"美力其汗说着在床边坐下。

这个星期天中午，洪英涛、买买提·肉孜、美力其汗如约来到吾图克库尔班校长家。吾校长家有大小三间房，房内的布置和洪英涛见过的维吾尔族人家大抵相似，只客厅的墙壁上多了一件壁挂。这壁挂长约三米，高一米二三，黑平绒做边，红平绒做内芯，边芯相接处有吊坠丝穗。中间的图案是山峰和湖岸，还有云朵、花草和远远近近的畜群，充分表现了柯尔克孜族以畜牧业为主、常年在高山、峡谷、草场放牧的景象。

吾图克库尔班校长说这是他妻子婚前和亲戚一起绣的。他妻子名叫色买力克孜，在县城上过中学，那一年和吾图克库尔班校长在县城结婚后随他来到了这里，一直在公社供销社任会计。他们有两个孩子，都在吾图克库尔班校长父母家……

大家在吾图克库尔班校长的招呼下洗了手，刚刚坐上炕，色买力克孜就从伙房先后端来两大盘带肉的抓饭，一盘放在买买提·肉孜和吾图克库尔班校长面前，另一盘放在洪英涛和美力其汗面前，这盘里有三把小勺。然后，她也在美力其汗和洪英涛的礼让下在她们旁边坐下。

吾图克库尔班校长做了请的手势，又招呼大家动手后便和买买提·肉孜各自用右手捏了抓饭送到嘴里。色买力克孜她们三个人则用小勺舀着吃。待吃得差不多了，吾图克库尔班校长说："我们已经大半年没有和这抓饭见过面了，因为这里不种水稻。但这次为了送贵客克老师，也为了感谢买买提·肉孜对教学点的支持，我从亲戚家换了点儿米——他们家的米也是从喀什那边带来的——做了这顿抓饭。'家有一个馕，朋友分一半。'希望大家吃得满意。"

大家都夸色买力克孜手艺好。

吃罢饭，又喝茶。吾图克库尔班校长问洪英涛："不知克老师准备好了没有？准备哪一天动身？"

"您看吧，我的准备已做好了。"

"噢，那就明天吧，今天下午我也做一些准备。"

"啊，克老师明天就要走吗？那你和吾图克库尔班校长明天早晨去我家用餐吧，我还有话要跟你说呢！"美力其汗说。

"明天早晨？那不行！明天我们天不亮就要动身去县城，克老师得赶上去州府阿图什的班车。你明天的早餐就免了。待会儿让克老师去你家，我去生产队。前两天我已经跟那儿说好，要借两匹马去县城，但没有说是哪一天。"

"好，好，那么我们现在就去我家吧！"美力其汗对洪英涛说。

于是，洪英涛、美力其汗两口子起身下炕，向吾图克库尔班校长和色买力克孜称谢道别后，就去了美力其汗和买买提·肉孜家。

美力其汗家的条件似乎比吾图克库尔班校长家好，炕上有花毡，墙上有挂毯，壁橱里有摆设……美力其汗请洪英涛在客厅的椅子上坐下，自己进了卧室。不一会儿她出来了，手里拿着一串白色的珠串对洪英涛说："这学期多亏你帮忙，才使我有时间去看了病。经过喀什医院医生的治疗，回来又好好地休息吃药，现在身体已经好多了……"说着,她不好意思地低头望了望自己的小腹,原来她已有了身孕。"俗话说:'靴子易磨破,友情弥久深。'现在你要走,为了表示谢意,我将这条项链送给你。这是前几年买买提·肉孜去和田时给我买的。我在这偏远的牧场教书,从来没有戴过。你要是不嫌弃,就收下它吧!"美力其汗说着,就把项链双手捧着递过来。

"这……合适吗……"洪英涛本想推拒,但一想到美力其汗说的"嫌弃",便只好收下,并向她道了谢。

"克老师,还有这个,"买买提·肉孜提着一个小布袋递过来说,"这是我们自己做的奶疙瘩,你带着路上吃不到饭时充饥。这虽不是值钱的东西,但也是我们的心意……"

"哎呀,那……好吧!"面对他们的好意,洪英涛还能说什么呢?只好收下,道谢。

美力其汗又要为洪英涛做晚饭,洪英涛赶忙阻止,说明天走得早,他们都得做些准备,一再向他们称谢,之后在他们的相送下出门道了再见后离开。

晚饭后,洪英涛给坎比奇古勒和铁木尔包曼两位老人讲了明早自己要走的事,对他们这段时间对自己的关心表示谢意,又拿出十元钱给他们,说是这个月的伙食费。两位老人说上个月的钱她已经给过了,这个月才过去了半个月,而且她为这个家也有过不少花费,所以说什么也不收。看到这个情况,洪英涛没有再坚持,打算明天把钱留给吾图克库尔班校长让他转交给他们。

这天夜里,洪英涛躺在床上,脑子里却在翻腾着,一时没睡着。一方面她想到明天就要离开这里,走上新的征途,但此去是好是坏,自己心里没有底;另一方面回想起这段时间在这里,自己过得简单、愉快而有意义,心中有些不舍……

第二天天不亮她就起了床。使她没有想到的是两位老人比她起得还早,并准备了早餐——奶茶和馕。他们在一起刚刚吃过早餐,就听吾图克库尔班校长在房外喊:"克老师,你准备好了吗?我们该动身了!"

"好了，好了，我这就出去！"洪英涛答应着，在两位老人的相送下出门来。

"克老师，你看，这就是我向生产队借的马。这匹花色的，老实稳健，你骑；这匹枣红色的，调皮一点儿，我骑。怎么样？你看，它们的心已上了旅途，咱们快上马吧！"吾图克库尔班校长说着接过了洪英涛手中的旅行包，放在枣红马的鞍后用绳子系牢，又说，"不知你以前是否骑过马，不过骑没骑过都没有关系，因为这匹花色的马……噢，等会儿你骑上就知道了。"

借着黎明的曙光，洪英涛看到两匹鞍鞯齐备的马正甩着头、扬起了尾巴，仿佛正在催促主人上路。从来没有骑过马的洪英涛，尽管在心里给自己鼓劲，但还是显出了一些畏惧。吾图克库尔班校长似乎看出来了，说："来吧，放松一点儿，踩住这里。"他一只手抓着花色马的缰绳，另一只手扶着马镫，说，"这匹马是出了名的好脾气。我听队上的人说它通人性，谁抓住了它的缰绳，它就会和谁成为好朋友。来吧……吁……对，就这样上！"

在吾图克库尔班校长的鼓励下，洪英涛终于鼓足勇气踩上马镫，手扶马鞍，骑了上去。吾图克库尔班校长把缰绳递给她，自己则跨上了枣红马。他们跟一直站在门前的两位老人说了再见，就出发了。

正如吾图克库尔班校长所言，这匹马既稳健又聪明，只走了不大一会儿工夫，就和背上的人有了默契。它用轻快的蹄掌有节奏地敲击着路面，用自己细微的体位变化消解着脚下的坎坷，使颠簸尽量减少。洪英涛紧揪着的心也渐渐放松下来，跟并排走着的吾图克库尔班校长说起了话："这匹马真如您所说，走起来又平又稳，好像它知道我是第一次骑马的人哩！"

"是啊，好马能懂骑者的心意，不用你说话就能稳稳地送你到要去的地方呢！"

"啊，原来是这样，看来这马还确实通人性哩！"

"是呀，马和库木孜是我们终生相伴的朋友。"

"吾图克库尔班校长，我还想问问您，这白陶县到阿图什的班车一天有几趟，我们现在去还能赶得上吗？"

"能，现在时间还早，我觉得没问题。从县城到阿图什每天一趟车，中间还要经过旧城县和喀什……"

"啊，您是说旧城县还有喀什？"听着，洪英涛心里咯噔一下，赶忙问。

"是的，这是必须要经过的地方。"他说着似乎明白了洪英涛的意思，又说，"但车在旧城县不会停，因为那儿离喀什很近，司机会在喀什停车让旅客吃饭。"

"噢，我会注意的。"

大约两个小时后，他们到了白陶县城。在县城边缘的一条石子路边有个大院，里面停着几辆客车。

"这就是白陶县客运站，我以前来这里坐过车。"吾图克库尔班校长说着就下了马，又来扶洪英涛下马说，"你快进去买票吧，我在这里看着马。等你买好票上了车，我还要去县城买点儿东西。寒假转眼就要结束了，我得为开学做准备。"

"好的，吾图克库尔班校长。"洪英涛说。

吾图克库尔班校长将已从马背上取下的包递给她说："待会儿我就在大门口送你。"

"噢，还有件事我差点儿忘了。这个月的伙食费我昨夜给坎比奇古勒大妈，但她说什么也不收。现在麻烦您回去转交给他们。"洪英涛说着将十元钱递给吾图克库尔班校长，又说，"谢谢您，谢谢这里所有的好心人……"

"好，我一定给他们送到！"吾图克库尔班校长接过钱说，"我也代表他们谢谢你——我们的朋友！好了，你快去买票吧！"

洪英涛提着包进院，不一会儿车就从院里缓缓驶出。

"再见，吾图克库尔班校长，谢谢您，再见……"

洪英涛从车窗内向外招手，泪花已然在眼眶内转动……

# 第二十八章

翻山越岭，上坡下坡，洪英涛坐的车终于驶出山区进入平原地带。已快到二月底了，路两边的田野里黑一块，白一块，原来那是向阳的地方雪已经融化，露出了土地的本来颜色，背阴的地方仍被积雪覆盖着。

大约中午时分，车开上一段相对平坦的路面。路两边的银白杨正从冬眠中苏醒，开始泛出青绿。地面淡淡的雾气缓缓向上升腾，在日光的照耀下逐渐消散。周围的一切变得清晰起来，可以看到街道、房屋，还有远处高高的自来水塔……

"啊，这不是旧城县吗……"

洪英涛心中"咯噔"一下，思绪不由得翻腾开了。这个她曾热爱并为之付出过心血，后来又给她带来伤心的地方，现在就这么真真切切地呈现在了眼前。

车在这里没有停，过了不大一会儿，车进了喀什客运站。司机说："到喀什的乘客现在就可以下车了，其他乘客有愿意吃饭的可以下车吃饭，半小时后车继续出发前往终点站。"说完，他下车去吃饭了。有几个乘客也下车了，但大部分人仍在车上吃自己带的干粮。洪英涛吃了两块买买提·肉孜送的奶疙瘩。

半小时后车又出发了。喀什距阿图什有四十余公里，大约一个

红樱桃

**323**

小时后便到了。乘客们在车站下车。洪英涛去售票处看了墙上的牌子，知道明早八点这里有发往乌鲁木齐和大河沿的班车。大河沿她多少了解一些情况，她估计现在火车上的人也不会多，可能有空位，所以就买了去大河沿的车票。

她在车站近旁找了一家旅店住下。天还早，阿图什她没有来过，本来想去街上转转，吃个饭，再买点儿当地的特产，但打消了这个念头，在车站附近找了家饭馆吃了盘拉面。当她吃过饭回旅店时，发现近处有一个商店，里面有卖无花果干的。真是想得好不如遇得巧。她买了两公斤无花果干，心中很是高兴。

早晨八点，客车出发。这辆车大约有四十余个座位，但只坐了不到三十人。洪英涛旁边的座位上坐了一位年纪比她稍大的姑娘，开朗热情。经过攀谈，洪英涛知道了她名叫裴月娥，父母是1952年进疆的干部，都在州上党政部门工作。她前些年从乌鲁木齐的医学院毕业后被分配来这里的医院，现在回陕西咸阳老家看望祖父母。洪英涛也简单介绍了自己。仿佛"他乡遇故知"，两个人相谈甚欢，消解了不少旅途的寂寞。

日行夜宿，四天后，客车来到了库尔勒。洪英涛和裴月娥下车一起去找旅馆，两个人开票后住了进去。简单安顿好后，裴月娥对洪英涛说，她这里有位医学院毕业的同学要去看望一下，邀洪英涛一同前往，并在她家吃晚饭。洪英涛想到自己还有事要办，便婉言推谢了。裴月娥走后，她便从背包内找出一封信，那是肖书1965年9月给她的来信。当初收到这封信后，她本来是想要回信的，但过后的诸事纷乱竟让她将这事给耽误了，不过这封信她还保留着。今天车快到库尔勒时，她就想到那年遇见肖书的情景，于是一个想法在她心中产生了——我是否去北京一趟。

"可肖书的来信已过去快四年时间了，他是否还在那儿？唉，希望总比绝望好，我为什么不试试呢？"

这样想着，她又打开肖书的信看起来，那一行行秀美的小楷映入眼帘，特别是后面的那句话："你若来，一定要提前告知我，我定会热情接待；或者你有什么需要帮忙的，只需道一声，我也会倾力相助。"像是混沌中闪出的一线光亮，给了她信心和勇气。她拿出背包里的空白信笺在床头柜上铺展开，又用肖书送她的金笔开始给他写信：

肖老师：

　　你好！

　　四年前的来信收到。本想过后给你回信，但世事纷扰，一直耽搁到现在。真不好意思，我现在去信一是想看看你是否还在原来的单位，二是你若还在那里，则想去北京看看你。

　　我现在正在去往老家途中的库尔勒，大约一星期后可到老家，你若回信，可寄往我的老家。

　　旅途匆匆，不多言说。

　　祝顺利！

学生：洪英涛

1969 年 2 月 24 日

　　洪英涛写完信，又从包内取了一个空白信封，在上面书写了肖书的地址、姓名和自己老家的地址，然后锁了客房的门，来到旅馆的服务台前。她问了服务员，知道附近有邮电局，便赶忙去那里将信发了出去，又给老家的哥哥发了封电报说了自己到家的大致日期，此后来到旅馆旁的饭馆吃了饭，才回到旅馆。今天这房内再没有住人，有两张床一直空着。

　　天快落黑了裴月娥才回来。她告诉洪英涛说，她的同学在当地医院工作，两年前已经结婚了，现在儿子都快一岁了，由婆婆在家照看。

　　"看着那可爱的小家伙，看着他们满足幸福的样子，我真是好羡慕呀！"裴月娥又说："我这次回老家还有一个任务，就是说动未来的公婆，让我对象也调来阿图什工作，然后我们成婚，在这里安家、扎根。不瞒你说，我父亲已经给他在州水电局联系好了工作。"

原来裴月娥与她男朋友也是高中同学，毕业后她男朋友考上了本省的农学院，现在当地县上的水电部门工作。他们通信联系好了，他也同意调过来，但在他父母那儿多少遇到了一些"磕绊"，主要是嫌这儿太远，荒漠戈壁的，条件艰苦。

"不过他父母还是喜欢我的，只是不知道我这次去现身说法，能不能打消他们的顾虑。"裴月娥不无担心地说。

"我想会的。"听了裴月娥的话，洪英涛不由得想起自己和张北川当年的情况，心里便有点儿酸楚。但她还是鼓励裴月娥，"你一定会成功的!"

"其实咱们新疆也不完全是他们想象的那样，我们这里也有绿洲田园。"裴月娥说。

"是的。另外，语言嘛，也是可以互相学习的，也不会成为我们沟通的障碍。"洪英涛补充道。

"对了，你在这边待了好多年，少数民族的语言一定学会了吧?"裴月娥好奇地问。

洪英涛笑着说了一句维吾尔语。

"啊，我听懂了，你说的是'是这样的，我多少知道一些'。你真了不起，学会了他们的语言。"裴月娥说，"不瞒你说，我在医院也多少学了一些柯尔克孜语和维吾尔语，是为了方便和病人沟通，但是我说得没你说得好，主要是口音不太标准。不过现在很多少数民族的人也会说汉语，沟通不是问题。"

两个人又说了一会儿话，就上床休息了。

第二天她们又动身。车上所剩的人已不多，中午在托克逊停车吃饭时又下了一些人。司机加快车速，下午七点就到了此行的终点站——大河沿车站。

她们下车后先去了火车站，当晚八点有从乌鲁木齐直达西安的专列经过这里，而乌鲁木齐开往成都的列车明早十点从这里经过。

为了抓紧时间，裴月娥买了当晚八点的车票，因为咸阳离西安很近。而洪英涛则买了明早十点开往成都的车票。

现在离乘车还有一个小时，裴月娥打算留在候车室等待。洪英涛本准备在这里送她上车，但裴月娥说自己带的东西不多，现在天快黑了，让洪英涛快去找住的地方，于是她们道了别。

第二天早上十点，洪英涛也上了火车。火车上的空座位也不少。一路走来，车轮滚滚，间或有汽笛长鸣。三天两夜后，列车驶出了嘉峪关，过酒泉、张掖、武威，抵达了兰州。十分钟后，列车又出发了。

又过了一天，这天早晨，列车到达了陕西宝鸡。

大约又过了两天两夜，列车终于到了目的地——四川成都。正是下午，洪英涛提着东西离开车站，又搭了摩的，回到两河县城父母家。

因为在库尔勒时她就给哥哥发了电报，所以哥哥今天虽然上班，父母却从中午就开始等她了。从上次她探家到现在已经过去快五个年头了，前几年她和家里通信还算正常，每年也给家里寄钱。她结婚时，哥哥还代表全家给她寄钱。可从前年开始，她先是经历了婚变，之后又没了工作，就没有给家里写过信。家里人，特别是母亲不知道她的情况，难免着急。

今天她回来了，母亲一颗悬着的心终于放了下来。她一边帮女儿往屋里拿东西，一边高兴地说："回来了，咱英涛总算回来了。"

洪英涛见了久别的亲人，自然非常高兴。她看着母亲，发觉母亲的头发几乎全白了，人也比以前消瘦一些，不过精神似乎还可以。父亲从床上坐起身，头发已掉得没有几根了，两腮和下巴上的胡子却留了下来，淡淡地飘着几缕银丝。小侄女站在门边望着她笑。小侄女今年已经六岁了，到该上学的年纪了。

洪英涛向父亲问着好，又来到小侄女跟前牵起她的手说："秀花也长大了。过来，让我仔细看看。你还认识姑姑吗？"

"不认识……认识……"秀花转着眼珠迟疑地说。

"你不认识我也难怪，我上次回来你太小了。好了，姑姑现在就给你拿好东西吃。"

洪英涛从提包里拿出一些在阿图什买的无花果干，放在盘里，用水浇洗了让大家吃。

"我娃走了几天路，早累了。你先歇着，洗洗脸喝口水，妈这就去做饭。"母亲说，"知道你今天回来，你哥中午在街上割了二斤肉，还买了些青菜，我已经蒸了米饭，现在就去炒菜。你哥和你嫂子也快下班回来了。"说完她就去忙活了。

洪英涛擦了擦脸，又来和父亲、侄女说话。不一会儿，哥哥、嫂子回来了，洪英涛上前和他们相互问了好。这时，母亲已准备好了饭菜，招呼大家到桌旁来吃。洪英涛扶着父亲下床，一起到桌旁就座。

吃过饭，大家坐在桌边喝茶。母亲端过洪英涛带回来的无花果干让大家吃。

"我刚才尝了一个，难怪人们都称赞新疆的水果，这东西就像在蜜里蘸过的一样，透心地甜哩嘛！"母亲说。

"嗯，真是甜哩撒！"哥哥也拿了一个吃了一口，又对洪英涛说，"这一年多快两年了，你没有来信，母亲时不时在我们耳边念叨：'咱英涛咋个还不来信哩撒？'我让她放心，说咱妹子不会有啥子事，我说的没得错，现在你不是好好地回来了吗！"

"是哩，哥，你说得对着哩嘛。"

"好了妹子，咱们那位妹夫现在咋样？听说他也是咱县里人，这次为啥没跟你一起回来哩撒？"哥哥问。

"他嘛……这事以后我慢慢跟你们说吧。"洪英涛说。

关于她和李文祥婚后，特别是他们已经离婚的事，她以前没有跟家里讲过，这一来是因为事情的缘由她难以启齿；二来怕讲了家里人为她空担忧。这次回来她是准备要讲的，但又不好意思当着大家的面，特别是当着父亲的面讲，所以才这么说。

"行了，咱英涛又不是今天回来明天走，你这么猴急着问啥哩嘛！"嫂子看洪英涛似乎有苦衷，便对丈夫说。

过后，大家就准备休息。洪英涛还住上次回来时住过的那间房，母亲今天已打扫好了，放了干净的被褥。

第二天早饭后，哥嫂上班去了。洪英涛帮母亲收拾完桌子，一起来到自己住的房间。

"妈，现在我跟你讲昨晚哥问的事。我和李文祥……我们……已经离了。"

"啊？怎么离了？是为啥子事吗？"

"唉，说起来怪不好意思的……"洪英涛大致讲了李文祥的身体状况，还说本来自己不愿离，鼓励他看病，但他执意要离……讲着讲着，她将头靠在母亲怀里啜泣起来。

"我娃别哭……我理解我娃……唉，有些事你也是身不由己，离了就离了吧，反正咱娃还年轻着哩，以后有合适的你就另找一个吧！哭哭也就行了……"母亲听了女儿的述说，心里也不是滋味，但她克制着，拍打着女儿的肩膀安慰女儿。

哭了一会儿，洪英涛在母亲的劝慰与抚爱下终于止住了泪水，抬起头来，心里觉得一下子轻松了许多。几年来这件事一直窝在她的心里，她也流过泪，但从没有像今天这样哭得痛快淋漓。是啊，母亲与女儿的情分，是其他人无法取代的。

"这件事你可以告诉我哥嫂，但父亲嘛就不要对他说了。这次我回来看他的身体大不如以前了。"洪英涛说。

"这我知道。这几年你父亲的身体是小二过年——一年不如一年了。平时一句话没有，有时说两句也是气喘吁吁的。"

"妈，你看，这几年我都没有给你们寄过钱。这五十元钱你拿着补贴家用，等我回去了，再想办法给你们寄。"洪英涛说完了，从衣袋里拿出钱递给母亲。

"看你，还跟妈这么客气做啥哩嘛！妈不要，你留着路上用吧。我们现在主要靠你哥嫂的工资过日子，虽不宽裕，总还能过得去。可你待在那么远的地方，用钱的地方肯定多着哩嘛！好了，听妈的话，你快把钱收起来吧！"母亲推着她的手说。

"妈，我在这里可能还要待些日子，总不能白吃哥嫂的吧？所以你无论如何得收下。"

"你看你这娃……"母亲想了一下，总算把钱收下了。

母女俩又说了一些体己话。

日子一天天过去，转眼间洪英涛回家已近两个月。这天，她又想起了给肖书写信的事，心里便起了惆怅："我从库尔勒给他写信已过去差不多两个月时间了，怎么还不见他的回信呀？是他换了地方，还是邮寄出了差错？"这样想着，她的情绪便有些低落。

她就这样失魂落魄地过了两天，也许是母亲看出了女儿的失落，便来到她住的房间问："我娃这是咋的了？我看你这两天不对头，是想回去了还是咋的？"

"不是，妈，我是想起了北京的一位朋友。他以前来信邀我去那儿，这次回家的路上我给他写了信。可现在过去这么长时间了，他怎么还没有回信哩撒。"

"噢，原来是为这事，那我娃就犯不着急躁哩嘛！说不定她还没收到你的信哩，或者她收到了，给你的回信正一程一程往这里走哩！我娃莫急躁，也可能这两天就会到哩嘛！"母亲安慰着女儿，并不知道女儿说的朋友是个男的。

"是呀，妈说得对，我再耐心地等等吧！"听了母亲的话，洪英涛的心情稍稍平静了一些。

"另外，还有件事妈没顾上跟你说，去年春天你嫂子她们车间按成本价给职工每人分了几尺的确良布，说是原本准备出口的，但花色出了毛病，所以内部消化了。前几天你嫂子跟我说，现在天渐渐热了，让我给你做件凉衫。我看那布挺好，颜色也正适合你，所以就给你做了，这两天就可以完工。"

"怪不得我看你房里每天晚上灯都亮到很晚，原来你是为我忙哩！那我可得谢谢妈，也谢谢嫂子。"

"嗨，谢我干啥哩，就谢你嫂子吧，她挺不错哩！"

事情还真让母亲说对了，两天后，果然有邮递员送来肖书的信。洪英涛送走了邮递员，便迫不及待地打开信来看，还是那熟悉的小楷毛笔字，而且显得更加瘦挺有力了。

英涛女士：

您好！

大函收悉，迟复为歉。

实在对不起，你信来时我恰好外出，直到最近回来才看到。我和朋友先后去过一些名山大川，写生作画，这次去了武夷山。

知道你要来北京，我很高兴。你是坐火车吧？动身前请务必发电报告知我你坐的车次，我到车站去接你。

余言面叙。

祝路途顺利！

肖书

1969 年 4 月 20 日

洪英涛看完信，几天的郁闷终于消弭。她立即将这一情况告诉母亲，并着手做动身的准备。母亲已为她做好一件短袖小褂，让她穿上试了试，大小长短刚好合身。正好哥哥和厂里一位领导两天后要坐厂里的小车去成都汇报技术革新的相关事宜，所以打算顺便带她去成都。

两天后的一大早，洪英涛吃过早饭，和父母、嫂子道别后，带上自己的东西和哥哥一起动身了。哥哥已经知道了她离婚的事，到成都火车站送她进售票大厅时，对她说："负心的人啥时候都有，妹子，你不要太在意，以免影响自己的身体。"

洪英涛感激地向哥哥点点头，然后就和哥哥道别了。她去售票窗口买了去北京的火车票。离发车还有一个多小时，她去附近的邮电所给肖书发了封电报，便等着上火车了。

# 第二十九章

　　列车不分昼夜地飞奔了四天多，这天下午终于抵达了北京站。洪英涛随下车的人流穿过长长的地下通道，来到车站外的空地上。她到处寻找，见不远处有人举着写有各种名号的纸牌，向这边张望。"洪英涛女士"，当她终于看到这几个字时，心想那个双手举牌的人肯定就是肖书，便赶忙穿过人流走了过去。

　　"请问，你就是肖书老师吧？我是……"洪英涛说着，看到眼前的肖书已跟她当年见过的肖书大有不同：头发留长了，由两边向后背着，唇上和下巴上长了短短的胡须，穿一身干净的浅灰色西装，人似乎也稍微胖了些，略显长条形的脸上多了一些浅浅的皱纹，唯有那双大而有神的眼睛依然闪着深邃而动人的光。

　　"是的，我就是肖书。咱们已经快五年没有见面了，但你基本还是原来的模样。"肖书说着也打量着洪英涛，发觉她的脸上也有了岁月的印痕。原来的稚气与天真多少被成熟与历练所取代，但青春的光彩依然隐隐焕发着。

　　"肖老师，你还好吗？"

　　"还好，还好。你呢？你也好吗？"

　　"我……也好。"

　　"有话咱回去慢慢说。你现在就跟我走吧。"

说着，肖书折叠了纸牌装进自己衣袋，接过洪英涛手中的旅行包，带她向不远处停着的一辆红色出租车走去。这是一辆他常坐的熟悉的司机的车，刚才来时已跟他说好要接人回去。现在司机见他们来了，便打开车门，先将肖书手中的旅行包接过放进了车内，又请他们上车。肖书让洪英涛坐了车后座，自己在前排副驾驶位置上坐了，司机便开动了车。

　　他们乘坐的车很快便加入了前行的车流，在平阔的马路上向北驶去。肖书说他住的地方离这儿不远，也就八九公里路，天安门、颐和园、天坛等景点就在周围，哪天有空了可以去看。

　　"啊，八九公里还说不远，可见北京城之大了！"听了肖书的话，洪英涛在心里思忖。她是初来北京，只觉得满眼都是新鲜。楼房、高塔、各式的古建筑……

　　大约过了半个小时，出租车开进了一条胡同，在一个小院门口停下。肖书对洪英涛说，他的家到了。他先下车，拉开后面的车门请洪英涛也下车，给司机付了车费，向司机道了谢，又从洪英涛手中接过旅行包带她进了院门。

　　肖书说这是妻子叔叔的房产，现在他在海外，这里由他们代管并一直住在这里。"北面的上房，我们自己住；东边的房租给别人住了，是小两口，最近回江西探家去了；西边的一大间房是我和妻子的画室。"

　　听肖书说着，洪英涛抬头看，见西边的房门上面挂着一块牌匾，上书"菊花苑"三个字。肖书说这是一位书画界老前辈给题的。

　　这时北面的房门打开了，走出一位个头不高、身材偏瘦、短发头的妇女。肖书立即指着洪英涛向她介绍："这位就是我刚接回来的洪英涛女士。"又转向洪英涛介绍她，"这是在下的妻子，名叫赵岩，我的同行。"

　　赵岩和洪英涛握手，并热情地说："贵客，贵客！肖书不止一次说到你，说起你曾在他最困难的时候出手相助。滴水之恩，当涌泉相报。你现在来北京了，真是太好了！"说着，赵岩拉起洪英涛的手一同进了房门，又请她在桌旁的椅子上坐下，给她倒茶。

此时洪英涛才看清这房其实有三间，是老式的所谓一明两暗房——两边的可能是卧室。中间一间是客厅，门和窗都是古典式的，一张圆桌也是不知什么木头做的，应该有些年头了，幽幽地闪着红光。照门的墙上有一幅水墨画——《屈子行吟图》，所画屈原仰首望天，手拿行杖，似有悲切。画两边挂草书字幅，右边是"三下天山返故园，侠肝义胆啸长天"，左边是"不平唱尽离骚曲，一碎瑶琴几段弦"，字体俊朗飘逸，遒劲洒脱。从诗画内容看，当是肖书题画无疑。画下的柜面上，放着一个提琴盒和一把擦得锃亮的热瓦普。洪英涛知道，这都是与肖书相随又和他共尝过甘苦的贴心伴侣。

"哎，肖书，我看这样吧，房里也没有什么好东西，待会儿咱们去巷口的同居里吃饭吧。"赵岩说，"刚才我已经跟他们打过招呼，让留个位儿。那里的蛋煎饼还真是不错哩！"

"行，一切全凭夫人安排！"肖书说。

赵岩在脸盆里盛了热水，让洪英涛洗了手和脸，然后三个人出来，一起去同居里。

一张长条桌，肖书坐了一边，洪英涛和赵岩坐了另一边。赵岩要了蛋煎饼和甜稀饭，还有两盘热菜，又和肖书一起劝让洪英涛，便一同吃起来。这几天洪英涛在火车上，虽然每天也吃些盒饭和馒头，但到底比不上此时的饭菜，所以吃得格外香。吃过饭，赵岩付了账，他们又回到小院的房内。

天已经落黑，赵岩指着东面的房子对洪英涛说："那边的床，我已经收拾好了，因为你今天刚到我怕你孤单，所以打算和你一起睡那边。"

"不用了，赵老师，我一个人睡惯了，你还是去你们房里睡吧。"洪英涛赶忙推让说。

"各人习惯不同，你最近身体又不好，就让英涛一个人在那边睡吧。"肖书说。

"好吧，也行。"赵岩又说，"英涛坐了几天几夜的火车，可能也没休息好，我这就去打水，你洗洗就去睡吧，有什么话完了你和肖书慢慢说。噢，我忘了告诉你，厕所就在院内大门一边的墙角处。"

"谢谢赵老师，给你们添麻烦了。"

"不谢不谢，一家人不说两家话。"

这一晚，洪英涛睡得十分香甜。

第二天早晨她起床后去了趟厕所，回来才发现中间房里的圆桌上摆了一个盘子，里面有馒头，另有一小碟红豆腐，桌上还有一张纸条。

英涛：

看你睡得很香，我们都不忍心打扰你。你起床后洗漱过（桌上暖瓶里有开水）先吃饭，然后去我们的画室看看（钥匙在此房门后的钉子上）。我和赵岩去单位，今天单位有个会，我们必须得参加。

肖书

"哎，看我咋像在父母家一样，睡得好沉呀！人家都已经去上班了，我才起床。"洪英涛在心里责备着自己，又想，"昨天肖老师没说，我也没问赵老师，原来他们是一个单位的。"

她洗漱过，吃了饭，就拿了钥匙开了画室的门。她小学起除喜欢歌舞，也爱好绘画，中学时看过《介子园画谱》，照着描摹过一些山水景物，也想过将来当个画家。后来虽无幸实现夙愿，但她还是很喜欢看一些名家作品，因此她对书画还是略知一二。现在有机会进肖书的画室，自然也是求之不得。

这是一间长方形大屋，中间摆了一张长桌，铺了桌单，上面放有笔墨纸砚和笔洗等物，四周的墙壁上挂满了书画作品。她先从头粗看了一遍，又返回头来仔细品赏。

那是一幅篆书"君子天行健";那是草书《塞上诗情》"四月
边塞起黄沙,孤鸿戈壁寻故家。天涯诗意人心倾,英雄涕泪何须
洒";还有长篇行书《诗吟生肖》……字体写法虽不同,但都清空
灵动,恣肆汪洋,形神得兼。还有绘画作品《东坡诗意》《七贤夜
饮》《禽苑》《双骏》……一幅幅作品,看似笔淡墨柔,实则神峻
气轩,内涵深厚,气度不凡。而她最喜欢、又能更深触动她心灵的
还是那些与新疆景物有关的画,比如《三岔口夜火》《洪荒落日》
《天山雪泉》《大漠奔马》《驼铃声碎天山雪》……作为一个有过
相同经历的体验者,她自然多了一分理解:那些洪荒与苍凉的背
后,似乎隐含着难以言说的苦衷,那虽被压抑,但依然炽烈奔放的
激情……她的思绪翻腾着,久久难以平复。后面还有赵岩的画,山
水、人物、花鸟……它们虽无大漠胡杨的刚劲,却有轻风弯柳的
柔美。

"真是天作之合——一面是刚,一面是柔,有刚有柔,刚柔相
济。"洪英涛在心里想着。

那边还有一幅名叫《驼行图》的画,它的墨彩还很新鲜,想
必是肖书最近才完成的。她走近了端详,又退后坐在一把椅子上品
味——昂首奋蹄的骆驼,它们脚下的戈壁与枯草,远在天边的山峰
与正在喷射的日辉,还有题诗:"不驮名利不驮情,抛却妄思戈壁
行。万里飞沙酬天地,冷雪醒魂索真经。"

"这是怎样的情怀啊!曾经沧海难为水,除却巫山不是云。此
诗此画,只有历经磨难而又春心不死的人才能写出;只有百折不
挠,笃信光明的人才能画出!绝妙绝妙,真是醒脑提神,入骨三分
啊!"洪英涛痴迷地看着,从这幅画想到肖书当年的境遇,又由此
想到自己眼下的处境,禁不住忘情地感叹起来。

"喂,那是英涛吗?我怎么听着像是自己发出的声音,是知我
懂我的行家发自肺腑的声音啊!"这时门外传来了说话声。

肖书已经回来,他见画室的门开着,知道洪英涛在里边,便直
接过来看她。刚走到门口,便见她正对着自己的《驼行图》感叹

着，一副如痴如醉的样子。对一位画家来说，最难得的莫如见到知其作品者，所以他禁不住接话。

"啊，是肖老师……我……"洪英涛吃了一惊，赶忙起身，有点儿不好意思地说。

"我真没想到咱英涛还是书画行中人。好了，这个咱先不说，现在我们还去同居里吃饭，赵岩已经去那儿占好座位等着了。"肖书说。

他们出来，肖书锁了画室门、住房门和院门，然后一起到了饭馆。还是昨天的那张桌子，饭菜赵岩已经点好了，此时已被端上桌来，是打卤面和两盘炒青菜。

三个人吃过饭，赵岩有点儿不好意思地对洪英涛说："根据我们上午开会传达的文件精神，我和几个同志受命编写一本对外宣传画册，所以下午我还得去和他们商量。我从这里直接去单位，就不陪你了。"

"好的，你有事就去忙吧。真不好意思，我来给你们添麻烦了。"

"不麻烦！我们都有过同样的经历，又何必分你我哩！"

赵岩说过就结了账去单位了，肖书和洪英涛一起往回走。

"因为天热了，屋内不生火，再加上我们两个人都忙，所以中午基本上不自己动手做饭。我们这两天吃饭的同居里，都快成我们自家的伙房了。"肖书说。

"你们都是有专业的人，这也难怪了。我冒昧地问一句，你们为何不将老人接来呢？那样不就好一些了嘛。"

"不瞒你说，我和妻子一样，二老都已离世。因此我们还决定暂时不要孩子。"

"噢，原来是这样。我说家里咋只有你们两位呢。"

回到家，肖书请洪英涛在桌旁坐下，给她倒了茶水，自己在另一边坐了。洪英涛和肖书敞开心扉地聊了一下午。

天快黑了，赵岩从单位回来，看到洪英涛在画室的灯下写东西。赵岩说单位的事情催得急，所以多忙了一会儿，又指着手里提的袋子对洪英涛说："回来的路上买了几个馒头，家里有米，我现在就去电炉上煮稀饭。"

"今天上午回来的路上我跟赵岩商量了，最近几天她在单位忙，中午不回家，我则陪你去看几处北京的名胜。你是初来祖国的首都，有些地方是一定得看的。"肖书说。

"行，我听你们安排。"

晚上吃过饭，他们都歇了。

第二天早饭后，赵岩去了单位。肖书和洪英涛坐上公交车出发，不一会儿就到了天安门广场。他们下车，走向雄伟壮丽的天安门城楼，只见重檐飞翘，雕梁画栋，黄瓦红墙，高大的墩台两侧镶嵌着"中华人民共和国万岁""世界人民大团结万岁"的大字标语。

洪英涛手扶城楼下雕琢精美的汉白玉桥栏，望着桥下碧波粼粼的金水河，思绪在历史的浪涛中奔涌……

之后他们来到广场上高矗的人民英雄纪念碑前，看着毛泽东主席题写的"人民英雄永垂不朽"八个鎏金大字和周恩来总理题写的概括总结中国革命历史的碑文，还有自虎门销烟一直到新中国成立的浮雕画面以及五星、松柏和旗帜组成的雕塑花环，这一切都象征着人民英雄革命精神万古长存。

然后，他们又去看了广场东侧的中国历史博物馆和中国革命博物馆，通过实物和图片资料，重温了中国古代以及近代波澜壮阔的历史。

这几处看完天已过午，他们去附近买了两个烧饼充饥。肖书说："现在凑合着吃点儿，下午我们去看故宫，之后去一家比较好的餐厅吃烤鸭。昨天我已经和赵岩说好了，下午下班后她也会去那里。"

他们随参观的人流前行，边走边听一位带队的导游介绍。故宫，旧称紫禁城，是明清两朝皇宫，是我国现存最完整的古建筑群。南门为前庭，有天安门和端门，正门即午门。北有神武门，东有东华门，西有西华门，内有大小房屋九千余间。周围宫墙长约三公里，四角建有角楼，墙外有宽五十二米的护城河环绕……这里的建筑气势雄伟，豪华壮丽，是我国古代建筑艺术的集大成者……

"今天我们算是走马观花地看了一遍，回去再慢慢品味吧！"肖书看了看手表，又说，"时间不早了，中午咱们只随便吃了一点儿，现在是不是去吃晚饭？赵岩应该已经下班去那里了。"

"行。"

他们离开故宫，又乘公交车到了肖书说的餐厅。赵岩也刚到，就和他们选了一张餐桌坐下。菜是早就想好了的——烤鸭。赵岩点好，不大一会儿就端上桌来，除无骨切块、金红油亮的鸭肉，还有薄的面饼、葱丝、酱和鸭骨煮的汤。肖书一面请洪英涛吃，一面向她介绍说："烤鸭是从宫廷内传出的美食，主料为填鸭，加了特殊的调料在特制的炉内烤制而成。过去，只有皇亲贵胄能够享用，现在我们普通大众也可以品尝到了。"以前洪英涛就听说过这道菜，今天亲口品尝了，便被其美味所折服。

用过餐，洪英涛起身要去付账。她说："我来到两位老师家，吃你们的，住你们的，而且还要麻烦你们陪我到处走走看看，心里实在过意不去。"

赵岩立即起身将她拦住，说："你受了那么多苦，又从那么遥远的地方来，还曾在肖书最艰难的时候帮助过他，另外，我们的经济情况还可以，除工资，前些年在画展上卖出过不少画，这些年虽办不成画展，但偶尔也有上门求购者。你就不要跟我们客气了。"

听了这些话，又见赵岩说得诚挚，洪英涛只好作罢，并向他们道谢。

之后，洪英涛又在肖书的陪伴下，用两天时间看了其他一些景点，如北海公园、颐和园、动物园、天坛……肖书说，北京的景点其实很多，再有一个月的时间也无法全部看完。

"这几天我们只是选了一些距离比较近、大多数人都会去的地方看了看，而且看得也很潦草，基本属于走马观花。如果以后你还有机会来北京，再慢慢看吧！"这天回家后，肖书对洪英涛说。

"好的。"洪英涛回答着。

"英涛，我问你，你在新疆待了那么多年，维吾尔语一定说得很熟吧？文字水平怎么样？"不知为什么肖书突然问起了这个问题。肖书改用维吾尔语继续问："怎么样？你能搞翻译吗？"

"基本上可以，我已试译过一些故事。"

"是吗？真好！那么你对这方面有兴趣吗？是否打算将来在这方面继续发展，做出一些成就？"

"是的，我是有这个想法，前几年也在这方面做过一些准备，但……"

"如果是这样，那就太好了！"肖书称赞了一句，又说，"既然是这样，明天我带你去见一个人。这人我相识多年，是跨行的朋友。他叫宗世明，是中央民族学院的教授，曾经翻译出版过一些古典维吾尔族文学作品，现已过了知天命之年。我想让你见见他，向他请教请教，也互相做一些交流，可能是件好事。"

"那可真是太好了！"洪英涛高兴地说，转念一想，又有些为难，"人家是教授，我……"

"你不要有顾虑，宗教授为人谦虚，没有架子，就连跟我这个门外汉，还会谈论这方面的事情哩。"

"那……那就又要给你添麻烦了。"

"你可不要这样说！古人有诗云：'知音偶一时，千载为欣欣。'我只不过是想为你的现在抑或是将来做一点儿有用的事罢了。"

"正因为这样，我才觉得过意不去哩！"

"要说起来这好像是你个人的事，但其实也是关乎民族文化交流和发展的事哩！"

"对，我们图书室的老馆长卡得尔也是这么认为的哩！为此我们还一起做过一些努力。"

第二天早饭后，肖书和洪英涛一起坐了公交车出发。肖书说宗教授虽不搞书画，却是这方面的爱好者，也是个有眼光的收藏者。他曾参加过自己的画展，对自己的一些画有很高的评价。自己今天就选了其中一幅他看上眼的，准备送他。

他们倒了两次车，到了宗教授家。这是一幢多层楼房中的一间，肖书敲了门。宗教授来开门，看到是他，很高兴，连声地问好，请他们进了门。他请客人在客厅的沙发上坐下，说妻子今天去东郊看望女儿，家里只有自己，肖书来了正可以放开谈。说着就去泡茶。

宗教授家客厅不大，布置得也比较简单，墙上有两幅字画，墙角带玻璃的书橱里放了不少书。另一边靠墙有一个仿古式摆物架，上面摆了一些东西，其中有一件半圆形带两耳的铜器，幽光闪烁，甚是古朴。她觉得有些眼熟，似乎在哪儿见过。

宗教授在杯里倒了茶，分别放在肖书和洪英涛面前的茶几上，自己也在旁边的单人沙发上坐下。肖书指着身边的洪英涛，向宗教授介绍："这位是洪英涛女士，是从喀什那边来的。"

"你说什么？她是从喀什那边过来的？"宗教授以为自己听错了，这样问着，又说，"噢，真是从那边来的！好，好，1964年我去那儿整理作品，待过一段时间。"他指了指置物架上的铜器，继续说，"这是那里维吾尔族工匠的手工产品，我很喜欢，买了来摆在这里自己欣赏，也让来的客人欣赏。"

"我在喀什也见过，它的名字好像叫米斯拉克，有两耳、四耳两种，这是两耳的，非常漂亮！"洪英涛想起了它的名称。

"你说得很对！你看，到底是那边的人，一看就知道它的名字。"

"宗教授，是这样的，洪英涛以前在那边旧城县的图书室工作，曾尝试翻译过维吾尔族文学作品，现在过来向您请教。"肖书说。

"这样看来，咱们是同行了！"宗教授又转向洪英涛问，"你都翻译过谁的作品？"

"我说不上是正式翻译，只不过在这方面有爱好，也是为了提高自己的文字水平，曾经试着译过几篇赛来恰坎的故事。"

"赛来恰坎？噢，我知道。他的故事中充满着正义和诙谐，既有对封建统治者愚蠢、贪婪、凶残本质的揭露，也有对劳动人民智慧、勤劳、淳朴品质的赞扬，它们不愧是民族文化的瑰宝，也是中华民族传统文化中的一部分……"

也许是长时间没有遇见"知音"的缘故，宗教授听洪英涛讲到赛来恰坎便引发了谈兴，说了不少自己的见解。而洪英涛和肖书又都是与新疆有缘分的人，自然都听得十分有兴致。

"你们看，我是不是有点儿跑题了？怎么说了这么多？"宗教授收住了话头。

"真不愧是教授，我在新疆待了那么多年，只知道有个阿凡提，其他人就没有听说过。"肖书说。

"我虽听过一些人的故事，但想得没有这么多，没想到它们还有那么重要的意义哩！"洪英涛也说。

"好了，不说这些了，咱还是接着前面的话说。"宗教授又转向洪英涛问，"你说你译过赛来恰坎的作品，除了这个，还译过别的作品吗？"

"我还准备和我们那里的一位维吾尔族同事一起翻译《热碧亚—赛丁》，不过才译了开头部分……"

"停一下，阿不都热依木·那扎尔你了解吧？他的这篇叙事诗写的是哪里的人和事？"宗教授打断了洪英涛的话问道。

"阿不都热依木·那扎尔是喀什人，出生在一个手工艺人家庭，上过经文学院……"洪英涛如数家珍般娓娓道来。

"好了！"宗教授高兴地笑着说，"你看我像不像给学生出题考试？当老师当惯了，总爱这么问学生。如果今天真是考试的话，那我要说，洪英涛同学，你考得不错！"宗教授停了一下，又说，"不过我要告诉你，这《热碧亚—赛丁》，据我所知，已经有人翻译过了。"

"我们目前也只译了前面的部分。"

"不过，我想这也没关系，你们继续译你们的，同类共存，互见长短嘛！"

接下来，宗教授又谈了一些古代维吾尔族作家的作品。

宗教授对这些人物和他们的作品了如指掌，谈起来话如泉涌、头头是道。洪英涛也多少知道一些，不时地附和几句。

"和我们一样，少数民族也有着自己灿烂的历史文化，这些都是值得我们研究和宣传的，以便于各民族互相学习，取长补短，共同发展！"

"是的，所以我也想在这方面试着做一些事情。"

"怎么样？今天来这里拜访宗教授，对你大有启发吧？"肖书问洪英涛。

"那是当然了！宗教授知识渊博，使我学到了不少东西。我一定要向他学习，争取将来在这方面也做出点儿成绩。"洪英涛说。

"好！现在有志于这方面的人不是太多，而是太少了。苹果结满树，不是一天的工夫，希望我们能共同努力！"宗教授说着，又转向洪英涛问，"不揣冒昧，我还想问问，你都上过什么学？"

"我高中毕业，1962年在四川老家上的，那时因为家庭困难，就没有考大学。"

"我知道了。一般来说，能上大学当然好一些，学的东西更专业一些。但也不是绝对的，实践中照样可以出人才、出成果嘛！"宗教授又说，"其实像你这样的人应该进大学深造……"

宗教授又问洪英涛会在北京待多久。肖书替她回答了，说她大约还得待好些日子。

时已近午，宗教授说："今天我妻子不在家，我们就到旁边的饭馆去吃顿便饭吧。"

肖书说："早晨我已和妻子约好中午一起吃饭，就不麻烦宗教授了。"说着，他便从沙发靠背上拿起自己带来的画，一边展开一边说，"宗教授，这是一幅拙作，请您留下。我知道您虽不作画，却是这方面鉴赏的行家，况且这幅画又是画新疆的……"

"哎呀，好一幅《漠野奋蹄图》!"宗教授接过了画，一边看着一边说，"你看这匹马，奋蹄扬鬃，恣肆磅礴，略形显神，清空灵动，真是率意只在点墨处啊! 我以前看过你的画展，深为你的旷达和落拓所折服，尤其是那些描画新疆景物的画，更是苍茫宏阔，形神兼得，撩人魂魄啊! 这一幅则更有创意，马乎? 人乎? 情到极处自难分，恰如古人说的：'不依古法但横行，自有云雷绕膝生。'受之有愧，却之不恭，我收下了!"

"宗教授过奖了。我们就告辞了。"

肖书和宗教授握别，洪英涛也和宗教授道了再见，然后他们便离开了。

接下来的日子里，洪英涛每天帮赵岩打扫房内卫生、收拾洗擦，其他时间则看肖书在画室作画，有时还会谈论一些有关画的问题……

这天下午，赵岩从单位回来，带了一本厚厚的油印资料，对洪英涛说："这是宗教授托人送到出版社让我转交给你的，这是他关于维吾尔族历史文化讲稿中的一部分，里面介绍了一些作者和作品，希望你回去之后在工作之余抽时间看……

"好征兆! 看来宗教授对英涛印象不错!"肖书高兴地说。

"我想也是这样!"赵岩也说。

"那可真是太好了! 别的不说，起码我可以从里边学到不少东西哩!"洪英涛也高兴地说。

过了几天，肖书有事要出一趟远门，到南方某地和那里的同行共同创作一幅今年国庆的献礼作品。肖书走后。第三天早饭后，赵岩带洪英涛去逛王府井商场，并建议她买一件对襟的绸布衫，说这是当时非常流行的。洪英涛再三推拒也没有推拒成，最终还是赵岩付了款。她自己又买了几条丝巾和便于携带的果盒之类。中午她们在一处饭馆吃了烩面，吃过后洪英涛坚决地阻拦住赵岩，自己付了款。

"我来北京好些天了，也该回去了，所以我想这两天就动身坐火车回新疆。"回到家，洪英涛对赵岩说。

"那我就不多留你了。买火车票的事你就不用操心了，我帮你去买。"赵岩说。

"那就太谢谢了。"洪英涛说着就要给赵岩掏买车票的钱。

"英涛，这事你就不要管了！肖书走之前已交代过，你在这里和走时的费用由我们负责。"

"啊，这怎么能行哩！"洪英涛有点儿着急了。

"行了，还是那句话：'滴水之恩，当涌泉相报。'现在咱也不说什么报不报的，但情谊总还是要讲的！"赵岩说。

"那……"

"好了，在家千日好，出门半步难。你也不要太往心里去，说不定哪天我们还会到喀什去找你哩！"

"好，好！那你们一定得来，一定得来！"

第二天中午，赵岩又和洪英涛去同居里吃了饭。洪英涛说："现在我就要回去了，我打算给旧城县一个朋友家里挂个电话，告诉她这个消息，也顺便问问那边的情形。"赵岩说这是应该的，嘱咐她打完电话就回家，然后自己去单位了。

洪英涛快步到了邮电所，拨通了于莉家的电话。

于莉刚吃过午饭，听到电话铃声便赶忙来接。当她知道电话那头是洪英涛后，惊喜地叫起来："啊，英涛，是你吗？真的是你吗？哎呀，这么长时间，听不到你的音讯，可把人急死了。噢，你在北京，真是太好了……啊，我们都好，你怎么样……噢，噢，你快回来吧，我们也正急着找你哩！英涛，告诉你个不幸的消息，卡得尔已因病去世了……"

"什么？你说卡得尔馆长去世了？我还想着回去要和他一起做些事哩！唉，多好的一个人啊……"洪英涛说着流下了眼泪。

"怎么，英涛，你哭了吗？卡得尔确实是个好人，他的葬礼我们都去参加了……唉，人死不能复生，我们还得好好活着！"

"是的。"洪英涛擦了眼泪说，"那就这样吧，等拿到票我再给你挂电话。好的，如果你不在，我就告诉大婶。再见！"

洪英涛挂了电话，付了费，回到赵岩家，还在为卡得尔馆长去世的事悲伤着，脑子里不断出现他的音容笑貌和他们未曾实现的翻译梦想。

晚上，赵岩回来，拿出一张从北京到大河沿的火车票。

"这么远的路，给你买了张卧铺票，是明天早晨十点的。"

"真不好意思。其实我坐个硬座就行了，卧铺要多花不少钱哩！"洪英涛感激地说着，向自己睡觉的房间走去。

"哎，英涛，你干什么去？我买来了牛奶和大饼，咱现在就吃晚饭，吃完早点儿休息。明早八点我去车站送你，还坐你来时和肖书坐的那辆车，刚才在单位我已给司机挂过电话了。"赵岩说。

"谢谢，谢谢，谢谢你安排得这么周到！"洪英涛说着从她睡觉的房里出来，手中拿着一条玉石项链说："你看，赵老师，我在这里麻烦了你们这么长时间，心里一直过意不去。现在就要离开了，我也没有什么好东西送你，这条玉石项链是我在新疆的一个山区教了一学期书，临走前一个维吾尔族女教师送的，是和田玉做的。现在就借花献佛送给你了，也算是我的一点儿心意。请你千万别嫌弃。"洪英涛说完，将项链双手捧着递了过来。

"这……和田玉？那可是比较珍贵的哩，况且又是你从新疆带来的。"赵岩说着，似乎明白了这项链的意义，感到无法也不能推拒，"好吧，恭敬不如从命，一串项链一串情，我就收下了。"赵岩说着接过了项链，转身进了自己和肖书的卧室，不一会儿又出来了，手里拿着一个封裹好的画卷，说，"这是肖书刚完成的一幅《驼行图》，说是你喜欢，也符合你的情况。他走前给我交代了，让我交给你。我本想明早你走时再给你，但……现在就把它给你吧！"

"啊，真的吗？真是那幅《驼行图》吗？那天我在你们画室里看过，当时就被它的神采所吸引……"

红樱桃

"这幅画就真像是给你画的哩！"赵岩说，"之所以想明早给你，是为了不给你推脱和犹豫的时间。现在看来你是真的喜欢它，那咱们什么也别说了。来，你将它放在旅行包里！时间不早了，咱们快吃了饭休息吧。"赵岩说着将画递给洪英涛。

"那……我就再次谢谢二位老师了……"

第二天，赵岩和洪英涛都早早起床，洗漱过，吃了赵岩准备的早餐，又坐了出租车到了北京火车站。离发车尚有一个多小时，洪英涛知道赵岩还要去上班，便跟她道了别，催她去单位。然后，洪英涛去车站附近的邮电局给于莉挂电话。

于莉刚吃过早饭在家。洪英涛告诉了她动身的时间。

"好的，我知道了。到了大河沿车站，你就在候车室等着吧，有人会去那里接你。"

"怎么，还有人接我？"

"是的，是熟人，你见了面就知道了。好了，我要去上班了，祝你一路顺风！"

红樱桃

# 第三十章

　　洪英涛上了北京开往乌鲁木齐的火车。于莉在电话里说在大河沿车站有人接她，却没有讲这人是谁。其实这人不是别人，正是李文祥。

　　李文祥自去年 7 月以来，一方面帮葛培荣查找、整理资料，另一方面抽空去看自己的病。

　　那段时间他独自去喀什人民医院，做了一次身体检查，又鼓起勇气对医生讲了自己的难言之隐。医生说从检查的情况看，他的身体看不出有大的毛病，可能是心理方面的原因，也可能是气血不足造成的，建议他最好找中医再看看，吃中药进行调理。

　　葛培荣以前就给他提过建议，后来他又听公社的一个朋友说起喀什有位老中医，善治各种疑难怪症。他抽时间去了，老中医问了他的情况，给了他一些自己配的中药丸，让他先吃吃看效果如何。他回来吃了一段时间，感觉不错。此后老中医又给他配了中草药，他吃后更感觉体内充满青春活力。

　　这个情况，他跟葛培荣悄悄讲了。葛培荣也很高兴，又跟他讲起了与洪英涛复婚的事。他心里是巴不得这样哩！但他想起婚后自己的一些做法以及铁了心要离婚的事，又觉得没脸见她。

　　那段时间洪英涛和大家断了联系，他知道后也很着急。后来洪

红樱桃

英涛从白陶县给于莉打来电话，他听说后，甚至想请假去那里找她。但白陶县那么大，他又没去过，该怎么找呢？即便找到了，在当时的状况下，又会是怎样的结果？他的心一直悬着。

昨天下午上班后，葛培荣来将他叫出办公室说："英涛现在在北京，刚才给于莉来过电话，说马上就要坐火车回来，具体动身的时间她说定下来后还会来电话。"

"啊，真的吗？太好了，太好了！那么请你告诉于莉，她再打电话时告诉她，让她在大河沿下火车，我会找车去那里接她。"李文祥激动地说。

"文祥，你去接她当然好了。但事先跟她讲明白了不一定好。你想想，你们毕竟那么长时间没有联系了，之前又是那个情况。她知道是你后如果心里不乐意去坐了长途客车怎么办？"葛培荣说。

"这我倒没有想过。那该咋办哩？"

"要我说嘛，她再来电话时就让于莉只告诉她有人去大河沿火车站接她，但不要讲是谁。这样就给你留有余地，至于你怎么做，"葛培荣笑了笑说，"那就看你自己了。精诚所至，金石为开嘛！换句话说，自己的命运自己掌握。"

"真不愧是老朋友，经你这么一点拨，我脑子就开窍了不少！对，你们这样做是合理的！"

这天下午，李文祥就请假去了喀什运输公司车队，找朋友打听了去大河沿的车的情况，并说了准备搭便车去那里的事。朋友说现在每天都有车，他要走的前一天来即可。

第二天早晨，于莉接完洪英涛的电话，立即告诉了葛培荣，说："洪英涛今早十点坐火车从北京动身。"葛培荣来上班后，又将这个消息告诉了李文祥。

"没想到她这么快就动身了！这样的话我今天就得去喀什，争取明早也动身。坐汽车到大河沿来去差不多得八九天，我得找领导请假。"

"走这么多天，恐怕你还得找大领导。那你赶快去吧！"

"我去接她总得有个理由吧？可这话该怎么说哩？"

"你看你，这理由还用找吗？咱们就实事求是地告诉领导，你是洪英涛的老乡。"

"对，我怎么一时就晕了头，我们本来就是老乡嘛！"

他们立即去了张主任的办公室，讲了洪英涛要坐火车回来，他是她的老乡，准备去大河沿接她。

"好，亲不亲，故乡人。你去吧！"张主任对李文祥说，"见了面请代我们向她问好，回来后组织上会重新给她安排工作。"

"好的，张主任，我一定把领导的意思给她带到！"李文祥忙不迭地答应着，又说来去大约要用的时间。张主任同意了，并说过后他会跟秘书组负责人打招呼。

这天下午李文祥就到了喀什，找朋友说好了车，第二天天不亮就动身去大河沿。他估算了一下，洪英涛从北京坐火车大约六天到大河沿，而自己坐的车四天后就可以到那里，司机还要装货，所以他完全有时间去接上她。

四天后向晚时，李文祥坐的车如期到了大河沿。司机王师傅说："今天时间太晚了，我去货场招待所，明天上午在那儿装货。你最好明天中午以前能接到人，这样我们下午就可以动身往回返。"李文祥答应着下了车。保险起见，他又去火车站打听了，知道洪英涛坐的那趟列车明天上午十二点左右到这里。"真是天遂人愿啊！"他在心里说着，找了家附近的旅馆住下。

第二天早晨，李文祥在旅馆食堂胡乱地吃了点儿，早早地就来到火车站候车室，在长椅上坐下来等。他看着自己腕上的手表，那指针正一步一步不慌不忙地往前走。这时他突然想起昨晚做的一个梦，洪英涛正在路上跑着，后面有一些人在追，呼喊着、吆喝着，他十分焦急，不顾一切地冲上去，挡在了那些人面前。但洪英涛看到他，竟像是有意躲避似的，扭头又向前跑去。"唉，看来这梦不是个好兆头。"他沮丧地在心里说，但又转过来安慰自己，"也有人说梦跟现实是反的……"

过了一会儿他看到候车室门口来了一个老乡，手里提着装有鲜杏的筐子蹲下来在那儿吆喝着卖。他便过去问价钱。

那人看来了生意，便将筐子往前移了移，从里面拣了一个杏子用手擦了擦递给李文祥，并笑着说："这是吐鲁番有名的小白杏，味甜汁多，而且价钱便宜。买不买没关系，你先尝一个。"

李文祥也打算买，所以接过来吃着，"啊，果真是甜哩！"他在心里说着，蹲下来，看那筐里有五六公斤，便说都要买下来。那人一听就高兴了，说："我本来卖一角钱十个，这筐里一共有一百多个，你全要就给一元钱吧！再加上这筐子两角，一共一元两角钱。俗话说：'不给朋友面子的人，自己也没有面子。'今天我们就算交个朋友吧！"李文祥被他的话逗乐了，掏出一元二角钱，连杏带筐一起买下来。为了让洪英涛下车就能吃到杏儿，他提筐去水龙头旁，将筐里的杏子倒进水池里，又一个一个拿起来冲洗净了，再放回底下铺着树叶的筐里。

这时有长长的汽笛声从东边传来，接着有车轮的滚动声由远及近响起，然后渐渐停止了。候车室里的气氛顿时热烈起来，去往乌鲁木齐的人、在这里接客的人都拥向门口去。但在这儿下车的人并不多。李文祥将杏筐放在旁边的窗台上，又到门口的栅栏处站着，盯着进来的人。终于，洪英涛出现了，只见她梳着两条小辫，上身穿一件短袖的确良小褂，下身穿蓝裤子，肩上背着挎包，手里提着旅行包。她略显疲惫的脸上满是汗水，反而更显得楚楚动人……

"英涛，一路辛苦了。"李文祥赶紧凑上前。

"啊，是你啊！"洪英涛看到面前的李文祥多少有些吃惊，又想，"怪道于莉没有讲来接自己人的名字，原来就是他啊！"

洪英涛故作吃惊地问："怎么，你这是准备坐车去探家啊？"

"不，不，我是……专门来接你的。"李文祥怯怯地回答。

"咦，我是什么人？怎敢劳驾你专门来接我呢?!"洪英涛满含讽喻地说。

"你看，英涛，你坐车累了几天了，咱们是不是……到前面的长凳上坐下再说吧?"李文祥鼓足了勇气,带着歉意,小心翼翼地说。

"说什么? 我跟你还有什么好说的? 我不过是件衣服,不想穿就脱下扔了,谁还看得上眼?!"洪英涛气愤加自嘲地说。

"我,我,我能看得上眼!"李文祥接住洪英涛的话茬,急切地说,"英涛,我知道你对我有气,而且我也做好了思想准备,今天你说什么我都接受,甚至于你打我、骂我我都会受着……不过咱别这么站着说行不行? 咱到前面的长凳上坐下来慢慢说,行吗? 你看,我们把别人的目光都引来了……"李文祥一副谦卑的样子央求着。

也许他的话起了作用,洪英涛的气缓和了一些,移步往前走。他赶忙接了她手中的提包,一起来到靠窗的一条长凳上坐下。洪英涛掏出手绢擦脸上的汗,他则赶快提过了窗台上的杏筐放在洪英涛身旁说:"这是我刚买的吐鲁番小白杏,已经洗过了,你先吃几个吧。这大热天的。"

"我在火车上有点儿着凉,没胃口,你自己吃吧。"洪英涛似乎已平静下来。

"杏是热性的……你少吃几个不打紧,你看,这水嫩的……"李文祥说着准备从筐内给洪英涛拿。

"别,别,我自己拿吧。"洪英涛说着,就从筐内拿起一个尝了尝,"嗯,还真是甜哩!"

"英涛,是这样的,我坐了喀什运输公司王师傅的便车来接你,他今天上午在货场装货,下午动身回喀什。你看,"李文祥看了看腕上的表,又说,"现在是中午一点,我们是不是到附近的饭馆去吃顿饭,然后就去货场?"

"吃饭就免了。我有点儿感冒,现在吃几个杏儿也就行了。"洪英涛说。由于李文祥的态度,她原有的"敌意"似乎已有所减弱。

"那好,就听你的,我早晨吃得多,现在也不饿。那么我现在就先跟你说说这次出来接你的情况吧。那天早晨一上班,葛培荣就说于莉刚才已接了你从北京动身前打来的电话。我就赶紧去找张主任请假，张主任听说我是来接你，非常高兴，说让我代表组织向你问好，还说回去后会给你重新安排工作。"李文祥说。

"安排工作？我的工作岗位不是在图书室吗？"洪英涛问。

"具体怎么安排他没有说。"

"噢，原来是这样！"

"还有一些人的情况，于莉嫂子可能已经跟你讲过了，我就不多说了。"

"嘿，嫂子？听你叫得多亲啊！以前我可没听你这么叫过于莉！阿布都热克木现在做什么工作？还有曼娜尼莎、江燕和易国平，都做什么工作呢？"洪英涛问。

"他们的情况总的来说都还好。阿布都热克木现在是办事组副组长兼翻译室主任，曼娜尼莎据说已当了大队妇女主任，易国平还是县招待所所长，江燕还是广播员，听说也是广播站负责人之一。"李文祥停了一下，又说，"还有葛培荣，于莉肯定没有跟你说，他还是生产指挥组副组长。"

两个人说着，共同语言似乎多了起来。

"其实有些事，比如我们俩的事，是通过努力就可以实现的……"李文祥似乎觉得时机来了，就将话题往自己和洪英涛的关系方面引。

"什么？你说什么？'我们俩的事'？"听着李文祥的话，洪英涛立即警觉起来。

"就是……我和你的……婚姻……"李文祥有点儿紧张了，断断续续地说。

"婚姻？我们还有什么婚姻可谈？！我前面已经说了，我不过是一件衣服，不想穿了，管你愿意不愿意，随手脱下就扔了。还有什么好谈的？！"洪英涛明白了李文祥的用意，气愤地说，"好了，这个话题你不要再说了，再说我就跟你没话说了！"

"是，我不说了。昨晚我做了个梦，梦见你在路上被坏人追赶，我冲上去要救你……"李文祥说。

"什么梦不梦的！你大概是痴人说梦吧！"洪英涛说着就想起自己也做过李文祥被人追赶的梦，心里不由得称奇，"你救我？你还知道救我？"洪英涛说着，眼中盈满了泪花。

"我听于莉嫂子给我讲了你在白陶县的一些情况，当时也想过要去那里找你，但……"

"行了，你别说了，这些话我不想听，你还是说给别人听吧！"洪英涛极力克制着，让自己的情绪平静下来。

"好，好，英涛，我确实对不住你，特别是在离婚的问题上，全是我的责任，是我为了……为了摆脱自己的困境，而辜负了你的一片心意。我用我的人格向你保证，今后就是上刀山、下火海，我李文祥再也不会做那样的蠢事了。"

"你咋样做是你的事，跟我已经没有关系了。事后的聪明，谁信哩！"

"不，不，我还要跟你说……我的情况……现在已经好转了，也就是我的病……已经治好了……"李文祥鼓足勇气说。

"什么病？你是说你脑子里有病还是……噢，现在咱们什么也别说了。时间也差不多了吧，咱们是不是该去坐车了？"听了李文祥的话，特别是后面的话，洪英涛略微有些吃惊，也感到不好意思，所以转了话头。

"果然时间快到了。"李文祥看了看手表说，"那咱们去货场吧，不远，就在车站后边。我来提旅行包，还有筐里的杏儿也拿过去，让王师傅尝尝。"

刚才该说的话差不多已对洪英涛说了，所以李文祥觉得轻松一些。他拿了东西准备走，洪英涛却走过来从他手中拿过杏筐自己提着。

王师傅已装好车吃过饭，正坐在棚下的桌旁喝面汤。他四十多岁，是个心直口快的人，见李文祥带着个漂亮女人来了，便笑着跟他说："李同志，媳妇接来了啊？"

"啊……是的。"李文祥不好意思地说。

"小两口分开有些日子了吧?"王师傅笑着用下巴指了指李文祥对洪英涛说,"难怪他一路上吃不香、睡不稳,还一个劲地催我往前赶路哩!"

李文祥笑了笑,指着洪英涛提来放在桌上的杏筐说:"王师傅,这是我刚才在火车站买的杏儿,你吃吧,怪甜哩!"

"我吃,我吃……嗯,真的甜哩!"王师傅吃着杏儿,又问李文祥他们是否吃过饭,如未吃这里有拉面。

李文祥望了望洪英涛,见她微微摇了摇头,便对王师傅说已经吃过了。

过后,他们跟王师傅一起上了车。因天气闷热,李文祥坐了司机旁边的位置,让洪英涛坐了靠窗的地方。

当晚他们就赶到了库尔勒,在交通旅馆登记了住处,又到食堂吃了饭。吃过饭,李文祥付了钱,跟洪英涛打了声招呼,就去找这里的医院买药。今天在车上,洪英涛不时咳嗽,并用手绢擦鼻涕、眼泪,看来她真是感冒了。

第二天天亮他们又动身。洪英涛昨晚吃了李文祥买来的药,今天已经好多了。李文祥心里乐滋滋的。车行的过程中,洪英涛有几次打瞌睡,将头靠向了李文祥,李文祥则是受宠若惊,每次都伸着肩膀,让她靠得舒服些。

又赶了两天路,这天下午车已过了阿克苏,晚上时来到一个叫苏安克的地方。王师傅说:"本来我打算今晚多赶点儿路,明天早一点儿到喀什,但现在我感觉有点儿累,怕出事,就在这儿停车吧。这里有饭吃,也有房住,是兵团人开的客店,咱就住这吧。明天赶早动身,估计下午就能到喀什卸货,后天是星期天,还能在家好好休息休息。"说着王师傅就放慢了车速,拐下大路,进了一个大院的门,在里边停了。月光下,可以看到里面已经有不少车了。

王师傅锁了车门,问已经下车的李文祥:"这地方的名字叫苏安克,是维吾尔语,你应该知道它的意思吧?"

"苏安克?知道,好像是'爱情'的意思。"李文祥说。

"对，差不多就是这个意思。你知不知道它为什么叫这个名字？"王师傅问，"你不知道？那我就说给你听。这里最早是个养路工的道班房，后来他们挪了地方，房子空着。附近农场的知识青年谈恋爱，经常往这儿跑，所以就有了这个名字。"

"怪有意思的！"李文祥说。

这时，有一个上了年纪穿旧军装的妇女过来招呼他们说："我现在就给你们准备饭，吃过饭你们来这儿结账，然后开票去住宿。"她指了指旁边一栋房子说，"前面是大客房只剩下一个男人的床位了，旁边是一个双人间，你们怎么住？"她望了望李文祥和洪英涛，又对王师傅说："这是小两口吧？要不这位师傅你去住大客房，让他们去住双人间？这间双人间本来就是给那些过往的夫妻准备的。"

"行，就这样安排吧。"王师傅说。

李文祥望了望洪英涛。前几天晚上他们都是分开住男女客房，但今天情况特殊。洪英涛想说什么，却没有说出口。

吃过了米饭炒菜，他们来到大门旁的一间房，准备付账。王师傅正要掏钱，被李文祥拦住了，说："昨晚在新和县你非要付吃饭和住宿钱，我拗不过你只好同意了，今天该我付了。你看，我们坐你的顺风车，没花一分钱，怎么还能让你再破费哩！"

"都是支边来这里的，如今在这里遇到了就是朋友，还非要分个你我做啥哩？好了，你付就你付吧！"王师傅说完就去了大客房。

李文祥付了三个人的食宿费。

洪英涛的心情是复杂的。她本也想付自己的一份（包括前几天的），但碍于眼前的情况，觉得这样做不合适。她知道如果这样做了李文祥将会下不来台，自己也会很难堪。更主要的是，通过这几天的感受、体味与思考，她对原来的事，特别是李文祥的某些做法，有了不同看法。

李文祥提着包和洪英涛进了双人间，靠墙的桌上有一盏煤油灯亮着，房子不大，中间摆着一张双人床。

"怎么，事情都按你的心思来了！那么你睡床上，我睡地下吧。"洪英涛似有嗔怪地说。

"不，你要这样说，那睡地下的肯定是我了。但……"李文祥眼睛看着地面，那是由条砖铺成的，可能刚清扫过不久，上面还有洒过水的痕迹，四面的墙角处似乎还长着一些芦苇。

"唉，怎么今天都遇上了！"洪英涛看到这情景，说，"算了，都上床睡吧。不过文祥，我可得先跟你说明了，我们都是正经人，做事情要的是明白。你……"

"我知道，要不，我也不会这么费心了。"

"你费什么心了？看把你说的好像怪可怜的。"

洪英涛先上了床，和衣睡在了床的一边。李文祥去熄了灯，只穿着背心和裤衩，睡在了床的另一边。他们中间留下了一长条空间，仿佛是棋盘上的界河。

时间不紧不慢地往前走着，李文祥并没有入睡。他先是轻声地叹息，后来将身体往床中间挪了挪，过了一会儿，感觉洪英涛好像没有反应，就又往这边挪了挪，渐渐地，他终于越过了"界河"，感觉洪英涛似乎仍无反应。因为曾经有过"新婚之夜"的体验，这些都是熟门熟路，所以他的手便像摆脱了束缚，慢慢伸向了洪英涛盖着的被单，并摸索着向前伸去。

"她没有反应……没反应就是没拒绝……"他在心里想着，好像是受到了鼓励，全身的血液开始沸腾，胆子也骤然大了起来。他往前猛移了一下身子，伸开了双臂，嘴里轻声而急切地说着："英涛，对不起，我不是有意的……真的，我本来也不想这样，可……请你原谅，请你原谅……"

"文祥，你说啥哩？我又没怪你。但是，有些话我得跟你说明白。这次在大河沿你讲了一番话，我还是将信将疑。但是这两天你的表现，又让我认为那不是假的。另外，我还想起了咱们离婚的事，虽然我一直恨你，但想想你当时的情况，又觉得也不能全怪

红樱桃

357

你。所以……文祥，你在听吗？"

"听着呢，难得你能这样想，那么，你是原谅我了？"

"这还用得着我再说吗？要不是……其实刚才我和你一样，根本没睡着……"

"太好了，英涛……太好了……"

"你停下……我咋觉得今天又跟我们结婚那天晚上一样……啊，当然也有不一样的地方……你……你的病……哎，我相信了，你没有说假话……但，不，不，你还不能这样……我们现在没有任何防护……我们还不能……哎，对，你的手就放在那儿吧，等过两天回到咱们自己的房里，我不会再限制你……反正我又是你的人了！再等几天……文祥，我说的话你听到了吗？"洪英涛娇喘着说，"你再不吭声，我可要生气了！"

"听到了，我不但用耳朵听，还用心在听哩！"李文祥仿佛刚从梦中走出来。

"行了，别像个小孩子似的……"洪英涛拍着李文祥的手，坐起了身，扣着自己衬衫的扣子，说，"其实刚开始我也没睡着，听你长吁短叹的，心里像被什么东西挠着，后来……人非草木，孰能无情。但这几年我也习惯了，顾不上想这些。现在情况不一样了，又遇到了你，旧爱新情一起来了，你说我能无动于衷吗？但情况我也跟你说了，希望你能理解……"

"我理解，但前面你说的'防护'我倒没有想过。所以我想问问你这是为什么。"李文祥也坐起了身，痴痴地说。

"这个嘛三言两语说不清，等回去了再说吧。好了，时间也不多了，明天还要早起赶路，咱睡一会儿吧！"

"好，听……夫人的，但我还有个小小的请求……"李文祥说着要搂洪英涛。

"看看，说了半天，你还这样。照你这样，谁还能睡！"洪英涛说，"好了，听我的话，忍一忍，睡吧，也就几天时间。"

洪英涛说完，就和李文祥躺了下来。只不过除了她的"私密领地"，那道"界河"已经不复存在了。

第二天下午，车到了喀什，一直在路上打瞌睡的李文祥和洪英涛这时也醒了。车在大十字路边停下，王师傅说："你们在这儿下吧，前面就有到旧城县的公交车，你们可以去坐。我去卸货。"李文祥和洪英涛向王师傅一再道了谢后就下车了。

"前面就是人民广场，附近有饭馆，咱们去那儿吃顿饭吧。今天早晨起得早，只吃了半个馒头，肚子早已咕咕叫了。"李文祥对洪英涛说。

"嗯，何止是起得早……好了，你说得对，咱们过去吃点儿吧。"李文祥提着包和洪英涛往前走。

"不知不觉离开这里这么长时间了，今天总算是又快回到自己的房子了。真是人家说的：世事难料，人生无常啊！"洪英涛感叹道。

"英涛，回县上后我送你回去，我就回自己的住处了。明天是星期天，早晨我过去帮你收拾你的房子。"李文祥本是试探性地说，但又觉得其中的用词不当，所以又赶忙纠正道，"啊，不，应该是我们的房子。"

"看你咬文嚼字的！我问你，现在你住哪里？"

"我住招待所原来你住过的那间房。"

"什么？你怎么又住那里了？"洪英涛说着，思绪又禁不住翻腾起来。

"说来话长，我以后再跟你说吧。"

"看看，也学着我的样来了不是。好了，一切都等我们回去后再说，反正以后咱们在一起了，也不愁没有说话的时间。"

"对，你看这里有拉面馆，咱们就在这儿吃饭吧。"

"行，但是我还要问你，附近有医药商店吗？"

"本来有，可能现在已经关门了。怎么，你的感冒……还没好吗？"李文祥说着就明白了，又说，"不过卫生防疫站里肯定有药，我在那儿有认识的人，不远，待会儿吃过饭我去买。"

他们吃过饭，买了东西，又坐了最后一班公交车，到旧城县时

红樱桃

359

天已经擦黑。李文祥提着洪英涛的包送她到了小院门口，看她用钥匙开院门的锁，便放下包故意悄声说他这就离开去招待所。

"进来吧。你也来看看房里是什么景象，晚上就不要回去了。"洪英涛说着就进了院内。

"好！"李文祥喜出望外，赶快提了包进院。

洪英涛拉亮灯，便有一片狼藉映入眼帘。

"现在咱就简单地收拾一下吧，明天再仔细擦洗。我看这样吧，你扫地，我先生火烧上水，然后再收拾床铺。咱们自己也得清洁清洁，洗掉路上的污垢。"洪英涛说。

"好，我这就做！"

李文祥答应着，拿起扫帚开始扫地。当他扫到卧室时，便不由得想起那年婚礼的晚上，由于自己的"无能"引起的尴尬，心中便有愧意。但很快他又想起昨天晚上的情景，便又生出了自信。

洪英涛生了火烧上水，又来收拾床上的被褥。她的心情已转换。这些做完了，她对从门外倒垃圾回来的李文祥说："你进这房里来休息一会儿，我先去外屋擦洗，水可能也热了。其实在北京走之前我到澡堂洗过澡，这些天在路上又是汗渍又是尘土的，我再擦洗擦洗。"

"我走之前也在县上洗过。"李文祥说着进了卧室。

"好了，你就在这儿坐着吧。我先去洗，洗完了你也来洗。"洪英涛说着就到了外间。

……

不知过了多久，这对历经患难、分离又复合的恋人，终于冲破阻隔，实现了真正意义上的交汇与融合。也许是房内生了火的缘故，也许是激情燃烧的结果，他们停下来时已是满身汗水。

第二天天大亮，洪英涛先醒来，她轻轻移开李文祥搭在自己腰上的胳膊，坐起身穿好内衣，然后用手指刮他的鼻子。

"文祥，该醒醒了！看你昨晚那个样子，现在该知道困了吧？"

"没有，没有……天亮了吗？我这就起来去招待所食堂买馒头。"

李文祥说着赶忙起了身，穿好衣服下床去洗了一把脸，就提上网兜出门去了。

洪英涛洗漱过后，又梳头扎辫子，却听到有人敲房门。她以为是李文祥回来了，便喊道："文祥，门是开着的，你进来吧！"

"英涛，真是重色轻友啊！一心只念着你的文祥，连朋友也不认识了是吧！"有人拉开了门，边说笑边走进来。

"啊，江燕！"洪英涛红着脸不好意思地说，"快过来坐，我还以为是李文祥回来了。"

"怎么，你们是昨晚回来的吧？前些日子我听易国平说，李文祥去大河沿接你了。昨晚又听他说你家的灯亮着，可能是你们已经回来了，所以我过来看看，果然是回来了。怎么样，这一向还好吧？"

"好着哩，好着哩！你们也好吧？"洪英涛扎好辫子，过来拉起江燕的手请她在桌边坐下。

"我们也好着哩。你看，有话咱留着慢慢说，我现在过来是跟你提前打个招呼，今天中午你们一起到我家来吃饭。我想你们刚回来，冷锅冷灶的，不得好好收拾收拾。"江燕又说，"易国平今天休息，现在已去招待所给于莉家挂电话了，中午请他们两口子也过来。说起来这么长时间没见了，咱们好好聚聚。"

"行。我们一回来就给你们添麻烦。"

"嗨，快别说这种见外的话！这么长时间了，你可一直揪着我们的心哩！啊，先不说这些了。人说远亲不如近邻，况且我们还是好朋友哩！"江燕说着又问，"李文祥呢？"

"他去招待所食堂买馒头了……"

洪英涛的话还没说完，就看到李文祥推门进来，并说着："夫人，饿坏了吧！"当他看到江燕在桌边坐着时，便打住了话头，不好意思地转向她说，"噢，是江燕来了，你坐，你坐。"

"看看，我当是古代的新郎官来了，'夫人，夫人'叫得多亲啊！但你这么慢腾腾的，还不真把夫人给饿坏了！"江燕笑说。

"我忘了星期天食堂是两顿饭，早晨开门晚……"李文祥红着脸有点儿窘迫地说。

"好了，你们小两口吃早饭，我回去了。"江燕叮嘱李文祥，"我刚才跟英涛说了，中午你们一起来我家吃饭。"

洪英涛和李文祥送江燕出了门，又回到房里。李文祥从提兜里取出几个馒头放在桌上的盘里，又取出一个饭盒打开说："今天是星期天，招待所食堂只开两顿饭，早晨有馒头、炒白菜，还有放了恰马古的稀饭，这东西补人，我从自己住的房里拿饭盒打了一些来。"

"恰马古，我好长时间没吃了，真还有点儿想哩！"

两个人吃过早饭，就开始收拾房间。忙活了一阵，他们坐下来休息。洪英涛说："咱们是离过婚的，现在又在一起，恐怕还得到民政科办个手续。"

李文祥心里自愧，连连称是。

两个人正说着话，便听到有人敲门，并连声喊着"英涛……"他们从窗玻璃上看到是于莉来了，赶忙开门迎她进来。

"哎呀，终于把你盼回来了。"于莉搂住了洪英涛，泪花在眼眶里打转。

"于姐，我回来了。"洪英涛说着，泪水已流了出来。

"快坐，快坐，你们都坐下说。"李文祥忙不迭地搬过椅子，又去倒茶。

"你还好吗？"于莉两手抓着洪英涛的肩膀，端详着她的脸说，"我看你气色还可以！好了，我们都坐下吧，坐下慢慢说。"

"我好着哩。你也好吧？葛培荣呢？老人和孩子也好吗？"洪英涛擦干眼泪说。

"都好着哩。葛培荣和张主任一起下乡看夏收情况去了，昨晚他来过电话，说可能再过几天才能回来。去年冬天你从白陶县打来电话，文祥知道后就说要去那儿找你，我们好说歹说才把他劝住了。这事他虽然想得有些简单，但为你担心是真的。"于莉继续说，"去年他回来工作后，本来易国平要给他安排好一点儿的房子，可他非要住你原来住过的房间。这说明他还是念你们的旧情哩！"

"噢，原来是这样！那我咋没听他跟我说过？"

洪英涛心里欢喜着，又故意说。关于李文祥要找自己的事，在大河沿他说了一嘴，被自己挡了回去，现在听于莉讲了，心里便有些感动。关于他住自己原来住的房间的事，她昨天听李文祥说了，当时心里就挺感动。因为那毕竟是他们曾经热恋并互定终身的地方，现在又听于莉讲起，便想到自己对李文祥的感觉没有错。

快到中午了，在于莉的提议下他们结束谈话，准备去江燕家。洪英涛取出一盒糖果对于莉说："这是我从北京买来准备送给你们的，现在先给江燕家拿一盒，吃过饭你也来拿一盒。"然后他们出门到了江燕家。

江燕正在擦桌摆椅，看到他们来了，便请他们在桌旁入座，并说她估计于莉早来了，先去看英涛，又说葛培荣下乡忙着不能来，有点儿遗憾。

桌上摆了一大盘洗好的樱桃，红红地放着光。江燕说招待所果园里的樱桃熟了，给职工分过一次。这是最后剩在树上的一些，是前些年本地樱桃与外省樱桃嫁接培育的新品种，花色艳，果大、肉厚、味甜，好看也好吃。早晨易国平让买合苏提老人全摘下来，买回来让大家品尝。

"英涛，快吃，这可是好东西。英涛吃樱桃，况且又是品质优良的新品种——好兆头，好兆头！"于莉话有深意地招呼着洪英涛。

"啊，真甜啊！"洪英涛拿起一颗放进嘴里吃着说。

大家也吃着，并交口称赞。

这时，江燕从伙房内端出几盘菜放到桌上。接着易国平又端了一盘刚做好的菜出来，一边向洪英涛、李文祥、于莉他们问着好，一边放下菜说："今天的运气不错，早晨我在招待所见托合提达洪提了个小筐来找我，说自己在水磨下的河里捞了一些白条鱼。真是

红樱桃

**363**

口渴了有人递茶壶。我正愁今天没有好点儿的东西招待大家，特别是咱英涛，所以马上就买了。你们看，这就是我用它们做的清蒸鱼，大家尝尝鲜。”

易国平说着，江燕已盛来了米饭，并劝大家动筷子。

大家边吃边聊……

“怎么说着说着又开始流泪了？好了，咱们都是自家人，就不要说这感激不感激的话了。”于莉似乎是在劝慰洪英涛，但自己也哽咽了，“人心都是肉长的。听着你讲自己的经历，谁心里不是酸溜溜的……”

“是啊……”江燕也呜咽着说。

“人说男儿有泪不轻弹，只因未到伤心处。今天我算体会到了。”李文祥也红了眼眶说。

“你们都别说了，再说我可能也跟你们一样了！”易国平也说。

“咱们每个人都有各自难念的经，但英涛的经历更……但是都已经过去了。”于莉动情地说着，看了看手表又说，“实在对不住大家，我还有点儿事，县上准备筹办汉族中学，将我们几个人抽出来忙活。今天虽是星期天，但下午还有事，所以我就先告辞了。这一年多英涛不在，我们聚得少。现在她回来了，有时间了我再约大家到我家里坐。”

“好了，”洪英涛也对江燕和易国平说，“让你们忙活了大半天，现在也该收拾收拾休息一下了。”说完，她从旁边的写字台上拿过自己带来的糖果盒说，“今天没见到小外甥女，这是我从北京带来的一点儿糖果，请你们收下。”

“哎，还这么客气干啥哩！”江燕接过糖果盒说，“小家伙放在喀什我母亲那儿了，因为我没有奶水，她一直喝牛奶。”

“好了，以后抱过来让我们也认识认识，以免她将来长大了拿我们当外人！”于莉笑说。

然后于莉他们三个人就告别主人出门了。洪英涛又将于莉叫到家中给了她一盒糖果，说是给小外甥的。于莉则说下个星期天如果自己能抽出时间，就邀请他们和江燕两口子去自己家吃饭。

此后的两天里，洪英涛和李文祥彻底打扫了房间，洗了该洗的东西，将肖书送的那幅《驼行图》挂在了靠床的墙上，又到民政科重新办了结婚手续，并准备找个时间请一些好友吃顿饭，以示对自己复婚的庆祝和对大家关心与爱护的感谢。

李文祥去上班了。张主任和葛培荣下乡还没有回来，他便去找阿布都热克木讲了洪英涛回到家、他们已复婚的情况。阿布都热克木很高兴，向他表示了祝福，又说洪英涛的工作有关人员已研究过，等张主任回来就宣布。李文祥知道组织纪律，没有再多问，只说哪天要请他和几个朋友一起坐坐，以表谢意。

这个星期天中午，李文祥两口子、易国平两口子应邀来到葛培荣和于莉家吃午饭。前两天于莉的母亲带着孙子又回喀什了，家里只有他们两个人。上星期天在易国平和江燕家，因为少了葛培荣，显得略有缺憾。今天葛培荣在，他先说了一句略加改编的谚语：时间消逝一去不返，樱桃花已重新开放。以此对洪英涛表示了祝福，又对老同学兼朋友李文祥说："文祥，一面镜子光鲜又明亮，你可要揣在怀里小心珍藏，好好爱护啊！"

"什么？镜子……"李文祥一时没有反应过来。

"他不是说'破镜重圆'嘛！看你这个书呆子。"于莉打趣道。

"啊，是的，是的！"李文祥拍着自己的脑袋笑着说。

大家看他的样子都笑了。

吃饭的过程中，大家又谈了一些话。后来葛培荣又对洪英涛说："前天晚上我在其满公社给于莉挂电话，知道你已回来，便告诉了张主任。昨天傍晚，张主任回喀什家里前让我转告你，星期一，也就是明天上班后，请你去他的办公室。什么事，我想我不说，你也应该猜到了。"

"啊，知道，知道。谢谢大家为我的事操心！"

第二天上班，洪英涛和李文祥一起到了单位，李文祥给她指了张主任的办公室后，自己便去上班了。她敲开了张主任办公室的门，一身军装的张主任看到她，便热情地和她握手，又请她在桌对面的椅子上坐下后说："怎么样，小老乡，你还好吗？旅途顺利吗？"

"好，旅途也顺利。"洪英涛说。

"经过组织研究，决定给你重新安排工作。我们是这样考虑的，为了工作人员的方便，我们准备成立一个内部资料室，收集有关资料，以便于相关人员查找。你原来就管图书，汉文和维吾尔文都懂，这个资料室就交给你负责。至于县上的图书室嘛，根据现在的情况似乎还不宜恢复，将来看情况再说吧。你觉得我们对你的安排行吗？"

"挺好的，我愿意服从组织的安排！"

"好，那就这样了。你再多休息几天。如果觉得身体情况可以了，就来上班。"张主任说。

"我明天就来上班。"洪英涛说。

洪英涛有了新的工作岗位，为了庆祝，她决定请于莉他们几个人来家吃饭。

"我看咱们把饭菜准备得好点儿，该说的话说到，另外，我想是不是给他们每家准备一件礼物？"李文祥说。

"对！但咱们送他们什么好哩？对了，我从北京买了几条纱巾，给他们中的女同志每人送一条，你看行不行？"洪英涛问。

"行！物质加精神，太好了！"李文祥说。

此后的一个星期天中午，他们在招待所食堂置办了一桌家庭喜宴，宣布了两个人复婚的消息，对大家表示了感谢，赠送了礼品。

卡得尔去世一周年祭日，洪英涛和几个朋友去参加了。流着泪在心里说：我一定会继承您的遗志，为文化交流做出贡献。过后，卡得尔的爱人枣儿汗又给她赠送了卡得尔完成的一大部分《热碧亚—赛丁》的汉文译稿。

1970年11月下旬，有一个外国贵宾团来喀什参观访问，肖书夫妇和国内其他陪同人员一起前来。洪英涛被通知去见了肖书夫妇。肖书告诉她中央民族学院已开始招生，宗教授正在向有关方面反映情况，打算招她进校深造……洪英涛也讲了自己利用业余时间学习宗教授的讲义，仔细阅读里面提到的一些书籍。

1971年秋，洪英涛经有关部门推荐，被特招进中央民族学院，一边上课，一边帮宗教授做一些工作。1974年秋她大学毕业，又在宗教授的推荐下被分配到乌鲁木齐的一家出版社工作。

宗教授他们所从事的工作也渐受重视，在后来的岁月里，洪英涛参与和独自完成了几部古代维吾尔族文学著作的翻译和整理工作。其中用汉文翻译的《热碧亚—赛丁》，她用了卡得尔·衣沙木丁和克刚格拉斯汗·尼加提的译者姓名，并在后记中做了说明。

李文祥先后任过公社副主任和县委办公室主任。从1971年开始，他和洪英涛过了几年往来"探家"的生活，1976年底他也调到乌鲁木齐工作，此后，洪英涛和李文祥有了爱情的结晶。

红
樱
桃